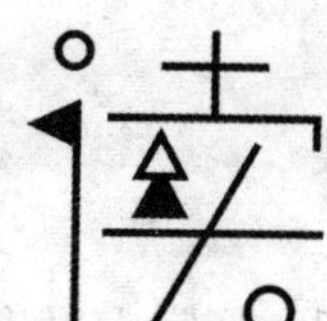

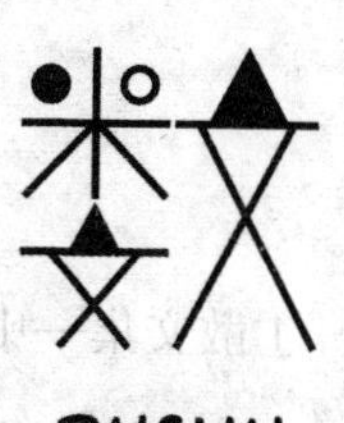

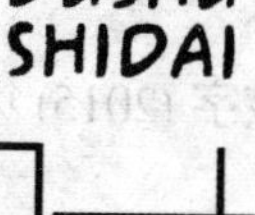

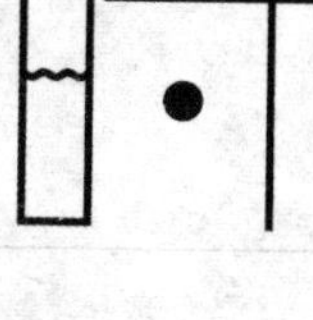

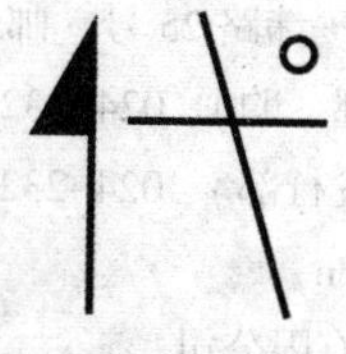

南 帆◎著

名▲家○自△选●经△典○书▲系

辽宁人民出版社

图书在版编目 (CIP) 数据

读数时代 / 南帆著 . —沈阳：辽宁人民出版社，2015.10（2017.1 重印）

（名家自选经典书系）

ISBN 978-7-205-08358-8

Ⅰ . ①读… Ⅱ . ①南… Ⅲ . ①散文集—中国—当代 Ⅳ . ① I267

中国版本图书馆 CIP 数据核字 (2015) 第 195919 号

出版发行：辽宁人民出版社

地址：沈阳市和平区十一纬路 25 号　邮编：110003

电话：024-23284321（邮　购）　024-23284324（发行部）

传真：024-23284191（发行部）　024-23284304（办公室）

http://www.lnpph.com.cn

印　　刷：辽宁泰阳广告彩色印刷有限公司

幅面尺寸：165mm × 225mm

印　　张：18.75

字　　数：282 千字

出版时间：2015 年 10 月第 1 版

印刷时间：2017 年 1 月第 2 次印刷

责任编辑：时祥选

封面设计：先知传媒

版式设计：丁末末

责任校对：高　辉

书　　号：ISBN 978-7-205-08358-8

定　　价：37.00 元

作者手稿
ZUOZHESHOUGAO

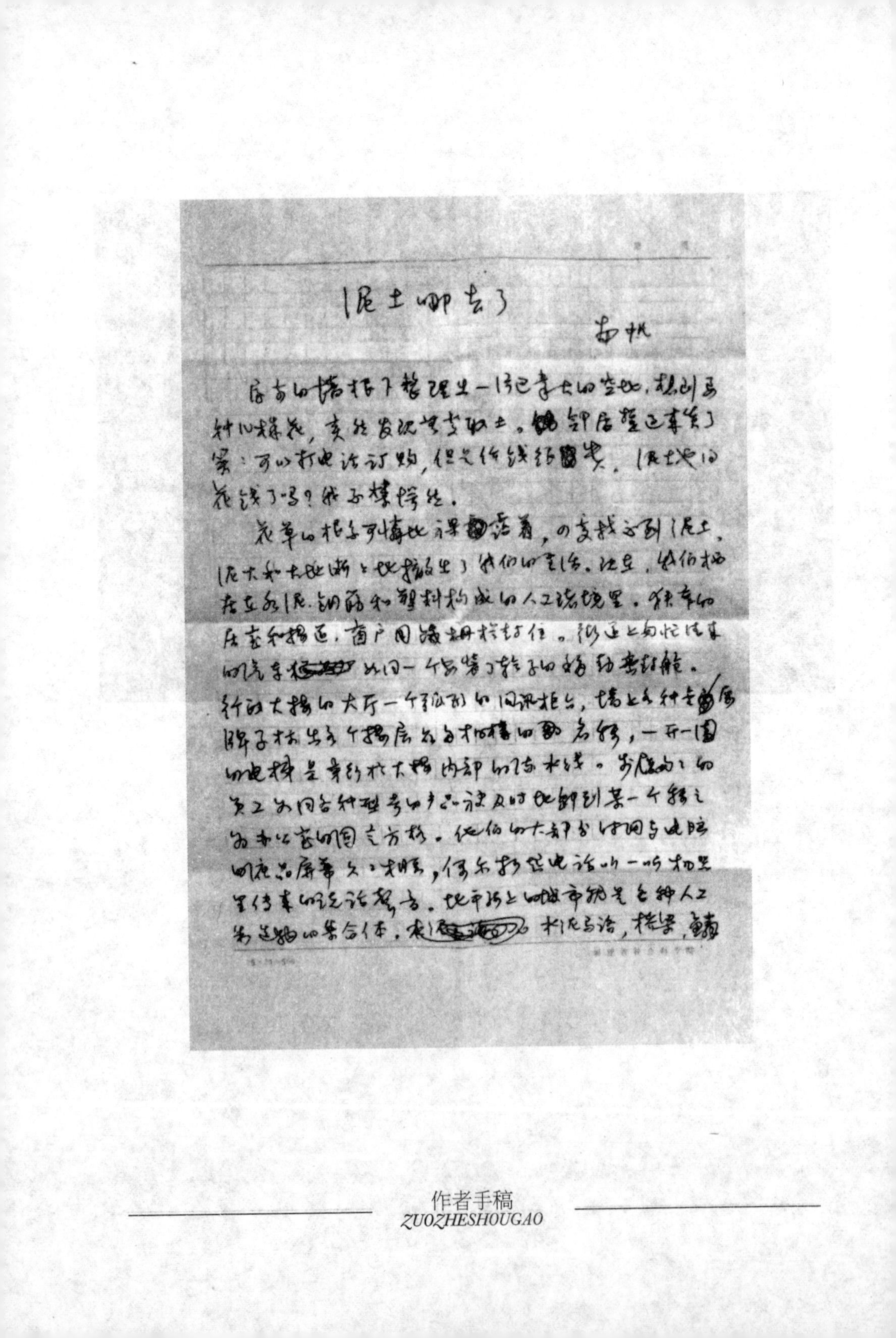

泥土哪去了

作者手稿
ZUOZHESHOUGAO

目录

辑一

辑二

辑三

辑四

辑一

读数时代

一

一个数学教授多次气咻咻地抱怨，最讨厌太太叮咛他下课之后从菜市场带回七八个西红柿——“她为什么总是不肯说清楚究竟七个还是八个？”

听到这一则逸事的人都会莞尔一笑。的确，数学家就是这么一些迂呆的人。那些可憎的数字把他们弄傻了。他们的生活如同数字一样循规蹈矩。10肯定比9大。8乘7肯定是56。王子娶的肯定是公主。处长的工资肯定比科长多。爸爸要听爷爷的话。女儿在25岁之前肯定不能谈恋爱而28岁之前肯定必须结婚。如此等等。没有浪漫。没有夸张。没有美妙的想入非非。一切均已量化。乏味——这些数字主义者的世界之中决不会诞生任何奇迹。

数字是我们在生活之中的紧箍咒。人生的悲哀从数数开始。一个文学博士声明，他就是因为厌恶数字而转向了文学。文学是人情世故，数字却没有灵魂。如果拿得到诗集，谁愿意读账簿呢？再也没有比会计更枯燥的职业了。只有在不得已的时候，文学博士才肯勉勉强强地动一下数字——数一数已经欠了别人多少饭票。

从这个意义上说，“无数”是一个奇妙的字眼。无数就是一把抹乱了数字设立的秩序。一个小男孩拱在妈妈怀里撒娇。妈妈千方百计地哄他学算术：数一数桌上有几个苹果？地上有几辆小汽车？树上的两只小鸟加地上的三只小鸟是多少？这时，小男孩总是不耐烦地喊起来："无数！"天真未凿的孩子本能地要反抗一板一眼的数字。

"无数"的另一个意义也可以说是不可数。生活之中的许多东西不该被数字玷污。对于幸福、善、正义、勇敢、壮烈，数字又能说明什么？难道称得出幸福的斤两或者为勇敢定一个价格？英语中，这些概念多半属于不可数名词。不可数表明了这些概念的高贵。另一方面，惬意的日子往往也与数字无关。信马由缰地漫游在辽阔的草原，有必要数清草丛中的野花吗？坐上竹筏顺流而下，有必要数清铺在河床上的鹅卵石吗？酒逢知己，管他千杯还是万盏，邀请一个心仪的美人喝咖啡，付账的时候就不要侍者找回零钱了。或许有人会说，富翁肯定把数钱当作一个莫大的享受。可是，真正的富翁是不必数钱的——数也数不清。

二

我们的祖先很少斤斤计较地把数字放在眼里。《老子》说："道生一。一生二。二生三。三生万物。"三以下可以慷慨地存而不论了。这就是气魄。"举一反三"的典故出自孔子的《论语》："举一隅不以三隅反，则不复也。"《左传》中的这句话也很有名："一鼓作气，再而衰，三而竭。"他们都只想说到"三"为止。士别三日，三寸之舌，三缄其口，三脚猫——古人数到三之后似乎就没什么耐心了。如若要将他们的眼睛晃得花起来，把"朝三暮四"改为"朝四暮三"也就够了。

古代的诗人对于数字更是潇洒。"白发三千丈，缘愁似个长"；"潮平两岸阔，风正一帆悬"；"七八个星天外，两三点雨山前"；"南朝四百八十寺，多少楼台烟雨中"；"沉舟侧畔千帆过，病树前头万木春"——这些数字无非是涉笔成趣，不必认真。杜甫的《古柏行》极言树之高大："霜皮溜雨四十围，黛色参天二千尺。"后世一个呆头呆脑的读者数字主义脾气发作。他算过了"四十围"与"二千尺"形成的比例之后不禁惊呼起来：这棵树不是太细了吗？这当然只能在文学史上留下一阵哄笑。

我们的祖先活在诗意之中。邀明月，悲落叶，仰看青峰依旧，长叹似水流年。这时，78 或者 106 这些单调的数字产生不了什么意趣。睡于所当睡，醒于不可不醒，日出而作，日入而息，不知今夕何夕，这种日子之中有什么可数的？我们的祖先大约很少数到一千之外——他们的生活之中没有多少东西超得过一千。不可胜数的时候，他们就用“千军万马”、“多如牛毛”或者“过江之鲫”来打发——他们才不想为数字费神。

没有数据的参考，如何办得成大事？且看“愚公移山”。太行、王屋两座大山挡住了愚公的家门。九十岁的愚公打算把它们挖掉。愚公根本不想雇用一大堆工程师精确地计算这一项工程的土方和劳动量。他的决心仅仅缘于一个对比：山不再增高，而他的子子孙孙是没有穷尽的——总有一天会把两座大山铲平。这还需要数什么？

回避数字，并不是表明我们的祖先缺乏智慧。这毋宁说隐含了他们的人生观。头绪纷繁的世界怎么算得清楚呢？人生苦短，想得太多是没用的。“生年不满百，常怀千岁忧”，这不是一个聪明的策略。这一笔账算明白之后，其他的账就不必再算了。

三

什么是现代社会？现代社会是携带一大批数字、图表、公式到来的。现代社会的风格就是用数字说明问题。猜测、想象、面壁构思、电光石火般的灵感不再重要。重要的是——拿出数据来。数字开始对社会的每一个局部精耕细作。选举票数。考试分数。工资级别。退休年龄。雨量多少毫米。时速多少公里。导弹锁定了 4 号目标。地球上每天消失 20 个物种。发出问卷调查表 2 万张，回收 1 万 3 千 6 百 72 张。82% 的人倾向于使用甲图案作为会标。6% 的人倾向于乙图标。4% 的人倾向于丙图标。2% 的人提出自己的方案。数字。数字。数字。Timeismoney。时间已经精确到秒。每个人的手腕上都挂上亮晶晶的手表。秒针每一次嘀嗒嘀嗒地颤动都指向了一个新的数字。

大哥乘坐 81 次快车于 12 点 37 分抵达，停靠 5 号站台。我的公寓是第 2

大道28号6幢701室。这一段引文请见《莎士比亚全集》第5卷第62页。这一台洗衣机的价格4700元，条形码是8742910753027。我是谁？我是一批数字的组合体。身份证号码。护照号码。驾驶证号码。电话号码。车牌号码。银行存折的账号和密码。身高。体重。血压。几个兄弟。几个子女。大约几点到几点之间可以到办公室找我。就是这件事吗？我心中有数了！

轻狂的文人看不起与数字有关的职业。他们始终不明白银行家和会计师如何从众多的数字之中找到了富裕。当然有人不服气。巴尔扎克就曾经筹集一笔钱投资赢利，结局是负债累累。诡秘的数字不买文学天才的账。无论如何，现今的文人已经没有理由蔑视一串一串的数字。鲁迅就对于数字给予必要的尊重。他在日记之中琐细地记录了收到多少稿费，花费多少钱购书、请客或者看病。这些数字让生活变得真实可触。

花费多少钱购书、请客或者看病，这些事都属于家政理财的范围。同时，这也是经济学的起源——economy一词就包含了节省家庭开支的涵义。经济学无疑是现代社会的显学，一些人甚至戏称它为经济学帝国主义。经济学不仅是教授们嘴里的一些概念；更重要的是，经济学就是要学会算数。交换，价格，物有所值，所有的事情都要用数字精打细算地推敲——哪怕是一些曾经认为是无价的事情。例如，经济学插足信仰问题之后，我们可以看到经济学家列举的一些特殊命题：为了获取彼岸报酬，人类愿意与神建立交换关系；被同一群人崇拜着的神的数量越多，每一神所获得的交换价格便越低；在与诸神的交换关系中，人类愿意对那些被认为更负责的神支付更高的价格；一切宗教阐释，尤其是那些涉及来世报酬的，都包含着风险；如此等等。不言而喻，擅长算数的人肯定会得到可观的回报。否则，那些精明的经济学家才不想白费心血。

数字的确有无可辩驳的说服力。凭什么说乔丹是最有价值的篮球运动员？统计数据表明，他的得分、断球、助攻均是首屈一指。泰森和霍利菲尔德正在拳击台上扭成一团。如何裁决他们的胜负？三个裁判出示的点数是权威的依据。从药物效果的临床实验到一个产品的市场前景预测，从区域经济状况的评估到金丝猴是否濒危动物的疑问，数据将平息一切争议。有了具体数字的描述，事情可能显出隐藏的另一面。例如，如果了解到一个人的一生大约要放十万个屁，拉三十吨左右的粪便，我们就会对空气污染指数和修建公共厕所的迫切程度考虑得更为严重一些。一个银行职员发现，许多客户取款的时候往往放弃了几分、几厘的利息尾数。谁在乎这几个微不足道的小钱？于是，这个银行职员好奇地编制了一个软件程序，将所有客户放弃的利息尾数自动转入一个私设的账户。一年之后打开这个账户，他被巨大的数额吓得魂不附体，连忙上警察局自首。所以，只有不懂事的黄口小儿才会念叨“读图时代”的到来；另一些老谋深算的人早已意识到，现在毋宁说是“读数时代”。时髦的计算机显然是“读数时代”的一个伟大象征。只有置身于这个时代，每秒运算几亿次的古怪机器才可能隆重地问世。

四

我们沉溺于纷繁的数字之中，真实却悄悄离去——纷繁的数字能够还原出一个有声有色的日子吗？

多数人仅仅对一些小数目有感觉。菜市场上，人们时常因为几角钱争得面红耳赤。至于两台电视机之间 5 千元与 5 千 8 百元的差价，人们的感觉就迟钝了许多。只要店主适时地劝一句，人们就会欣然地多掏 8 百元。到了购买一套公寓的时候，人们不再重视 33 万与 35 万的差别——尽管买卖的双方可能因为一扇窗户的朝向反复磋商。人们的感官负担不了大的数字。

在我的心目中，统计机构是一个奇特的部门。如同变魔术似的，统计人员顷刻之间将一个庞大的社会化为几个抽象的数字。广袤的大地，宽阔的水域，田野，森林，工厂，企业，多少人熬夜加班，多少人汗流浃背，多少台机器高速运转，多少商品源源不断地搬上货架……然而，这一切无非是缩在报表框格之中的几行数字。对于那些长期拨弄数字的人说来，世界仿佛丧失了应有的分量。国民生产总值减少一个百分点，这意味着什么？轻飘飘的数字不会给人造成切肤之痛。多数人觉得，150 亿元与 120 亿元之间的差别仅仅是数字的差别。只有将 1 亿元还原为 200 万辆奔驰小轿车时，我们才会大吃一惊——啊，那么多的奔驰轿车一下子消失在空气之中！

数字是客观的，不以人们的意志为转移的，因此，数字没有亲疏善恶之别。如果可感的生活完整地置换为一套数字代码，我们就会跨入一个冷漠的世界。上午穿过1号山峰，途经4号山谷，沿2号溪漂下，中午抵达5号餐厅用餐——如果一本旅游手册如此介绍名山大川，谁还有兴趣上路？市政府是1339号，警察局是2476号，医院是2827号，歌舞厅是7174号，超级市场是9818号，火葬场是8037号……这些数字的排列不再给人们制造激动、庄严、快乐、悲哀——甚至恐怖。监狱里的囚犯不再有自己的名字。他们在狱卒口中只是一个编号——一个没有人疼、没有人爱、没有人牵肠挂肚的数字。

只能依据数字判断吗？那么，42岁的人肯定比41岁的人成熟，5千零1元的照相机肯定比5千元的照相机高级。为什么那一个风度翩翩的演员倾倒了千万人？他不就是千万分之一吗？为什么老是背诵那一个诗人的警句？我们不是滔滔不绝地说得更多吗？是的，投票是由来已久的数字民主，但投票不一定就是理想政治的标本。我不清楚苏格拉底饮下的毒酒之中积攒了多少雅典法官的票数，我可以肯定的是，希特勒也是通过投票上台的。不，我们的确不能太信任数字。否则，我们可能在一清二楚的时候看不见伟大的独行者，遗忘了少数人的权益或者忽略了弱者的血泪。

生活之中肯定存在这样的时刻——我们丝毫也想不起数字来。父亲不是他的工龄和退休金的数目，而是白发苍苍和一张皱纹密布的脸；女儿不是她的学生证号码和考试成绩，而是天真的笑靥。体温，口吻，眼神，餐桌上的气氛，走廊之中熟悉的问候……亲近是数字的天敌。许多时候，只有遥远而陌生的世界才诉诸数字。

五

现代社会携带一大批数字、图表、公式到来了。马克斯·韦伯认为，现代社会包含了一个“脱魅”的历史阶段。种种魑魅魍魉隐退了，理性、科学以及机械般的精确走到了前台。想象得出来，数字的运用对于“脱魅”产生了巨大的作用。然而，数字仅仅是理性的象征吗？某些时刻，我们可能突然发现，数字是一个充满魔力的符号。它们如同神秘的精灵，无声地暗示了某种神谕。这时的数字是可怖的。

古代的演义小说中，军师是一些神秘的人物。他们上知天文，下谙地理，明乎天下大势，只需掐指一算，就预先猜到了苍天要将江山社稷托付给哪一个真命天子。他们可以从几个数字中窥见天机。这就是古代著名的“术数”之学。一系列奇特的数字交织于祭祷祓禳、卜筮算命、占星候气、解梦相面之类活动中。这时的数字毋宁说是破解天机的口令。

所以，迄今为止，我们仍然保留了对于数字的敬畏。我们都想知道自己的幸运数是什么，这是购买彩票或者挑选电话号码、车牌号码的依据。当然，我们也会尽量避免与某些数字照面。西方人忌讳13，一些省份的人因为“死”的谐音而忌讳4。将自己的生辰八字交给算命大师的时候，我们总是惴惴不安：带入某种神秘的公式运算之后，这些数字昭示的命运是什么？赌场里面，人们的数字崇拜达到了顶点。轮盘正在悠然转动，骰子骨碌碌地翻滚，第五张扑克牌即将揭开，所有的人都目不转睛——这是一个揪住了多少人心的数字！当然，输得倾家荡产的人也没有权利诅咒这个数字。他们的感叹已经承认，这些数字代表了天意，不可质询——他们摇摇头说：人算不如天算！

谁都明白，数字仅仅是一些符号。可是多少人意识到，这些符号的组合会形成一个巨大的迷魂阵？数学家是一批竭力攻打这种迷魂阵的勇士。如痴如醉的演算，殚精竭虑的苦思，呕心沥血的证明，一个哥德巴赫猜想就会无声无息地掠走人们全部的心血。曙光将现，豁然开朗，漫天飞翔的想象收敛了翅膀停歇在最后一页稿纸上——这时人们才发现，疯狂地追逐了多少年的竟然就是这几个没有实际意义的数字。

西方哲学史显示，我们对于数字的疯狂可以远溯到毕达哥拉斯学派。毕达哥拉斯既是一个纯粹的数学家，又是一个宗教的先知。这个哲学部落成为数学与神学的交汇之地。“万物都是数”——毕达哥拉斯的论断不仅是数学的，同时是神学的。1+2+3+4=10，“十”因为包含了最初的四个数字而被视为最为完满的数目。因此，天上运行的星球也必须是十个——他们甚至为之虚构了一个看不见的天体。用罗素的话说，数字可能使毕达哥拉斯主义者得到一种“狂醉式的启示”。数字是超感官的。或许，这就是数学与神学异曲同工之处。不止一位古代的西方思想家猜想，上帝嗜好算术——甚至就是一个出色的几何学家。

六

马克斯·韦伯所说的“脱魅”的确是精彩之论。然而，我还想补充的是——数字是否也会在现代社会重新“造魅”？无论是天文、地理还是财会金融，数字常常提供了一些天方夜谭式的故事。我们弄不明白这些故事，只能恭恭敬敬地听从专业人士的解释。我们信奉专业人士犹如古代的信徒信奉僧侣。

我想提到的第一个例子是电话。只要伸出手指在一台小机器上按几个数字，这台小机器之中就会响起另一个人的声音——即使这个人远隔千山万水。这像不像古代术士手中的魔术？

我们口袋里的纸币也是一大怪物。古人用的是金元宝、纹银或者铜钱，托在手心沉甸甸的。现在好了，一张薄薄的纸片上标明几个数字，就可以扛回面包、牛肉或者电冰箱。银行无非是一个巨型数学家。一大批银行职员在各种纷杂的数字之间算来算去，居然就算出了火车、轮船和高速公路。对于那些只懂得“种瓜得瓜，种豆得豆”的老实人说来，这的确匪夷所思。

当然，股票市场是一个更为奇怪的数字空间。出手买下100元股票之后，半小时之内可能飙升为180元，也可能只剩下10元。这是什么道理？运气好的时候，某些数字会发酵吗？运气差的时候，会有一只怪兽跳出来吞掉一些数字吗？

如果一大批数字和公式组织起一场暴动，那么，可怕的时刻就来临了。经过相当长时间的数据跟踪和调查，以索罗斯为首的一批国际炒家终于动手了。伏击泰国，挥戈马来西亚、菲律宾、印尼，觊觎新加坡、缅甸，一场猝不及防的金融风暴迅猛地摧毁了东南亚地区的经济秩序和生活信心。全球为之震撼惊悚。然而，没有军队，没有硝烟，没有枪声，没有导弹和航空母舰，只有一系列数字在电子屏幕上疯狂地跳动：汇率，股市，债务，贷款，外汇储备，收支赤字……数字突然成为一种新的魔咒，法力无边。它们哪里还是一些平静地趴在纸张上的符号？这时的数字就是国家、政府、家庭和生命。

快！

一

统计可以证明，“快”是日常用语之中使用频率最高的一个字眼。“快！”我们时刻催促别人，也时刻被人催促。没有人明白我们急着赶到哪儿去，但全世界的人都在互相招呼：“快一点！”

风驰电掣的轿车时速 140 公里。外交大臣一个星期要访问五个国家。每秒运算几亿次的计算机已经问世。母亲来不及揩净孩子嘴角的饭粒就匆匆赶到了车站。公务员用肩膀夹住电话的同时手里还在不停地书写。宽带网的口号是极速世界。张爱玲广为人知的名言是出名要趁早。高速悬浮列车正在投入使用。每隔 24 小时就增加 15000 例新的艾滋病感染者。三菜一汤换成十元钱一客的快餐。艺术家正在抱怨被创新这条狗撵得连撒尿的工夫也没有……“一万年太久，只争朝夕。”虽然看不见上帝如何挥舞手中的指挥棒，但是，所有的人都察觉到，这个世界的节拍越来越快了。

偶尔翻一翻唐诗宋词，顿时感到古人的生活速度之慢。“明月松间照，清泉石上流”；“夜来风雨声，花落知多少”；“孤舟蓑笠翁，独钓寒江雪”；“孤帆远影碧空尽，惟见长江天际流”。这种日子从容，悠长，恬然，可以慢慢地品尝和消磨人生的百般滋味。“无可奈何花落去，似曾相识燕归来，小园香径独徘徊”；“东篱把酒黄昏后，有暗香盈袖”。即使愁绪万千，即使壮怀激烈，也没见到哪一个手忙脚乱，喘不过气来。“江晚正愁余，山深闻鹧鸪”，“把吴钩看了，栏杆拍遍，无人会、登临意”——不管怎么说，时间还是有充分的保证。

然而，这种生活现在已经连根拔除。现代人身体里面的马达似乎越转越快。他们再也接受不了古人的生活速度了。看戏曾经是古人的莫大享受。可是，如今还有多少人有这个耐心？台上一个小姐咿咿呀呀地唱，半天还走不出闺房到后花园与书生相会；若是在电视剧里面，她早就和小伙子上床了。一些人甚至觉得电视剧还是太慢。抽个休息日借回一摞子录像带，用快进键播放，仅仅在遇到说明剧情的对话时停下来听一听，大约十多分钟即可看一集。这才是令人过瘾的节奏。的确，不停奔走的现代人已经收不拢脚步——这个世界早就变成了一个匆匆赶路的意象。

二

其实，古人的日子之中也有风驰电掣的时刻。“马作的卢飞快，弓如霹雳弦惊”，骏马和飞矢都是神速的象征。如果再夸张一些，可以提到李白的两句诗——“两岸猿声啼不住，轻舟已过万重山”。然而，古人体验的速度没有超出自然的节奏。水流花谢，月亏月盈，巨石滚下山巅，飓风掠过海滩，这时，慢或者快都看不出什么异常。如果企图突破自然节奏，那就必须动用某种魔术。《水浒传》之中，“神行太保”的每条腿拴两个甲马，念动咒语即可日行八百里；孙悟空更加神通广大，一个筋斗翻出了十万八千里。当然，魔术仅仅是一两个人的事，改变不了整个世界。孙悟空蹿得再快，唐僧还是得慢腾腾地享用他的九九八十一难。

改变了整个世界的是机器。机器制造了一系列匪夷所思的速度。特别是蒸汽机出现以来，整个世界迅速地被调整到机器的节奏之上。木牛流马换成了十轮大卡车。鸿雁传书换成了电报或者传真。快艇问世以后，古老的帆船又算什么？一列火车哐当当地驰过，强壮的骏马变得如此渺小。从联合收割机、冲床到飞机、电子计算机，人类生活的每一个角落都在提速。尤其令人骇异的是，人类不仅计算出逃离地球引力的第一宇宙速度、第二宇宙速度、第三宇宙速度，而且制造出宇宙飞船逍遥地遨游太空，把那一颗缓缓转动的地球远远抛在后头。如同古人那样，我们还在吃五谷杂粮、生儿育女，然而，周围的日子仿佛正搁在一个愈来愈快的传送带上，就要让我们应接不暇了。

第一宇宙速度是每秒 7.9 公里。速度的计量早就精确到秒。“秒”的概念是什么时候出现的？ 13 世纪机械钟出现之前，人们肯定不会将时间切割成如此之小的方格。散漫的农耕时代，日出日落或者春去秋来是人们计算时间的方式。这种粗糙的时间观念只能产生相应的速度。今日事今日毕，办事的速度是以昼夜交替为时间单位。可是，自从“分”或者“秒”成为度量单位之后，世界不得不加紧自己的步伐。分秒必争，这种口号只能出现在钟表大规模普及的社会里。和蒸汽机一样，钟表也是现代社会的加速器。人们哪里是在替钟表上弦？其实，人们是在替世界上弦。

三

金庸小说之中的武林高手常常就是讲究一个快。郭大侠性子慢，可是出手如电，如此才能把降龙十八掌使得出神入化。古龙干脆就不具体地写了。他的大侠身形一晃鬼魅般侵上前来，对手还未看清招式，他已经点中了穴道又退了回去。总之，快就是制胜的法宝。这是动物世界遗传下来的生活准则。鹰击长空，虎啸山林，称王称霸的都是一些手脚利索的好汉。那些慢吞吞的家伙想活命就得有特别的绝招。乌龟有个硬甲。蜗牛有个硬壳。毛毛虫可以伪装成一片树叶。当然，如果拥有大象的庞大体积也行。

工业社会并没有改变这条法则。金庸和古龙的武林高手纷纷撤退，因为机器的速度更快。再好的身手也躲不过快枪的子弹。快仍然是机器时代的神话。幻影战斗机、鬼怪式战斗机或者米格战斗机、战斧式导弹、飞毛腿导弹抑或导弹防御系统，较量的就是谁更快。

但是，工业社会还发明了另一条法则。这条法则被表述为“时间就是金钱”。进入工业社会，惜时如金这一类格言突然多了起来。人们没有理由浪费时间。

农耕时代的生产必须听命于季节，机器却随时可以开动。人类就是在这个时候告别了寒暑节气而站到了工厂的流水线面前。机器的节奏代替了心率和脉搏。计件工资的出现彻底改造了身体的自然属性。工人的每一项操作都被详细地图解分析，删除任何一个多余的动作，精确简练的手臂伸缩终于和机器的运转默契无间，甚至上厕所小便的速度也得到了以秒为单位的计算。机器成为效率的唯一注解。卓别林的《摩登时代》就是一部表现人变成机器的超现实主义杰作。

当然，我们的生活之中还保留了一些慢工细活。慢慢地研墨，在毛边纸上给友人写一封信；盘坐在树荫之下，支起鱼竿钓鱼；摆出刀具，在一方上好的寿山石上刻一枚印章；字斟句酌，反反复复地吟咏推敲两句诗；如此等等。然而，这些慢工细活已经渐渐地从日常生活中剥离出来，成为一种奢侈的享受。速度意味着财富。如果想悠然地品一壶茶，听一段戏文，翻一本闲书，你就必须付钱——而且价格不菲。置身于越来越忙碌的工业社会，有闲的前提是必须有钱。

令人奇怪的是，我们的动作越来越快，手边的事情不是越来越少了，而是越来越多了。文件堆积如山。日程已经排到两个月以后。会议一个接一个。摩擦和磕磕碰碰持续不断。许多时候，我们恨不得给地球装上一个新的引擎，让它转得更快一些——一天转出三十六个小时来。结局当然可以预料：记性越来越坏，血压越来越高，脾气越来越大，睡眠越来越糟糕，情趣越来越少，语言越来越贫乏，终于只会说一个字：快！

四

回过身来看一看舞文弄墨这个行当，我们惊骇地发现了来势汹汹的“写作加速度”。下笔万言，倚马可待，仿佛有鬼追在后头似的。现今，三流作家也敢于夸口著作等身。我们的写作也要跟上机器的节奏吗？

古人一笔一画地把文字刻到龟壳、骨头或者竹简上。只有重大事件才有可能得到书写。即使有了毛笔和纸张，下笔依然慎之又慎。“匆匆无暇草书”，龙飞凤舞的背后绝不是草率。字斟句酌，深思熟虑，惜墨如金。古人习惯于把思想简约地表述出来。三句话压缩成一句话，余味深长，这不可能写得太快。推敲多了就成了诗。诗是炼字炼句，犹如道士文火炼丹。“两句三年得，一吟双泪流”。唐朝被形容为诗的帝国，《全唐诗》不过四万两千多首。了不起四五百万字吧，现今一个普通作家就可能达到的产量。

印刷机骤然解放了作家的写作生产力。机器又一次左右了思想的生产。报纸和平装书拥有巨大的文字容量，钢笔和圆珠笔及时跟进。这一切怂恿了飞一般的写作速度。写作的神圣感已经无影无踪，作家宁可自称“码字的”。许多作家日产五六千字，两三个月一部长篇小说。专栏作家每天都有文章见报；太阳底下无新事，可是他们一提笔就有话可说。形形色色的读物潮水般漫过，几乎令人无法呼吸。文字产品大量过剩，那些字字珠玑的古典名著只能打折——它们被迫以简写本的形式传播。

所有作家都加快了写作速度，文学的空间拥挤不堪。新生代作家大声抱怨找不到座位。他们背过身去嘀嘀咕咕：那一批老态龙钟的家伙怎么还舍不得退役？老古董早该过时了。这时，文学不是跨越历史的不朽之作，文学成了一茬一茬按季节出售的蔬菜。曹雪芹撰写《红楼梦》“披阅十载，增删五次”。按照现行的标准，这种作品还没有诞生就已经衰老。“各领风骚数百年”是古代作家的周期，新生代的理想是“各领风骚三五年”甚至“各领风骚三五天”。据说，现今每天平均有两部以上长篇小说问世，最新的文学纪录是五岁的孩子成为长篇小说的作者。神童哪需要什么读万卷书行万里路，这种老教条已经适应不了 21 世纪的写作速度了。

幸好网络开放了一个巨大的场域。积压的文学产品发现了一个新的展厅。这才真正是一个炫耀写作速度的地方。语言粗率，情节单纯，速记符号和错别字一拥而上。没有人觉得有什么不对。付费上网，网络上只能匆匆地写作和浏览。我手写我口，想到什么说什么，想怎么写就怎么写，手指在键盘上跳跃远比握住一支笔灵巧。写字的速度又一次得到了不可思议的提高。大部分作者从未想到竞争经典的荣誉，他们丝毫不在乎“速朽”。不论写作还是阅读，不就是图个痛快吗？——他们甚至把写作比拟成不是为了生殖的射精。

纸面上千言万语，内心空空如也。太快的写作已经把思想洗劫一空。这是一个写得多想得少的时代。若干年之后回想起来，我们记不住作品的内容而仅仅记得住篇名，甚至记不住篇名而仅仅记得住作者姓名。也许，除了数字，我们什么也记不住——我们只记得出版过十万部长篇小说和一千万部短篇小说！

五

“窈窕淑女，君子好逑。”爱情是一种悠长绵密的生活。一个眼神，一个微笑，一句话，一种脸色，一次邂逅都值得反复解读。试探，回应，闪避，犹豫，挖空心思，欲说还休，蓄谋已久，一见钟情——生活的全部细节一概变得富有意味了。爱情的实质是慢。等待，回味，揣摩，小小的赌气，长长的思念，“才下眉头，却上心头”，这一切都需要大量的时间。爱情的典型话语是“海枯石烂”、“一生一世”、“坚贞不渝”——恨不得不计时间。

男欢女悦的另一种生活是性爱。性爱的实质是快。性爱叫作“片刻之欢”、“销魂的一瞬”，又叫作“苟且之事”，总之，短暂得很。性爱具有欲仙欲死的快乐，人们渴望性爱可能尽量延长。大部分性爱药物的意图都是延长做爱的时间。然而，药物的效果有限，人们只能不断地重新开始。肉身的快感仍然转瞬即逝，人们只能靠增加做爱的次数维持快感的记忆。上床、下床的频率越来越快，二者之间的爱情生活越来越多地遭到了删除。

现代人加快了生活速度，做爱代替了爱情即是一个证明。爱情要求耐心细致，缠缠绵绵，“为伊消得人憔悴”；相对地说，做爱程序简单，动作明快，完事之后一拍两散，没有多少心理后遗症。为了跟上生活的节拍，现代人尽可能抛弃各种辎重，轻装上阵。他们再也不想把爱情作为性爱的前奏，这种情节实在太缓慢了。性爱就是脱衣上床，不必有那么多羁绊手脚的枝蔓。男耕女织的时代渐渐逝去，家庭、传统、传宗接代的意义日益淡漠。这时，要求一个人停在某一个角落里，一辈子专心致志地爱另一个人，这太没有“现代感”。于是，我们发出了感叹：再也没有比做爱更容易的事，然而，爱一个人却很难。现代人频繁地更换性伴侣，种种性冒险、性快餐层出不穷。我们仅仅在快感的意义上互利互惠，传统的爱情已经消失。肉体的感官在花花世界赢得了无数的乐趣，但是，不会再有什么刻骨铭心。如果说，岁月如梭的生活不断地造就我们的无根之感，那么，揪心的爱情又怎么能挽留得住呢？

六

快节奏的日子多半会产生轰轰烈烈之感。东奔西走，发号施令，快刀斩乱麻，手机响个不停，两天完成了一个星期的活计，走到哪里都有人扯住袖子请示、报告，这种忙乱的日子无比充实。我们就是在手忙脚乱之中和世界融为一体。不必计较多干活没有酬劳，越来越快的日子怎么说也是划算的。据说，现今人们每天获得的信息量相当于古人一年的所见所闻——这不是多活出几辈子来了吗？

然而，这只是一个错觉。狼吞虎咽往往嚼不烂。草草地掠过生活，许多细腻的部分消失了。从海南岛到哈尔滨，波音757只要四个小时。甚至旅行感还没来得及出现，我们已经从夏季飞进了冬季。可是，呼啸的飞行既看不清长江，也看不清泰山。古人骑一匹毛驴上路，歇歇停停地走了三个月。他们不在乎哪一天抵达目的地，但他们说得出哪里草长马肥，哪里风高雪厚。小桥流水，黄土高坡，只有一程一程地慢慢走过，人们才可能真正认识江山。否则，我们只不过认识一张地图。生活中的细节很重要。这些细节贮存了全部生活的沉重分量，无论是母亲的躬身咳嗽、乞丐的卑微眼神还是小官僚趾高气扬的步态。武侠小说快意恩仇，血脉贲张——可是缺少必要的细节。侠客们不必操心食宿，江湖上从来没有人生病住院，也不必给孩子洗尿布。所以，合上书本半个小时之后，我们立即明白这种生活是假的，爱或者恨都轻飘飘。可是，细节的体验必须慢慢来。太快的速度往往把细节当作累赘抛掉，生活仅仅剩下了梗概。

现在，许多人似乎被越来越快的生活速度魇住了。人们只能匆匆地瞥一眼远方的山峦或者天空的月亮，然后就埋头往前奔。快，快！——争先恐后的心情凝成了一阵强大的浮嚣之气。不论是历史蓝图的挑选、个人目标的设想还是迪斯科舞厅里急促强劲的节奏，人们都可以察觉到浮嚣之气的冲击。浮光掠影冒充见多识广，一目十行成了渊博，琴棋书画面面俱到又一无所长，朋友遍天下而没有一个知己。孩子们开始玩电子游戏的时候就明白，闯关夺隘靠的是手快——而不是深思熟虑。谁还在那里青灯古佛，面壁十年，那简直是不可救药的落伍者。

大洋彼岸的一个教授提出了意味深长的口号：比慢。踏踏实实地读书，不要想一口吃成一个胖子；从砍柴挑水做起，不要好高骛远，频频更换一些炫目的大口号，打算毕其功于一役。可是，机器制造的节奏回响在每个人的心里，如同挣脱不了的毒瘾。我们常常按捺不住突然涌上来的焦躁，再也坐不住冷板凳，悬梁刺股也没有用。这个时候，返朴归真是一剂良药。只要回到虫吟鸟语、月白风清之间，回到云聚云散、落花流水之间，我们将和另一种节奏相遇。“水流心不竞，云在意俱迟”，温习另一个久违的世界，我们会渐渐地平静，甚至大彻大悟。

面容意识形态

一

南海之帝为倏，北海之帝为忽，中央之帝为浑沌。倏与忽时相遇于浑沌之地，浑沌待之甚善。倏与忽谋报浑沌之德，曰："人皆有七窍，以视听食，此独无有，尝试凿之。"日凿一窍，七日而浑沌死。

——《庄子·应帝王》

人的面容让我深为迷恋。这个方寸之域是人类躯体之中最多奥妙的部位。面容不仅强烈地诱惑着画家、雕塑家、美容专家或者面相学家；在远为广泛的意义上，面容隐含了诸多重要的文化命题。我无法查究面容的概念形成于何时。面容为人类带来了什么？这是一个令人遐想的问题。如果从反面利用一下庄子的寓言，我可以说，面容的诞生使社会的出现成为可能。人类昂起头颅，相互交流面容，这是人类组织的一个重要环节。面容的意义在现代文明中有增无减。从镜子、化妆品、证件、书籍的扉页、广场周围的巨幅画像、货币、通缉令、纪念邮票以及种种明星广告中，我都察觉到文明对于面容的嗜好和尊重。这种嗜好和尊重无疑得到了法律的有力支持。法律明确保护个人肖像权；毁容将遭受倍加严厉的惩罚。有趣的是，法律本身也曾将某种程度的毁容作为惩罚手段。这可以追溯到古代刑罚之中的"墨"，或者"劓"。

无人统计一个人终生可能识读多少面容。如果站到都市的地铁站口，顷刻之间就能见到不计其数的面容：俏丽的，机灵的，聪慧的，阴险的，衰老的，丑陋的，纯洁的，神采奕奕的，容光焕发的，得意忘形的……人们常常对一个事实的意义熟视而无睹：每个人都拥有一张与众不同的面容。这形成了一个意味深长的后果：面容成为个人的固定标记。个人的风度、装束可以变易，个人的职务、名誉、财富可以升降沉浮，唯有面容始终如一。面容的出场不啻一个庄重的告示：面容之下存在一个独一无二的躯体。于是，面容享有躯体全权代表的资格。这使面容成为指代个人的符号进入社会。昆德拉说："人类样品的序号就是面相，即各种面部特征的组合，它纯属偶然，却不可重复。"面容作为符号启用之后，人类生存的自在状态深刻地改变了。

任何符号都不是自足的。面容成为符号之后，它的关系范围立即超出了个人躯体——面容很快被组织于种种更大的符号体系之中，面容的意义必须接受这些符号体系的规范。如同解读一个语句必须谙熟相应的语法一样，识读面容同样必须谙熟相应的代码。这时，我惊异地发现，围绕面容出现了诸多代码。我回想到曾经用以形容面容的一连串词汇：俏丽的，机灵的，聪慧的，阴险的，衰老的，丑陋的，纯洁的，神采奕奕的，容光焕发的，得意忘形的……这些形容词实际上是多种代码的派生物：生物学的，性学的，社会管理学的，美学的，道德伦理学的，社交学的，等等。这些代码犹如各种不同的文化尺度围绕于人的面容周围，这暗示了一个人由于面容中介所遭受的种种文化压力。可以看出，这时的面容并不是单纯地向外部社会展示个人，它同时驱使个人卷入外部社会的编码。换句话说，个人凭借面容镶嵌于文化网络之中，从而使肌肉、内脏和骨骼组成的躯体为社会文化所确认。在这里，面容典型地体现了符号的功能：一方面，面容为它所指代的躯体做出符号意义上的定位，致使躯体成为一个文化成分而存在，引导躯体纳入生物学、美学或者社会管理学的文化视野；同时，面容又解除了躯体的独一无二所拥有的天然权利，躯体变得可以衡量、可以褒贬、可以排列不同等级了。符号的功能致使个人自足的幻象开始解体，符号表明个人束缚于种种更大的文化体系之中——这恰是结构主义否弃存在主义的主要理由之一。

面容的符号性质迫使人们恪守一个约束：不能任意篡改面容。这如同特定的字眼必须保持相对不变的涵义一样。面容成为个人的固定标记之后，任意篡改无疑将引致莫大的混乱。这种混乱首先将骚扰社会管理机构，随后向道德领域和心理领域扩散。如果丈夫无法识别妻子的面容，同事之间无法相认，亲朋好友面面相觑而惊疑相向，多方面的恐慌不言而喻。中国的川剧将“变脸”视为一种独到的演技。然而，见到一个人物能够在瞬间更换多张面容，我的内心总会涌出莫名的不安——这种演技隐含了对于正常文化秩序的有力挑战，不管演员的初衷是否如此。

二

……临终的时候，他低声说：“掩上我的脸。”他最后留下的是他的骄傲。他不愿意让我们看见他临终时痛苦的脸。有人用他的帽子给他盖上，他就这样——没出一声——死在这顶黑色的冠冕之下。直等到他的胸部不再起伏，他们才敢把帽子拿掉。他的脸，就是死人的那种生命消竭的模样。

——博尔赫斯《玫瑰色街角的人》

谈论面容的时候，我清楚地意识到，我正在触及社会的一个至关重要的穴位。质而言之，面容是个人与社会之间的接榫之处。许多社交场合，人们所做的第一件事就是核对面容与姓名。如果说姓名是社会框架上的榫眼，那么，面容即是个人楔入社会的榫头。现代社会已经自我简缩为种种符号体系加以分类、检索。姓名乃是社会成员安置于诸种符号体系之内的一个基本符号。这些符号体系开始控制、监察与干预社会成员时，姓名与面容的相互认领成为首要步骤。人们不难发现，姓名是符号体系之中最富个人性质的成分，面容是躯体之中最富社会性质的部位。假如面容与姓名之间相互脱节，个人将滑出种种符号体系而飘荡浮游于真空地带，而社会管理机构则会因为基础陷落而成为悬空的楼阁。我曾经将所有个人证件一一摊在面前，从中可以清楚地看出面容与姓名之间的密切关系。种种个人证件都包含这两项内容：面容——通常采用相片显现——与姓名。证件将两者并列在一起，以便互相印证。一个没有任何证件的人是无法进入社会的。证件之中面容与姓名的重合，事实上亦即个人与社会互相衔接的象征。反之，一个人如果企图从社会之中隐匿，遮盖面容是个常用手段——这就是许多盗贼劫匪之所以被称为“蒙面大盗”的原因。

面容的意义如此重要，这个部位赢得了人们的格外珍惜。躯体上的疤痕微不足道，面容上的疤痕则会让人苦恼一辈子。也许疤痕是一个过于严重的假设——事实上，几个暂时的粉刺或细小的雀斑就可能导致强烈的反应。这种珍惜同样体现在每日不辍的洗脸动作上。与躯体的洗浴不同，个人卫生不是洗脸的首要目的。洗脸的真实涵义是，向外部社会展示一张洁净无瑕的面容。这时，面容的状况被看作个人形象的重要注释。蓬头垢面通常意味着一个人的潦倒或颓唐。只要条件许可，人人都愿意让面容成为自己的骄傲——甚至死亡也不能让人放弃这份骄傲。

在一个更大范围内，面容与个人的关系已经在隐喻的意义上得到了使用。日常用语中，“面子”或者“脸”隐喻着一个人的尊严、身份、人格。“赏脸”或者“给面子”表明了尊重、仰慕乃至崇敬，“不赏脸”或“不给面子”则是“不敬”的另一种说法——对于江湖帮派说来，这种不敬可能引致严重的后果。作为一种攻讦之辞，“不要脸”成为放弃尊严、不顾廉耻的通俗形容。这个隐喻延伸之后，人们还可以听到一句俗话：打人不打脸。无论是指摘、揭短还是揶揄，人们的面子不该受到伤害。追溯起来，这句俗话的潜台词是，善待一个人的面容亦即是对这个人的尊重。然而，一旦要对某个人表示莫大的轻蔑，人们的做法恰恰相反：打人打脸——我指的是抽耳光。抽耳光通常出现于上司对下级、长辈对晚辈、强者对弱者、有理者对理屈者之间。抽耳光是一种气势逼人的殴打：抡圆了胳膊，用巴掌拍击对方的脸颊。相对于拳殴，抽耳光造成的伤害较轻微；同时，由于动作肆无忌惮，抽耳光十分易于遭到对方的还击。尽管如此，没有人试图从技击的意义上改进抽耳光；事实上，抽耳光与其说在于伤害对方的肉体，毋宁说在于侮辱对方的精神。由于面容的隐喻意义，击打面容所产生的功效被奇怪地放大了。

三

> 形天与帝至此争神，帝断其首，葬之常羊之山。乃以乳为目，以脐为口，操干戚以舞。
>
> ——《山海经·海外西经》

人类为什么挑中面容作为个人的固定标记？这是一个投骰子式的偶然选择，还是造物主深思熟虑的结果？对我说来，这仍是一个难解之谜。可以推断，人类的标记选择远在服装出现之前。这就是说，人类躯体上的每一个部位都可能与面容竞争。然而，我未能读到这种竞争的记录；相反，形天的神话表明了躯体其他部位对于面容的臣服与摹仿——形天企图以原有的面容为范本重新安排躯体。谁能够说明，面容在躯体之中的权威从何而来？

人们或者可以说，每个人的面容独一无二，易辨易识，这是选择的重要依据。然而，为什么人类不愿选择胸乳、巴掌、膝盖或者面部的某一器官——例如鼻子——作为标记呢？同样的理由，没有两个人的胸乳、巴掌、膝盖或者鼻子是绝对相同的。对于面容的精细辨别来自长期识读的训练，而相同的识读训练也可能使人们转瞬之间分辨两张甚至更多不同的巴掌。事实上，这样的考虑也许更为合理一些：人类事先确定面容作为个人的固定标记，而后才开始了面容的识读历史。换言之，面容识读的难易并不是面容入选的前提。

不管怎么说，面容成为躯体的首都，这种状况已经无可争议地持续了无数年代。面容仿佛是个人的精魂所聚，这甚至引致原始人的头颅崇拜——考古方面的研究表明，原始人曾经将头颅视为灵魂的居藏之所。当然，人类至少可以为视觉庆幸这种选择，面容在躯体之中占有一个醒目的位置。面容与人的视线处于同一水平面上，这使面容的识读能够通过正常的平视进行。挑选面容的过程，人类同时开始了面容的文化改造。面容的一切活动——诸如哭、笑、扬眉、撇嘴、斜视等等——逐渐被赋予种种社会涵义。这项漫长的工程如今已经竣工。面容成了一个合格的文化作品。它全面地体现出人的本质。一方面，面容保持着完整的生理表象，另一方面，面容又具有完善的符号功能；换句话说，人的生理内涵与文化内涵在面容上得到了最为和谐的平衡。

也许，从更为深刻的意义上看来，面容的生理表象同样呈示了文化涵义——作为一个符号，面容的真实程度因之得到了承诺。面容超脱了服装的遮蔽，毫无阻拦地向外暴露出它的肌肤毛发，暴露出它与肉体之躯处于一个统一体之中，性质一致。于是，面容指代躯体的功能得到了无可怀疑的确认。由于面容与躯体的不可分割，面容作为躯体的代表远比服装权威。服装无疑是一种精致的文化作品。它不仅是躯体的外在包装，用以蔽日御寒，同时，服装也是显示躯体状况与等级的重要符号。然而，由于服装与躯体之间可以互相脱离与更换，人们无法对服装投以过多的信任。许多时候，服装可能是一种挪用，一种躯体外部的伪装。服装不可能拥有面容那种无可替代的真实。

面容的文化改造带来了一个巨大后果——面容成为躯体的真正核心。尽管面容的面积不过躯体的百分之十，却集中了个人百分之九十以上的信息。面容拥有超额的文化重量。可以将面容与人的胸膛加以比较。胸膛处于躯体的正面，并且形成一大块引人注目的平原。胸膛的重要意义不言而喻——胸膛是心脏的所在。这使胸膛成为生命的象征。然而，尽管如此，胸膛仍然无法褫夺面容的光辉——面容是一个人的文化心脏。一个人的社会生命必须通过面容维持。面容消亡之日，亦即个人所有社会行动终结之时。所以，昆德拉在《不朽》之中多次提到一个奇特的观点：死亡是一个没有脸的世界。死亡向社会卸下面容之后归于虚无。在众多的鬼怪故事之中，最为恐怖的鬼怪是有形无脸的。牛首马面的狰狞丑陋仍然为这些鬼怪指定了一个可以想象的位置和级别，而没有脸的鬼怪无从确认，不可捉摸，它们所引致的恐怖是无限的。

四

> 人体中，脸是这个内部统一体的最表面的尺度。……人们恰恰把这种相互作用的内涵称之为社会精神，这种作用高于单个个体，但不超脱它们，而作用的结果却多于单个个体的总和。所以，寓于面部特

征后面，又能在面部特征上看出来的心灵，正是各个面容特征的互相作用和互相指示。光从外表看，如果各种各样的脸形、五官和脸色并不是完美的统一，那简直是太不可思议了，太无美学意义了。

——齐尔美《面容的美学意义》

齐尔美专注地观察过人的面容。他发现面容是一个高度协调的舞台。面容的表情与特征为面容的所有局部共同决定。动一动嘴唇，皱一皱鼻子，蹙一蹙眉头，变换一下眼神，任何一个微小的动作都将引致面容整体的改观。人类躯体之内，面容的协同程度是其他任何部位所无法比拟的。人类躯体之外，没有一种结构能够像面容那样维持丰富与统一之间的巨大张力。不言而喻，面容之中诸多器官的协调配合为面容的形成奠定了坚实的基础。没有这些器官的共同努力，面容将是一个空洞的称谓。人们或许感到，面容是一片天然的完整领土。面容居于人体顶端；以颈部为界，面容踞守在一个相对独立的半岛之上。特殊的生理部位为面容的外貌提供了基本的理由。然而，如同地理位置并不是一个国家版图的全部依据一样，面容的真正内涵也远远超出了生理部位的承担范围。面容的本质集中体现在这里：它从一个生理之上的高度统一了面部的诸多器官。面容的协调无疑源于精神的统治。诸多器官驯服于精神之后，面容作为一个新的单位方才名至实归。在这里，面容包含着两套程序。一方面，眼睛、鼻子、嘴巴、耳朵各司其职，互不干扰；另一方面，它们又前后呼应，举一反三，共同听从于一个更高的号令。可以设想，假如面部的诸多器官互相分裂——例如眼睛无故闭上了一只，嘴唇与舌头孤立地开闭伸缩，或者，鼻子在专注凝视之际节外生枝地掀动，面容将为之解体。这时，人们可以看到一个头颅，但却无法看到一个面容。

这就是我从面部运动之中发现的重要转换：面容对于诸多器官运动的统一管辖，使之服膺于一个更高的目的。这表明，面容的文化涵义已经将生理涵义完全克服。这样，面容的生理表象不仅承担了生理功能，诸多器官不仅单独履行维持生命的职责；同时，它们齐心协力地聚合起来，凝结为一个富有表现力的符号。在这个意义上，生理表象与诸多器官都获得了一个生理之外的崭新主题。经过这个转换，面容终于完成了进入社会之前的一切准备。

当然，一如等级社会的不同分工，面部各个器官在文化涵义的执行之中负有不同的使命。黑格尔因此进一步分析了面容。黑格尔按照不同比重的生理意义划分了面部各个不同的器官，并且用进化的眼光想象这些器官的文化功能。以希腊人的面容为例，黑格尔将面容划分为“精神体系”与“实践体系”。前者以额头为中心，后者以嘴为中心。作为一个绝对理念的玄思者，黑格尔理所当然地褒扬额头而贬低嘴。黑格尔指出，动物头部结构之中的突出部分是满足生理需要的嘴，其他器官仅仅是这个器官的附属品；这使动物的面容毫无精神迹象。相反，人类的面容则有第二个中心，“这个中心在面孔上部，即在流露深思神情的额头和它下面的容光焕发的眼睛以及它的周围部分。这就是说，额头能表现出思维、感想和精神的沉思反省，精神的内在生活很清楚地集中在眼睛上。由于额头的凸出和口部与腮骨的退后，人的面容才获得它的精神的性格。”作为这两个体系之间的转变和过渡，鼻子承担了联系的职责，它使面容上下两部分达到柔化和平衡。用黑格尔的眼光看来，“精神体系”已经居高临下地统摄了面容。

面容完美无缺地保持了它的生理表象，而面容的文化改造则在这个限度之下悄悄地完成。面部的五官存在依然如故，但是，人们对于五官的认识却转移了方向。人们的认识尽量漠视乃至压抑五官的生理功能，努力使之显现出文化方面的“语义”。眼睛的视、耳朵的听、鼻子的呼吸、嘴巴的咀嚼在不言自明的形式下为人们所忽略，人们专注察看的是诸多面部器官调制出来的表情。表情已经超出生理层面而成为别一种交往语言。这种状况甚至使人们不愿对面部分泌的两种液体一视同仁。在生理的意义上，唾液的作用绝不亚于眼泪；然而，按照通常的观念，眼泪可以展现而唾液必须深藏不露。除了湿润眼球，眼泪还可以表示悲伤、激动、喜悦、恼怒等等诸种表情，这使眼泪的意义上升到文化层面并得到了高贵的肯定——谁能不为林黛玉滚滚无尽的泪珠而动心呢？相反，唾液仅仅显示了饥饿与食欲，纯粹的生理意义使它遭到了面容的排斥——当众流淌唾液至少是不体面的，而吐唾沫则是失礼或有意亵渎。唾液甚至因此得到了一个音节古怪的鄙称：哈喇子。

面容的转换无形中造成一个原则：社交场合，人们不宜单独强调某一个面部器官。这种强调可能重新暴露器官的生理性质，从而某种程度地损害面容的符号功能。因此，面容的有效社交行为必须诉诸所有的器官共同完成。哭，笑，沉吟，惊讶，爱慕，羞涩，愤怒——这些示意性的表情应当调动面容的每一个局部协作参与。假如某个局部无法跟上，面容就会显得力不胜任。一个人的笑容仅仅表现为咧嘴而不是面容的整体行动，这种笑容将出现虚假之感——俗话形容为“皮笑肉不笑”。这个原则对于脸形臃肿的人颇为不利。过多松弛的肉囊致使他们无法精确控制每个局部，诸多器官之间的配合经常不能及时到位。于是，他们的面容常常显得迟钝乃至愚拙。按照通常的面容风格判断，瘦的人精明，胖的人呆滞——这种先入为主的印象无疑是上述原则的派生物。

现代社会，上述原则显然已经深入到礼仪风范之中。面容的协调运动意味着精神对于面容的完全控制，它所形成的专注姿势是社交所必需的。专注表示了对于他人的尊重。如果某个器官临时挣脱了精神的指令而自行其是，这将形成面容之中生理涵义的哗变。生理涵义短暂地颠覆了文化涵义，迫使面容顷刻之间退出社会而回到动物的年代。这种状况是社交场合引以为耻的失误，这如同一个人在客厅聚谈时当众打瞌睡一样。当然，某些时刻人们可能陷入尴尬：个别面部器官的生理行为刻不容缓，这种行为完全无视人们的意愿而不可阻遏地表现出来，例如喷嚏，咳嗽，呵欠，等等。遇到这种无奈的情况，人们应当向社交场合遮蔽面容以示抱歉，至少是象征性地遮蔽。否则，当众放纵面部器官的生理功能将遭受礼仪的谴责。

五

> 对了，这个人就是她。现在他已经清楚地看出来那使得每一张脸跟另一张脸截然不同的、独特的、神秘的特点，这使每一张脸成为特殊的、独一无二的、不能重复的脸。尽管她的脸容不自然地苍白而且丰满，可是那特点，那可爱的和与众不同的特点，仍旧表现在她的脸上，她的嘴唇上，她的略微斜睨的眼睛里，尤其是表现在她那天真而含笑的目光里，不但她脸上而且她的周身都流露出来的依顺的神情里。
>
> ——列夫·托尔斯泰《复活》

不难想到，强调面容高度协调的时候，眼睛是一个可能引致争议的器官。很久以来，眼睛已经成为面容之中最富神采的部分。躯体的能力限制了躯体的空间位置，眼睛却将躯体的控制范围扩张到最大限度。眼睛不仅为躯体接收外部视像，同时还将躯体的意志投射出去。虽然眼睛无法像语言一样诉说种种复杂意思，但是，许多重要或微妙的场合，眼睛具有特殊示意能力。这使眼睛成为面容的聚焦之处。人们习惯地将眼神作为性格、气质和情绪的辉点。孟子曾经指出："存乎人者，莫良于眸子。眸子不能掩其恶。胸中正，则眸子瞭焉；胸中不正，则眸子眊焉。"眼睛所得到的格外重视无形地导致了眼睛崇拜。许多人不但相信眼睛是面容神色的核心，他们甚至认为，仅仅依据眼睛就可以演示各种各样的表情。即便面容器官寂然不动，眼神的单独变换已经足以表明惊恐、惶惑、威严或者温柔。作为眼睛的崇拜者，晋代画家顾恺之的一句名言众所周知："四体妍蚩，本无关于妙处。传神写照，正在阿堵中。"考察古希腊雕塑的时候，黑格尔甚至将眼睛当成一个过分出众的器官。黑格尔解释说，为了使人物的灵魂均匀分布于躯体的各个部分，古希腊雕塑家不得不回避目光表现——因为眼睛的突出光芒可能破坏塑像整体的呼应。经过这些夸张与渲染，眼睛似乎赢得了特权：它能够脱离面部的诸多器官而独树一帜。

这是一个错觉。如同面部其他器官一样，眼睛也没有单独的意义，作家曾经慷慨地将种种形容词赠给眼睛。在他们看来，人们周围闪烁着冷酷的眼睛，嘲弄的眼睛，威严的眼睛，刺人的眼睛，温情的眼睛，这些眼睛似乎能够单独完成自己的社交风格。然而，科学研究表明，这些神态各异的眼睛并不存在。如同朱利斯·法斯特所说的那样，眼睛远非灵魂的窗口，眼睛不过是躯体的终端而已。不同人种的眼睛颜色可能相异，此外并无二致。与其说作家察觉到种种不同性格的眼睛，毋宁说他们为眼睛与面部其他器官的秘密配合所迷惑。或许，人们应当惊叹的是这一点：眼睛对于面部其他器官的组织如此隐蔽同时又如此成功，以至于眼睛仿佛可以在社交场合唱独角戏，只身创造奇迹。尽管作家或者画家对于眼睛的钟爱并未减弱，但是，体态语方面的考察详细揭露了眼睛与其他面部器官之间的合作关系。体态语分析证明，眼皮时时天衣无缝地辅助眼睛"说话"。此外，眉毛、嘴巴乃至鼻子也将不露痕迹地参加眼睛的种种行动。

例如，只有当嘴巴发生了某些变化之后，斜视和换一侧眨眼才能表达不同的意义。

诚然，如同面部各个器官一样，眼睛也可能在特定的场合逃脱精神的指令而擅自行动。这时，前面阐明的原则同样适用：眼睛的失控同样属于一种不雅之举。眼睛与整体面容的游离体现为失神、木然、呆滞、瞠视、心不在焉、视若不见，等等。一旦面容之中最为光彩的器官产生瘫痪，面容将因为表情分裂或者表情丧失而急剧退化。这种退化所呈现出的面容外貌被认定为愚蠢——失神、木然、呆滞、瞠视、心不在焉、视若不见都是愚蠢的某一方面标志。对于面容说来，眼睛离异所造成的恶果并不亚于其他器官的离异。其实，许多作家同样利用了眼睛的失控表现人物的精神涣散。

五官协调，面容统一，这成了最为常见的习惯。没有人因此感到奇怪，甚至没有多少人意识到这个习惯。只有在异常的面容出现时，人们才发现这个习惯已经如此牢固。社交场合，一个人五官的稍微失调立即会被他人察觉，一个脱离了面容的耳朵、眼珠或者鼻子无疑会引致恐怖之感。然而，奇怪的是，20世纪一批天才人物却试图打破面容的统一——我指的是像毕加索一样的画家。毕加索的一些绘画作品完全抛弃了视觉的自然经验。他将面容拆卸开来，任意重新组装。面容之上蒙娜·丽莎式的古典和谐已经一去不返，他的人物五官位置完全错乱，这些器官时常脱离了面容，甚至脱离了躯体悬在空中。毕加索的怪异风格得到了众多后继画家的摹仿。在书籍封面、公共场合壁画或者寓所墙上的装饰画中，许多人物的面容不再是一个统一体，面容的肢解成为一种时髦的绘画语言。不论绘画史如何解释与赞许这些画笔对于面容的暴力虐待，这些绘画给人带来了不安和恐惧。也许，这种绘画语言表明，画家已经从20世纪的空气中嗅到了某种反常的气息？

六

克利奥巴特拉的鼻子，如果它生得短一些，那么整个大地的面貌都会改观。

——帕斯卡尔《思想录》

帕斯卡尔这句话不仅是赞叹埃及女皇的非凡美艳，在一个更大范围内，这同时展示了面容曾经有过的辉煌业绩。事实证明，一个人的五官长相可能奇怪地干预了历史，某些时刻，面容作为一个杠杆撼动了历史结构。当然，并没有多少历史学家愿意考察面容历史之间的线索，两者之间的联系无章可循。预测一张面容可否改写历史，犹如预测一只蝴蝶翅膀的扇动可否酿成一场风暴一样渺茫。人们只能从过往的事实中看到，历史上的某些面容曾经产生出不可思议的伟力。这些面容成为击发某些庞大历史事件的扳机。按照荷马的叙述，十年的特洛伊战争起源于海伦被拐；众多的传奇、戏曲至今仍在传诵，昭君出塞如何维护了汉代的疆土。也许，武则天与慈禧太后是人们更为谙熟的例子。假如这两个女性因为面容平庸而无法入选皇宫，或者无法得到宠幸，那么，后代的史官又该如何想象唐代的风貌与清代的史迹呢？假如没有这两张面容，历史是否可能拐一个弯，延迟或加速它的步履呢？我相信没有人能够为之断言。这是一些永远无解的谜团。人们所难以否认的是，浩大宏伟的江山社稷与小巧玲珑的眉眼嘴脸之间曾经而且还可能出现某种意想不到的衔接。

从这个意义上说，面容已不仅是个人的标记。面容本身是有等级的，它将在社会中定价，然后待价而沽。面容可以让一个人平步青云，也可以让一个人无所作为。这样，面容的功能迅速地为等级社会所吸收，并且同各种等级观念一拍即合。面容与权势、财富——等级社会的两个重要源头——存有可靠的换算关系。它们之间交易频繁，两厢情愿；事实上，许多人也就是将面容看成一笔由皮肤、骨骼、毛发与水晶球组成的财富。一张姣好的面容类似于一张数额巨大的支票。所以，人们对于面容漂亮程度的企求是没有止境的；如果条件许可，任何人都愿意自己再漂亮一点。这种美的爱好并不是纯洁因而完全超功利的，它隐含着炫耀、征服、统治等等诸种不可言喻的欲望。恰是由于同样的原因，某些国家曾经将美容视为一种罪过，美容所遭受的刑罚如同处置女巫一样。当然，犹如权势和财富一样，姣好的面容也不可能一无例外地为人们带来幸运。某些时候，姣好的面容可能招来种种觊觎；外部社会对于姣好面容的强行征集可能扼杀面容所有者的感情与意愿。面对这种状况，世间又渐渐浮出了“红颜薄命”的唏嘘。

通常认为，面容的历史是由女性撰写的。男性用臂力收揽世界，女性则用面容降服男性。因此，面容的等级鉴定实际上是以男性趣味为准绳。“天生丽质难自弃，一朝选在君王侧”，这种恩宠成为面容级别的最高褒奖。这无疑是男性中心的社会风尚。这表明了女性的低贱地位还是表明了女性的有利之处？女权主义者将出卖面容视为一种悲哀，而另一些羸弱的男性在另一侧发出深长的叹息——他们甚至连出卖面容的资格也得不到。有趣的是，女性在现代社会取得了种种自主权——诸如婚姻、生育、就业——之后，对于面容的热衷丝毫不减。虽然女性意识到了男权的压迫，但是，她们并不想立即结束面容的历史。

七

各个时代的女人为了巩固和神化（姑且这样说）她们的脆弱的美而运用的各种做法都是合理的。其例不胜枚举，但是我们且只说说我们的时代庸俗地称为化妆的这件事吧，使用香粉搽面，这曾遭到了天真的哲学家们如此愚蠢地咒骂，使用的目的和效果在于使自然过度地洒在脸上的各种斑点消失，在痣和皮肤颜色之间创造出一种抽象的协调，这种协调和紧身衣产生的协调是一样的，这就立即使人接近了雕像，也就是说，接近了一种神圣的、高级的生命，这谁看不到呢？至于说人为地把眼圈涂黑，把两颊的上部搽上胭脂，尽管其使用出于同一原则，出于超自然的需要，但效果却是为了满足一种完全相反的需要。红和黑代表着生命，一种超自然的、非常的生命。那个黑圈使目光更深邃更奇特，使眼睛看起来更像朝着无限洞开的窗户；红则使颧颊发亮，更增强了瞳仁的明亮，给一个女性的美丽面孔增添了女祭司的神秘情欲。

——波德莱尔《现代生活的画家·赞化妆》

现在不能不提到一个事实：不论女性对于面容寄予多少梦想，并不是每个人都能拥有一张如意的脸。五官的分布是个人所无法控制的，美好的面容仅仅来自上苍的垂顾，而上苍总是如此吝啬它的恩泽。于是，如同千秋历史成为几个英雄的故事情节一样，面容的历史不过是几个美人的身世传奇。不管怎么说，大多数乏味的面容无法悦人，这是一个令人伤感的现实。

罕见的美好面容招来了相应的崇拜，这种崇拜供养了一批大大小小的明星。不过，尽管明星可能使许多女性自惭形秽，但她们并没有气馁——众多女性共同兴起了面容的自我改善运动。这种运动的范围如此广泛，以至于带动了一项工业的持续繁荣——我指的是化妆工业。

我曾经提到一个社会约束：不能任意篡改一个人的面容。然而，所有的观察都能证明：许多人对于改换面容热心异常，信念坚定。想一想假面舞会给人带来了何种乐趣——这是一个梦幻般的浪漫娱乐。由于面容的重新选择，所有的社会关系似乎都有了另行安排的可能。人的生存为什么不能突破这个宿命——人为什么不能像更换服装一样更换面容？人为什么必须让一张一成不变的面容统治一辈子？不言而喻，更换面容的强烈愿望将同上述社会约束形成激烈的冲突。

化妆的长盛不衰显然包含了两者矛盾的调解。据考，化妆美容源于古埃及人尊敬神明的宗教仪式。作为一种改善面容的手段，化妆迄今尚未被更为彻底的手术整容所取代——这显示了化妆的善解人意。考虑到耗时问题，化妆显然比整容不利。整容可以一次完成，化妆操作必须每日不辍。考虑到耗资程度，化妆亦不亚于整容。长年累月的化妆品购买将远远超出一次的手术费用。按照这样的衡量，整容与化妆之间的悬殊比例肯定包含了更多的原因——我首先想到的是，化妆的成功来自观念上的折中。

改换面容所遇到的第一个障碍来自社会管理方面。这个时候，化妆所做出的挑战并不像整容那样义无反顾，明目张胆。整容是不可逆的。整容意味着抛弃旧有的容颜，不留余地。即便是割一次双眼皮，整容所带来的变化业已刻入肌肤，终身不褪。相形之下，化妆毋宁说采取了一种温和的骑墙姿态。化妆所使用的香粉或者颜色可以随时抹去，这包含了一个极为重要的承诺：卸妆之后，面容的原貌将被归还。这是安抚社会管理机构的必要环节。化妆没有导致面容的实质性更动，因此，化妆不会混淆社会管理机构的审核。除了少量间谍或特工人员，化妆者从不隐瞒化妆这个事实。这使化妆进一步远离社会管理问题而成为一种艺术活动。不难看出，化妆所采取的策略相当明智。它为化妆所赢得的自由远远超出了整容。整容往往是一次性的。如果手术成功，很少人愿意再度修改。相反，化妆可以时时标新立异，甚至一日三变。没有人指责化妆造就出面容水性杨花的性格。

改换面容所遇到的第二个障碍更为隐蔽，同时也更为深刻。这涉及“真”的概念。通常认为，改换面容毁弃了本真，天姿将为造作所取代。“真”与“美”在面容之域出现了尖锐的对立。然而，我想挑剔地说，人们所强调的“真”涵义可疑。个人意愿所设计的面容成为一种伪饰，受之父母的五官才是始源——在这里，“真”毋宁说是“天生”的同义语。这让我从“真”的尊重之中发现了祖先崇拜。这种祖先崇拜拥有一个根深蒂固的信条：身体发肤，受之父母；父精母血，不敢毁伤。如果说这种古老的信条强调了血缘关系的神圣，那么，在生物技术革命方兴未艾的今日，它很可能成为维护人种纯洁的一条锁链。面对这些模糊而又复杂的戒律，化妆再度显得进退适度。多数人心目中，化妆仅仅是一种面容的暂时虚构。化妆仅仅使用香粉或者颜料进行表面覆盖，它的美学手段并没有对面容的生物层面构成侵害，它也不可能从生物意义上否认祖先的权威。因此，虽然化妆的描眉画眼并不真实，人们却慷慨地予以认可。

相形之下，手术整容似乎走得太远了。尽管整容的效果更为真实，但是，手术刀和药品却贸然冒犯了生物遗传。这与其说是对于“真”的亵渎，不如说是对于祖先的亵渎。这种大胆的举动潜藏着一种危险的倾向：人类试图重新在生物的意义上设计自己。由于现代科学技术的支持，人类开始纵容这方面的想象。然而，这是不是一种僭妄？人类真的能够充当造物主的角色？人类真的能够避开迷途走向完美吗？并不是所有的人都敢给出一个不容置疑的肯定。舆论对于整容含糊其辞的不满乃至谴责，表明了人类目前尚存的心理界限。

八

嘉宝的脸蛋依然属于电影中会令观众欣喜的时刻。人会在人的影像中迷失，有如迷药一般。脸孔代表一种血肉的具体呈现，既难

> 以触及又难以抛弃。几年前，范伦铁诺的脸孔曾引发自杀事件。嘉宝的脸蛋则仍然带有优雅情爱的规则，脸上的血肉给人一种毁灭性的感觉。
>
> ——罗兰·巴特《嘉宝的脸蛋》

无论王子还是庶民，人人都知道面容的美丑之别。然而，人人的观点是否一致？从欧洲的皇后到亚洲的明星，衡量面容的尺度是否统一？换一句话说，能不能从美学意义上找到一张可以奉为千年蓝本的终极面容？

所有的事实都证明，恒定的面容鉴赏模式并不存在。古往今来，种种不同的美学体系指导着人们的面容识读。这导致了化妆趣味的持续演变。从樱桃小口到性感大嘴，从面如傅粉到黑色肌肤，从千娇百媚到冷面郎君，各种面容都曾有过正统的显赫。所以，没有人能够断定今人漂亮还是古人漂亮；人们所能肯定的仅仅是，今天的面容观念比古代更为复杂了。

这种状况把面容鉴定引向了时尚。时尚貌似一种无从捉摸的潮汐，潮涨潮落可能源于公众的兴之所至，也可能源于某种偶然的机缘。然而，等级社会之中，人们很容易察觉到权势——包括文化权势——与财富对于时尚的操纵。权势与财富将通过种种或明或暗的中介宣扬相应阶层的面容趣味，借助强大的传播媒介张榜公布所推崇的面容范本。一时之间，应者云集——仰慕形成了某些时尚的发源。在这里，权势与财富的威望很大一部分转嫁为面容威望，而面容威望又进一步为权势与财富添砖加瓦——这种循环无疑是明星发迹的秘诀。假如某种权势与财富的威望转化为特定的政治气氛，那么，面容鉴定中臧否的意味将更为强烈。我清楚地记得，浓眉大眼与黑里透红的肤色曾经是某个年代的标准面容。这种面容频繁出现于京剧样板戏、电影与宣传画之中。显而易见，这种面容是对孔武有力与户外体力活动的推崇——那个年代具有一个斗争与尚武的政治气氛。这种面容与茁壮的身体、有力的胳膊、大号的拳头相互默契，并且同风行一时的军装、运动员服装遥相呼应。人们跟随一个作家将涂脂抹粉形容为驴粪蛋上下了霜。这时的面容鉴定体现为政治鉴定。面容终于纳入权势与财富之间最为激烈的搏斗——不同的面容成为不同阶级意识的徽号。

如果说缓慢的面容趣味演变未曾引起足够的重视，那么，“准面容”——种种毛发式样与面部饰物——的演变则将权势与财富的影子放大得十分清晰。英国法庭上，假发象征着权力——只有法官和律师才能佩带假发；中国清朝“剃发令”颁布之际，蓄发抑或剃发成为民族气节的试金石。同样的理由，胡子不仅指示了年龄，也是生殖力、男性气概以及权力的说明。犯有怯战罪的斯巴达人将被剃掉胡子作为污辱。欧洲胡子的种种蓄法时常同各种身份——诸如国王、贵族、官吏、商人——息息相关。根据格罗塞考察，一些原始部落的唇栓、耳栓或者穿鼻均包含着深刻的寓意，它们或者用于克服懒惰，或者用于表示成人，或者表明宗教方面的涵义。作为面部的另一个活动装饰，墨镜最初由电影明星用以阻挡摄影棚的强烈灯光。由于代表了好莱坞魅力，墨镜得到了广泛而又迅速的推广。可以看出，面容、面部饰物与服装之间构成了一个系列。它们服从于相同的演变规律，同时受权势和财富的左右——只不过它们之间的演变速度逐项减慢而已。这时人们无妨说，面容的美学史隐藏了权势与财富的操纵。

九

你能从古今历代伟人、领袖、统兵大将里面，找到一个塌鼻子的人物吗？我想你绝找不出，而且永远不能。

——《中国民俗与相术》

我无法证实这本通俗面相学著作所做出的论断，因为我仅仅见过极为有限的伟人肖像。但是我知道，我闯入了一个十分特殊的领域：面相学。我对面相学一无所知。这方面的知识驳杂分歧，同时又门户林立。面相学周围洋溢着神秘主义的气氛。面相学进驻民俗、野史、民间传闻、演义小说、历史名人逸闻，为一些丰功伟绩与奇闻怪事提供别具一格的解释。尽管黑格尔曾经轻蔑地嘲笑过面相学，但是，更多的人对于面相学保持了一种“宁信其有”的暧昧态度。面相学通常围绕着生死贵贱这些问题展开，因此，它始终是作为一门令人敬畏的学问出现的。至少在目前，面相学并未纳入正规的科学知识体系而占领学院，它主要通过师徒口授心传的方式流布于江湖，在异人、术士、教派领袖、神秘主义者、特异功能大师以及一些骗子之间辗转相传。在这里，我不想援引《麻衣相法》之类秘不示人的经典，也不想卷入面部某一个器官的详细辨识，我仅仅想站在外围，将面相学同前面观察到的事实结合起来。换一句话说，我将兴趣规定在这个层面上：面相学意味着一种特殊的面容识读。面相学志在索解五官的形状、配置同个人生存轨迹、命运沉浮及其社会成就之间的参证关系。这是在两个相距遥远的大陆之间架设阐释的索道。

"相"是面相学的基本概念。颜面六相分为富相、贵相、寿相、贫贱相、孤苦相、夭相。不难发现，"相"与女性所常用的"貌"相对。"貌"是一个美学概念，"相"则属于社会学衡量——即便"夭相"也可以从社会学意义上解释为"无福消受"。"相"的索解隐藏着男性的焦虑。如果说，"貌"的美学级别成为女性向社会开出的价码，那么，男性则急欲通过"相"预测个人未来的成败兴衰。男性对于所欲投身的竞技场充满茫然与惶惑，于是，面容的预示成为他们紧攥不放的线索。所以，虽然面相学的兑现率颇为可疑，但是，隐蔽的男性心理支持了它的长盛不衰。

面相学是面容的精读。面相学不仅分析面容结构，同时还精心诠释面部每一个器官的形状。按照面相学分类，仅仅眉毛就有清秀眉、新月眉、柳叶眉、八字眉、一字眉、虎眉、鬼眉、间断眉、交加眉、螺旋眉诸种分别。作为一种符号破译，面相学代码繁复；任何类型的面部器官都能根据代码得到相应的阐述，而诸多器官的结构配置也将得到综合说明。代码是面相学的精髓，同时也是面相学的疑点所在。为什么"两耳垂肩，贵不可言；耳薄无根，必夭天年"？为什么"目秀而长，必近君王；目尾相垂，夫妻相离"？为什么"双颧插天，万人皈依"而"唇如鸡肝，至老贫寒"？虽然某些器官形状与生理气质之间的联系可能得到一定的佐证，但是，多数代码的依据无可稽考。这些规定的源头隐没于诸多古代秘籍背后，渺茫而不可追溯。人们仅能根据一个人的经历核对这些代码的可信程度，而代码的规定不证自明。

面相学所提供的代码表明，面相学的阐释体系隐约包含两方面的主旨：这种阐释或者指向个人性格特征，或者指向个人社会遭遇，而这两者之间往往互为因果。如果罗马型鼻子暗示着精力充沛，好辩好胜，那么，政治家或者外交家常常成为罗马型鼻子拥有者的辉煌归宿；如果虎眉乃是野性和武勇的表征，那么，武夫、杀手或者暴徒则成为虎眉拥有者的典型职业。两套阐释系统的交替至少在表面上增添了面相学的严密性。

面相学显示出中国的传统面容趣味。福寿之相通常强调方头大耳，鼻凸口阔，额头宽大，肤洁肉厚，眉毛平整而眉间开朗，五官结构匀称平衡而神明气爽。这种面容趋近于中庸风格，它给旁人温厚、稳健、持重、平和之感。这与传统文化所喜爱的风格——温柔敦厚、谦恭礼让、含而不露、不形于色——协调一致。

诚然，这种面容标准并不是面相学的绝对尺度。事实上，面相学的面容鉴定包含着一定的弹性。它承认某些例外。这集中体现于面相学对于“异相”的认可。“异相”包含种种奇特的面容。它可能结构失衡，也可能某个器官迥异于常规。“异相”无法满足纯正的美学判断，它甚至是丑陋的，但“异相”却会产生令人难忘的神采。所以，“异相”通常不是君王或者统帅的面容条件，“异相”通常是怪才异人、江湖隐士的肖像范本。《西游记》之中，唐僧与孙悟空、猪八戒、沙僧之间的面容搭配是一个有趣的例证。尽管唐僧手无缚鸡之力，但他的堂堂面容已经决定了他的师傅地位——人们无法想象师傅长着一张孙悟空的雷公脸或者猪八戒的长嘴大耳。《世说新语》记载：“魏武将见匈奴使，自以形陋，不足雄远国，使崔季珪代，帝自捉刀立床头。既毕，令间谍问曰：‘魏王何如？’匈奴使答曰：‘魏王雅望非常，然床头捉刀人，此乃真英雄也。’魏武闻之，追杀此使。”这里，曹操的形象与其说是养尊处优的帝王，毋宁说是睥睨天下的一代枭雄。在许多古代演义小说中，拥有“异相”的人往往是谋士、军师或者猛将。他们骨格清奇，颜面古拙，甚至可能眇目癞头，边幅不整。“异相”虽然暗示了某种奇门遁甲之术，但是，这迹近于旁门左道，这种人才通常不易赢得正统之尊。他们总是在故事之中辅佐君王，建功立业；大功告成则弃官而去，隐于江湖。这种故事模式再度在面容的意义上显示了传统文化内部朝廷与江湖之间二元的价值系统。

面容成为面相学体系中的符号以后，符号暴力对于个体自由的抑制赤裸裸地表现出来了。面容是天生的，为遗传所决定的；同时，面容所得到的面相学阐释是注定的，事先预设的，这导致了个体的双重宿命。个体从母腹之中带出一张面容，这意味着他的命运已经一铸而定。面容显示的命运来自上苍的安排，个体的反抗和搏斗徒劳无益。面容已经说明了一切，心高气傲、志向远大或者淡泊自处、才疏学浅均不再成为决定个体命运的真正理由。个人选择不过是作为一种迷人的假象巧妙地实践了上苍旨意。换言之，与其殚精竭虑地策划自己的命运，不如专心致志地研究自己的面容。

我不知道，无所作为的听天由命是面相学的初衷吗？可以察觉到，面相学曾经为个体的努力网开一面。这体现于面相学的“变相论”——面容可能由于境遇的变易而更动。“骨随贵生，肉随财长”，面容的高贵与否导源于外部环境的刻画。这似乎使面相学变得灵活圆通，周旋自如。然而，另一方面，这种补救的逻辑前景可能危及面相学的基本前提。如果面容是境遇的作品，如果面容仅仅是尾随境遇的事后解说，面容将丧失预测的意义。这个时候，面相学还能够拥有神奇的魔力吗？

十

> 脸谱：传统戏曲中演员面部化妆的一种程式。用各种色彩在面部勾画成种种纹样图案。各种人物大都有特定的谱式和色彩，借以突出人物的性格特征，表现对于人物的褒贬，如红色表示忠勇，黑色表示粗直，白色表示奸诈等。脸谱主要用于净脚。丑脚大都在鼻部周围涂抹小块白粉，谱式种类较少。一般认为系从唐代乐舞大面所戴面具以及参军戏副净的涂面逐渐演变而来。
>
> ——《辞海》

虽然人们可能对面相学的代码将信将疑，但是，在一个更大范围内，许多人却期望面容的识读能够注解一个人的性格与内心。对于多数人说来，这个世界太复杂了，这个世界中最复杂的则是人的性格，而性格之中最难捉摸的则是人的内心。所以，俗谚有“知人知面不知心”之叹。在这里，“面”与“心”构成了一双相互对立的范畴。没有任何仪器能够窥见人的内心。于是，人们企图从面容上搜集来自内心的种种情报。人们希望看到一套完整的面容谱系，根据这一套谱系按图索骥地翻译相应的内心世界。这种幻想当然无法实现，但是这种幻想却转身踅入了戏剧舞台。这时，人们将戏剧舞台上的面容谱系称之为“脸谱”。

“脸谱”是戏剧中图案化性格化妆，一般用于净、丑。根据记载，脸谱最初出现于唐、宋，清之后已经臻于丰富完美。脸谱绘制的基本前提是面容类型与性格类型之间的配套关系。京剧之中，“整脸”用于正面角色，“水白脸”则用于权诈之徒，“天宝脸”适于下层人物，“十字门脸”则用于正直老者。无论这两者之间衔接是否合理，我都愿意承认：脸谱是一个富有想象力的策略——脸谱企图利用固定的面容特征框住游移不羁的内心。

这是符号对于自由的约束。脸谱导致戏剧之中角色形象的固定。鲁智深式的面容决不能有一个娄阿鼠式的性格；关羽式的眉眼断不该产生严嵩式的内心。同时，脸谱的约定还将使角色的性格一成不变。张飞的脸谱无形地取消了这个人物低眉俯眼的时刻，而包拯的脸谱则剪除了这个人物可能出现的一己私欲。不管怎么说，脸谱有效地简化了戏剧舞台，使之成为一个善恶分明、忠奸立现的世界。这是一批人喜欢戏剧的原因，同时也是另一批人讨厌戏剧的原因。

从脸谱想到面具是一个自然的过渡。面具也曾在戏剧中得到使用，例如傩戏。面具不是临时用颜料绘制于脸庞之上，它用铜、木等多种材料雕成形态各异的面容，供人佩戴于脸庞之上。面具已经是面容偶像的物化。面具起源于遥远的原始社会。它和原始人类的狩猎、图腾、战争、巫术、仪式存在种种联系。在这里，我不想继续沿用考古学或戏剧理论所提示的线索谈论面具。我想说明的是，面具已经将面容的符号功能夸张到极致。这种夸张导致了面容与个人躯体的分裂。

面具是一种活动的固定面容。面具的五官和神情为物质材料所设定。面具从千差万别的躯体之中分离出来，从而成为某种面容类型的概括与凝定。面具不再从属某一个躯体，它将作为一个独立的器具供众多躯体选用。这个时候，面具所呈现的面容已经悬浮于众多躯体之上，毋宁说它更多地归属于相应的符号体系。这些符号体系可能是宗教的，民族的，也可能是道德的，巫术的，每一个符号体系都规定了典型的面容分类标准。人们可以从傩戏之中清楚看到道德符号体系与面容神情之间的固定搭配：正神与和善，凶神与狰狞，丑角与滑稽，如此等等。面容挣脱了个体而成为面具符号之后，将获得纯粹的符号魔力——这种魔力是任何一个个体所不具备的。在这个意义上，面容抽象与物化为面具即是符号魔力的炼制与投聚。任何一个个体企图借助这种魔力，他就必须放弃个体的真实面容而求诸面具。原始人普遍认为，佩戴某种面具可以汲取这种面具的魔力——这是面容崇拜的一个变种。面具的出现显明，面容崇拜亦即一种符号崇拜。符号对于个体的操纵乃至压抑再度被面具证明了。

十一

> 如果你把两张不同人脸的照片放在一起，你的眼睛立刻能感到它俩的不同。可是如果你把二百二十张人脸摆在一起，你突然会觉得这些都是同一张脸的许多变形，而根本不曾存在过所谓的个体。
>
> ——昆德拉《不朽》

可悲的是，“面具”已经在很大程度上转化为日常的习惯用语。这时，面具指的是一套隐藏真实意愿的表情伪装。在这个意义上，没有人能够完全抛开面具。人们必须在某些场合微笑或者悲哀，在另一些场合羞涩或者肃穆。如果媚态或者愤慨用错了地方，人们将招致无礼之讥，极端的时候甚至惹来杀身之祸。

也许，这是面容的不幸。面容成为躯体之中最受约束的部位。躯体的颈部以下才是私人领地。面容未能享受类似于服装的遮蔽物；面容不仅风餐露宿，同时还必须随时接受他人目光的督察。这在面容和躯体之间造成一种尴尬关系：面容时常以违背躯体意愿的行为维护躯体的安全。

于是，这带来了一个不可避免的现状：我所识读的多半是职业面容或场合面容。这是面容为职业或场合做出的规范表演。我从这些面容之中看到了小公务员、首长、小贩、明星、教师，看到了客人、外交家、情侣、乞求者、送葬者。如果这些公共的内容无法满足我的识读期待，那么，我还能从面容之中看到哪些个人内涵——看到哪些独具的韵味、神采、气质？

这个时候，许多面容骤然显出了空洞。一旦脱离了职业与场合而归还个人，面容还原成了一个毫无生气的生理部位。卸掉种种面具之后，许多面容仅仅剩下一团生理性疲惫。这些面容目光茫然，肌肉松弛，神情迟钝。的确，除了职业与场合气氛，这些面容还有什么可表示的呢？个性的丧失致使许多面容相互趋近，难以分别。

事实上，仅有不多的面容能够浮现出强大的个性涵义。这些面容具有难以言说的特殊气质，它如同一种无形的风格统一地融入面部所有的器官。我曾经久久地注视一张爱因斯坦的晚年头像。纷乱的头发和胡子，宽大的额头上一道道长长的皱纹，挺直的鼻子旁边一双忧郁而又专注的眼睛。我无法想象他在盯视什么，或者在倾听什么。但是，他那种既柔和又坚决、既诚恳又深邃的表情强烈地打动了我。这样的面容是无法忘怀的，因为它饱含着智慧和悲天悯人的同情心。

人人都有一张面容。然而，并不是人人都有一张自己的面容。职业面容和场合面容来自摹仿和训练，而真正的面容却是来自性格的成熟。前者是外部强加于人的符号，后者是内心在面部的释放。真正的面容或许已经失去了柔嫩的皮肤与光滑的前额，它们多半饱经风霜，如同熟透的果实。《金蔷薇》一书写道：“只要把契诃夫的照片按照年龄——从青年到晚年——摊开，你便可以清楚看到外表上的那一点点庸俗习气逐年消失，而他的面孔越来越严肃、深沉和优雅，他的服装越来越大方和随便。”所以，林肯认为，过了四十岁，一个人就应当对自己的相貌负责。如果说，婴儿的呱呱坠地不过使面容降临人世，那么，个性神采标志了一张杰出的面容。这些面容并没有为文化改造所吞噬，所统一。它们击穿了通常的符号规范，赢得了面容的自由风貌。这个时刻喻示了面容的再度诞生。

舌尖上的安慰

嘴的三种功能

嘴位于躯体的顶端，属于人们形容的七窍之一。嘴是躯体的门户，两片红唇是时开时闭的门扉。通常，嘴的开放也就是躯体的开放。人们时常敞开门户，将五光十色的世界引入躯体内部。无疑，这包含了相当的危险，人类的脆弱内脏可能遭受出其不意的袭击。因此，舌、齿、唾液以及整个口腔必须对种种不明之物保持戒备——必要时立即咬紧牙关，关闭通道，如同遭到骚扰的海关。

嘴肯定是最为古老的器官之一。许多低等动物可能没有四肢，甚至没有眼睛和耳朵，但是，嘴是不可或缺的。人类头颅上的嘴同样是动物身份的证明。然而，人类的一部分进化历史恰恰铭写在这个器官之上：对于人类说来，嘴的功能不仅局限于摄食；同时，嘴还负责说话和接吻。换言之，嘴的三种功能几乎概括了人类的所有主题，吃、说、吻分别对应的是自我、社会、爱。

相对于虎豹豺狼，人类的嘴已经丧失了攻击的技能——这个技能现在由肌肉发达的双手承担了。空闲下来的时间里，嘴练就了滔滔不绝的发言。如果说每人一生耗费的食物是一个惊人的数字，那么，每人一生生产的话语则是不计其数了。事实上，话语的确使人类得到了一种文化意义上的新生。例如，人类可以一边吞咽着奶油面包，一边说着这样的名言："吃是为了活着，活着并不是为了吃。"

吃维持了每一个体的生命，话语为人类组织了社会。这不仅使人类联结为一个强大的整体，同时还使人类在食物链上占据了一个高高在上的位置。这个食物链的位置意味着，人类可以放心地吃这个世界上的动物和植物，而不必担心被吃——如果人类能够在某些时候利用话语陈述一下选择某种食物的理由，那就会更加完善了。

食物的直觉

世界之大，人类首先必须解决的是一个极为朴素的问题：什么可以吃？昔日神农尝百草可以视为一个象征事件：人类用嘴探索世界。如今，人类的食谱已经十分完善，但是，人类的嘴依然保持了对于世界的好奇。如果可能，人们愿意像吃下一块比萨饼一样将整个世界咔嚓咔嚓地吃掉。

经过千万年的训练，人类的嘴巴已经对食物具有某种神奇的直觉。除了日常的食物之外，人们的嘴巴还能迅速辨识某些物体之中潜在的可食性，同时断然排斥另一些物体。天上的飞禽，地上的走兽，海里的游鱼，人们都表现出极大的兴趣。即使像刺猬这样令人生畏的动物，人们也嗅出了可食之处。对于自然界的植物，人们已经用嘴进行了广泛的实验。这也许是逼出来的：饥荒连连，灾民已经将能吃的都吃过了。尽管如此，人们对另一些物体还是不会有任何食欲，例如塑料，钢铁，石块，水泥——人们的嘴巴通常不会在这样的问题上发生错误。于是，这就成为一个有趣的疑问：人们的直觉依据什么做出判别？

在我看来，这或许是一个隐蔽的原则：食物必须曾经有过生命，无论动物还是植物。食物意味了生命与生命的交换。尽管火改变了食物的原始形状，但是，这个原则依然清晰如故——人们不会愚蠢地烧一块鹅卵石或者铁片食用。事实上，只有水是一个伟大的例外——不过，水真的没有生命吗？

对于那些人工合成品，这个原则仅仅稍作改变：这些人工合成品的原料曾经有过生命。糖或者糕饼不言而喻，布匹或者纸张同样由于这个原则而具有了可食的潜质。然而，再贪嘴的人也不会企图吃铝合金、玻璃、肥皂、石灰或者晶体管。

迄今为止，这个原则还没有扩张到这样的程度：任何有生命的食物都是可吃的。尽管如此，人类的嘴巴仍然体现出强烈的扩张企图。我曾经到过一个奇异的餐馆，餐馆的菜单写在特制的餐巾纸上：蚂蚁，蝎子，蚯蚓，老鼠，蛇，蝙蝠，如此等等。这些龌龊的动物具有一种古怪的甚至丑陋的生命形式，许多人感到反胃。现在，人类的口味似乎正在向某一个极限挑战，种种传统意义上的怪物正在赢得人们的青睐。可是，我所关心的是这样的问题——人类有否可能突破上述的原则，开辟崭新的食谱？会不会有一天，厨师可以用铜、铁锈、碎石块和黄土调制出一盘可口的菜肴？

火与佐料

火舌舔着锅底，锅里冒着热气，阵阵诱人的香味正在溢出。人们围坐在灶炉旁边，向往着正在锅里翻滚的食物。这是一幅动人的家居图。

锅里煮的是什么？鹿肉？蛇？牛肉？麻雀？黄花鱼？河鳗？总之，所有的食物都有一个名称。其实，这个名称已经无足轻重，锅里的鹿肉或者蛇肉已经与林子里的鹿、草丛中的蛇迥然相异。火改变了一切。动物或者植物的初始形状消失了，剩下的仅仅是催人垂涎的食物。这不由地让我想到巴什拉的一句话：“若一切缓慢变化着的东西能用生命来解释的话，那一切迅速变化的东西就可以用火来解释。”

火是人类历史上不可比拟的发现。熟食是火的重要后果之一。列维·斯特劳斯曾经在他著名的“烹饪三角”之中借助生食、熟食以及变烂的食物展开复杂的结构主义智力游戏，其实，我宁可再度援引巴拉什对于火的称颂说明熟食的意义：“火的增值的最重要原因之一也许是除臭。”“味道是一种原始的、专横的品质，它以最虚伪的，或是说最令人讨厌的在场强加给人。火使一切变得纯洁，因为它去除了令人作呕的味道。”除此之外，我还想加上一个小小的臆想式补充：火掩盖了事物的本来面目，蒸干了血迹，让人们暂时忘却了食物曾经是一个有生命的活物。猪还在栏圈里打呼噜，狗刚刚从街上跑过，人们没有觉得锅里的食物与它们有什么关系——的确，火切断了食物与生命之间的表面联系，人们的脆弱良心得到了一个掩耳盗铃式的安慰。

我甚至愿意在同样的意义上解释烹调之中使用的佐料。当然，佐料用于调味：辣椒，葱，蒜头，生姜，酱，糟，醋，如此等等。一个杰出的厨师一定是善于运用佐料的高手，《红楼梦》之中刘姥姥吃到的茄子是一个佐料创造美味的经典性例子。尽管如此，我仍然相信，佐料的历史之中可能隐含一个狡猾的目的：隐瞒食物的真正来源，尽量形成一个错觉——这些食物不是来自残酷的猎取，它们是人类的某种复杂的工艺制造出来的。

饿与馋

饥肠辘辘，腹鸣如鼓，四肢无力，胃部却如同火焰的烤灼，仿佛有一只手要从喉咙里伸出来——这即是饿。饿的唯一治疗是食物，一碗米饭或者五个馒头即可缓解。馋是什么呢？梁实秋为之著文《馋》。他说：“馋，则着重在食物的质，最需要满足的是品味。上天生人，在他嘴里安放一条舌，舌上还有无数的味蕾，教人焉得不馋？”

饿是一种生理现象，不可回绝。饿的后果是致命的。尽管如此，饿却易于释除。任何食物都可以填饱肚子，甚至树皮和草根。胃是一个粗糙的器官，提不出苛刻的要求——饱了就是满足。

馋通常是一种心理现象，馋的渴望可能成为一种日日的痴想，让人深受折磨。馋是挑剔的，向往某一种特定的食物，而且这种食物往往不在眼前。馋不一定奢靡，索要龙肝凤胆——馋的或许仅仅是某种故乡风味，久闻大名而未得一尝的某种点心，童年时常常吃到的小菜，某一个季节才会有的瓜果，如此等等。馋是一种口腔的欲望，特定的食物刚刚入口即可解馋，胃不过是过后收拾这种食物的容器而已。

人们习惯于谅解饿，谴责馋。因为饥饿而出卖自己情有可原，因为馋而偿付代价却会遭人白眼。这样，人们经常遗忘了馋的功绩：事实上，许多饮食艺术与其说因为饿，毋宁说源于馋。饿不过导致了饕餮，只有馋的欲望才会迫使人们挖空心思地创新烹调之技。

雅致的吃

梁山好汉的饮食体现了一种粗豪：大碗喝酒，大块吃肉，额上冒出了油汗，胸中涌出了豪情，这种吃与他们那种大刀阔斧的人生方式相互呼应。相反，另一种吃是雅致的：小口小口地啜汤是雅致，使用一套小锤子、小凿子吃螃蟹是一种雅致，一小盅一小盅地喝功夫茶是一种雅致，翻看几页闲书之后吸一支雪茄烟也是一种雅致。雅致不是体现于贵重的菜肴上；看过了汪曾祺的文章之后即可知道，萝卜也能够吃得出雅致来。雅致是一种心情，一种闲情逸致，吃如同观花赏月一般从容自在。这样的吃不是充饥解渴，人们似乎在吃中寄寓了怡然的心情。所以，雅致的食客从不显出猴急之相。他们不仅细嚼慢咽，甚至有意拖延食品的制作时间，仿佛要在张嘴之前的考究里面得到一份乐趣。

吃成为一件雅事，这无疑是人类文明的杰作。自然界的原则是弱肉强食，吃是一种惊心动魄的残忍。人类文明将这个每日必修课程巧妙地掩饰起来，躯体的生理渴求与张嘴吞食的凶恶形象仿佛隐藏到美妙的韵律背后。汲一壶山泉，用树叶枯枝煮沸，洗涤茶具，置入新茶，长长一口吸入茶香，而后入口细品——这样的雅兴哪里是因为口干舌燥？设宴临江楼，抿一盅酒，唱一支小曲，挥笔在雪白的墙上题一首诗，腹中饥馁哪里会有这样的风度？雅致的食客仿佛是一批情趣盎然的人。他们丝毫不隐瞒自已对于美食的爱好，但是，他们能够在食品制作的日常俗事之中表现出特殊的优雅和飘逸。

然而，某些时刻，人类的残忍终于还是在雅致背后显露出来——这种残忍堂皇地将血腥解读为另一种雅致。例如，人们可以油烹活鱼，直至下筷时鱼犹在盘子里微微跳动；人们可以吃活猴脑——将猴子夹在特制餐桌之中，敲碎脑袋，生吃脑髓；为了吃到更为肥厚的鹅掌，人们可将活鹅驱到烧热的铁板上，让鹅掌在烤灼之中充血；为了吃到鲜美的驴肉，人们可以手持匕首到活驴身上割肉，进行血淋淋的烧烤……许多人无端地迷信，折磨动物可以使肉质鲜美；这样，他们的智慧凝聚于痛苦的制造。这时，食客的想象力、情趣与风度寓于施虐之中，他们的雅致是集艺术家与暴徒为一身。

象形原则

饮水可以解渴，蔬菜里含有维生素，米饭会变成淀粉与碳水化合物，糖将迅速转化热能，人体可以从牛肉中吸收蛋白质，贝类动物通常会提供丰富的钙质……这些知识指导人们选择食物，配置自己的餐桌。然而，相对于这些知识，民间同时还隐蔽地流传另一个奇怪的饮食原则：吃什么补什么。这可以称之为象形原则。

严格的象形原则是动物部位与人体部位的重叠。耗神写作的人宜于多食猪脑，擅长跑步的运动员宜于多食猪蹄，猪肺熬花生汤有助于清肺，猪肚或者牛肚有助于消化。这样的象形原则认定，人们吃下的某一个器官将会直接抵达躯体内部的相应器官。尽管这是一些毫无根据的联想，但是，某种直观的对应似乎触动了人们的无意识。人们不仅默认了鱼眼睛的明目功能，甚至猪毛也成了治疗秃头的特效药。这个意义上，雄性动物的生殖器理所当然地产生了非凡的魔力——餐桌上的通俗称呼是“鞭”。对于性功能有所亏欠的男性说来，“牛鞭”、“狗鞭”或者“虎鞭”均是孜孜以求的大补之物。

间接的象形原则利用了某种形状的相似作为象征。核桃补脑是因为核桃仁酷似脑髓，熬出了红色汤汁的蘑菇则可以补血。西方文化中，洋葱、马铃薯、曼陀罗花的根与牡蛎、无花果因为某种程度地形似于男根女阴而具有催淫之效。这甚至延伸到人们对于药物的信任：具有人体形状的人参与何首乌通常显得尤其名贵。显然，间接的象形原则可以容纳种种更为遥远的联想和隐喻，例如绵长的寿面预示长寿，岁末食鱼象征“年年有余”，如此等等。

对我而言，这种象形原则的观念源头是个不解之谜。无论动物还是植物，人们从未见到象形原则的实现——狮子不会因为吞食了兔子而缩短了尾巴，老鹰不会因为吞食了蟒蛇而失去了翅膀，作为绿肥的紫云英也不会将自己的形状赋予稻子。事实上，象形原则毋宁说是一种遗传观念：只有遗传才能保持器官与外观的对称性呼应。来自遗传的强壮体型与近视眼比比皆是。什么时候开始，生物的遗传链条与食物的营养学发生了混淆？

素食

素食者拒绝食用兽肉、禽肉和鱼类，更为严格的素食者甚至拒绝蛋和牛奶制品。如果这样的素食主张源于一定的信仰，通常称之为素食主义者。我不是素食者，但我对于素食主义者保持敬意，如同我对一切拥有自己信仰的人保持敬意一样。尽管如此，我还是企图对素食的主张表示某些疑惑——这里是否存在某些悖论？

第一，素食是利己还是利他？利己式的素食具有这样的企图：素食是为了防止肥胖，降低血脂和胆固醇，避免结肠癌；更为长远的意义上，素食的“不杀生”是为了得到某种“好报”，例如增加寿命，或者来世挣得一个高官厚禄。相反，利他式的素食是对于其他生命的尊重，人们不愿意因为自己的口腹之欲而让活蹦乱跳的动物鲜血四溅。人们没有理由将这两种素食者混为一谈。某些时候，他们是冲突的——例如，医学界告知，胆固醇太低可能是某些癌症的原因时，利己式的素食者是否还会一如既往？

第二，素食意味着尊重自然还是改变自然？不要残害生灵，这无疑是对于自然旨意的服从。可是，如同豺狼虎豹一样，肉食同样是人类的自然天性——只不过人类发展了熟食而已。这是不是无异于说，素食是对于另一种自然旨意的抗拒？

新近的科学资料表明，素食可能也会成为一种杀生——谁说植物就没有生命？科学家发现，植物遭受伤害时产生的化学反应与动物抑制疼痛和创伤的神经激素反应几乎相同。科学家风趣地说，其实植物也会喊“哎哟，痛！”植物也是一种生灵，植物同样有类似于肌肉的传感系统，如果有腿，植物也会奔跑。对于素食主义者说来，这无疑是一个新的难题。

零食

顾名思义，“零食”肯定显现出某种琐碎的风格。零食的外观通常是一些小颗粒，一些碎屑，或者某些大型食物的边角料。体积微小是零食的一个重要特征。无论是话梅、芒果片或者牛肉干，它们都是些小玩意儿。小玩意儿可以轻松地装入种种的小口袋，任凭人们携带。

然而，如果将“零食”的琐碎想象为平庸无奇，那就错了。事实上，零食时常隐含着出其不意的口味革命。因为体积微小，种种奇异的食品加工卓有成效；许多加工过的零食几乎完全丧失了原味。如果不在包装的口袋上加以说明，人们的味蕾甚至鉴定不出这些零食的原料。

零食的意义并非果腹。或者说，人们从未赋予零食果腹的资格。饥饿的时候，人们期待着半斤米饭、馒头或者米面，很少人愿意选择半斤果脯或者瓜子充饥。事实上，零食的享受已经接近于纯粹的“吃”。换言之，零食的舞台仅仅是舌头和口腔，零食不向胃负责。

因为不是正餐，更没有考虑入选筵席，零食反而得到了一种实验的自由。零食无所谓正宗原味。如同艺术之中的激进先锋，零食的使命就是开拓口味的区域，让味蕾拥有更多的乐趣。零食在酸甜苦辣之间配置出难以计数的口味变体，舌头进入了斑斓的空间。

当然，这样的观念包含了过多的享乐成分。这与另一个重要的观念产生了无形的冲突：食物是为了维持生命的能量，恢复身上的力气，从而让人们尽快地开始挖煤、装配汽车或者写工作报告。口腔享受是一种额外的奢侈，迷恋于这种享受的多半是一些无所事事的女性。她们的挎包里通常仅仅存放了零食与化妆品。传统意识中，女性没有那么重的工作负担，她们借用零食消磨时光。如果一个成年男性过分迷恋零食，左一粒鱼皮花生，右一粒五香蚕豆，那么，他的男性气概就要遭受很大的损害——人们会感到他身上出现了过多的女性气味。的确，对于那些耽于享乐的男性而言，食品商店里五颜六色的零食是可望而不可即的。

小吃

城市角落里的夜市是小吃最为繁盛的地带。一列列小吃摊位沿着昏暗的街道两旁排开，招徕生意的吆喝、煎炸的声音与种种让人垂涎的香味混成一片。摊位旁边铺开几张简陋的桌椅，树枝上吊下来的灯泡已经熏满了油烟，锅里腾出的热气模糊了食客的面容。小吃的食品并没有筵席菜肴的精致、正式、体面，但这丝毫不影响路人的食欲。小吃引诱路人有个片刻的放纵，人们不再维持绅士、淑女的形象，扒下领带，脱去高跟鞋，释除了矜持的微笑，一屁股坐到了俚俗的乡音土语之间，辣得唏嘘不已，或者酸得龇牙咧嘴。

小吃保存的是纯粹的地域风味，从原料、佐料到烹调方式，莫不如此。人们通常追求小吃的正宗或者老字号，这无疑表示了对于地域风情的尊重。例如多年的卤汁，家传的香味配方，这些都是小吃的精髓。小吃不像零食制品那样爱好创新，小吃更乐于皈依传统。小吃竭力将自己嵌入某个地域的历史，甚至刻意地夸耀自己的独特谱系，例如邱妈妈苦茶，钱家涮涮锅，石记割包，如此等等。在这个意义上，小吃不懈地维护了地域与传统。

这样的维护甚至体现出另一种特征：食品与制作现场不可分离。小吃的摊位经常有一个用于烹调的小火炉，小吃必须现作现吃：热气腾腾，液汁淋漓，松酥可口；如果离开了现场旅行一段时间，小吃的质量就会大为逊色，甚至僵硬死去。这使小吃顽强地与某一个地域黏合在一起。人们不可能像携带零食一样将某种小吃从一个地域转移到另一个地域。换言之，小吃不愿意从乡音、亲情、简陋的摊位和熊熊的炉火之间分离出来，远嫁他乡。人们只能在远处回味这里的小吃；如果还想重新品尝，人们不得不再度返回。

当然，小吃不一定吻合异乡人的口味，但小吃竭力保持了亲切感人的风格。小吃让异乡人一下子进入这个地域的家常现实。小吃揭示出豪华盛宴背后的另一个饮食系统：低贱的，本色的，简陋的，但却时常是可口的。对于本土人士说来，小吃同时是亲情、乡音和本地气氛的有机部分。记忆之中的家乡是什么？口腔、舌苔对于臭豆腐、担仔面或者豆汁的识别肯定参与了家乡形象的塑造。的确，豪华盛宴肯定无法取代对小吃的迷恋，这就像标准的官方语言代替不了方言的熨帖表达一样。

饭局

每个人都是亲自进食，他人无法代劳。然而，并没有多少人乐意单独用餐。人们频繁地将这样的私人行为组织为某种集体形式，制造共同进食的幻象。这种组织起来的进食称之为饭局，一张共同的餐桌成为报到和相聚的驿站。

某些饭局以食物为轴心，这样的饭局更像是家庭餐桌的扩大。烧出几道稀罕的菜肴，邀请三五友人同道，几盅浊酒，谈玄论艺，可以放浪形骸，可以出言不逊，鼓腹微醺，兴尽而归。这种饭局时常伴随了某种亲切祥和的气氛。

相对地说，另一些饭局隐藏了复杂的结构。这些饭局是为了制造某种特殊的社交场合。饭局的参与者或者想召见什么人，或者企图被什么人召见。这里，菜肴本身已经无足轻重，人们仅仅是在利用食物的交际功能——共同进餐是一种表示亲密的形式，“分而食之”暗示了共享欢乐的平等。宴席的环境、级别、价格都被折算为社交仪式，显示饭局参与者的身份和接待规格。形形色色的社交主题将在这个饭局的餐桌旁边产生：商务，投机，请求，贿赂，庇护，野心，阴谋，陷害……这些社交主题的设定取决于主宾关系。主人是为这个饭局付账的人，但是主人不一定是控制局面的人。饭局开张之前，参与者必须在这个问题上达成共识：这个饭局的邀请是主人的恩赐呢，抑或出席这个饭局是来宾的赏脸?

这样的饭局时常交织了微妙的合作与对抗。这些体现于参与者的表情和言辞之中。如果出现了更为放松的氛围，某些对抗就会转换为斗酒。酒量角逐之中的胜者隐喻了豪爽、强壮与男性气概。这些性格的代码时常被重新编织到主宾关系之中，协助既定的社交主题完成。例如，一个人在喝酒的时候竭力表现出舍命陪君子的姿态，他的请求或者承诺就会得到更多的重视。

当然，某些饭局之中的对抗可能表面化。这时，美味佳肴与刀枪剑戟仅仅一步之遥。这种饭局的经典形式即是“鸿门宴”。举杯共饮，言辞挑衅，帐后的刀斧手，摔杯为号，项庄舞剑，意在沛公，这些情节启发了许多阴谋家的想象，并且在历史上无数阴险的饭局之中得到了加工和再创造。

麦当劳

麦当劳将它的连锁店空降到世界各地，这是一个了不起的奇迹。事实上，美国国防部长做不到的事，麦当劳叔叔轻而易举地办成了——麦当劳叔叔顺利地取得许多国家的护照，并且照例将本土的快餐防线冲得七零八落。中国的许多都市之中，麦当劳正在以燎原之势席卷而来。至少对于那些生气勃勃的新生代说来，口味上的大同世界仿佛即将降临。

本土的厨师想象不出麦当劳的成功奥秘。无论是汉堡包、薯条、可口可乐还是冰淇淋，麦当劳的口味十分简陋。大江南北的哪一个菜系不是身怀绝技，怎么会轮得上麦当劳到这里称王称霸?

事实上，麦当劳不像他们想象的那么贫乏——麦当劳独特的符号系统赢得了新生代的爱戴。新生代的口腹之欲已经削减了许多。他们没有兴致体会种种精致入微的厨艺，中国菜肴的繁复和过度丰盛甚至让人腻味。新生代更多地关注餐饮的气氛，一种餐饮形象远比餐饮的内容重要。于是，与热气腾腾的传统宴席不同，麦当劳餐馆里明亮的玻璃、红色条纹衬衫的侍者、光洁的座位、托盘和罐装饮料形成了一种简洁的快餐风格。这种风格显然与新生代的牛仔裤、T 恤衫、长头发或者耐克鞋更为匹配。

的确，麦当劳的风格让我想到了符号的消费。汉堡包、薯条、可口可乐不仅是某种食物，它们还将和麦当劳叔叔以及一些廉价的小礼物——例如，小气球，小旗子，小帽子——共同成为代表美国口味的符号系统。可以将麦当劳连锁店想象为一个符号意义上的飞地。进入麦当劳的气氛，人们可能无意识地联想到某种美国式的空间。人们被告知，世界各地的麦当劳都是一致的——它们一概是美国总部的嫡系传人。人们付款时已经得到承诺，这回他们购买的是地道的美国货。这样，麦当劳独特的符号系统终于协同某些并不复杂的食物配方完成了无与伦比的经济远征。

故乡的食物

故乡的食物是许多文人墨客钟情的写作对象。嫩藕，豆汁，咸蛋，臭豆腐，野菜，小青鱼，杨梅，腌螺，糟菜，酱鸭，豆浆，如此等等。经过笔墨的引荐，这些食物登堂入室，赢得了不朽。文人墨客的牵肠挂肚甚至制造了莫大的悬念，以至于异地的读者同样垂涎三尺。

故乡的食物代表了味觉的记忆，它协助人们挽留日渐淡隐的故乡。故乡不仅是一些视觉景象，故乡还跳动在人们的口腔里面，藏入躯体内部，直至成为躯体的一个部分。如果尝到故乡的食物，那就是用躯体重温故乡。

文人墨客终于有机会在某一天重返故乡。这时，他可能发现，味觉的记忆似乎有些误差——其实故乡的食物并没有想象的那么可口。这些食物显得粗粝、生涩，而且有些呛人。这时，文人墨客已经明白，大约是故乡的思念不知不觉地夸大了这些食物的美味。但是，他们同样清楚的是，只要远离故乡，这样的想象甚至这样的夸大又会活灵活现地返回，不可遏止。

人们为什么要羁恋故乡？去国千里，漂泊不定，求学谋生，故乡拴不住一个人的眼睛和双脚。但是，故乡是一个人心目之中的“根”；故乡的存在是一个心理意义上的归宿，故乡冲淡了人们飘零无涯的凄凉。故乡是什么？人们必须将这个含混的概念凝定于一系列可触可见的意象：乡音，炊烟，邻居的笑颜，祖坟上的青草，村口的大树，弯曲的小溪……故乡的食物是什么？故乡的食物是人们贮存在舌尖之上的安慰。

节日的晚餐

逐一追溯节日的历史是相当繁复的。一般而言，节日源于某种纪念，或者源于祭祀活动。显然，如今的节日已经没有那么多的历史内涵。季节的转换已经不像农耕时代那么重要，祭拜天地、鬼神和祖先渐渐成为老一辈的传统事务。对于城市之中的上班族说来，节日意味着中断重复的日常现实流水线，获得一个短暂的放纵。那么，如何度过这个节日？很少人想到开一个小型的诗歌朗诵会或者哲学小讲座，人们总是说：煮些什么好吃的犒劳自己吧。

过节的那一日，人们从喧闹的菜市场提回一批食物，剥皮去毛，蒸煮炸炒，终于制作出一顿丰盛的晚餐。餐桌上的主人吃得十分开心。不过，仰头喝下最后一口啤酒之后，醉眼蒙眬地看着杯盘狼藉，心中不由得掠过一阵疑虑：这就是期盼已久的节日吗？

想一想似乎并没有错——节日不就是和吃联系在一起的吗？春节吃年糕，元宵吃汤圆，端午节吃粽子，中秋吃月饼——节日不就是为了吃吗？祭祀不过是让人们与天地鬼神共享欢乐而已。

食物匮乏的日子里，人们的舌头封锁在枯燥单调的三餐里。节日是一个快乐的许诺：人们有望在这一天尽兴地吃一顿。这是节日的基本涵义。情人节送一枝花或者愚人节制造一个笑话都是节日的一些无足轻重的附加游戏——传统意义上的真正节日只有一个深刻的主题：吃。

酒

在所有的饮料之中，甚至在所有的食物之中，恐怕再也没有什么比酒更富有文化涵义了——这种散发出刺激性香味的液体充满了文化的隐喻与象征。酒的历史已经十分古老，但是，酒在工业社会并未过时。尽管化学工业不断地推出诸如可口可乐之类新型饮料，酒的至尊地位不可动摇。酒的文化涵义是那些后起的新型饮料无法比拟的。

什么赋予酒如此复杂的文化涵义？人们很快将思想集中到这方面来：酒精的麻醉与致幻作用将暂时地使饮酒者脱离现状。久而久之，酒成了超越现存礼俗、秩序以及种种道德桎梏的媒介物。无形之中，人们似乎都默认了一条不成文的约定：酒后的放诞言行有理由得到特许。这样，醉酒常常被引申到生存的意义之上加以理解——醉酒昭示了一个超越现实的境界。

李白有诗云：“古来圣贤皆寂寞，唯有饮者留其名。”这是传统之中两种人格的对立：圣贤与饮者，或者说圣人与名士。前者以“礼”为中心，尽量泯灭一己之情，僵直古板。相反，名士时常因为无视礼节、不拘习俗而赢得名声。对于名士说来，纵酒往往是任性逞情的诱发契机。他们或者无所顾忌地抛开世界，坠入醉乡，或者借酒使气，用佯狂对付龌龊的现实。坦露真情的时候，醉酒仿佛成为一道必要的掩护。从狂饮到放浪形骸，这是一个公认的过程。人们可以从传统文化中看到，酒与礼已经构成了相互抗衡的两个方面。作为礼仪和道统的破坏者，一大批文人在醉酒之中体验自由精神——阮籍、嵇康、刘伶、李白、张旭均为其中最负盛名的人物。这里，酒与礼的对立派生出种种人格上的二元对立：率真与伪饰，坦然与造作，狂放与拘谨，独立与驯顺，宣泄与压抑，如此等等。

传统之中，酒还是另一批英雄的必备饰物——这里指的是侠客。侠客经常是作为孤胆英雄而出现的，他们仰仗精湛的武艺与一腔豪气，浪迹江湖，除尽不平之事。对于一个模范的侠客说来，剑与酒堪称一对常见的爱好。剑是一种短兵器，更适于成为独身行动时的格斗器械——因而剑更像是个人英雄主义的标志。相对地说，酒具有更为复杂的涵义：酒可以令人在危难之际顿生豪气，酒也可以寄寓天涯孤旅的情怀。于是，酒与剑一道让侠客摆脱了一介武夫的形象，成为渴慕自由、不畏权势、独往独来、无视世俗的人格象征。

会上瘾的食物

德里达在谈论“毒品”这个概念时再度体现出解构主义哲学家的天才——他轻而易举地解构了“毒品”这个概念。在德里达看来，“毒品”这个先在的贬义词并没有确切的定义。通常的想象之中，毒品是一种有害于身体的食物；可是，德里达机智地擒住了词语组织的瞬间模糊：历史上，人们对于“有害”和“身体”的认识并不是统一的。没有一个“自然主义”的身体，仿佛这样的身体充当理想的范本；事实上，身体这个概念同样是在历史之中建构起来的，不同的文化空间具有不同的身体想象。另一方面，“有害”更易于产生歧义。一批人为什么要认同另一批人制定的“有害”指标体系？许多时候，医生或者科学家同样被视为滥用权威的帮凶。法律宣称尊重私人生活以及自由支配自我的权利，那么，有害与否必须由主体界定。某些称之为“毒品”的食物可能产生奇异的灵感、亢奋、性幻觉，这是一种令人着迷的魔力。一些人企图从这里发现主体的解放与回归，发现反抗体制禁锢的内心冲动——西方大学里的某些学生甚至以吸食大麻作为拥有叛逆性格的时髦标志。

德里达无疑是智慧的。但是，如果将“毒品”这个概念换成“会上瘾的食物”，问题将会明朗许多。“会上瘾的食物”包括许多日常食品，例如烟，酒，咖啡，等等。人们对于称之为“毒品”的那些食物往往产生不可遏制的需求欲念——这是巨大的快感背面所偿付的代价。“瘾”是蛰伏在肌体内部的魔鬼；一旦揭开封条，灵魂与理性就会在这些魔鬼的尖啸之中土崩瓦解，躯体的欲望将冲毁所有的社会规范，不顾一切地扑向那些食物。换一句话说，“上瘾”包含了这些食物对于主体的强大控制。

现在可以重新使用德里达的历史分析了。现有的历史环境里面，无孔不入的商业网络和渴求利润的欲望怎么可能忘记利用这样的强大控制呢？“毒品”对于身体的控制如此彻底，以至于没有人可能拒绝毒枭开出的天价。于是，主体在“毒品”中经历了短暂的解放幻觉后，迅速地陷入另一个不可挣脱的罗网。作为这种“解放”的小小讽刺，人们无妨想到“毒品”的一个奇特用途：刑罚。一些人强行向某些重要犯人注射毒品，然后利用难熬的毒瘾迫使他招供——这甚至比许多种类的严刑拷打更为有效。

人与神

享用美味佳肴是人生的至高乐趣。性的狂欢仅仅是销魂的一瞬，相对地说，宴饮是一种持久的享乐。沉湎于美味，飘浮于醉乡，这难道不是神仙的日子吗？

然而，这恰恰是人与神的区别。神不必吃什么。没有哪一本医学著作描述过神的胃部结构，人们也不知道庄稼种在天堂的什么地方。除了济公这样的贪嘴和尚，多数神仙已经超越了口腹之欲。对于他们说来，即使聚餐也不过是议事的另一种形式。

神怡然徜徉于云端，神情安详恬淡——没有哪一个神还要孜孜不倦地为

“稻粱谋”。这是神的真正快乐。人类的体内多长了一只胃，所有的日子就如同拧紧了发条一样毫无闲暇。吃的苦恼是无穷无尽的。穷人不知道吃什么，富人不知道什么好吃，争夺食物的战争无疑是世界上最为激烈的战争。的确，只有云端的神才能彻底割除这种俗世的纷扰。

西绪福斯或者吴刚都是被罚的神。他们日复一日地重复某一件乏味的事情，无法摆脱。可是，人类为什么不将吃想象为上苍的惩罚呢？一日三餐，上牙打下牙，饱了又饿，饿了又饱，人类什么时候才能像神一样跳出这个循环的尽头呢？

饥饿艺术家

这样，我想到了卡夫卡的一篇著名小说：《饥饿艺术家》。卡夫卡想象了一个这样的故事：饥饿表演一度是公众寻找开心的节目，那位表演者称之为饥饿艺术家。他关在铺着稻草的笼子里，只有一架时钟陪伴他，记录他绝食的时间。公众时常以不信任的眼光监视他，怀疑他以某种秘密的方式偷偷进食。艺术家对于这样的污辱深感愤慨——饥饿是他的一种信仰，他的绝食是良心的渴求。四十天的表演期限来临的时候，他总是不情愿离开笼子；四十天远未到达他的忍耐极限。然而，饥饿表演终于在这个浮嚣的社会没落了。饥饿艺术家被卖到了马戏团，置于野兽旁边的一个笼子里，并且渐渐地被人们遗忘。马戏团的管事想起这件事的时候，饥饿艺术家已经处于弥留状态。终于，这位艺术家与笼子里的稻草一同埋葬了，一只生气勃勃的豹子代替了他。

这篇小说仍然保持了卡夫卡式的“沉闷的奥秘”。我感到有趣的是，卡夫卡选择了饥饿作为艺术家的理想。饥饿是隐藏在人们体内的最为强大的对手；艺术家敢于向饥饿挑战，这如同一种殉道式的勇敢。这里，如果说饥饿不是一种神圣，那么，饥饿至少是一种美学。绝食意味着摒弃感官，摒弃肉身，这样的美学无疑具有圣徒式的崇高。可悲的是，这个挑战遭到了双重的失败。首先，饥饿表演并没有赢得世俗的敬慕，其实人们更乐意看那只蹦蹦跳跳的豹子；其次，艺术家终于屈服于有形的躯体——这不仅体现为瘦弱与死亡，同时还流露于他的临终忏悔：如果找到合适自己胃口的食物，他同样会吃得饱饱的。换一句话说，艺术家终于承认了这样的事实：在终极的意义上，躯体是无可抗拒的，饥饿难以制服——挫败躯体的企图仅仅带来了自身的失败，这样的失败背后并没有留下什么。

“卡夫卡的饥饿艺术家的悲剧不在于他死了，而在于他没有能通过死来达到生。”——一位卡夫卡的评论家如是说。

服装小札

商店里的服装

商店的货架上挂满了这个季节的服装。

这些服装没有归属，没有历史，没有荣誉，没有衰老，它们陷于处境不明的空洞之中。它们的命运全部押在那一张小小的价格表之上。那是它们的矜持，也是它们的可怜——它们的款式、面料、颜色、做工只能靠这张价格表证明。这是它们唯一的护照。

这些服装是崭新的，笔挺的，领子上还没有沾上油垢，衣架子竭力将它撑得精神抖擞。然而，这不过是它们招徕顾客的姿态，一切目的仅仅是尽快地出售自己。它们焦虑地等待着不知来自何处的购买者。茫然的等待使它们感到了莫名的空虚。

它们的主人是谁呢？这些服装像是店主的，可是店主的所有心愿不过是尽快将它们脱手。它们更像是客居在商店里。它们属于自己吗？同样不是。任何人都有权利走过来，取下这些服装比比画画，挑肥拣瘦，试穿之后又把它们抛下，让它们回到毫无生气的塑料衣架上。

是的，这些服装还没有它们的历史——因为它们没有自己的个性。它们自己知道，它们来自批量生产，仓库里面堆积了许许多多款式相同的产品。它们之间互相复制，彼此抄袭，面目一致，甚至说不出先后长幼的秩序。

只有购买才能拯救这些服装。只有同一具固定的躯体发生主仆式的关系之后，一件服装的个性才可能随之出现。它或许追随这一具躯体频频赴宴，或许追随这一具躯体登台演讲，或许追随这一具躯体出海远游，或许追随这一具躯体进山狩猎。当然，它同时还将被磨损，玷污，洗涤，烘干，晾晒——这样，一件服装终于衰老了。然而，衰老的前提不是恰恰在于，这一件服装曾经获得了真实的生命吗？

这个季节就要结束了。另一些无法出售的服装仍然不幸地挂在货架上，慢慢地蒙上了一些灰尘。每一日商店打烊之后，它们黯然地退入黑暗，默默地祈盼：明天还有最后的机会吗？

橱子里的服装

这是一个阳光明媚的下午。但是，L夫人却郁郁不乐。她明显地感到，现实不如人意——她的衣橱里面缺少一件理想的服装。晚上，她将出席一个盛大的晚会；可是，她穿哪一套衣服呢？

哗的一声拉开橱门，里面挂满了一套套款式别致的服装。这是多少年的积累。可是，在L夫人眼里，没有一套服装适于今晚的盛会。L夫人满脸愁容地将目光投向了窗外——这一套理想的服装在哪里呢？

许多女人都有这样的感觉：她们的衣橱里永远少一套理想的服装。

L夫人是一个狂热的服装购买者。她的衣橱已经过分拥挤。她甚至不可能在一年之内将衣橱里面四季的服装轮流穿一遍。橱子里的许多服装日复一日地悬挂在某一个角落里，冷冷清清，一如后宫那些苦苦地等待帝王宠幸的宫女。其实，在L夫人悠闲的日子里，保养这些服装已经成了一个巨大的负担。尽管如此，她仍然时时感到缺少一套服装。她仍然为了这一套梦想中的服装不懈地奔走于这个城市的各个服装商店。

对于L夫人说来，购买服装包含了莫大的乐趣。她对于服装具有十分精致的鉴赏趣味。在商店的试衣镜面前，她的眼光和品位令人钦佩。无论是款式、色调、面料还是做工，L夫人都能够即席发表不同凡俗的观点。可是，当她将某一套百般挑选的服装挂入自己的衣橱之后，某种不满或者遗憾又会在不久之后重新潜滋暗长。这套服装的灵魂仿佛像一缕轻烟逸出衣橱，再度隐入某一家服装店。短暂的满足消失了。于是，一轮新的搜索又将开始。

对于许多女人说来，一套理想服装永远不在自己的衣橱里面。因此，她们对于这一套服装的搜索永无止境。她们甚至能够栩栩如生地想象，一套理想的服装将如何使自己的形象骤然之间出类拔萃。她们的焦虑仅仅在于：这一套服装现在正挂在哪一间服装店里？

这是一种多么强大的冲动——这样的搜索终于成为众多服装店兴旺繁荣的根本原因。

老派的服装

G先生稳步走上街头。他身上的服装丝毫不显得扎眼，没有夸张的式样和富有冲击力的色彩，一切都显出了和谐与稳重。服装的款式是老派的，但却异乎寻常地合身——现在哪里还找得到这样的工匠？是的，没有多少人认识G先生身上的服装。认识这一套服装的人肯定得有一些渊源：他必须记得这是多少年以前的老牌子，仅仅在哪一条马路的哪一间店铺里专卖。只要看一看这一套服装的精工细作，眼下那些充斥街头的时装立即显出了粗糙、低劣和缺乏身份。

这一套服装当然不仅体现出某种价格——也许，这一套服装挂在时装店里根本卖不出去。事实上，这一套服装的背后是一种让人肃然起敬的传统。姓氏，门第，望族，高贵的血统，这一切与这一套服装共同组成了某种历史。这样的服装根本不存在过时不过时的问题。想到了那个时代曾经有过的繁盛，G先生不禁微微一笑。如今，他将那个时代的一个片断穿在身上走过街头，可是，有谁能够认识呢？街头只有浮嚣的时尚。G先生仰起了脸，用一种轻蔑而可怜的眼光扫视四周。

奇怪的是，确实没有多少人理会G先生。世界正日复一日地浮嚣，绝大多数人都围着时尚打转。人们遗忘了“历史”这个字眼。怀旧仅仅是一些不合时宜的纤弱情绪。众多年轻的时髦分子精力旺盛，穿着种种浅薄的时装，兴高采烈地出入写字楼，到郊外野餐，或者如同一阵花花绿绿的旋风掠过街头。他们将G先生孤零零地撇在一边。没有人记起他的高贵姓氏，也没有人企图在暗中跟他较量一下。

G先生感到了一点失落，一点孤独，又有一点自豪。偶尔，他还会穿着那一身老派的服装，踽踽地走过街头。没有什么人多看他一眼，他也不看别人。

模特儿的服装

奇异的灯光打到了T型舞台上。台下的观众引颈张望。音乐声中，一个个身材高挑的时装模特儿迈着猫步轻盈地从幕后走了出来。她们扭动的躯体上面披着种种精美的服装：或者饰物纷繁，或者线条简洁，或者五彩缤纷，或者素雅明净。这些服装与模特儿的面容、肤色、身段曲线共同构成了一个个俏丽的形象。返回幕后之前一个扭身回眸的造型为这样的形象留下了强烈的一瞬。许多观众赞叹之后仍然遗憾不尽——这些服装怎么能穿到街上去？这些服装的款式和色彩过于夸张，它们更像某种供表演的实验作品。模特儿身上的服装与流行于街头的时装仍然有很大的距离。那些服装设计大师为什么不更多地考虑一下我们这些必须常常行走于街头的大众？

的确仅仅是表演。这是一个光和影的世界，一切都不那么确实。将这个光和影的世界搬到喧闹的街头的确不那么合适。

但是，就是这种夸张、这种表演反衬出街头的平庸和陈旧。习惯的视野突然之间被这些形象撕裂了，人们的眼光穿透了平庸和陈旧而开启了一个新的维度。一种打破现状的激情苏醒了过来。也许，时装设计可以局部地袭用模特儿身上的领子款式、袖口花样或者腰身剪裁，但是，更为重要的是，模特儿的表演解放了人们改造自己形象的冲动，解放了设计自己形象的想象力。那些杰出的服装设计大师总是让俏丽的模特儿体现他们对于人体形象无穷无尽的华丽想象。他们甚至曾经用彩笔将他们理想的服装绘在模特儿的裸体之上——登台表演的时候观众竟然没有发现。所以，模特儿身上的服装更多的是创造——款式、色彩以及种种搭配的创造，而不是立即投入街头的实用。

内衣

一位久居乡村的农人偶尔来到城市中的繁华商店。他无意之中经过了服装柜台，见到一个让他大为惊讶的景象：柜台上面陈列了一具硬塑的女性模特儿，模特儿仅仅穿了一套精致的女性内衣——镂花的胸罩和三角短裤在商店的温馨灯光之下闪出某种诱人的光泽。他感到城市人越来越放肆了。按照老人的规矩，女性的内衣秘不示人，甚至不能公开晾晒；如今的人们不怕晦气，居然示威似的摆到了所有顾客的面前。他不由地又多看了一眼。突然，价格表上的数字狠狠地灼痛了他的眼睛：什么？850元？这里的人全都疯了吗？在他的记忆中，许多乡村的农人甚至不穿内衣睡觉——他们怕磨损布料。谁为这种可穿可不穿的衣服定出了如此高的价格？

古人将内衣称之为亵衣。内衣的功能在于处理躯体的贴身事务，诸如吸收种种躯体的排泄物，让皮肤感觉柔软舒适，维持某些器官——例如乳房——的形状。显然，内衣不向外人展示。这使内衣的审美范围遭到了极大的限制。对于一个女性说来，只有最为亲密的异性伴侣才可能观赏她的内衣。换一句话说，为了一个唯一的观众如此奢华地精雕细琢，偿付如此昂贵的代价，这是否有些过分？

内衣的精致无疑暗示了某种文化氛围的微妙改变。人们收缩了自己的目光，从一些宏大的景观上返回了私人的狭小空间。敛去了指点江山、纵论宇宙的襟怀之后，种种琐碎之处平添了动人的魅力——例如处于躯体与外套夹层之间的内衣。这时，谁有理由拒绝品鉴胸罩或者三角裤上面迷人的镂花呢？

也许，内衣是异性伴侣相互调情的道具。精致的内衣成了女性胴体的装饰，成了勾出某些部位的花边。这与其说是遮盖，毋宁说是挑起对胴体以及某些部位的兴趣。但是，内衣的精致还可能存在另一种理由：为了自己。不是为了取悦他人的眼睛，而是为了自娱——为了让自己的皮肤获得一种亲昵的舒适。质地良好的内衣如同一双尽情尽意地抚摸着自己躯体的温暖手掌。是的，这已经值得那些女性一掷千金——这难道不是文化氛围微妙改变的又一个证明吗？

比基尼和旗袍

比基尼的风格是狂放的，粗野的；比基尼在服装历史上的彻底革命惊世骇俗。它与西方的性解放遥相呼应。“比基尼”是太平洋之中的一个两平方英里的岛屿，美国在这里进行了一次突破性的核弹实验。“比基尼”之所以成了三点式泳装的别名，暗示了法国服装设计师路易·雷尔德的新式泳装设计所造成的核弹般震撼。比基尼最大限度地裸露了女性的胴体。女性胴体上面仅剩的三点既是最后遮盖，也是服装本质的最后证明——再也没有比比基尼更为开放的女性服装了。比基尼将服装之中的裸露主题推到了极限。

旗袍是优雅的，含蓄的，保持了东方的神韵。现代旗袍仅仅在清朝女性长袍的基本原型上进行了适度的改造。一方面，旗袍仍然将女性的胴体完全裹藏在布料里面；另一方面，旗袍又透过布料完整地显示了女性胴体的曲线起伏。紧身的旗袍仿佛隐含了一种无形的束缚。它使女性形体修长，步态婀娜，风度婉约，两个开叉处若隐若现的大腿提示了旗袍里面存在一个诱人的秘密。

令人惊奇的是，旗袍所产生的性诱惑力远远超过比基尼。

的确，比基尼已经向异性的目光敞开了一切。比基尼不再利用遮盖与开放的微妙分寸进行挑逗。撤去了所有的遮盖以后，女性的胴体成了一个没有深度的物体。它是明朗的，赤裸的，一目了然的，异性的目光可以不费周折地了解一切。悬念消失了，刺激已经饱和，这削弱了探索秘密所包含的兴趣。另外，比基尼多半是与自然景物联系在一起的：阳光，白云，海浪，海风，沙滩，棕榈树，这使裸露的女性胴体无形地成了自然之物的一个部分。这里缺少性诱惑所需要的幽暗环境与私人气氛。自然之物不会轻易导致人们的邪念。比基尼解除了窥视、挑逗与隐约躲闪所激发的情欲，这或许是裸露革命始料不及的一个后果。

相形之下，旗袍做到了这一切。布料所显示的曲线与两个开叉之处闪烁的大腿无不指向一个更大的渴望。女性的胴体在逃逸和展露之间成为一个诱人的目标，目光的追逐产生了快感——罗兰·巴特说："人体最具色情之处，难道不就是衣饰微开的地方吗？"通常，旗袍的活动背景更多的是室内环境，旗袍往往穿插在柔和的灯光、精致的窗帘与闪动着幽光的家具之间。这有意无意地怂恿了某种想入非非的模糊想象。所以，一个西方人感叹地说，他再也没有见到比东方的旗袍更为性感的服装了。

开裆裤

一个孩子穿着开裆裤摇摇晃晃地走出了房门，憨态可掬。

没有人从礼仪的高度谴责孩子裤子上面要害之处的裂缝。孩子还小。在性避讳的问题上，他还享有豁免权。

然而，开裆裤却是一个矛盾体。裤子的意义在于，遮蔽躯体之中那些不雅的部位。相反，开裆裤却毫无顾忌地将这些部位敞露了出来。这使开裆裤显得有名无实——它仅仅是一种裤子观念的指代，敷衍了事。人们有理由将开裆裤与三角裤相互比较。后者的面积可能很小，但它却简练地遮住了应该遮住的地方。这个意义上，人们甚至可以说，三角裤最大限度地浓缩了裤子的基本涵义。开裆裤不厌其烦地勾画出了裤子的轮廓，却放弃了裤子的首要职责。

这样，开裆裤必定推迟了孩子对于裤子的认识。孩子可能知道，一个人必须穿上裤子出门；裤子是一个人形象中不可或缺的组成部分——他甚至没有见到过不穿裤子的人。然而，尽管如此，孩子却会在很长的时间里不了解裤子的本义。另一方面，这同时证实了服装起源的追溯之中曾经得出的一个结论：人们对于赤身裸体的羞耻感不是天生的；这种羞耻毋宁说是社会训练出来的。具体地说，孩子并不是因为羞耻而穿起了裤子——裤子是社会观念强加给他的。

制　服

制服是利用服装制造种种躯体的联盟。制服将一个个迥不相同的躯体塞入同一种款式，制服上面的特殊标记如同这些躯体共有的戳记。穿上制服后，个人的躯体隐没了，人们进入了匿名状态——他们的形象被制服处理为一个个彼此雷同的分子。

的确，制服即是抹去一个形象的个性——制服尽可能模糊一个人与众不同的面容、身材甚至性别。制服从来不忌讳千人一面的后果，相反，制服的目的即是为所有的人定制一个规范的形象。制服不在乎刻板。制服已经删除了打扮或者装饰的意义，制服的首要主题是统一。某些制服也可能显示个人的不同身份，例如军衔或者警衔；但是，这显示的是机构分配给某一个人的地位，而不是这个人的性格特征。

制服象征了一个集团的存在。穿上了同样制服的人集聚起来，一大片相同的颜色和款式汇成了一个巨大的整体。可以回想一下出现在阅兵式上面的方阵。制服使每一个士兵成为从属于同一个方块的、一模一样的颗粒。有趣的是，穿上了同样制服的人散落在公园的人丛之中，人们仍然感觉得到这是一个集体的暂时分解——只要一声令下，这批人就会迅速地集结起来，发出同样的声音。

牺牲了个性之后，制服换取到了权威。这常常让身穿制服的人感到某种自豪。多数制服十分挺括，这仿佛暗示了一种强硬的风格。通常，只有某一级别的权力机构才允许发放制服。制服意味着执掌某种权力，尤其是对于那些不穿制服的人。穿插在熙熙攘攘的人流之中，身穿制服的人往往拥有某种指挥、号召或者执行特殊任务的权威。这种权威甚至可能通过强制的手段建立。某些时候，制服与武器——例如枪支或者警棍——相辅相成。

尽管如此，某些躯体的锐气还是不可掩抑地从制服之中穿越出来。即使千篇一律的制服也无法拘住他们的神气。在我看来，能够将僵硬的制服穿得不同凡响的人物一定不同寻常。

戏 装

戏装像是巨大的历史上面撕下来的一个碎片，一个发出旧时气息的遗物。

绫罗绸缎，花团锦簇，峨冠博带，飘拂的水袖和厚厚的靴子，戏装是一针一线缝就的一个牢笼。戏装在等待或者诱捕一个躯体，将这个躯体强行押解回历史之中。套上了戏装，一个人就脱离了既定的时间与空间坐标，暂时地加入了历史，成了古代的帝王将相、才子佳人。于是，一系列古老的恩恩怨怨就从身边开始了。

当然，戏装同时许诺了一个辉煌的时刻——戏装将一个躯体送上了众目睽睽的舞台。戏装所从属的故事都是舞台上面的题材。这样的故事交织着人们的感慨和不尽的唏嘘。换言之，戏装只愿意接纳英雄和美人，接纳种种台面上的人物。可以想象，戏装裹住的是一个个身份高贵的躯体——哪怕是身份高贵的反角。这是戏装最大的傲慢。

傲慢的戏装从来不肯与当下的时装妥协、和解。谁能够穿上戏装在街上行走？戏装与时装的差别，犹如戏曲唱词与日常口语的差别。

戏装总是执拗地返回历史故事，顽固地等待舞台上辉煌的一瞬。它不屑于放下架子，融入世俗的现实。没有历史，没有舞台，戏装就宁可待在道具的仓库里，躺在黑暗的箱子之中，默默地忍受樟脑气味背后无尽的孤寂。

盔甲与防弹衣

盔甲是金属制成的服装，坚硬，笨重，穿在身上铿锵作响。

这种金属的性质已经无形地织入了古代英雄的形象。头盔，手臂和大腿上面的护甲，胸前背后的护心镜，这一切共同组成了武士的标准形象。不仅使古代英雄显得身材魁梧、挺拔、具有一种向外扩张的气势，同时，盔甲还隐约地暗示了一种铁一般的风格。旌旗猎猎，号角连营，天寒地冻，金戈铁马，这些古战场的意象无一不是和盔甲交织在一起。“黄沙百战穿金甲，不破楼兰终不还”！

不知道什么时候开始，人们卸下了盔甲，换上了先进的防弹衣。执行任务的时候，战斗人员或者将防弹衣藏在外套里面，或者将防弹衣当成外套。

防弹衣是由一种特殊的材料制成，通常的枪弹无法射穿——枪弹仅仅使防弹衣里面的躯体感到猛力的一击。防弹衣颜色黯淡，外形如同一件普通的马甲，仅仅护住以心脏为核心的上身。这包含了多种观念的变化：首先，对于现代医学技术而言，手臂或者大腿上的创伤不足挂齿；其次，更为重要的是，防弹衣已经不像盔甲那样竭力保护手臂和大腿——保护躯体之中战斗的器官。这意味着人们已经认可，战士的形象背后还可能出现伤员的形象。

盔甲强调的是一个永远的战士。盔甲对于躯体的保护在于维持躯体的战斗功能。铁的英雄的唯一命运只能是战斗。相反，防弹衣重新让人们意识到了英雄的血肉之躯。这样的血肉之躯同样是脆弱的。防弹衣仅仅守住躯体的要害部位，只求不死。防弹衣不惮于承认，英雄也有理由受伤——成为伤员的英雄不再担负战斗的任务。这是防弹衣背后的人道主义观念。

迷彩服

一棵树摇摇晃晃地从街道上走过，一个多么有趣的景象！

其实，不过是一个身穿迷彩服的人懒洋洋地逛过人行道。他漫不经心地四处张望，偶尔在商店的橱窗面前逗留一下，如此而已。但是，混杂在形形色色的时装之间，穿插在珠光宝气的广告牌下面，迷彩服的绿色十分特殊。一块沁人心脾的葱绿正在移动。

多次想象过，满街的树都能走动；它们冠盖微颤，用窸窸窣窣的言语相互招呼，摇曳的枝叶如同挥手致意——这是绿色的节日。

当然，想象不是事实——事实上，只有穿着迷彩服的人才能够驮上树的葱绿四处游荡。

这使我十分不愿意记起迷彩服的缘起。某些汗衫将人们所崇拜的偶像印在胸前或者背上；然而，迷彩服并不是来自自然的崇拜，或者以绿色的植物为图腾——迷彩服的主题并不是人与自然的亲和。迷彩服的意义在于，迷惑向自己开枪的射手。因此，迷彩服在许多国家成为士兵的战斗服装。从直升飞机上往下看，一批穿着迷彩服的士兵犹如一片丛林。

为了回避同类的攻击，人们将自己装扮成了绿色的植物。这样的特殊时刻，人们才短暂地想到了归隐自然。

所以，迷彩服的绿色是没有芯子的；它不像树。树的绿色扎根于广袤的乡野，油绿的树叶透出了生命的质感。迷彩服不过是薄薄的一张绿色的皮。迷彩服拥有的是虚伪的绿色。当然，这并不是耻辱——迷彩服本来就是伪装的艺术。

救生衣

下海游泳之前，他们看到几件救生衣挂在管理处的墙上，嫩黄或者鲜红的颜色十分抢眼。父亲告诉儿子，这样的颜色并不是为了美观，而是为了有效地同深蓝色的水区分开来。救生衣的外形如同一件马甲，几根绳松松地将整件救生衣联结成一体。父亲心里想，这样的救生衣大概对谁都一样合身。

儿子想了很久，终于发现了一种特别的关系。海边的沙滩上，他将自己的发现告诉父亲：陆地上面，服装把自己的全部重量寄托到人的肩膀上；到了水里，人却把躯体的全部重量寄托到了救生衣上面。

这的确是一个合理的交换。

通常，躯体如同一个衣服架子，必须将服装支撑起来，让服装得到舒展的机会，携带服装四处游行展览。躯体无法直接露面，只有躯体上面的服装占尽了风光。可是，某些关键时刻，躯体却得到了无与伦比的补偿——救生衣从水里驮起了一个人的完整生命。

父亲知道，儿子忽略了水的浮力，但他不想立即进行纠正。他想到的是，某些事情只有孩子的眼睛才能够察觉。

干洗店里的服装

这些服装挺括甚至僵硬。它们是由一些名贵的布料缝起来的，呢子，哔叽，毛料，如此等等——它们如同衣橱之中的贵族。这些服装轻易不会离开衣橱，它们的身份决定了它们仅仅出席某些重要的社交场合。平常的日子里，它们静静地挂在橱子的中央，纹丝不动。看着那些休闲服忙忙碌碌地进进出出，它们流露出不屑的神情。是的，贵族怎么会屈尊在写字楼、超级市场甚至厨房里抛头露面呢?

它们一如既往地挂在那里。这是它们的矜持——当然，还有寂寞。它们有时难免要数一数日子：哪一天才是它们再度辉煌的时刻呢？

然而，初夏的一个晴朗的星期日，主人却将它们送到了干洗店里。经过几分钟的惶惑后，它们终于明白过来：这将是一次愉快的出游——干洗店就是一个放纵身心的度假村。

干洗店的老板将它们置入一个大滚筒中。它们与许多素不相识的服装滚到一起，搂抱摔打，欢叫撒泼，追逐翻腾，尽情地嬉闹和游戏。它们抛开了面具，放下了架子，丢弃了矜持，仿佛忘记了自己贵族的身份。反正这里谁也不认识谁。这是一个临时组织起来的狂欢节。这样的狂欢让它们为之一振，它们就是在这样的狂欢中得到别具一格的洗涤。烘干、熨平之后，它们获得了一种脱胎换骨的轻松。当然，它们不必为这样的快乐承担费用——它们的主人负责付账。

通常，这样的干洗不过是一年一度。回到衣橱之后，它们又恢复了昔日的架势，重新用矜持与寂寞对峙。没有多少人知道，干洗店的经历已经为这些服装留下了足够的秘密记忆。随后的日子里，它们将凭这些记忆熬过难耐的漫长时光。

女人·男人

女人沉浮在时髦的服装波涛之中，成为活跃在街头的弄潮儿。华丽的时装和她们的胴体完美地融为一体，如同一只只花蝴蝶翩然地从商店的橱窗边上掠过。时装使她们将自己的魅力播撒到城市的每一个角落。尤其是到了今天，时装仿佛仅仅是以女人为主人公——这个性别群体仿佛天生是五颜六色的。

相形之下，走动在女人身边的男人却显得单调乃至古板。他们同样修饰过自己，但是，他们身上不过是一套西装或者夹克衫。男人的服装趋于标准化，这是一个由来已久的事实。电影之中，无论是二三十年代的欧洲、三四十年代的上海还是当今的香港，西装始终是男人的主导款式。或许，中山装可以算作一场男人外套的不彻底的革命——然而，这一历史时期，女人的时装已经有过多少回改朝换代？

不管这是男权社会强制的习俗还是女人自身的文化性征，人们已经不得不承认，女人是感性的，更热衷于以自己的形象发言。她们将服装视为可以随时拆卸的另一种皮肤，服装是她们形象中不可分割的一部分。她们为服装所耗费的精力是惊人的。领口，袖子，花边和裙子的长度都是她们无声的语言。她们用形象表述自己的一切：身份、气质、情绪、职业。某些场合，女人不得不穿上制服，屈从于一种没有个性的公共款式；这时，她们的胴体将敛去时装体现出来的万种风情。

相反，多数男人的服装款式是相近的。他们不得不依赖服装之外的内涵——诸如经济实力、职务、才智和表情——作为刻画自己形象的主要手段。男人服装多半倾向于深暗的颜色，这形成了内敛、凝重的风格。深暗色的服装内部似乎裹藏了一副含而不露的肌体——这吻合了社会对于男人的期待。服装设计师也曾经推出花哨的男式衬衫或者沙滩裤。可是，如果没有一副强壮的肌肉作为后盾，这种男人的形象将显得轻佻。

的确，难道不是由于男人的内敛和凝重才反衬出女人的感性和轻盈吗？

商人·艺术家

丹尼尔·贝尔在他那部名著《资本主义文化的矛盾》中曾经指出，经济领域的资产阶级企业家和文化领域的艺术家共同开拓了西方世界。然而，奇怪的是，两者很快就变得互相提防，互相恐惧，并且企图摧毁对方。前者形成了保守的、拘束的文化趣味，这种趣味不仅平庸刻板，而且惧怕本能以及种种浪漫的冲动。相反，那一批艺术家则对这种文化冲动给予猛烈的攻击，并且因此产生了一种激进的、实验型的个人主义。用贝尔的话说，这两者之间的敌对情绪是一个有待描述的社会学谜语。

有趣的是，这同样形成了两种不同的服装传统。

通常，商人以及商务工作人员习惯于衣冠楚楚。他们西装笔挺，穿着名牌衬衫，系好领带，挟着公文包，皮鞋锃亮地走进写字楼。他们的胡子刮得十分干净，头发一丝不苟，许多人还愿意在无名指上套着一个硕大的戒指。他们身上的一切表示了体面、富裕和规矩。这一切将在很大程度上证明他们的商业信誉。的确，几乎看不到哪一个商人穿着牛仔服坐到商务谈判桌面前。

相反，不修边幅是艺术家们不成文的传统。艺术家不愿意他们的服装流露出世俗的庸常和平凡。带有许多口袋的马甲，汗衫，牛仔裤以及种种休闲款式的服装暗示了艺术家不拘一格的天性。奇装异服是逃离成规的象征。他们的服装时常与他们的长发、他们的络腮胡子共同组成一个叛逆的形象。艺术家天生就是叛逆者。除了他们的艺术作品，他们还以异乎寻常的外观形象反抗乃至践踏体面和富裕所推崇的规矩。这时，他们的服装就是他们表述这种激进情绪的形体语言。

脱下来的服装

脱下来的服装堆成一团，纷然杂陈。这些服装正在等待一次常规的洗涤。洗衣机的滚筒是协助它们恢复生机的秘密机构。

这些服装如同拆卸下来的一部分躯体。这一部分躯体与五脏、骨骼、肌肉分离了。它们没有必要饮水、进食或者在某些时刻吃药，它们需要的是洗涤、晾晒、烘干、熨平。等待洗涤的服装无意之中暴露了一个事实：人们通常所见到的躯体是由两个部分拼装起来的。这两个部分的维修方式迥然相异。

当然，人们总是将服装看成躯体的附加部分。躯体是主语，服装不过是修饰躯体的定语。可是，这样的定语包含了巨大的魔力。服装的修饰最终使一个人的形象彻底到位：儿童，成人，男性，女性，工人，官员，教师，警察，军人，运动员，如此等等。人们时常以为，他们的肉体之躯是自己形象的主体。直至卸下服装之后，人们才可能意识到，服装包含了多么强大的观念——服装是装扮躯体的魔术师。的确，人们躯体的大部分面积已经交付给服装。服装不是一个简单的覆盖，服装使躯体变成一个社会能够读解的符号。一个作家说得十分精彩："肉体不再是一个秘密时，秘密仿佛是在衣服里。"

但是，现在这些服装任意扔弃在那里。沾上种种污迹之后，这些虚拟的躯体终于被抛弃了——虽然仅仅是短暂的抛弃。离开躯体后，它们显得颓然而毫无神采。这时，服装所包含的观念毋宁说是空心的观念。无法成为躯体的一个组成部分，这些符号就被连根拔出了现实。没有人介意将一条连衣裙、一条西装男裤和一套童装塞入同一台洗衣机——没有人觉得这会导致不同类型躯体的混乱组装，或者丧失异性之间必要的规避。等待洗涤的服装只不过是服装，一些剪裁过和缝合起来的布料。如此而已。谁还会相信这一堆脱下来的服装包含着令人惊奇的魔力呢？

一 记 勾 拳

一

我不止一次地说到一件逸事：当年在传播学院给研究生上课时，为了缩小与年青一代的距离，我多少有些违心地夸了夸周星驰主演的《功夫》。我认为上半部分贫民窟里的一场武打戏还有些意思。那个双臂套上钢圈的裁缝使的是一手地道的洪拳，据说这个人物以著名拳师“铁桥三”梁坤为模特儿。至于电影的后半部分，凌空劈下“如来神掌”之类魔术，几乎是夸张的漫画了。我怎么也没有想到，几个研究生礼貌地听完了我的分析，然后表情暧昧地微笑着回答——啊呀老师，我们不断地重看这部电影，就是等着看下半部分呢！

哄堂大笑之中，我一时语塞。我很想告诉他们的是，少年时代我练过几路拳脚，一眼就明白哪些招式是真实的功夫，而另一些仅仅是幻想式的电影噱头。然而，多言何益？对于动漫、cosplay 和网络游戏之间成长的年青一代说来，他们津津乐道的仅仅是英俊的人物造型和出手之间的帅气姿态。一个人在屏幕上弓着腰左右奔跑，突然挥刀嗖嗖地砍倒了一大片，这即是潇洒和爽利。他们不想知道别的。

可是，少年时代我所熟悉的斗殴场面并非如此。例如，一张破旧的乒乓球台旁边开始了骂骂咧咧的推搡，一群街头的小混混要抢夺我们的球拍，霸占乒乓球台。嘈杂的争吵和辩解之中，一记勾拳突然闪电般地击中了一个球友的下巴。他踉跄地倒退几步一跤坐到地上，场面瞬间安静了下来。几秒钟之后，他撑着地面缓慢地、镇静地站了起来，双手递上球拍说：有话慢慢讲，让你们玩好了。这个球友是我们之间最为强壮的一个。他已经屈服，我们立即乖乖地交出每个人的球拍。

另一场斗殴同样发生在乒乓球台旁边。一个球友不知怎么与对方大声吵了起来。他气呼呼地一把扯下乒乓球网的铁架子，照着对方的脑门就是一下。对方愣住了，一股鲜血从额角蚯蚓一般地蜿蜒而下。球友拉起我转身逃回他家的大院。他躲进里屋，吩咐我赶快锁上屋子的木板门上的挂锁，带走钥匙交给他弟弟。我拿上钥匙溜出大院不久，对方已经叫了一大堆人马大呼小叫地沿着马路追过来了……

这些斗殴没有多少回合和传奇性情节，然而气氛真切瘆人。苍白的脸色，激烈的心跳，沉重的喘息和色厉内荏的咒骂，拳头击打在肉体之上的闷响，肋骨上钻心的剧痛，然后是洪水没顶一般的恐惧和豁出命的疯狂交替浮现。我的少年时代常常穿行在这种气氛之中，英雄情怀与胆战心惊混合在胸腔里面。行走于某些街道，或者置身于陌生的群体，如何克服暴力威胁的恐惧，这是许多男性少年无法回避的心理磨合。我的一个重大遗憾是，打架的时候没有兄弟助阵。哥哥的胳膊通常是许多少年的庇荫。如果拥有两个以上身强力壮的哥哥，他就可以神气活现地吹着口哨，从歪歪扭扭地散落在街头的一堆小混混中间趾高气扬地穿过。少年时代那些紧张的日子里，我暗自抱怨父母不懂事——给我生个姐姐又能顶什么用呢？少年时代另一个令人沮丧的秘密发现是，我的手腕似乎比许多人纤细，灵活有余而臂力不足。俯卧撑、单杠的引体向上或者双杠的臂屈伸都是我的弱项。手腕灵活或许对于我所喜爱的乒乓球运动有利，可是，臂力不足对于我的生存不利。瘦弱的胳膊和手腕是一个内心暗疾，我曾经久久地为之伤神。

许多文化伟人拥有一个不凡的少年时代。一些人幸运地拥有了擅长民间故事的外婆，火炉跟前絮絮的讲述无形地催生了他们的文学细胞；另一些人无师自通地与宗教或者哲学迎面相遇，生存的意义以及自杀与否这些形而上的问题早早地萦绕于心。相形之下，我的少年时代顽劣不堪——只有臂力问题让我耿耿于怀。校园中强人林立，臂力不足的人别想摸一摸篮球或者在乒乓台前抢到一个稍稍长久一些的位置；电影院是一个有趣的所在，同时也是是非之地，幽暗之中昏天黑地的一场乱战，一双瘦弱的胳膊多半要吃亏。至于日后在工厂、码头或者广袤的乡村，拳头就是一个人的威望。无拳无勇，情何以堪？至少在当时，我的理想就是剃一个板寸头，握紧一对拳头，威风凛凛地走过闹市。我从未想象衣冠楚楚地生活在大学实验室或者音乐厅这些地方，那些文弱的数学尖子或者通晓五门外语的书呆子怎么活下来简直是一个谜。

少年时代的一个特殊机遇出现了——拳术突如其来地进入了我的生活。几个练过三拳两脚的年轻人在巷子里闲谈，各自吹嘘自己的师傅身手了得，三五个个壮汉轻易近不了身。南拳北腿，少林武当，棍打一大片，枪扎一条线，这些行话零零落落的启示逐渐让我明白过来：徒有一身肌肉或者一把蛮力制服不了多少人，精湛的拳脚功夫可以四两拨千斤，以弱胜强。我开始勤勉地演习种种招式：马步，弓步，虚步；冲拳，摆拳，勾拳；一个飞脚高高地踢起，啪地一掌响亮地拍在脚面。我在院子里比比画画的时候，父亲的神情隐藏了一些不安。他担心我仰仗几手三脚猫的功夫四处闯祸，甚至卷入某些街头团伙惹是生非。我信誓旦旦地保证安分守己，练几手拳脚无非是锻炼身体、祛除感冒而已。父亲将信将疑的眼神跟随了我若干年，一直到我获得知青的称号，逸出他的视野流落到江湖之上。事实证明，我的确没有给他老人家招惹太多的麻烦。

司马迁的《史记》记载，项羽不屑于剑术而倾心于“万人敌”，他是一个胸怀大志的强者。相反，我清楚地知道，自己仅仅是一个蝼蚁般的弱者。如今回忆起来，我情愿把练拳想象为某种内心的修为。拉开架势嗖嗖地演练几个招式，这算不上什么；真正的变化是内心的自信。学校门口积聚一堆可疑的闲人，巷子深处投来一道不怀好意的眼神，夜深人静的时候匆匆穿过十字路口，在一个偏僻的火车站独自登上一列嘈杂的慢车——这种时候，那个羸弱的少年不再忐忑不安，胆怯紧张。他的双拳并没有多少分量，但是，他已经可以神色平静地面对陌生人，面对陌生的日子。

20 世纪 70 年代中期的某一天，一辆大板车在一段坑坑洼洼的泥土路上颠簸，板车上搁着一个木板钉成的小箱子。我的插队生涯即将开始，山峦背后的村子已经历历可见。即将踏入另一个环境的时候，我的内心从容踏实——当然，不仅因为木板箱子里的衣服、脸盆等几件日常用具，同时还因为另一笔小小的无形资产：当年我曾经练过的几路拳脚。

二

大约十三四岁的时候，我和十来个小伙伴几乎每日下午聚集在一个废弃的小园子里。那个时候，“文化大革命”进入了纵深，所有的学校俱已停课，所有的父母亲都在互相斗争。我们的快活日子到来了。打弹弓，斗蜗牛，捉迷藏，交换毛主席像章和各种香烟盒子，剥出电线之中的铝芯子铸成军用皮带头，剩下的时间就在彻亮的阳光下练拳。儿时的一个邻居搬到一幢独立的小楼，这一座小园子是附属于小楼的后院。小园子里零零落落地种了几株芭蕉树和一排夹竹桃，若干青蛙、蜥蜴、菜花蛇出没于墙角，这就是一帮野小子的天堂了。

这一幢小楼附近有一个身材高挑的年轻人，相貌俊美。我们都知道他打一手好拳，据说独自与七八个汉子对峙，仍然不落下风。他常常穿一双拖鞋懒洋洋地踱到小园子里，高兴的时候就会出手教我们几个套路中的动作。他似乎更喜欢指点我们捉对厮杀，积累实战经验。迎面一记摆拳，伸出胳膊架开；一个飞脚踹向小腹，侧身勾手接住。偶尔失手挨了重重的一拳，他就会过来帮忙揉一揉，并且安慰大家“没事没事”。我们还知道他某些晚上跟随师傅练功，地点是在一个大公园的草坪上。我时常悄悄潜入公园，隐身藏在大树的阴影里观摩。草坪上各路英豪尽显神通，耍枪弄棒的一应俱全。身材高挑的年轻人似乎不是一个重要角色，自始至终默默地在一个角落练习旋风腿。黑暗之中看不清他的师傅，仿佛是一个小个子。师傅身边始终有几个人陪着说话，他只是偶尔起身做一个示范动作。

日后我逐渐明白，我们演练的是六合拳自然门——一个小拳种。口口相传之中，自然门系贵州一个徐姓拳师所创。此人武功高强而相貌矮小猥琐，人称“徐矮师”。徐矮师将自然门传给了杜心五，杜心五收下唯一的徒弟万籁声。万籁声在江湖上闯出了名头之后，40 年代开始移居福州。闽粤相邻，这一带当年流行的是南拳。六合拳自然门源出北少林，显然由万籁声带入福州地面。不知万籁声能否排得上20世纪上半叶福州首屈一指的武学大师？他广招门徒，传授六合拳、六合刀、六合剑，还有若干武学著作行世。六合拳一共四路，拳势迅捷激烈，即六合拳、青龙拳、黑虎拳、子母连环拳。浅尝辄止的人多半仅仅接触第一路六合拳，练到青龙拳、黑虎拳多少有了些登堂入室的意味；至于子母连环拳，我只见过两三个人演练。那些人在草坪上比画拳脚，有时要说到某一招某一式系“老祖”添加的——不知“老祖”是否万籁声的尊称。

万籁声乃湖北籍人士，1926年毕业于北平国立农林大学，曾经在两广、湖南、香港这些地方闯荡，广交江湖豪杰之士，声名日隆。追溯起来，万籁声第一次崭露头角大约是1928年南京国术馆的武术考试。数百名武林高手前来应试，据说万籁声的成绩中等。名列前茅的是十五名特等，二十七名优等，并列中等的共计八十一名。相对于万籁声日后的赫赫威望，这个成绩略让人意外。前一些日子意外发现，张大春小说《城邦暴力团》涉及这一段情节——万籁声在比武的擂台上出现了一个小事故。

根据《城邦暴力团》的描述，万籁声参加比武的时间是民国十七年夏秋之交。他与仆人万得福轻装简从，双双南下，指望一举夺得武魁。这当然也是六合自然门壮大声威的机会。不巧的是，万籁声初赛就遇上了一个山东大汉，身长六尺余，姓欧阳，名秋，北派螳螂拳传人。万籁声见对方人高马大，就势在擂台上摆出一个守势：左掌如拂虎背，右掌若推浮云，引而不发。欧阳秋气势汹汹地正面扑来，忽儿就地一个转身，一条铁腿如同杵杖横里扫向万籁声的面门。

自然六合门中有一路“六合判官笔”的兵刃功夫，第二十二式“妙写黄庭”此时恰好用上。万籁声身形下缩，一只脚向前滑出，躲过横扫腿之后探身一个“通天炮捶”，一拳捣向欧阳秋的裆部。欧阳秋一脚扫空，心知不妙，双手本能地向裆部格挡，不料万籁声的“通天炮捶”中途变招，径直奔向欧阳秋的面门，一击正中下巴。欧阳秋一条虎背熊腰的大汉犹如飘花败絮，凌空飞出七八尺，三枚牙齿同时迸出口腔落在擂台上。周围的观众一片喝彩，所有的人都觉得万籁声赢定了。

没有人知道，此时万籁声心中暗暗叫苦。事实上，万籁声这一拳击中的不是欧阳秋的下巴，而是打在他的犬牙尖上，万籁声手背上的一根筋几乎同时崩断，再也无法继续赛事。所以，这一场万籁声既是初战告捷，同时也走到了比赛的尽头——这是张大春对于万籁声只能位列中等的解释。不管万籁声日后与各路武林人物的交手胜负如何，他对于六合自然门的贡献首先是广泛的传播，直至把这个小拳种带入温暖湿润的福州。那个年头，哪一个福州的少年若是想学到几手拳脚，出门遇到的一定是六合拳。

自古以来，拳术始终是一门秘技，轻易不得外传。不能把拳术想象为课堂上的物理学知识或者操场上的篮球技术，它也远远不同于西方的拳击俱乐部。一个傻小子摆出一副勤勉求知的架势向高手请教，估计什么也学不到。拳术深深地隐藏于神秘气氛之中，许多情节发生于密室内部。一个有名的拳师正式收徒必须郑重其事，徒弟的人品考察是必不可少的手续，三拜九叩的大礼表示效忠于本门，背叛师训可能遭受被清理出门户的严厉惩罚。声名显赫的武学门派拥有记录本门绝招的秘籍，例如一本拳谱、剑谱，或者内功修炼方法。一个门派的掌门人才有权力接触这些最高机密，武功秘籍的代代承传时常演绎出各种诡异的情节：伪装，诈骗，偷盗，嫉妒，欺师灭祖或者忍辱负重，这一切无一不是武侠小说的想象酵母。当然，如此传奇的故事与我们无关。废弃园子里的那一帮蹦蹦跳跳的野小子，仅仅是六合拳自然门的外围分子。没有正式的师傅，也没有固定的课程，他们顶多算得上凑热闹的小喽啰。这些家伙瞪大眼睛模仿了一招两式，然后独自找一个角落重复演练；一时记不起下一个动作，小伙伴之间彼此交流矫正。我就是在这种环境中一个动作加一个动作地攒出了套路，六合拳、青龙拳、黑虎拳陆续到手，子母连环拳似乎还欠缺三两个招式。我对于拳术套路的完整性抱有一种固执的苛求，丢失一两个动作会寝食不安。尽管现在已经一身赘肉，我仍然依稀地记得六合拳的大部分内容。当年我并不明白，烦琐的套路仅仅是一种外部的形迹，自然门的精髓是拳行自然，圆转自如，见招拆招，因势利导；我崇拜这些套路如同教授崇拜经典，每一个标点符号的错讹都是不可饶恕的罪过。然而，我的大部分伙伴似乎没有兴趣斤斤计较，这些家伙每一趟打出的套路都不一样。他们的颠三倒四和丢三落四几乎引起我不可遏制的愤恨。

多年后得知，我的那些小伙伴中仅有一个学有所成。日后他正式拜到万籁声的门下，由于老人家的亲自指点武功大进。我们再度相遇的时候，他已经是一名身手不凡的侦察兵。我问他是否练过传说之中的气功——做到刀枪不入，他诚实地回答，他有把握防范匕首的正面突刺，但是惧怕横向地划一刀。这种情况下，再好的气功也会皮开肉绽。又一次听到他的消息时，他已经是一个刑警。他在一个县城执行任务时严重违反交通规则，几个交警上前拉拉扯扯。他一时火起动了手，三拳两脚把交警们打得东倒西歪。据说那个县城的交警因此罢工了一整天。

三

远在下乡插队之前，我已经听说了江湖险恶，知道不要轻易地在一个陌生的地方暴露自己的底细。生活在知青点的时候，我只是偶尔偷闲在山间的空地上稍稍温习一下套路，从来不在他人面前张扬练过的一招两式。尽管如此，我还是很快地在知青点发现了同道。

C 君是知青中大哥级的人物，身材壮硕，膀大力沉。听说他也是六合拳自然门出身，交谈之中立即有了些相见恨晚的意味。C 君聊起了我们共同知晓的江湖英雄，兴之所至就出手打了一趟六合拳。他的动作略为僵硬，有些招式似乎记不太清楚，但是伸拳出腿刚猛矫健，衣襟带出了呼呼的风声，收束时一个威风凛凛的打虎式，的确是六合拳的架势。另一次切磋之中，他一面演练拳脚，一面低声吟唱岳飞的《满江红》：“怒发冲冠，凭栏处，潇潇雨歇。抬望眼，仰天长啸，壮怀激烈……”抑扬顿挫之间，拳脚与曲调互为声援。先前我从未见过这种表演，C 君告知这是万籁声的创作。我相信这个传闻言之有据，万籁声不仅是一介武夫，豪气干云，而且舞文弄墨，著书立说。遗憾的是，我与 C 君的拳术交往没有维持多久，一件轶事出其不意地影响了我的心情。一个傍晚从水田收工回来，有人告诉我下午知青点出现了一场纠纷。C 君在厨房手持两把菜刀，与另外两个知青对峙了两小时。我至今还清楚地记得听到这个消息时涌过心头的幻灭之感。我的想象之中，C君应当一声长笑，大踏步来到知青点前面的三合土晒谷场，使出六合拳将那两个家伙打得人仰马翻。仰仗两把菜刀缩在厨房里，这算什么英雄？

知青点里的另一个同道是W君。他是上级委派的知青点带队干部，负责管理知青。事实上他不比我大几岁。W君瘦长脸，眉清目秀，笑起来似乎还有些羞涩。他的胳膊上没有多少肌肉，怎么也不像习武之人。一次闲聊之中，W君偶尔提起练过拳术。仿佛要证明此言不虚，W君身形一晃，踅到屋子中央摆出两个架子，我立即觉得他的确有些来历。W君的动作敏捷流畅，开阖自如，突然豹子似的一跃，双拳穿梭翻飞。他说曾经练过六合拳，此外还涉猎许多拳种。W君一会儿查拳，一会儿八卦掌，一会儿形意拳，一会儿螳螂拳，似乎什么拳种都可以露一手，但从来不肯完整地完成一个套路。W君时常兴致勃勃地谈论众多拳师的各种逸事，情节离奇，如真似幻，我怀疑他当年已经读过钱基博的《武侠丛谈》之类书籍。讲到拳师之间如何过招，W君连比带画一如亲眼所见。许多时候，W君的确把自己叙述成故事中的一个主人公，置身于现场拳打脚踢，并且发出雷鸣般的呵斥。这时，他会把双方之间你来我往的招式描述得更为细致生动。尽管听众的脸上明显挂出了怀疑的神情，可是，谈起另一个故事的时候，他还是忍不住故伎重演。

有一天他从城里返回知青点，脸颊和胳膊上都带着瘀青。据说他在公共汽车上遇到了三个歹徒，双方大打出手。他使出了擒拿术，在公共汽车的狭窄车厢里闪展腾挪，重创对手。我不太相信这个故事，而是猜测他吃了不少亏。他的功夫究竟如何？我的心里开始产生问号。这件事情之后，他出门时常常挎一个马桶包，包里藏了一副三截棍。这替他挽回了一些威信。至少我明白，没有相当的功力，三截棍是拎不起来的。

我终于意识到，W君太单薄了。他的身形灵活多变，但是经受不起一记猛烈的重拳。如果没有足够的空间施展腿法，他的双臂不足以抵御强敌。这或许是他从不提到南拳的原因。南拳盛行于粤闽一带，据说源于福建的南少林，由洪熙官等人带到广东，方世玉、铁桥三、苏乞儿等均是南拳高手。北方大汉身高腿长，拳术中擅长腿法；南方人身材矮小，讲究贴身短打，手法严密迅捷，时常使用寸劲的瞬间爆发力。这要求手臂坚硬有力，如钢似铁。南拳的拳师通常上肢发达，胳膊上套一副黑色护肘，出拳发力时嘿然有声。这种刚烈的风格显然不适合 W 君。他追求的是动作的飘逸轻灵，甚至流露出某种舞蹈的意味。这必须偿付代价。暴力世界不接受唯美主义。

不论日子多么落魄，多数知青仍然改不了争强好胜的品性。插秧与割稻的速度，挑多重的担子，谁到生产队长家喝过酒，谁是公社副书记的远房亲戚，哪几个家伙家境优越可以称病不出工，这些事算不上炫耀的资本；谁当上了知青队长，谁当上了学习毛主席著作积极分子或者公社劳动模范，如此殊荣只能由少数人问津。知青点中普遍的日常竞争仍然是两种：女知青的姿色，男知青的气力。姿色与气力隐约地决定了每一个知青的座次。这时，拳术是一个令人讨厌的干扰因素。号称哪一个高手的徒弟，表情神秘地摆出几个架势，不是吓唬人吧？一些身强力壮的知青无所忌惮地把反感放在脸上。他们在屋子后面把一副杉木钉成的双杠练得吱呀作响，然后抚着胳膊上隆起的肌肉用鼻子哼了哼：我就不信，那些花拳绣腿能有什么用？

四

爱屋及乌。自从接触到拳术之后，我同时迷上了言及武侠的各种读物。当然，这也可以解释为一个弱者在虚构的世界索取某种心理补偿。很长一段时间，神出鬼没的武侠故事与斧头镰刀象征的工农革命格格不入，没有多少现代作家涉及武林人物的拳脚较量。我只能如饥似渴地在文学的边边角角搜罗一些相关信息。我记得《红日》中似乎有一个连长身手了得，《烈火金刚》里仿佛也出现过一个相似的人物。《林海雪原》中的杨子荣会不会一两手武功？这是我私下暗暗揣摩的问题。还有《铁道游击队》里的刘洪。之所以喜欢并且记住了《红旗谱》的朱老忠，就是因为小说描写他懂得一些拳脚。

古典武侠小说解禁之后，这一切就算不上什么了。《水浒传》是一部快心之作。林冲、杨志武艺高强，鲁智深一拳千钧，浪子燕青的相扑江湖上没有敌手，武松醉打蒋门神精彩绝伦。我曾经反复地研究武松出手的招式——“玉环步，鸳鸯腿”。武松伸出双拳在蒋门神脸上一晃转身就走，蒋门神怒火中烧，大步抢上前来；武松侧身一个飞脚踢在蒋门神的小腹上，待他捂住裆部痛得蹲下去时，武松转过身来另一脚踢在他的额头上。这几个回合拳来腿往，张弛清晰，一起一伏之间，拳术的节奏犹如艺术。日后又读到了《七侠五义》，拟想展昭、白玉堂这些英雄人物的高超本事，心中无限憧憬。我相信这些故事百读不厌，咬着牙掏出口袋里最后几文钱买了《七侠五义》的上下两册。当时转过的念头是，哪一天犯了什么事，我可以带上这两册小说躲到乡下，依靠说书糊口。这是不是杞人忧天呢？如今这两册小说已经不知去向。

武侠故事的再度兴盛，已经到了 20 世纪 80 年代中期。我们先是听说有一个李小龙，他斜着身子发出猫一样的吼声，然后飞起一脚踢翻了敌手；随后李连杰和《少林寺》一同声名鹊起，“少林，少林”的歌声传遍大江南北。又过了一段时间，成龙和周星驰相继赶到，他们一边打斗一边扮鬼脸，逗得许多人乐不可支。至于图书市场之上，金庸无可匹敌。他的小说风靡了整个中文世界，某些著名的情节段落已经成为日常用语，例如华山论剑，独孤求败，金盆洗手，还有《葵花宝典》。当然，金庸之外还有梁羽生和古龙。他们如同从魔匣里放出了一大批武功盖世的大侠，江湖之上突然充满了刀剑相交的铿锵之声。

我很快察觉到，再度兴盛的武侠世界出现了一些异样的动向。首先，比试内功愈来愈频繁地代替了武侠之间的徒手搏击。相对于西方的拳击，中国拳术隐含了复杂的文化理念。对于拳击说来，力量与速度是制胜的法宝，第三个因素是壮实的躯体具有何种程度的抗击打能力。如此清晰的观念典型地显现了西方的理性特征。中国拳术门派繁多，渊源各异。少林、武当，形意、八卦，南拳刚猛如虎，太极柔软似水，众多门派无不具有独门手法。拳击仅仅单调地挥舞一对拳头，中国拳术同时拥有各种腿法，而且用掌，甚至一指致命，必要的时候还会在地上打几个滚，例如地趟拳。尤为奇怪的是，中国拳术拥有根深蒂固的气功观念。尽管西方医学的人体解剖无法证明气功的存在，但是，众多拳师坚信，气功如同矿藏潜伏在身体内部的某一个秘密所在。由于某种独特的修炼，接通任督二脉，气功将灌注于四肢百骸，此时拳师使出的招式可能产生百倍的效用。古人对于身体内部的能量始终存有独特的想象。在他们心目中，五脏六腑和筋骨肌肉仅仅是若干有形的材料，重要的是身体内部流转的某种无形的真气。通常，这种真气离散破碎，若有若无，气功是真气的保养、修炼和集聚。我善养吾浩然之气，孟子的名言背后不仅伫立了一大批儒家子弟，同时还隐藏了众多气功大师。

尽管这种身体能量的想象一直没有得到现代医学的正式证明，但是，文学兴致勃勃地接收了下来。金庸之后的作家愈来愈热衷于构思各种内功较量的场面。一僧一道双掌相抵，聚精会神地调集体内的真气一决雌雄，这是武侠小说屡见不鲜的情节。电视剧或者电影之中，导演频繁地安排大侠离地三尺地飞来飞去，然后挥起一掌开山裂石。这些乏味的夸张很快败坏了我的胃口。我相信我还是老派的口味。如果气功把武侠改造成了腾云驾雾的神仙，我宁可重温《水浒传》。不论是林冲、武松还是别的什么人，他们的拳脚背后有我熟悉的烟火气息。

让我这种老派口味不适的另一个迹象是，格斗搏击的无厘头风格——这是成龙与周星驰的拿手好戏。格斗搏击是性命攸关的时刻，稍有闪失非死即伤。喋血的场面没有为诙谐预留心理空间。踩在刀尖上过日子，命悬一线，笑成了一种多余的品质。至少在我的生活之中，拳脚相向之前已经挤干了所有的笑意。这种氛围之中，滑稽与气功一样不真实。

生活是不是过于严酷了？武侠世界隐含了令人生畏的严峻。这时，金庸或者梁羽生们善意地在这个世界安插了一些如花似玉的女侠。这立即改变了武侠世界的生态。争夺武林名分或者搜寻武林秘籍之外，爱情成了一个横生波澜的重要动机。刻骨的仇恨与蚀骨的爱情具有同等的分量。武侠世界没有白领聚集的大公司，没有情歌对唱的篝火晚会或者灯光暧昧的酒吧；除了偶尔抛一抛绣球比武招亲，武侠世界的男女缘分多半因为师兄与师妹。一面跟随师傅刻苦练功，一面在师娘的眼皮底下悄悄地取悦师妹，几个师兄之间不时争风吃醋，结下的仇怨一直延续到耄耋之年，甚至传到徒子徒孙。这些故事如同温室里培育的珍稀植物，与这个柴米油盐组成的世界相距太远。我们时常以局外人的姿态姑妄听之。金庸或者梁羽生时常慷慨地赞颂那些女侠的花容月貌，这肯定是一厢情愿的幻想。江湖上风沙袭人，她们怎么可能肤若凝脂？长期舞枪弄棒的人多半肌肉发达，腰身茁壮，她们怎么可能身材婀娜，亭亭玉立？如果师妹状若五大三粗的莽汉，是不是还有那么多师兄含情脉脉地簇拥在周围？这些问题开始对整个故事产生了威胁的时候，我总是适时地停止追问。迷途知返的时刻到了。还是让金庸或者梁羽生的武侠世界藏在厚厚的书本里吧，生活之中的拳脚相向完全是另一回事。

五

少年时代常常梦想一个场面——街头遭遇几个图谋不轨的小混混，三言两语之后就要动手。我向后退开一步，招一招手说：不必浪费时间了，你们三个一起上吧。然后，我娴熟地使出六合拳的各种招数：黑虎掏心，双峰贯耳，白鹤亮翅，冲天炮，东张西望，指南打北，三拳两脚地撂倒这些小混混，头也不回地扬长而去……

这个场面从来没有出现过。真正的交手不可能如此洒脱，哪怕是散打比赛。许多初次看到散打比赛的人总是大失所望。擂台上选手的抡拳蹬腿姿态笨拙，全无章法；相对于李连杰或者成龙的电影培养出来的趣味，这几乎是一种亵渎。他们之间的抱、缠、扭打更像街头老娘们的斗殴而没有丝毫潇洒可言。俗话说，乱拳打死老拳师。凶险万状的混战之中，循规蹈矩的套路根本派不上用场。至于贴身格斗，重要的是一招制胜，迅速摧毁对方的还手能力，而不是拖泥带水，一个回合接一个回合地表演。我曾研究过一本格斗技术的小册子，许多招数凶狠简明。例如，乘对方不备，一把揪住头发往下按，当对方不得不俯下脸的时候，抬起右膝迎上去。这一招的预定结局是，对方的鼻梁骨立即断了。

尽管少年时代的梦想曾经一次又一次地上映在内心，但是，我从未因为这些幻觉而把激烈的拳脚对抗想象为戏曲舞台上的表演程式。李连杰、成龙那些令人惊叹的闪展腾挪华而不实，《功夫》中的“如来神掌”无非是一个虚伪的电影特技。我还是一个十三岁少年的时候就彻底明白，挥动拳头的前前后后内心混杂着恐惧、犹豫和突如其来的决心；某一个时刻，这一切将演变为迅雷不及掩耳的一记勾拳或者暴风骤雨般的后续打击。当然，十三岁少年拥有这种认识的原因只能是亲身经历。

这一场斗殴以大获全胜而告终。这是我小学生活最后一年的杰作。这一场斗殴的起因与两个词有关：“姐姐”，“牛角”。

小学生活即将结束的那一段日子，我突然拥有了一个绰号：“姐姐”。我不知道这个绰号怎么来的,似乎是赠给别人的绰号阴差阳错地落到了我的头上。这个绰号带有的女人味让我十分恼火，辩解、怒目而视或者反唇相讥带来的后果是更大范围的传播。不仅熟悉的同学叫我“姐姐”，另一些班级的同学甚至公然地追在我后面，“姐姐”、“姐姐”地喊个不停。邻班一个满脸坏笑的家伙多次堵在我面前奶声奶气喊一声“姐姐”，然后周围一片哄笑。我和他推推搡搡地吵起来的时候，总是有人上前劝开的。不止一个人悄声提醒我，他的书包里藏有一长一短的两个牛角。

当年的斗殴之中，没有听说谁使用匕首或者钢锉磨成的刮刀，手握木棒或者砖块已经是露怯的表现，算不上体面。但是，牛角是公众认可的凶器。传说牛角捅到的身体会落下久久不愈的暗伤，比皮开肉绽还要糟糕。暗棕色的黄牛角长四五寸，光滑坚硬，握在手中令人生畏；至于一两尺长弯弯的水牛角，更是凶器之中的极品，轻易无法到手。我们这一代少年从未把目标锁定八级钢琴或者奥林匹克数学竞赛，苹果牌手机或者笔记本电脑闻所未闻，一柄光滑坚硬的牛角才是许多人梦寐以求的宝物。邻班这个家伙多次当众炫耀他的黄牛角，还有几个人赌咒发誓，曾经在他的书包里见过另一柄水牛角。这是一个巨大的威慑，我一次又一次地临阵退缩。

难堪的羞辱日复一日地积累下来，某一天晚上我在睡梦里揍了这个家伙。尽管刚刚推了他一把就满身大汗地惊醒，但是，我久久地坐在黑暗中，做出了一个斩钉截铁的决定：明天无论如何解决问题。第二天上午课间休息的时候，我刚刚走出教室来到操场，这个家伙涎着脸钻到我面前喊：“姐姐！”一片笑声之中，我突然一拳打在他嘴上。乘他愣住的时候，我一脚踢中了他的肚子，紧随着又一拳打出了他的鼻血。我担心他乘隙从书包里掏出牛角，一拳接着一拳越打越快，这个家伙终于转身抱头鼠窜，哇哇大哭，整个操场欢声雷动。我不太记得这件事怎么收场。总之，我被一个小个子的女老师带进了办公室。她询问我为什么动手打人，我理直气壮地回答：他喊我的绰号。小个子的女老师一拍桌子站了起来：喊绰号又怎么样，不是每天有人喊我的绰号吗？我懒得和她斗嘴，而是以胜利者的眼神傲慢地扫视着窗外。不出所料，从此再也没有人喊我“姐姐”。

六

拳术是一门古老的技艺。虎形蛇行，鹰爪猴蹿，中国拳术的打击方式显示了极为独特的想象力。许多武学大师数十年致力于修炼，功力深厚，拳打南山猛虎，脚踢北海苍龙，英雄无敌，谁与争锋？他们肯定没有想到，工业社会的钢铁机器轻而易举地收拾了这一门古老的技艺。一手刚猛的南拳能够与坦克对垒吗？哪一套精妙绝伦的太极拳挡得住航空母舰？枪械的图纸和炸药的化学分子式交到兵工厂的工程师手里时，那些武学大师秘不示人的拳谱还有多少价值？

拳术与坦克属于两个不同的世界。江湖上的游荡、聚散与科学、机械、钢铁、精密的计量或者大规模工业生产格格不入。从码头、车站到汇聚了三教九流的木板房客栈，江湖好汉的声望就是不凡的身手。可是，我步履匆匆地闯入大学校门之后，突然遇到了另一种空间组织。教授挟着大部头著作匆匆往来，各种数字和公式书写在黑板上，实验室的试管正在孵化某种前所未有的物质，图书馆书架上无数陌生的知识聚合成一个庞大的思想网络……这种空间组织之中，六合拳显得奇怪而突兀。下乡插队的乡村已经远远地抛在大学围墙之外，闯入大学的重大意义就是领取到后半辈子的高尚生活。我在椭圆形田径场的角落兴之所至地演练了一番拳脚。啪地打出一个响亮的飞脚时，我心里闪过一个念头：日后这一套功夫的作用大约是强身健体，活动筋骨，至于临危防身恐怕是多余的了。

事实证明，我想错了。离开大学之后，我曾经几度遇险，几度都到了出手的边缘。

一次遇险是在20世纪80年代中期在某一个大城市火车站。一批文友相约下乡，早晨七时半在火车站碰面。我在六时半的时候乘坐火车抵达，打算逛一逛火车站附近消磨时间。这个时刻，偌大的火车站广场几乎没有人。广场中央竖着一台大钟，大钟之下一个清洁工正在扫地。我在火车站的候车大厅门口伫立了片刻，右手边突然冒出一个穿牛仔服的年轻人。他低声而坚决地对我说："给点钱买烟！"当时我年轻气盛，不假思索地回答："没钱！"他似乎没有料到我如此干脆，站在身边不走。几秒钟之后，我的左手边又冒出另一个穿牛仔服的年轻人，抱着胳膊一声不吭地站着。三个人雕像般静默地矗立在候车大厅门廊下，我开始忐忑不安。过了一小会儿，广场的另一个角落一个行人路过。我灵机一动，一面扬起手打招呼"你来啦"，一面拎起地上的旅行包大踏步离去。走出了百十步之后回了回头，那两人依然站在门廊下，一动不动，这时我终于惊出了一身的汗。

还可以提到的一次险情发生在80年代末的一节火车车厢里，主题仍然是抢劫。我在一个小站转车，进入车厢时天刚蒙蒙亮。车厢内没有空座，我独自站在过道上。不到十分钟，我即遇到了四个人组成的打劫团伙——我曾经在一篇小文章里记述了当时的景象：

> 这四个人选择黎明时分登上这一趟列车。这时，硬座车厢里的旅客多半趴在座位上昏睡。他们轻手轻脚地沿着过道往前走，从容不迫地将手伸到旅客挂在窗旁的外套口袋里，取走钱包。车窗外面的天色正在渐渐地放亮，这四个人神情安详，动作专注，丝毫没有窃贼的惊慌。个别未曾睡着的旅客许久之后才意识到这是一批强盗。这四个人没有理睬那几双震惊地瞪大的眼睛。他们默不作声地绕过这些旅客，坚决地把手伸向这些旅客邻座的外套。这四个人不时夸张地耸了耸肩上的筒式挎包。从这些挎包的外部轮廓可以看出，包里似乎藏了些铁棍之类的斗殴器具。这样，未曾睡着的旅客就会将眼睛转开，转向车窗外面疾速掠过的树梢。这四个人轻松地洗劫了整个车厢之后从另一个门离去，这时，趴在座位上睡觉的旅客们才被旁边的人用肘部撞醒。顷刻之间，怨声如沸；可是，所有的人都

在检点自己的损失，没有人愿意起身追回那四个人。

需要补充的一个细节是，这四个人洗劫了大部分旅客之后，一个打劫者离开了他们的团队径直向我走来。整个车厢只有我站在过道上冷静地观察，他或许认定这是一种挑战。这个打劫者在离我两米远的地方站住，个头比我略矮一些，筒式挎包搁在脚下。他点起一支烟，带着挑衅的神色与我对视。大约半支烟之后，他觉得我没有什么特殊的动静，随即转身离去。

三十年左右的时间，前前后后遇到的若干紧张场面，要么身在旅途，要么栖居闹市。现在回想起来，下乡插队居然是一段波澜不惊的日子。收工之后回到小村子外围的那一幢二层砖楼，山风呼啸，孤灯摇曳，动荡的世事相隔万里。偶尔一两个外地的知青前来做客，眉飞色舞地叙说一些打家劫舍的勾当，各种轶事犹如古老的江湖传闻。小村子里的一个年轻人据说好身手。一些人形容他轻功了得，可以单足站立在一个火柴盒上；另一些人见识过他的臂力，两只水牛打架的时候，他可以轻易地将一对顶得格巴格巴响的牛角掰开。几个知青多次怂恿他露一手，他总是轻轻一笑躲开了。大多数农民安分守己，性格驯顺，拔拳相向的是非多半是知青之间的事情。

那一段波澜不惊的日子之中，有一场交手始终收藏在我的记忆之中，历久弥新。我甚至无法找到一个合适的词汇——比武？斗殴？还是一次友好的表演赛？

我清楚地记得事情发生在一个阴天的午后。我刚刚吃过午饭，懒洋洋地倚在床上准备下午出工。这时，另一个知青S君进了屋子。他高出我半个头，膀大腰圆，声音洪亮，为人豪爽仗义，我们日常相处得不错。我正想寒暄招呼，S君脸上似乎闪过一丝尴尬的神色，眼神游移不定。他站在屋子中央兀自搓了搓手，突然上前一把攥住我的手腕。我本能地翻腕挣脱，他再度攥住，嘿的一声把我按在床上。S君平常在双杠上是一把好手，臂力过人；我反复扭动挣扎，双手如同套入铁箍纹丝不动。过了一小会儿，S君松手站了起来，哈哈一笑向门外走去。我坐起身子时发现，窗户上挤了好几个围观的脑袋。我突然醒悟，S君估计是来示威的。几个知青闲聊中言及拳脚功夫，S君大约想试一试这帮家伙究竟有多少能耐。我又羞又恼，起身追到了走廊上。S君听到脚步急忙转过脸来，我一闪转到他的身后，一把搂住他壮实的后腰，仰身用力一甩，S君一百六七十斤的身躯立即悬在空中；我大步往后一撤，S君的身躯被重重地掼在地上，走廊的薄薄地面嗵的一声巨大的颤动。这一招来自那一本格斗手册，我曾经私下多次演练。我扑下去按住S君，他翻身一拱几乎把我掀开；我再度按住他，一只手牢牢地握住走廊的栏杆。S君不断地翻身挣扎，整个走廊的栏杆开始动摇，一块又一块砖头从二楼坠落下去。"好了，好了，可以了。"这时围观的知青纷纷上前劝解。我与S君一起从地上起来，拍了拍身上的尘土，扛起锄头动身出工。

日后我与S君并没有因为这件事产生芥蒂。离开乡村之后，S君在异地谋得一个令人羡慕的职业，过上了体面的生活。我们偶尔还有一些联络，互致问候。然而，我们再也没有提到这件事。我不知道S君当初的意图是什么，为什么选中了我，也不知道这是一个事先策划的步骤还是临时行动。我猜不会再有进一步的解释，这件事只能是一个永久的谜团。

火车驶过田埂

一

那个夏季一个暴雨如注的傍晚，我险些丧命在一列火车的铁轮下，差了不到两秒钟。

那天下午在水田里割稻子，临近傍晚的时候天气意外地变了。倾盆大雨骤然而至，雨滴如同坚硬的砂粒打在身上，附近的水田里密密麻麻地翻起了一层泡沫。田里的人们几乎睁不开眼睛，生产队长宣布提前收工。沿着铁路返回知青点的时候，我接受了一个农民的建议，将一捆稻草垛子顶在头上充当斗笠。稻草垛子将整个头部蒙住，我只能从稻草的缝隙看见四周一片白茫茫的水帘，耳边一片雨滴砸在稻草上发出的噼啪声。我正在专心致志地走路，隐隐地觉得拖鞋底下的枕木似乎有些颤动。又过了片刻，我突然醒悟过来，连忙扭头一看，一列长长的货车距离我不过十来米，雨帘之中黑色的火车头如同一只巨兽急速扑来。我惊慌地滚下铁路的路基，火车头冒着白色的蒸汽从身边一晃而过；一瞥之间我还能见到戴着帽子的司机伸出头来向我凶狠地吼着什么。

三十多年的记忆里，我始终是铁路上一个会走动的稻草垛子，雨帘之中的黑色巨兽一次又一次地扑来，一切恍如昨日。我从来没有怀疑火车是这个世界上最伟大的机器。无数的箱子和旅行袋堆放在行李架上，无数人在绿皮车厢里打牌，喝茶，嗑瓜子，聊天，读小报和杂志，偶尔还会出现若干偷窃或者斗殴事件——火车把半个世界驮在背上，从北京驮到南京，从哈尔滨驮到乌鲁木齐。这一台不断移动的机器哐当哐当地响个不停，浑身冒出腾腾的热气，昂首一吼声震旷野。火车威风凛凛地驰过山谷和河流，气吞万里，锐不可当。因此，前一些日子我在报纸上读到一则报道，心里不由一怔：据说已经没有多少蒸汽机车喷着浓烟奔驰在铁路上，传统的绿皮车厢很快就要退役。真的吗？

当年，这种老式的火车曾经日复一日地闯入我的知青生涯，趾高气扬地呼啸而来，转瞬之间绝尘而去。乡村的耘草时节，每一个人独自对付几亩水田，自行决定下田干活的时间。分派给我的那几亩水田就在铁路的路基底下，一趟一趟的火车似乎从田埂上驶过。火车穿过前面的小峡谷开始鸣笛时，我就要直起腰来休息片刻，迎候和目送飞驰的火车。如果到来的是绿皮车厢的客车，我会站得更直一些。绿皮车厢的车窗通常是关闭的，如同一块小屏幕；里面的乘客影影绰绰，面目不清。他们要上哪儿？他们是否看到了一个孤独的家伙伫立于水田中间，满脸羡慕之情？“车轮飞，汽笛叫，火车向着韶山跑，穿过峻岭越过河，迎着霞光千万道。”至少在当时，乘坐火车肯定是一件幸运而欢乐的事。生活在别处，浪漫在远方，什么时候能够从水田的泥浆里拔出双脚，神气地登上远去的列车？

当时怎么也想象不到，现在的天下已经交给流线型的高速列车。乳白色的高速列车奔驰在铁路主线上，如同子弹嘘的一声掠过；坐在密闭的车厢里，三百多公里的时速带来一种腾云驾雾之感。不知不觉之间，蒸汽机车及其身后的绿皮车厢渐渐老去，连咳带喘，许多器官都出了毛病：车厢的车窗无法打开，厕所的水管里几乎流不出水，水池里积满了污垢，车厢顶上的电风扇咔啦咔啦地响，随时打算罢工。一些废弃的蒸汽机车已经搁在游乐场所展览，一堆黝黑的铁块了无生气；某些铁路支线还有一些蒸汽机车拖着绿皮车厢慢吞吞地沿着一个个小站台磨蹭，刚刚启动跑了一会儿又喘着粗气停了下来，仿佛衰老不堪，每爬几步就要歇一阵；单调沉闷的摇晃之中，终点目的地一直遥遥无期。多少年过去了？昔日的庞然大物已经形销骨立，老态龙钟，这怎么能不叫人伤感？

历史著作记载，世界上第一台蒸汽机车1825年诞生于英国，发明者是矿工出身的工程师乔治·史蒂芬逊；中国修建铁路已经到了清朝末期，英国人建造的吴淞铁路1876年通车。1879年李鸿章奏请修建唐山至北塘的铁路，清廷众多大臣群起而攻之。他们认为火车“惊耳骇目，鬼神呵谴”，而且“烟伤禾稼，震动寝陵”。因此，这一段铁路比原先计划的短了许多；为了避免火车头的震动惊扰了安睡在皇陵中的帝王，骡马代替了火车头牵引车厢。不久之前上映姜文导演的电影《让子弹飞》，电影的片头和片尾均再现了骡马拉火车的场面。许多眼光独到的批评家展开诠释竞赛。他们对于这个场面的隐喻进行了五花八门的政治索隐，例如“马”的谐音象征了什么，绿皮车厢又象征了什么。现在，蒸汽机车与绿皮车厢就要退出历史了，今后它们是不是只能活在电影镜头和各种诠释之中？

二

那一年我十八岁，铁路上的一幕是我的短短人生之中第三次遇险，当然也是最为危险的一次。先前的两次险情发生在我的中学时代。

我的中学时代精力旺盛，功课轻松。那是一个提倡不读书的年代，我的考试成绩始终稳居前三名。因为我听说过“沁园春”或者“菩萨蛮”是一些填词所依据的词牌，一个似乎有些偏心的语文老师当众宣称我是他手里的“王牌”。每一天我总是以最短的时间完成家庭作业，剩下的时间投入各种形式的玩耍。某一个晴朗的傍晚，我和几个伙伴兴高采烈地跑到操场上打篮球。篮球骨碌碌地滚出场外，我快步追上，俯身捡球。这时，我清晰地听到一声压抑的尖叫，脑门上的发梢似乎动了一下。抱着篮球直起身来，我看到几个脸色煞白的同学呆若木鸡地站在那儿，一个落在我脚下的铅球把地面砸出一个凹陷的小坑。离我脚下不远的地方搁了两块砖头，砖头上面架了一块木板。这几个家伙正在举行一场小小的竞赛：看谁抛出的铅球先把砖头上的木板砸断。每一个手托铅球的投弹手都眯着眼睛专心致志地瞄准木板，没有人察觉我一头撞入火力圈。铅球贴着我的脑门飞过，已经擦到了我的头发。我无法想象，重达 16 磅的铅球撞上我的脆弱脑门将要出现什么效果。

另一次险情大约发生在高一时期。那时我的班级驻扎在分校，主要的课程是田间劳动，劈草、砍柴、插秧、锄地，如此等等。那一天早晨我坐在宿舍的床沿等待出工，信手抓过一本《十万个为什么》翻阅。这时，两个同学正站在床前斗嘴嬉闹。一个同学笑嘻嘻地说了句什么，另一个同学装模作样地挥起锄头追打。他没有察觉我坐在身后，锄头向后扬起时先是打飞了我手中的书本，然后敲开了我的眉棱骨。我的眉棱骨裂开了半寸长的口子，鲜血淋漓，被连忙送到医院缝了好几针，至今隐藏在眉毛背后的伤疤偶尔还会发痒。事后回想起来，如果不是手中的书本挡了一下，这一锄头会不会径直击中我的眼睛？至今我还记得那本《十万个为什么》突然从手中飞起来，犹如一只受惊的鸽子仓皇地扑闪着翅膀。

当然，这种小插曲犹如命运弧线的偶然波动，没有前因后果，不可能记载到历史的账单上。我很快忘了这些事情。一个尚未涉世的中学生没有兴趣追究，上帝是否在这种小插曲背后埋藏了一些微言大义。但是，铁路上的一幕开始让我多想了一些。每一次回忆总是让我感到庆幸——居然从厄运的巨掌之下赢得了两秒钟。神灵保佑。老天爷让我活下来，是不是还会交给我一些比种田更为有趣的事情？我开始怀揣一个秘密而又渺茫的希望。当然，我只敢轻轻触碰一下这个主题就迅速绕开。无数的教训显明，沉溺于某种期盼的结局往往是更大的失望。没有火车的时候，我仍然喜欢在铁路上行走。乡村的许多小路泥泞不堪，坑坑洼洼，杂草之间潜伏着蚊虫或者四脚蛇。铁路的路基通常高出地面一两米，通风干燥，视野开阔，一根一根枕木和碎石块铺设的整齐路面不尽地延伸。许多电影出现过类似的镜头：铁路上一个人形影相吊地行走，身后是一片空旷的原野或者透明的天空——这些镜头多半意味着寂寞和孤独。然而，铁路上的行走让我心旷神怡。我可以大口地呼吸清新的空气，偶尔还会跳上窄窄的铁轨摇摇晃晃地行走一段。张开双臂保持平衡的时候，我不止一次地想象自己飞了起来。如果从路基下的水田往上看，铁轨上一个张开双臂的人衬着背后湛蓝的天空，的确有点像一只振翅欲飞的大鸟。

三

跨出知青点的二层小楼，迈上一个小坡，一条铁路冷冷地横陈于眼前。晴朗的日子里，两条无限伸展的铁轨在阳光下微微反光，枕木和碎石之间隐隐地冒出些许若有若无的气流。铁路距离知青点不过二三十米。一列火车驶过，屋内脸盆里的水就会跳荡起来，形成一圈一圈的涟漪。乡村的日子枯燥乏味，观察路过的火车是一个有趣的消遣。一列满载的货车风驰电掣，一声长吼之后，火车头吐出一团一团的浓烟犹如烈马迎风飞扬的鬃毛；如果爬上附近的山顶往下望，远处一列绿色的客车仅有一根手指长，如同一只绿色的大菜虫缓缓地蠕动；到了夜晚，铁路尽头的一列客车愈来愈近，车厢内灯火通明，一排闪亮的车窗如同一串灯笼飞驰而过……

那个年代允许的活动半径极为有限，乡村的空气几乎凝滞不动，多数农民的一生仅仅走动在数十平方公里之内。山总是那座山，树总是那几棵树，鸡鸣犬吠，牛羊慢悠悠地踱过村子；有时觉得太阳钉在半空中不动，似乎怎么也熬不到收工时间，有时又觉得一下子一天过去了，一个夏天或者一个秋季过去了。乡村的每一天忙忙碌碌，但是，所有的情节都在重复之中缩减为同一个动作。割稻子无非是弯腰挥镰，一千遍一万遍地重复；插秧是重复，耘草是重复，锄地或者挑粪还是重复。今天是昨天的重复，这一辈人是上一辈人的重复。一句话可以概括一天，五句话可以叙述半年，三言两语半辈子就过去了。农民总是说，老了，老了，一生一世转眼间就结束了。昨天还是放牛娃，今天给自己盖一间土屋，明天娶媳妇生孩子；气喘吁吁地拉扯大孩子，老一辈人就该入土了。这种一览无余的简单日子远比繁重的农活更折磨人。没有出工的日子，我时常枯坐在知青点的房间里望着窗外发呆，明晃晃的时光似乎空无所有，又似乎沉重难言。这时，空气中隐隐地传来一丝颤动，片刻之后，一列火车从远处飞速驶来，哐当哐当的响声短暂地震动了生活。我终于透出了一口气。

记忆中，刚刚抵达乡村的时候，知青似乎排练过一出节目打算参加公社的汇演——《天安门前留个影》。这是一个集体歌舞表演，二十来个知青聚集在月光下的晒谷场齐声唱道："万里山河万里红，千百个英雄相会在北京。来到敬爱的毛主席身边啊，天安门前留个影，多么自豪多么光荣。"歌毕，一个知青从群体之中踱出独唱："我来自石油滚滚的大庆，向先进学习来到北京，在这难忘的时刻，摄影员同志请帮助我留个影留个影；请照上毛主席检阅站过的地方，请照上天安门城楼高挂的红灯，这红灯辉映着直插蓝天的排排井架，照耀着大庆工人的前进路程，啊——大庆人骨头硬，两论起家干革命，大庆精神大发扬，为建设社会主义立新功，为建设社会主义立新功。”待他唱完之后，待在角落里的摄影员走过来做出一个照相姿态，然后第二段落、第三段落开始，又有知青踱出独唱：“我来自棉粮如山的大寨”或者“我来自风雪弥漫的边疆”，他们分别要求摄影员照上毛主席走过的金水桥和毛主席升起的五星红旗，然后返回乡村或者哨所再立新功。知青点领导层慎重研究之后，分配给我的角色即是那个乏味的摄影员。他人且歌且舞的时候，我无聊地坐在晒谷场角落的一张板凳上；待到他们挺身摆好姿态，我走出来抬抬手表示拍照之后即可退场——如此简单的表演设计肯定无法让人尽兴。尽管如此，这一台节目还是很快夭折，此后的知青点夜晚寂然无声。逐渐熟悉了乡村的日常气氛，各种夸张的歌舞表演令人脸红。泥土、粪便和甩不下的腰酸背痛无声地嘲笑了虚伪的美学。真正弯腰在水田里插秧或者割稻十几个小时之后，舞台上故作欢快的动作和节奏令人反感。劳累了一天的知青缩在房间里守着一盏煤油灯，知青点那一幢二层的小楼像是山脚下的一片小小剪影，晒谷场上只有几只夜行的黑狗暗中窜过。歇工的日子睡得睁不开眼睛，起床之后赶快洗几件发出刺鼻汗馊味的工装，如果还能在煤油炉上烧一两盘小菜犒劳自己就算过节了。生活愈来愈沉闷，只有乡村版的乐趣才会带来短暂的骚动，例如从生产队分到了几斤猪肉，或者逮到了一条蛇。一个瘦高个儿的知青擅长捕捉水蛇，捕蛇方式十分奇特。他坐在一口水蛇出没的池塘旁边，脱去了鞋子，一只光脚伸到水草里面来回划动。片刻之后，他猛地把脚抽上来，一只咬住了大脚趾的水蛇被带了上来。他笑眯眯地解释说，水蛇没有毒。他用一块破布引诱水蛇咬住用力一扯，带出了水蛇嘴里的一口好牙，然后细心地用缝衣针将蛇嘴缝起来。这只水蛇饿死之前，至少会在他的衣兜里藏身若干天。

膘肥的猪肉或者碧绿的水蛇消失的日子里，令人提神的只有一列一列驰过的火车。火车每日不辍地途经知青点，没有一个知青忘记每一列火车的时刻。火车即是整个村庄的时钟。十点的火车到了，田间的人们可以歇一口气了；十二点的火车过去了，该是收工的时候了。相对于乡村的懒散和随意，每一列火车的准点运行和调度室的精确控制犹如另一个星球的图景。当然，还有火车的惊人速度。火车头的巨大车轮在连杆的带动之下飞快转动，沉重的钢铁由于蒸汽机的操纵轻如鸿毛。麻雀从树梢落到地面，两条厮打的黄狗从街上追逐而过，一只青蛙从一片荷叶跃向另一片荷叶，然而，哪一种乡村的速度都无法与火车竞赛。我偶尔有机会乘坐一台手扶拖拉机从凹凸不平的乡村土路上驶过，不长的距离就会将屁股颠得生痛。手扶拖拉机冒出一股白烟吭哧吭哧地爬行，雄伟的火车时常让如此低级的乡村版机器自惭形秽。火车呼啸而过，目空一切。没有人知道火车从哪里来，也没有人知道火车往哪里去，这个由几十节车厢组成的巨龙仿佛存在于另一个世界，浩浩荡荡地路过。火车的来来往往至少表明，生活的某一个地方存在一个出口，可以从这个出口抵达另一个性质不同的世界。的确，我相信这种想象背后隐藏了一个秘不示人的梦想：说不定哪一天就会出现奇遇，我们会乘坐火车逃离这种烦闷的日子，远走高飞。

四

夜色中，一列火车拐过山口疾驰而来，隐在路基旁边树丛里的几个人影一跃而出。他们紧随火车奔跑几步，纵身抓住了闪过眼前的车门把手跃上火车；片刻之后，装着各种货物的麻袋纷纷抛下。火车一声长鸣即将进站，他们翻身跳下，个个身轻如燕……少年时代，我不断地重读刘知侠的小说《铁道游击队》。在我的心目中，那些身背鸟铳隐于青纱帐的游击队远不如活跃在铁道两旁的好汉侠客神气。我对于《铁道游击队》的主角刘洪十分景仰。他负伤之后曾经藏匿在一个叫作芳林嫂的大眼睛女人家里。我一厢情愿地期待他们暗通款曲，喜结良缘，遗憾的是，他们的爱情始终隐忍不发。

远在我真正地见识火车和铁路之前，《铁道游击队》充当了铁路知识的启蒙读物。年纪大一些的时候，几本欧洲或者俄罗斯小说又一次挑起我搭乘火车的强烈愿望。这些小说的故事总是这么启动的：风尘仆仆的主人公手提破箱子踏入一节车厢开始了漫漫旅途，身边的陌生人是一个沉默寡言的汉子。一个偶然的机缘，譬如由于几杯高度白酒的作用，这个汉子突然敞开了心胸，于是，主人公幸运地听到了一个神奇的故事。我常常暗中渴望火车车厢里的奇遇，似乎只有火车才能提供结识各种特殊人物的场所。这种情节的设置源于一个假设：火车车厢里陌生者远比办公室的熟人更适合充当倾诉的对象。从一个无名的小站登上一节破旧的车厢，终点是遥远而寒冷的西伯利亚，车窗外一片荒凉的戈壁，这时，一件湮没已久的历史谜案突然从邻座一个满脸皱纹的老人嘴里吐了出来，这是不是一种奇异的人生？在我心目中，只有乘坐火车才是真正的旅行。波音客机呼啸着冲出云层，片刻之后降落在异地的机场，逍遥的飞行无法产生旅途的风尘仆仆之感。

当然，很久以后我才意识到，封闭的火车车厢可能在某种情况下成为致命的容器——例如可怕的《卡桑德拉大桥》。这是一部英国、意大利和德国 70 年代联合摄制的电影。三名恐怖分子袭击日内瓦国际卫生组织失败，并且在实验室里感染了可怕的鼠疫病菌。一名恐怖分子窜上了开往斯德哥尔摩的列车，列车上的所有旅客无不置身于巨大的危险之中。为了不让这些带菌的旅客返回社会，列车被封死，由军人强行押解驶向卡桑德拉大桥——一座年久失修因而不可能承载火车重量的大桥。尽管列车上的一个医生成功地阻断了鼠疫病菌的传播，但是，主管的权力机构不相信他的成果。列车即将抵达卡桑德拉大桥之前，旅客终于炸开了厨房，断开了最后几节车厢。上半截列车缓缓驶上卡桑德拉大桥，大桥应声崩塌，列车坠河、爆炸，河流上漂满了旅客的尸体……凝重而诡异的音乐声中，哐当当的列车一往无前地奔赴屹立于群山之中的卡桑德拉大桥，如同一座快速移动的监狱，没有人可以逃脱。

另一些惊险影片之中，火车的车厢是 007 这些特工彼此搏杀的微型战场。一个特工穿过一扇门进入车厢，与座位上的另一个特工对视了一眼，于是，生死格斗开始了。许多时候，格斗扩展到了车厢之外。直升飞机盘旋在列车上方，全副武装的杀手从直升飞机的缆绳上降到车厢顶上，他们破窗而入，加入战局。这些场面如此频繁地出现在众多电影之中，以至于我已经无法记住各自的片名。我的记忆中保存了两个智力含量相当高的火车谋杀情节。一批特工进入列车卧铺包厢，隔壁卧铺包厢乘坐的某个要人是他们的目标。经过反复窥视和测量，他们确认了这个要人躺在卧铺上睡觉时的头部位置。半夜时分，他们在另一个卧铺包厢的相同位置开了一枪，子弹透过壁板穿入要人的脑袋，谋杀成功。另一个谋杀情节发生在隧道里。两个身穿深色大衣的特工坐在谋杀对象的背后座位上。列车穿过一条漫长的隧道，隧道顶上的路灯一盏盏急速地滑过，车厢里的光线一下子暗了下来；与此同时，列车行驶发出的轰鸣由于隧道内部的回音而增加了十几倍。就在这个时刻，两个特工借助大衣的遮盖对着前座的脑袋开了一枪，枪声完全淹没在巨大的轰鸣声中。待到列车重新穿出隧道时，周围的旅客仅仅见到一具脑门淌血的尸体斜倚在座位上。

当然，多数人登上列车车厢的时候，与其说期待一桩血腥的谋杀，不如说期待一场浪漫的邂逅。火车的车厢是无数人生轨迹的任意交叉、碰撞，一切皆有可能。机关大院、办公室和家庭内部固定的等级关系顿时瓦解，每一个人都可以在陌生的环境里为自己重新设计一副面具。火车上认识一个人如同股市里挣到一笔钱，这是一件不需要解释理由的事情；而且，旅客下车之后可以慷慨地将这一场相识抛在嘈杂的车厢里，仅仅提走自己的行囊。如此不稳定的环境无形地怂恿了某种特殊的欲望。进入车厢寻找自己座位的时候，许多人暗自希望自己的邻座是一个妙龄女郎或者白马王子。这可以使十几个小时的旅途趣味横生。《情人》的作者杜拉斯曾经在一篇随笔之中记载了她少女时代搭乘火车的一则浪漫逸事。她和一家人坐上从波尔多开往巴黎的列车，在车厢里遇到一个三十多岁的陌生男子，他们避开家人的聊天随意而投机。家人入睡之后，这个陌生男子在夜色和一条毛毯的掩护下摸遍了她的全身。第二天上午她从睡梦中醒来，那个陌生男子的座位已经空了。

我的记忆中还保存了另一个短篇小说《一男一女》——这仿佛是对于火车浪漫的嘲讽。一对充满活力的年轻男女约会时来到火车站，偶尔进入了一个空的集装箱。意外的是，集装箱的门被工人从外面锁上，而且吊上一列货车运走了。一对情侣在一无所有的集装箱里度过了五天。最初的爱情游戏过去之后，饥饿、怨恨、疲乏和恐惧逐渐耗尽了两人的所有力气，也耗尽了两人之间的所有情意。火车单调的哐当当无穷无尽，从集装箱缝隙只能看到车轮下的铁路如同硕大的鱼骨头没完没了地往后退去。这就是生活，真理突如其来地显现了。这一对情侣最终获救，他们在一个遥远的异地医院接受治疗，然后返回故乡。然而，他们从苏醒的那一刻开始再也没有一句对话；躺在同一间病房里，他们宁愿静静地注视吊瓶里的药水点滴而不想相互再看一眼。一切都以如此意外的方式干脆利索地结束了。几天之后这一对情侣各自与家人返回，从此形同路人。这个结局让我久久地震惊。

五

我曾经多次表示，想知晓真正的民间，到慢车的硬座车厢泡上一天一夜就可以了。这种慢车每一站都停，票价相对便宜，每一节车厢里塞满了农民工、小贩、小公务员、推销员和流窜犯。检票口的铁栏门咣当当地打开，候车室长凳上的旅客一拥而上汇成蠕动的一队，乌黑的脑袋、箱子、扁担、铺盖卷、各种旅行包如同一注流体缓缓地前移。抱怨、叫骂、大呼小叫和铁路警察半导体话筒之中的呵斥交织成一片。穿过检票口之后，这一注流体如同被一阵大风刮得七零八落，所有的人都提着自己的行李奔向不同的车厢。进入车厢之后占领座位，把行李安放在头顶的架子上，数一遍再数一遍，不动声色地打量一下周围有没有必须警惕的可疑分子，然后沉住气等待列车的启动。不久之后，南腔北调的搭讪、甩扑克的吆喝、抢夺座位的争吵和购买食品的讨价还价逐渐此起彼伏，方便面的气味开始弥漫开来。离开乡村奔赴不同的城市就读大学的时候，火车是我经常选择的交通工具。这时我才意识到，绿色的车厢内部与我站在水田里的想象存在很大的差距。

多年来我不断地乘坐南来北往的火车，几乎没有产生过享受的感觉。拥挤是火车不变的特征。我曾经因为没有座位而在车厢过道上连续站了四五个小时，最终还是一屁股坐到了地板上。车厢的所有空隙无不挤满了人，过道上几乎无法行走，车厢的连接处堆满行李。喝不到一口水，无法上厕所，一些旅客购物的时候不得不从车窗爬到站台上。一次漫长而拥挤的旅途中，我还曾经躺到座椅之下几张报纸铺成的铺位上，在一片小腿和鞋子的丛林之中居然睡着了。

置身于体味、汗臭、脚丫气息和瓜子壳、果皮屑以及烧鸡、啤酒之间，我知道不会有奇遇。我从来没有在火车上听到什么有趣的故事。瞥一眼自己的行李，然后摇摇晃晃地打瞌睡，内心唯一的念头就是早一些抵达目的地。无论是阿加莎·克里斯蒂的《东方快车谋杀案》还是安吉丽娜·朱莉主演的《致命旅伴》，这些故事都不会发生在绿皮车厢里。绿皮车厢内部充满浓郁的世俗气息；如果不是一伙人围成一团打扑克，那么，吃零食与瞌睡肯定是大多数旅客的活动内容。这种气息不适于产生惊心动魄的故事——无论是爱情还是罪恶。

我记起来了，我曾经在火车上遇到一次抢劫。我站在车厢的过道上亲眼看到，一个四人组成的团伙在黎明的晨曦中顺利地洗劫了整个车厢。其中一个人曾经以挑衅姿态站到了我面前。四目相对了一小会儿，我没有应战。日后我曾经对一个朋友提起这一则逸事，他居然羡慕不已。这个朋友从事商业营销，三两天就会在这一条铁路线上跑一次。他从未遇到这种事件，几乎不相信我所说的。

某一天傍晚他兴高采烈地打来电话，高声宣称他也遇到了劫匪。他说那一天晚上硬座车厢里的旅客意外地稀少，每一个人都可以占住一个三人的靠背座位睡觉。半夜时分他听到背后的座位似乎有一些异常的响动，于是从高高的椅背上探出头来。背后的座位上，一个推销员正在响亮的鼾声之中沉沉酣睡，三个劫匪蹲在旁边，耐心使用一把手术剪刀仔细地剪开他的裤子口袋。一个劫匪抬头看见他的时候友好地微笑了一下，然后伸出手轻轻推了推他的肩膀说："不好意思，别看，别看。"我也不太相信他的陈述，似乎有些夸张。

某一个漫长旅途的下半夜，列车停靠在一个无名小站。我没有睡着，步出车厢来到站台上溜达。小雨淅淅沥沥，屋檐落下的水滴嘀嗒分明，四周是空旷而浓重的夜幕。站台上只有一张空的长椅，一团朦胧的水汽裹住一盏路灯。隐在黑暗中的火车头幽幽地鸣了一声汽笛，声音仿佛在很远的地方，有一种凄凉的意味。那一刻我突然想起了以前的日子，想起了铁路边上的水田和那一幢二层的知青点楼房。

六

许多惊险电影的经典镜头是，两辆汽车由于某种原因开始了疯狂的追逐，一辆汽车冒险闯过了铁路的道口，尾随而来的另一辆汽车恰巧被一趟路过的火车拦住了。这是无奈的一刻。火车是一堵奔跑的墙壁，没有人闯得过去。我所居住的村子，农民对于火车的认识几经曲折。听说奔驰的火车两侧带起的旋风可以将路基旁边的行人吸到车轮底下，农民很长一段时间不敢靠近火车。许多事实证明这是一个讹传之后，农民逐渐放肆起来。拥挤在道口等待火车路过的时候，他们站得越来越近，嘻嘻哈哈。一个农民正在表情夸张地说一个笑话，夹在胳肢窝里的扁担恰巧挂到了火车车厢的踏板上。他被甩得摔了一跤，飞起的扁担又将另一个农民的背上打出一道长长的瘀痕。这是惩罚，火车不能容忍蔑视。

刚刚接近铁路的时候，许多知青热衷做一项实验：将五分钱的硬币端端正正地摆在铁轨上，等待火车的铁轮碾过。一个古老的传说是，火车碾过的硬币可以变成锋利的刀片。据我所知，这一项实验始终没有成功，五分钱的硬币总是在车轮带动的气流之中消失得无影无踪。不久之后，知青对于火车的议论逐渐转移到另一个主题：如果平躺在铁路中央，能不能躲过车轮的碾压？许多人察觉到，火车头的下颌是一个金属铲子，这个铲子与地面的距离可否容纳一具躯体成为激烈争论的焦点。几个知青表示要亲身试一试，当然仅仅是夸口。

真正见识了火车碾死人之后，各种纸上谈兵的争论与夸口很快止息。一天早上我扛着锄头出工，铁路的道口聚集了一些农民。我从他们七嘴八舌的陈述中得知，凌晨时分的一列火车碾死了一个赌徒。这个家伙欠了一屁股赌债，估计偿还无望，干脆一头栽到车轮之下。据说飞驰的火车并没有停下来，这个家伙的血迹和脑浆斑斑驳驳地拖了两里地。这似乎是开了个头，此后类似的消息络绎不绝。邻村一个老头清早起来放鸭子。他手执一根长长的竹竿把一大群扑闪着翅膀的鸭子赶入池塘，然后头戴斗笠身穿蓑衣坐在铁轨上歇息。没有人料想得到，一列穿过晨雾的火车竟然把老头碾死。老人家耳朵聋，听不到火车的汽笛。另一个故事隐含了更多诡异的内容：村子里一对夫妻争吵，丈夫负气出门，打算卧轨自杀。铁路上哐哐当当的火车长吼一声铺天盖地扑来的时候，他突然害怕了，连忙爬出铁轨。不幸的是他慢了一步，火车的铁轮从脚踝处整齐地轧断了他的双腿。还有一个故事似乎发生在阳光灿烂的中午，附近兵工厂的一辆吉普车沿着马路疾驶。路过一个道口的时候，司机竟然没有看见平行的铁路上一列火车尾随而至。他一打方向盘径直拐上了道口，吉普车立即被火车撞得飞起来，摔到路边的水田里时已经成为一团废铁。农民的传说之中，这个司机并没有什么急事需要赶路，如此仓促只能解释为见了鬼。

卧轨是工业社会降临之后新兴的自杀形式。许多作家对于技术和机器始终没有多少好感，令人奇怪的是，他们似乎对于卧轨自杀保持了特殊的兴趣。二十多年前，一个名叫“海子”的年轻诗人在山海关附近卧轨自杀。没有人知道他为什么选择了弃世，也没有人知道他为什么选择卧轨的方式。海子曾经写下这些著名的诗句：“从明天起，做一个幸福的人/喂马，劈柴，周游世界/从明天起，关心粮食和蔬菜/我有一所房子，面向大海，春暖花开”。诗人的质朴欢乐之中，种种生机勃勃的意象无不来自富饶的土地。然而，诗人投向死亡的时候，为什么愿意将生命交付给工业社会一大堆冰冷的钢铁，而不是返回大自然怀抱——例如，模仿屈原自沉于滔滔江水？

另一起著名的文学性卧轨自杀来自一百多年前列夫?托尔斯泰的精心策划。这个自杀事件发生在托尔斯泰的巨著《安娜·卡列尼娜》之中。失意的爱情让安娜绝望，她决心用自己的死惩罚负心的男友渥伦斯基。卧轨仿佛是安娜仓皇之际的临时选择，然而，托尔斯泰暗示这是一种宿命——铁路上一个矮小丑陋、胡须蓬乱的老头俯身在铁器上的意象曾经反复出现在安娜的梦境之中。悲剧早已注定。她的爱情之梦终于被“巨大的无情的”火车铁轮碾得粉碎。

然而，面对知青点旁边的那一条铁路时，我既不熟悉托尔斯泰，更没有听说过海子——如果愿意提到文学，我只能想起诞生于托尔斯泰与海子之间的《欧阳海之歌》。估计现今已经没有多少文学史还有兴趣记载这一部小说，但是，我相信许多同龄人记得《欧阳海之歌》的封面：一座雕塑作品，一个战士用肩膀奋力将一匹驮着炮架的骡马顶下铁路。至少在当时，欧阳海的事迹几乎无人不知：欧阳海所在的部队野营训练途中遇到火车，一匹驮着炮架的骡马受惊之后冲上了铁路。火车即将撞上骡马和炮架的时候，欧阳海不顾一切地奔上铁路推开骡马。他拯救了几百名旅客的生命，同时由于火车的猛烈撞击而不幸牺牲。我所居住的村子出现过相似的事故。一个放牛娃牵着一只水牛沿着铁路回家。一列火车驰来的时候，受惊的水牛怎么也不肯离开铁路，惊慌的放牛娃用尽全身力气拖拽缰绳仍然无济于事。他在最后一刻不得不松手，水牛在火车的撞击之下悬空划过一道优美的弧线落到田里，并且砸断了田里另一只水牛的双腿。我的生产队在这一场事故中蒙受了巨大的损失，尽管所有的人都痛痛快快地吃了几天的牛肉。

我没有亲眼见过火车撞人的事故，最为接近的时候是见到一张血迹斑斑的席子，上面搁一只破布鞋。一个人躲闪不及被火车撞断了腿，他已经被抬上火车运到医院去了。没有人解释这一张血迹斑斑的席子从何而来。另一次未曾目睹的事故情节离奇，以至于我和好些知青心神不宁多日。那天傍晚我们已经吃过了晚饭，三三两两地聚在知青点门口的土坪上谈天。突然，远处一列疾驰的绿色客车缓缓停了下来，旅客纷纷从车厢门口下车。十多分钟过去了，众多旅客仍然围在火车头旁边，火车似乎没有重新启动的迹象。一个知青提议赶到现场看热闹，我们兴冲冲地沿着铁路往前奔去。刚刚走出几步，迎面遇上了村子里的一个小媳妇。她挟着一根扁担，眉飞色舞地对我们喊道："你们男的快去看一看，一个光身子的疯女人拦住了火车。你们看一看就知道女人是什么样子了！"这几句话说得众人面面相觑，谁也不好意思继续前往。我们在铁路上蹭了蹭鞋子，犹豫地观察了一会儿天边涌起的乌云，最终还是撤回知青点。日后我们都对这个眉飞色舞的小媳妇没有好脸色。如果她没有把话说得如此露骨，或许我们真的就会在现场看见点什么了。当天夜里，这个疯女人在拦截另一列火车时被当场撞死。

七

入住那一幢二层的知青点之后，每一日我都要在铁路上行走近半个小时到生产队出工。那一天经过一座铁路桥，我发现路基旁边的桥面上有一个四方形的盖子，可以看见盖子底下有一架小铁梯通向了桥墩，估计这是铁路桥的维修设施。我突然记起了那几个知青的夸口，心血来潮想体验一回火车驰过头顶的感受。我掀开四方形的盖子沿着小铁梯爬下，蹲在铁路桥的桥墩上。片刻之后，我听到一列火车由远而近急速驶来。我还没来得及做好足够的心理准备，火车已经抵达头顶上方，薄薄的铁路桥剧烈颤动，仿佛随时就要垮塌。震耳欲聋的轰鸣和车轮撞击铁轨的铿锵声响远远超出我的意料，犹如千军万马踏在头皮之上。惊骇之中，我几乎从桥墩上跌入河里。

不久之后，村子里接到一个任务，要在这一条铁路桥的桥梁上书写一条大标语："深挖洞，广积粮，不称霸。"这是毛主席他老人家的一句名言，脱胎于朱元璋的谋士朱升的建议"高筑墙，广积粮，缓称王"。书写标语的任务由村子里一个戴眼镜的小学教师领衔完成。他到知青中挑了两个助手，我是其中之一。这是叫人嫉妒的运气，写标语远比水田里的农活轻松。小学教师请人用毛竹在铁路桥下的河水中搭起高高的脚手架，我们分别提一桶红漆坐在脚手架上作业。要写的标语每个字大约两米见方。小学教师先用铅笔勾出一个个宋体字，我们用排笔蘸着红漆一笔一笔地描上。两脚悬空地坐在毛竹的脚手架上，可以从湍急的河水之下看见河床上大大小小的鹅卵石。每隔一阵就有一趟列车从脑门之上几米的地方驶过，毛竹搭起的脚手架一阵阵抖动。有过蹲在桥墩上听火车的历练，我已经不再被火车制造的巨大响声惊扰。春寒料峭，身上的棉衣无法阻挡沿着河流吹来的寒风，我们不时就要把双手放在嘴边呵气。尽管如此，这比双脚踩在水田里好受多了。这一条标语居然写了十天左右，我们三个人默契地偷懒，每天早早地收工，反正不会出现竞争者。后来我单独地在生产队仓库的墙上写一条标语"农业学大寨"，字体大小相当，只用了一天半的时间，虽然我使用的是墨汁而不是红漆。

当初我肯定料想不到，风驰电掣的火车不断地搅动三十多年的记忆，仿佛是知青生活的一个特殊标记。我曾经重返那一座铁路桥，试图寻找当年书写的红漆标语。铁路桥旁边增添了一条公路，各种车辆来来往往，靠近铁路的拐角还有一个公共汽车站。铁路桥比我记忆的矮了许多，仿佛是因为老迈而佝偻了；桥下的河水近于干涸，河床上一片破砖乱石。会不会走错了地方？我几乎怀疑起来。站在公路旁边仔细察看，铁路桥的桥梁上厚厚的一层锈色污垢，背后仿佛还能隐约地找到两个三十多年前的模糊字迹。一切都将顺着时间漂走，剩下的只是不出声的感叹。桥墩下堆放了一些垃圾、破木板和塑料袋；桥墩底部横七竖八地写了不少文字，主要的内容是办理假证照业务和联系电话。我疑疑惑惑地拍了几张相片，内心的错愕之感始终挥之不去，如同漂浮在水面的一层油污。

草 书 的 表 情

一

时常听到抱怨，草书难懂如同天书。一个笑话说，某大师酒后乘兴狂草一幅。数日之后，一个弟子小心翼翼地询问条幅之中的一个字。大师熟视良久，突然发起了脾气：为什么当时不问？现在我也认不出了！

我的想法是，何必执意认出每一个字？墨迹浓淡枯腴，运笔顿挫缓急，或者凝重如山，或者细若游丝，抚摸得到搏动于撇捺点划之间起伏的内心波澜，这就是懂得草书了。那些戏迷不在乎舞台上的故事情节，他们是为演员的柔软身段和激越唱腔而摇头晃脑。草书也是如此。跌宕错落，奔走踊跃，蓬勃之势潮水般地涌过纸面，至于写下的是李白的“黄河之水天上来”还是周敦颐的《爱莲说》，不是多么重要的事情。

恋人或者对手面谈的时候，脸上的表情常常充当了另一种语言。听到种种夸张的表白或者威胁性言辞，肯定还要看一眼对方的表情。忽略表情可能产生严重的误读。无声的书法也是有表情的。“厚德载物”也罢，“天道酬勤”也罢，“宁静致远”也罢，“清风遣怀”也罢，相同的辞句可以写出迥不相同的书法表情。草书甩开了一笔不苟的横竖撇捺，颐使气指，是篆、隶、楷诸体之中表情最为丰富的一种。颜真卿的《祭侄文稿》一把推开了正襟危坐的楷书，纵笔驰骋，不拘浓淡，率意涂抹窜改，一腔悲愤跃然纸上。

龙飞凤舞是得意。银勾铁画是倔强。循规蹈矩有些方巾气。花团锦簇流露的是轻佻的脂粉气。王羲之当年与众多贤人聚会兰亭，流觞曲水，惠风和畅之间生死无常的哲学感叹没有切肤之痛。据说他的《兰亭集序》是微醺之际的书写，字形俊朗，风神飘逸。然而，日后的《哀祸帖》终于丧失了那一份优游自得："频有哀祸，悲摧切割，不能自胜，奈何奈何，省慰增感。"《哀祸帖》刚硬硌人，不暇修饰，第一行的几个字形同仰天哀号。

很长的时间里，我仅看过怀素的《自叙帖》。呼风唤雨，飞沙走石，阖上字帖仿佛仍然有长长的呼啸回旋。因此，日后读到怀素的小草"千字文"，不禁大为吃惊。这是他六十三岁的作品。相对于《自叙帖》，小草"千字文"安详恬淡，漫不经心。书法史对于这一件作品赞不绝口。所谓苍劲静穆，所谓法度精严，甚至称之为"千金帖"——一字千金之谓也。然而，我在字里行间看到的是一个随和淡然的老者。岁月终于抚平了心中的激昂，年迈体衰，心意骤冷，神志与躯体似乎都有些萎缩，当然，书法史更乐意将这种格调形容为"人书俱老"。

坊间一度流传过一则趣事。据说当年的不良路人时常在某书法家——一说是于右任，一说是启功，有人甚至说是郑板桥——寓所之外的墙角撒尿，秽臭熏人。书法家盛怒，挥笔疾书"不可随处小便"六个大字，张贴于墙上。可是，这张告示很快被人揭下拿走。不久之后，店里出现一帧裱好的条幅："小处不可随便"。我对这一则趣事一直有所怀疑。阻止路人胡乱小便的盛怒与教诲为人之道的一本正经，肯定不是同一种表情。即使文字表述可以巧妙地偷天换日，作为书法必定气韵尽失。

古人手中的一管毛笔写奏折，写家书，写科举考试的试卷，一手好字如同一副好相貌赏心悦目。尽管如此，草书多半还是书法家的事。据说怀素的醉后草书往往提笔直接写在长廊的粉壁上，"忽然绝叫三五声，满壁纵横千万字"。如此狂僧，只能充当行为艺术的主角。那些儒冠儒服的书生写的是娟秀的楷书，草书的嚣张风格很可能冒犯上司或者考官；公文之中出现讹误更是吃罪不起。想在朝廷或者衙门拿一份俸禄，书法必须和做人一般规矩刻板。

然而，现今的公文一律是标准的印刷体，年青一代的书写已经变成了敲打键盘。书法走到尽头了吗？也许恰好相反。毛笔不再负担日常的各种书写，纯粹的书法意外地成为可能。狂放的草书卸下了识字的义务，开始重新抖擞精神。“久在樊笼里，复得返自然”。这时，草书可以是虎啸龙吟，可以是摧枯拉朽，一副灿烂的表情终于无拘无束地浮出纸面。

二

偶然听说，人无癖好不可交。我正在盘算还有多少余裕接纳新的癖好，书法如同一个多年不见的老友不由分说地闯了进来。

上一回与书法相遇，大约是四十多年前。那时我还是一个混沌未开的青涩少年。我至今仍未明白，当年为什么仅仅流行柳公权的楷书。所有的人都在临写《玄秘塔碑》。仿佛有“颜筋柳骨”之说，但是，颜体并未赢得同等待遇。我的书法兴趣其实来自一本偶尔得到的隶书字帖。记得是唐人的隶书选字本，字形厚重，不似汉人隶书那么潇洒率意。临摹了一段时间，又借到一本残缺不全的草字汇，双钩的油印本。我设法弄到了一叠透明纸，细心地将整本字帖描了下来。这就是草书的启蒙了。一管毛笔开始在旧报纸上快速移动的时候，那个少年显然认为，草书比隶书有趣。当时并未将书法与遥远的“艺术”联系起来。我的私心是，一手好字日后可以到乡下写春联，换取几文报酬。家境不佳，必须早早筹划未来生计。当然，当时并未料到，数年之后的乡村生活与纸张、笔墨毫无联系。

我的生活再度拥有一张书桌的时候，春联与书法已经成为过时的传统手艺。窗外的日子充满了工业的节奏，书桌的统治者无疑是电脑。我在键盘上飞快地敲打五笔字型，毛笔如同一个古老的传说湮没于斑驳的往事。很长的时间里，我与书法的唯一往来就是读一读字帖。书店里遇到一些名帖，总是忍不住要买下来。无非是二王，苏黄米蔡。陆机的《平复帖》以及杨凝式、张瑞图的墨迹就算较为冷僻的了。读帖是无言的对话。缓重的一点一画是隐忍，汹涌的笔势是慷慨陈词，古拙的横平竖直是心如古井，长长的枯墨是一缕不绝的歌谣盘山而过……当然，悠然心会，神交而已。发现了意外的精妙情不自禁，也不过伸出手指在空气中将某个字临写一遍。

再度握住毛笔，仿佛是突如其来的一念之间。那一天私下里讥笑一位热衷于题词的名流：披金戴银，搔首弄姿，如此俗气的书法怎么能不断地抛头露面？这时，太太随口应了一句：你怎么不想写一写字？我突然心里一动，哪里的一扇门呀的一声打开了。

腾出一张桌子，展纸研墨，熟悉的感觉穿过了四十多年的尘埃骤然弥漫开来。草书，墨迹淋漓，运笔如风，意想不到的快乐。年龄渐长，腰酸背痛再也不能率性地走南闯北的时候，草书是另一种驰骋。吸一口气，提一管狼毫毛笔满纸飞奔，这里有天马行空的任意。

“纸上江湖，笔墨风月”，这张条幅是为自己写的。从车水马龙之中脱身而出，一间空旷的屋子，一张大桌，一刀宣纸，一副笔墨，这就是自得其乐的时刻。

一幅得意，邀请太太分享。在我的威严目光逼视之下，太太只能虚伪地恭维几句，固定的辞令如同来自一台智能录音机。数日之后，自觉不佳，揉成一团往纸篓里一丢，心中快乐不减。

几幅字镶入镜框悬挂在墙上，不加裱褙。纸张微皱犹如乱头粗服，自有自然天真之态。有朝一日觉得了寡趣生厌，可以另行再写一幅换上。享受草书如同享受时装，心中快乐不减。

不时挑选两帧发布在微信上，若干文友捧场点赞。偶尔有方家路过，指指点点或者侧目而视。褒贬由人，心中快乐不减。

忽然想为自己的客厅书写一幅，然而屡屡不能得手。除了满地的纸团，整个下午一事无成。受挫之感潮水般地涌过，心中仍然快乐不减。

我没有写诗的才能，无法将一腔心事托付于铿锵的句子。诗是少年的狂放，中年的故事多半是欲说还休。现在好了，草书不期而至。孙过庭的《书谱》曰：“偶然欲书”。心血来潮的那一刻握住一管笔，点若飞石，横若枯木，盘旋若龙蛇，奔放若快马入阵，草书就是一个存放心情的空间。胸中有不尽之意，那么，铺一张大纸，挥毫泼墨，一片纵横起伏犹如无声的呐喊与长啸。

三

书法史上兴起过碑帖之争。碑和帖可以形容为书法的两种表情。帖书写于纸张之上，宛转勾连，左右盘旋，仪态万方如同盛装美人；碑刻勒于石板或者山崖，耿直厚重，棱角分明，神情坚毅如同冷面大汉。清代之后，一些书法家厌恶帖的柔媚妍丽，婉约浮靡，矛头甚至直指二王。他们倡导临摹碑文，宁可朴拙木讷，有古意，有金石味，拒绝那种八面玲珑地讨好人的白面郎君。

现在似乎没有太多的人谈论碑帖之争了。坊间时髦的是现代书法。这个概念不是太明白，仿佛有日本书法的影响存在。许多人的字正在变成各种线条的写意，大小粗细极其错落，或者类同水墨的装饰画。如今还想和这些书法家谈论二王书法的神韵，大约就会像那些仅仅懂得异性恋而没有听说过同性恋的乡巴佬。我当然明白，这些书法家绝不是因为功力浅薄而胡涂乱抹，许多人临的《兰亭集序》几可乱真。纠缠他们心思的是一个大的问题：二王或者苏黄米蔡之外，笔墨是否还能写出别一种可能？

我肯定属于那种没有见识的乡巴佬，还是老派的口味，惭愧。王羲之的字怎么看都是好的，行书和草书无不从容大度，既潇洒又严谨。友人从网络上传给我一份王羲之的“手札集萃”，包括《长风帖》、《初月帖》、《得示帖》、《二谢帖》等等，用二胡配乐。闲暇的时候随意读若干页，心旷神怡。

怀素的《自叙帖》反而不可多看。这个大唐年间的和尚不怎么守戒律，食肉嗜酒。酒酣兴起，下笔势不可遏。《自叙帖》写得盛气凌人，没有充沛的精力应付不过来。所谓笔笔中锋，均匀瘦劲，同时又入木三分。几乎找不到哪些单薄乏力的笔画。传说他的字是在芭蕉叶上练出来的。皂角水洗过的芭蕉叶可以吸墨，怀素每天要写数百张。他的寓所附近种满了一丛一丛的芭蕉树。《自叙帖》中驰骤盘旋的线条充满了弹性与韧性，如同山林间的老藤。

苏东坡不大写草书，常常看到的是行书。苏东坡的字偏于肥厚丰腴，略为右倾，一笔一画之间常有天真烂漫之趣。如同他那些浑然天成的诗文，苏东坡的字仿佛无所用心，同时又意趣横生。就这么写下来，居然如此之好。王铎我也喜欢，王铎的字雄浑、遒劲乃至明目张胆的霸悍。王铎的行书筋骨毕露，草书梗概多气，他的字帖读得出内心按捺不住的起伏。或许因为明末清初贰臣的身份，他的无限感慨只能收缩到笔墨纸砚之间？

不过，许多文人推崇的书法风格是澹淡安详，摒弃俗世的烟火气，甚至孤峭冷僻，例如八大山人，例如弘一法师。志在兼济，行在独善，儒家的入世精神背后，文人总是有归隐江湖、散淡一生的情结。闲云野鹤之所以成为某种美学象征，文人与权力体系无法弥合的距离是一个特殊的原因。一些文人在怀才不遇中蹉跎一生，一些文人被剔出朝廷沦落风尘，这时，他们多半在道家、释家主张的人生姿态之中得到安慰。远离尘嚣，淡泊明志，纸面上每一个字的神情似乎都在复述这两句话。

闲暇时写几笔草书，似乎很难接受白话文。遇到“汽车”、“电脑”、“主义”这些词，草书写不下去，甚至不断出现的“的”也是一个障碍。写唐诗宋词的句子，笔墨立即就流畅起来。“风”、“月”、“雨”、“雪”、“云”、“水”、“江”、“海”都是常常写到的字，古人的日子充满了水意，不枯燥。还常常写到“花”字。风高竹有声，夜深花不寐，这时我明白过来了，草书就是在纸面上回忆古老的诗意生活。“闭门煮茶，秉烛读花”，写下这一副对子，写的是一种久违的期盼。

四

一个作家愤愤不平，他的书法被称为“文人字”。他觉得受了屈辱，“文人字”如同降格以求。一帮玩票的家伙，不入流。这时的“文人字”似乎是一个委婉的说法——这些人的书法有点意思，但是不登大雅之堂。

可是，“文人字”是不是还有另一种涵义？文人擅长构思，有想象力，“文人字”情趣盎然，不如通常的书法家那么刻板地循规蹈矩。一些大文人胸襟开阔，他们的格调、气象不可避免地流露于书法之中。鲁迅的字浑朴自然，不骄不矜，隐含了一点小小的慵懒或者颓诏，与他杂文之中戏谑反讽的口吻相映成趣。不过，鲁迅的文名如此显赫，以至于遮盖了书法的声望。鲁迅肯定不想做一个专门的书法大师，估计他不介意“文人字”之称。

构思和想象的独出心裁往往打破常规另行设计。现在的不少“文人字”显出很强的设计感，甚至带有装饰意味。可以设计三五个字写一块牌匾，一幅中堂，然而，数十个字写成完整的一段往往不那么自然，机心毕露。一首诗之中一联精彩，全诗有了重心，张弛错落，主从有序；真的字字珠玑，要费很大的气力才能按在一起。过多的佳句堆砌，犹如一群拥挤的鱼儿搅翻了一池清水。一幅书法更是如此。设计的字多半有个性，倔头倔脑的，聚集在一起就会相互冲撞。郑板桥的字是有设计感的，号称楷、隶、行、草熔于一炉，同时兑入画竹、画兰的笔意。把这种字收拢为一个整体，奇崛峭拔如“乱石铺街”，没有他的才情办不到。另一个大书法家黄道周的字也构思得很特别。他的书法中，许多字右肩高耸，有桀骜不驯的神气。如果没有另一些温和平淡的书写居间调停，那么多右肩高耸的家伙说不定会打起来。黄道周与王铎是同时代的人，闽南的乡亲。他性情刚烈，屡屡犯颜直谏，一次又一次地被皇帝贬官；明亡之际，抗清死节——这一点与王铎大不相同。

文人计较“文人字”，看来是常见的事。可以说文章不好，也可以非议人格，就是不能看轻他的书法。哪怕无关润格，也不肯落了下风。老婆或许是别人的好，字一定是自己的好。不就是写几个字的事情吗？的确，那些文人就是不惜为这件事打口水仗，说风凉话互相刻薄，必要时甚至挥动老拳。当然，也有例外的人物，例如苏东坡与黄庭坚。宋人的《独醒杂志》记载一则逸事。某日苏黄二人晤谈。苏东坡对黄庭坚说：你近时的字虽然清劲，但笔势有时太瘦，如同树梢挂蛇呀。黄庭坚答曰：我不敢妄议您的字，但偶尔觉得偏于肥扁，如同石压蛤蟆。二人相对大笑，都愿意认可对方的讥评。苏黄亦师亦友，他们的宽怀大度、才高八斗是一个重要的原因。都是名重一时的文豪，几句无足轻重的贬辞改变不了他们的地位。而且，我还藏有一个猜想：两位大师如此谦逊，或许另有一个原因——书道深奥，自以为是只能证明没有多少见识。

书法不是武功较量，找不到某一个具体的对手，赢了某某人就可以号称武林至尊。书法史将“天下第一行书”的美誉授予王羲之的《兰亭集序》。如今所见到的多种《兰亭集序》墨迹，是虞世南、褚遂良等众多后代书法家的摹本。

流行最广的传说是，《兰亭集序》传到王羲之第七代孙智永和尚手中，被唐太宗李世民设计夺走，继而殉葬于他的陵墓之中。我宁可相信，真迹的渺不可见保证了《兰亭集序》永恒的“第一”。神是不能现身的。如果《兰亭集序》不是存活于人们心目中，而是陈列于某一个博物馆的橱窗背后，怎么可能没有人挑肥拣瘦？王羲之无愧书圣，然而，他未必永远是攀上巅峰的最后一级台阶。

许多书法大师都有一种感觉：落在纸上的笔墨与真正的书法理想仅有一步之遥，但是，真正书法的理想模糊难辨，如同一个揪不住的幽灵。或许，真的“功夫在诗外”？这些大师不时逛到书法之外，祈求江山之助。王羲之爱鹅，颜真卿揣摩屋漏痕，怀素观察夏天的云朵，米芾拜奇石……他们肯定觉得，书道不限于笔墨，而是寓于天地之间。

然而，古人还有另一种观念：书法仅仅是微不足道的“余事”，不可玩物丧志，投入过多的精神以至于耽误了人生的正事。所谓人生的正事，只能是修齐治平，文韬武略——充当一个“书痴”，志向太小了。不就是如何写字吗？茫茫无边，立地成佛，见得到真性情的就是好字。我翻阅过一本西泠印社印的陆游《自书诗卷》。手书诗八首，一看就知道是陆游暮年的墨迹——书写时他已经是八十高龄的老翁。纵横随心，浓淡随笔，云在青天水在瓶，一副超然无羁的神气。这大约也算得上“文人字”。然而，人、诗、书三者合一，这就是天籁了。

泥土哪去了

一

屋前的墙根下整理出一片巴掌大的空地，想到要种几株花，突然发现无处取土。邻居踅了过来笑了笑：可以打电话订购，但是价钱很贵。泥土也得花钱了吗？我不禁愕然。

花草的根系可怜地裸露着，四处找不到泥土。泥土和大地渐渐地撤出了我们的生活。现在，我们栖居在水泥、钢筋和塑料构筑的人工环境里。狭窄的居室和楼道，窗户用铁栅栏封住。街道上匆忙往来的汽车如同一个安装了轮子的移动密封舱。行政大楼的大厅里一个弧形的问讯柜台，墙上各种金属牌子标出各个楼层众多机构的名称，一开一阖的电梯是穿行于大楼内部的流水线。步履匆匆的员工如同各种型号的产品被及时地卸到某一个称之为办公室的固定方格。他们的大部分时间与电脑的液晶屏幕久久相对，偶尔抄起电话听一听机器里传来的说话声音。地平线上的城市就是各种人工制造物的集合体。水泥马路，桥梁，鳞次栉比的建筑，一些建筑的金属屋顶或者玻璃外壳时常在正午的阳光下发出灼亮的反光。据说这个城市四十层以上的建筑已经多达数千幢，巨大的重量压得城市的地皮持续下沉。那些黑黝黝的泥土在水泥和钢筋的重压之下吱吱乱叫，四散而逃，坚硬光滑的城市表皮再也留不住它们。

这个城市到处都会遇到工地，众多规划之中的大楼正在破土动工。挖掘机和铲车挥动铁臂在地面挖出一个大坑，十余台轰鸣的大卡车列队等待，轮流将这些泥土运走。我突然对泥土敏感了起来：这些泥土要运到哪儿去？它们被迫背井离乡，如同一些俘虏被押上了囚车，遣送到遥远的集中营。古往今来，这些泥土始终踞守在这里，它们的天命就是等待某些抛下的种子，接受它们，养育它们，使之扎根、开花、结果。现在，泥土被突然赶走，坚硬的钢筋、水泥蛮横地挤了进来，鸠占鹊巢。

一些人居然还能在这个没有泥土的城市里面栽种蔬菜。他们的蔬菜基地是公寓的阳台或者楼顶上。找来几个花盆，塞入一堆白色的泡沫，蔬菜栽种在泡沫之上。泡沫代替泥土贮存水分和肥料。可是，我常常觉得阳台或者楼顶上的蔬菜是塑料做的，泡沫生长出塑料才对。

泡沫代替泥土是科技时代的奇思妙想。物理学、化学、生物技术或者制造工业正在将生活安排得精确、精致，富有效率，可以果断地抛弃农耕文明残留的陋习。闹钟或者手机每一个早晨准时响起，还有什么必要等待黎明时分的报晓雄鸡？机械制造的药片严格地计算出剂量和服用时间，许多人不再信任砂锅里草药煎熬出的褐色汤汁。旷野上的一阵大风如同厚厚的布匹劈头呼地蒙下来，几乎令人窒息，然而，现在我们栖居于密闭的大楼内部，心安理得。大楼的每一个房间安装了完善的空调系统，没有人再为窗外的数九寒冬或者炎炎夏日发愁。只有当窗户的玻璃出现了斜斜的水纹，才会有人漫不经心地问一句：下雨了吗？

生活正在彻底改装。然而，这种生活是不是有些不自然？客厅的跑步机上一个小时的奔跑与林荫道上一个小时的奔跑肯定有些不同。人工设计的世界并没有什么错，只是我们再也嗅不到万物蓬勃的蒸腾气息。我想起了一条小河流。少年时代时常下河捕鱼摸虾，嬉戏游泳。沿着倾斜的河岸慢慢地踩到水里，脚掌试探着触到水底滑腻的河泥，偶尔会有一块瓦片或者一个鹅卵石硌得脚底一痛；河边漂浮的水草，浸泡已久的一截枯树上歇着一只鼓着眼睛的青蛙，一条水蛇划出长长的水纹急速远去，几只蜻蜓在亮晃晃的阳光里俯冲下来，一群水黾摆动细细的长腿贴着水面滑行。脚掌下的河泥即将消失的时候，双腿用力一蹬哗地扑到了河流的中央，温暖的水流缓缓地淌过身躯……时至如今，这条河流只能汩汩地穿过我的记忆——现在我只能到游泳池去。游泳池里一泓蓝色的清水，如同一块清澈而乏味的大玻璃。池底的马赛克历历在目，消毒剂的氯气味道扑鼻而来。这种清水里面什么也没有，耗掉了足够的卡路里之后就立即上岸离开。

生活的确有些不自然。科技正在将我们从大地上连根拔起，重新安装在机器的逻辑轨道上。当然，这是一桩旷世的秘密工程，我们所能察觉的症候仅仅是——泥土不见了。

二

出入于泥土的许多小动物也不见了。

我想了想，已经很久没有见到慵懒的蚯蚓，神经质的蚂蚱，鬼鬼祟祟的四脚蛇，纹丝不乱的蜗牛，浩浩荡荡的蚂蚁队列，还有拳头大的蛤蟆笨拙地跳过田埂。现今常常照面的只有蚊子和蟑螂。据说蚊子可以藏身于空调机里面，蟑螂的乐园是厨房里油腻腻的污水管道。总之，它们已经摆脱了农耕社会的泥土而适应了工业文明的钢铁和塑料。

烙印在记忆屏幕的第一个小动物大约是一只螳螂。那时我似乎四岁左右，居住在一个大杂院里。邻居撬开了天井里的几块大石条，堆上泥土种一架丝瓜。父亲从乡下回来，逮回一只绿色的螳螂。螳螂夸张地掀动两个大刀一般的前臂，雄视左右。父亲用一根细线拴住螳螂的肚子，细线的另一端捆在插入泥土的小竹竿上。阳光透过丝瓜的藤蔓照射下来，碧绿的螳螂通体透明。玩耍了一阵再度过来的时候，我惊异地发现螳螂已经成为一具僵死的躯壳。泥土之中一队蚂蚁潜行而至，螳螂的肚子被咬开了一个大洞。螳螂大刀一般的前臂无法抵御蚂蚁的团队战术。

十来岁的时候，父亲在天井里摆上一个大水缸，水缸内喂养了几只红白相间的金鱼。金鱼的理想饲料是生长在池塘或者湖水里的一种肉红色的小虫子。一块纱布缝的袋囊捆在竹竿的末端，这是自制的打捞器具。每隔一两天，我就要扛上这个玩意儿奔赴附近的几口池塘，夏天常常被晒脱一层皮。养蚕似乎是那个年代所有少年的课余活动。黑色的蚕宝宝开始蠕动，蜕皮，吐丝，结茧，变成蚕蛾，产卵，这个循环的全程必须有充足的桑叶保证。附近所有的桑树都只剩下光秃秃的枝丫，我和一些小伙伴不得不冒险进入一个桑树园。匆匆地摘了一挎包的桑叶之后，看管人员大呼小叫地追来，小伙伴一哄而散，分头奔窜在茂密的桑树林中。少年时代我还喂养过几只猫，猫在发情期的尖厉嚎叫至今声犹在耳。猫的沙场点兵多半在瓦顶上。一群猫急速地从瓦顶上奔驰而过，稀薄的瓦片惊心动魄地响过一阵之后，几缕阳光从蹬开的瓦片缝隙照射下来，一绺一绺灰尘悠然地飘浮在光柱里。养鸡似乎是年龄稍大一些时的事情，包含着显而易见的经济企图。母鸡每日能生出一枚蛋，这个远景对于一个饥肠辘辘的少年产生了巨大的诱惑。但是，鸡的恶习是随地拉屎。一个人来人往的大杂院里，斑斑点点的鸡屎肯定是惹是生非由头，这一场伙食自助运动很快就寿终正寝。

我想起来了，少年时代我和一批小伙伴还迷恋过寻找蜗牛。我们要的是指甲片大小的圆形蜗牛，有暗红色的、铁青色的或者花的，蜗牛壳上一圈一圈的螺纹最终归结到一个圆点上。我们利用这些蜗牛展开竞赛：两个人分别将两只蜗牛壳上圆点对在一起用力顶撞，直至其中一只蜗牛的外壳破碎凹陷，完好无损的蜗牛为胜者。那一只外壳最为坚硬的蜗牛将如同皇帝一般地供奉起来，没有人想知道那些外壳破碎的蜗牛是否还活得下去。不知道这种游戏从哪儿传来，但是，周围同龄的男孩子几乎都动员起来了。我们翻检所有的草丛、墙根、瓦砾堆、石缝，所有的蜗牛被搜索一空。传说遭受重压的蜗牛外壳尤为坚硬，石块底下铁青色的蜗牛成为众人抢夺的对象。我忘了这种游戏什么时候不再流行。总之，有那么一天，我们突然觉得这些游戏既幼稚又不卫生，于是起身拍了拍身上的尘土，开始忙碌一些另外的事情。

起身拍了拍身上，数十年的时光仿佛一下子消散在尘埃里。那些小动物只能活在弥漫着泥土气息的回忆里，如同一部黑白的老电影。现在我们的身边只剩下各种人工合成材料，无论是墙壁、地板、各种管道和导线还是手机、电脑、汽车和飞机。我的寓所里现在只养一只狗。它大部分时间都关在阳台的玻璃门背后，每一天眼巴巴地望着栅栏外面的陌生世界，它的四个爪子几乎没有机会触碰到真正的泥土。

三

“大地”是一个沉稳的词，“大地”隐喻的是宽厚、阔大、质朴和无尽的生机。山脉起伏，河流蜿蜒，树木葱茏，湖泊的水面映照出闪亮的落日余晖。我突然想到，已经很久没有接触到所谓的“大地”了——这一幅景象多半是从飞机的舷窗上看到的。

相当长的时间里，人类奔波在大地上，春种秋收，打猎捕鱼，皮肤被太阳晒得黝黑发亮。然而，历史肯定存在一个神秘的拐点——某一天开始，人们之间的社会关系超过了人们与大地的自然关系。社会制度，社会组织，货币与经济，行政机构与意识形态，艺术与美学……这些概念愈来愈密集地分布在周围，大地一步一步地退却，逐渐面目模糊。

“天苍苍，野茫茫，风吹草低见牛羊”，大地似乎曾经生动地保存在古人的视野之中，即使闭门辞谢也绕不开——王安石有诗句曰：“两山排闼送青来”。书法史上有一则著名的逸事。怀素曾经与颜真卿切磋书法。颜真卿询问怀素有什么心得，怀素说：吾观夏云多奇峰，辄常师之，其痛快处如飞鸟出林、惊蛇入草。又遇坼壁之路，一一自然。颜真卿说：你觉得屋漏痕怎么样？怀素起身握住颜真卿的手说：得到真谛了。谈论纸上的笔墨线条，念念不忘师法自然，各种大地的意象是他们挥毫泼墨的灵感来源。栖身于天地之间，古人不时以植物自况，伸出根系扎入泥土，牢牢地抓住大地是立身之本。汉语之中，“根本”是一个重要的词汇。众多带“根”的成语表明了古人对于大地的敬畏，例如“根深蒂固”、“落地生根”、“寻根究底”、“游谈无根”，如此等等。可是，现在还有多少人匀出心情想到泥土和大地？我们要么上电影院，逛服装店，寻觅佳肴美味，要么坐在玻璃幕墙背后的办公室里，精心地算计某一个官职或者某一笔款项，只有 iphone6、股票涨停、房价波动或者微博上疯传的明星绯闻才能带来稍许的骚动。大地的退却从未让我们惊惶失措。退却的大地不是仍然待在某个地方，支撑着万事万物吗？谁还会担心，哪一天我们的城市会失去大地悬挂在半空中？闲常的日子里，我们对于大地仅仅剩下象征性的牵挂：庭院的角落摆两个盆景，阳台的栅栏上种几簇花——遥远的大地仅仅是花盆里的一小撮泥土。

那一天我路过一个修建之中的公园，突然嗅到了浓郁的青草气息。一些工人正蹲在一块坡地旁边铺草皮。浓郁的青草气息有些呛鼻，我想起了夏日暴晒下潮湿的田园或者树林间腐殖层蒸发出的气味。我们的嗅觉已经适应了城市的气味系统：工厂标准化生产出的气味单纯强烈，性质稳定，例如香水、烟草和烈酒；厨房里烹调菜肴的气味隐含了热烘烘的暖意，街道上飘浮的煤烟味或者汽车尾气显示出工业社会矫揉造作的化学风格。这时，青草气息是粗鄙的乡野，混杂了泥土和粪便的味道。久违的气息令人想到了各种遥远的故事。辽阔的大地此刻又在哪里？

四

太太先前从未种植过什么。这几天她兴味十足地搬来许多盆花花草草，浇水施肥，不亦乐乎。我认不出其中一盆是什么树，询问之际居然遭到了嘲笑。我有些不屑：这算什么，我先前在一座大山里种过一棵大树呢！

我种过一棵龙眼树，长在一面向阳的山坡上，有六七米高。大约四十年前，我在乡下插队当农民。生产队里有一批龙眼树和橄榄树，分配给每一个劳力管理，每年大约要松土、浇粪若干次。收获的果实一部分交还生产队，剩余的归管理者个人。大多数农民的名下分配到六七棵不等，我仅一棵龙眼树——估计生产队长不怎么相信我的管理能力。我曾经挑过一担尿水长驱十来里山路，一勺一勺地淋在树根上，此后似乎再也没有做过什么。收获的季节到了，这棵树上挂下来的龙眼特别稀少，而且干瘪瘦小。因为担心嘲笑，我不想和农民一起采摘，一直拖延到最后，整个山坡只剩下一棵树垂着黄灿灿的龙眼，无人问津如同一个孤独的弃儿。

一个寂静的中午，我借了一架二丈长的竹梯独自进山。这一带乡村的规矩是，长竹梯不得横扛在肩上。山路狭窄弯曲，长长的竹梯容易磕磕碰碰，摆弄不开。农民的习惯是双臂平伸，竖擎一架竹梯如同擎起一面旗帜。年轻人炫耀臂力，他们可以谈笑自若地擎着竹梯健步如飞。我企图如法炮制，完全没有料到竹梯如此之重，以至于行走数十米就双臂颤抖，气喘如牛。幸而那一天山间空无一人，我最终还是将竹梯扛上肩头。挣脱藤蔓、茅草对于竹梯的纠缠毕竟容易一些。忙碌了一个下午，我摘下了一麻袋的龙眼。扣除了交给生产队的份额，剩下的估计还值三十来元钱。当年这是一笔不小的款项。意外的财富让我有些后悔：如果多费一些心思和气力，是不是还可以发一笔小财？

四十年过去了。大地苍茫，可是，我认识一座深山里的一棵树。这个念头让我有些激动。山坡上的一棵树不像海里的一条鱼，转眼间就潜入水下无影无踪。这棵树始终矗立在那一面向阳的山坡上。四十年的时间，这棵树肯定已经进入盛年，历经风雨，枝丫虬劲，盘根错节，果实累累。虽然我们只有一年多的契约关系，但是，只要我愿意，多少年之后都可以进山在原地找到它。相信第一眼我们就可以彼此相认。

然而，造访东北的一片森林之后，我开始产生怀疑：一棵树真的不会转身溜走吗？站在一大片大腿粗细的树林中央，认准两三米开外的一棵树，然后闭上眼睛转两圈。再度睁开眼睛的时候，我已经无法肯定刚才认定的是哪一棵树了。当然，巴西亚马孙河两岸的热带雨林更加捉摸不定。湿润的地面铺满层层落叶，无数的参天大树拔地而起，茂密的树枝在空中挤成一片，炽烈的阳光只能在树叶之间找到几道缝隙曲折地射下。树林间湿气弥漫，树皮爬满斑斑驳驳的青苔，各种藤蔓盘旋缠绕，纷披飘拂。当地人警告我，只要深入森林十来米，就可能再也无法返回依稀的林间小路。密密匝匝的大树纵横交错，如同众多巨人奔走遮挡在四周。人们很快就会丧失辨识能力，找不到任何方向。谁说树不会走动？

当然，宽阔的东北黑土地和肥沃的亚马孙河两岸现在仅仅印制在地图上。我所接触到的只能是，窗台下的墙根依次摆开几盆花，细细的枝叶和花瓣在微风中抖动。这些可怜的家伙一辈子只能栖身于小小的花盆，让人看着有些心疼。

这个城市的花鸟市场出售各种植物。许多待售的树木枝繁叶茂，身姿优雅。但是，沿着树干往下看，树木的纷杂根须居然委屈地塞入一个小小的简易塑料盆。这么小的盆子也能长出一棵树？花鸟市场的主人自信地挥了挥手，够了。

的确，树木的叶子碧绿发亮，不像营养不良的样子。辽阔的大地收缩为一个小小的塑料盆，但是，这些树木早已学会了委曲求全地苟活，甚至强作欢颜。人在屋檐下，怎能不低头？树木也是如此。只有方寸之地，谁还会固执地揣着不合时宜的雄心壮志？

我只能叹一口气。

五

一个民工抄着一台电锤钻开路边的土层，声音喧嚣。他的身后拖着一根长长的电线，电线旁边搁着一柄十字镐，木柄光滑坚硬。我的一个冲动是，上前抡起十字镐，帮他将剩余的土层刨开。

当年在乡下当农民的时候，使用过各种农具：镰刀锋利，扁担宜宽；偷懒的时候要挑选某一种形状特别的畚箕，装土的空间小一些可以减轻担子的重量。十字镐是霸气十足的农具，没有一把好气力是抡不起来的。年纪大的农民多半将一柄锄头使得出神入化，挖、刨、勾、耙轻巧娴熟，至于沉甸甸的十字镐往往扔给了身强力壮的年轻人。高高地抡起十字镐，腰背弯得如同一张弓，嘿的一声镐头深深地没入土地，一大块泥土应声而起。抡一个下午的十字镐，全身的肌肉要酸疼好几天。

酸疼是必需的代价，这是叩问大地的谦恭形式。然而，现在的世道变了，年轻人用起了电锤，十字镐被轻蔑地晾在一边。他们用机器对付大地。这没有什么不对，我只是觉得有些不敬。一镐一镐地刨土，我们深知大地辽阔深厚；嗒嗒的机器噪音似乎仅仅是草草地打发泥土。

我当然不是谴责这个民工。一直在泥土中讨生活的人，从来没有多少闲情逸致想到“大地”这种文绉绉的词语。当年我下乡插队的时候就是如此。我们与一丘一丘的田地打交道，有些田地肥沃，有些田地贫瘠，有些水田里的蚂蟥特别多，有些水田里的水冰凉刺骨。我曾经下到山坡上一块桌面大小的水田里插秧。双脚刚刚踏入，几秒钟就陷到了腰部。幸而农民有言在先，我的左手牢牢地按住一个小木盆支撑身体，否则立即有没顶之灾。一身泥一身水地回到屋里，狼吞虎咽一番，常常来不及洗漱倒头就睡。怎么就是一个与泥土纠缠不清的命？这多半是临睡之前脑子里闪过的最后一个抱怨。那种日子鼠目寸光，我想到的仅仅是尽快地完成每一块田地里的活计。什么时候我曾经抬起头来，手搭凉篷，遥望无边的大地？

屋子的墙根下种点什么，不少邻居都会踱过来看一看，议论几声。那些曾经在乡村生活了半辈子的邻居，眼光里多半有些不以为然。泥土的记忆与不堪的日子混杂在一起，面朝泥土背朝天。无数的农民拎上一个编织袋不顾一切地逃离田地，挣扎了多少年来到城市定居，怎么肯重操旧业？太太珍惜地收拢搜罗来的一些泥土，他们会不由地笑了起来：要是到了我们老家，想种多少地就给你多少地……一两个老人家有时忍不住动手帮帮忙，一操起锄头就知道曾经是一个好把式。太太没有正式侍弄过庄稼。长年累月的公寓生活让她觉得，如果有一个庭院种些什么，真是莫大的奢侈。她在墙根的一个小土坑里种下一棵柠檬树苗，自豪得如同拥有一座果园。太太乐观地推算这棵柠檬树苗何时发育成熟，何时可以结出多少果实，絮絮叨叨如同农妇，于是，丰收的气氛突如其来地弥漫开来。当然，没有人真心想吃树上的几个柠檬。重要的是，恢复生活与泥土的联系。

这个联系已经中断了很长时间。泥土无声无息地消失，古老的农耕文明如同一个遭受遗弃的废墟深深地埋葬在水泥路面之下。我们的生活早就交给无数的机器安排：钟表，手机，电视机，电脑，汽车，飞机，轮船，如此等等。机器仿佛将所有的日子装上了马达和齿轮。一个大齿轮带动数十个小齿轮，我们的效率越来越高，手边积压的事情却越来越多。什么时候还能返回大地的正常节奏——返回腰圆膀阔、心思简朴的日子？天地玄黄，宇宙洪荒，日月盈昃，辰宿列张，寒来暑往，秋收冬藏，闰余成岁，律吕调阳，云腾致雨，露结为霜……我突然想到了一句老话：晴耕雨读。古人心目中，书本与泥土共同守候在我们的日子里。文章的气韵交织于阳光、风雨、泥土和各种植物之中，读起来才会有悠然心会之感。现在我们的阅读大部分都发生在电脑或者手机屏幕上，囫囵吞枣，一目十行。

我想起了一幅图景：一堵土黄色的围墙，墙上挂下几丛茂盛的藤蔓和绿叶，上面点缀一些紫色的花朵。天气微寒、细雨，围墙之内的屋子没有关门，透过栅栏可以看到屋子中央的一张长桌和靠墙的一架书，咖啡的香味隐约拂过。我当时就觉得，如果日子如此惬意，此生足矣。当然，我清晰地记得，这一幅图景出现在一个庞大而且老资格的工业社会边缘。我们乘坐的车子在城区的狭窄街道上兜了半天，终于逃到了可以喘一口气的地方。钢铁、机器、厂房和高耸的大楼渐渐耗尽了气力，到了这里已经不再急匆匆地扩张。于是，另一种生活设计开始赢得了空间——我记得这是在伦敦的远郊，大约是牛津大学附近的一个小镇。

辑二

我们的幻象

在任何一个自诩为精英分子的人看来，我们的很大一部分日子是用键盘敲出来的。生活如果没有用互联网的虚拟空间装备起来，那简直是个笑话。伟大的互联网给这个世界铺设了另一套神经系统，我们均是一个个渺小的神经元。当然，我们的日子里还有电视，还有各种都市报、手机短信，偶尔也会在汽车里听一听广播。后现代主义的世界充塞着各种纷杂的消息：伊朗动态，石油价格飙升，明星绯闻，股市震荡，八十岁的富翁娶妻生子，总统太太拥有上千双鞋子，某种蔬菜有助于降血压，地球的另一面发生了海啸，某一间汽车修理店宰人，这个城市南端的一家私房菜馆名声大噪……总之，我们每天的活动半径超不过一公里，可是，谈起天下大事头头是道，一个斑斓的世界尽收眼底。

这就是我们常常要说的现代感了。何谓现代社会的标志？是人均收入达到多少美元，还是国家拥有多少核弹头？是阳光下闪烁着金属光泽的机场候机大楼，还是家家户户都用上了抽水马桶？正确的答案是，我们被抛入了大众传媒组织起来的社会。秀才不出门，已知天下事，这是老掉牙的古典故事。几个酸兮兮的家伙多读了两本书，猜得出方圆百里以内的事情，就将众多草民唬得一愣一愣的。现今，稍稍活络一点的人都可以上知天文，下明地理。

当然，我们了解的世界大部分是由各种知识和消息拼贴起来的。少量的知识具体、可靠，可以从中体验到世界的质感和重量，例如早餐时方便面的气味，办公室里领导紧锁的眉头，街道上汽车喇叭的刺耳噪音，当年春茶的扑鼻清香……然而，我们的更大一部分世界仅仅是文字、图片和影像连缀起来的。

它们不是世界本身，大众传媒是提供这些文字、图片和影像的强大支持系统。如果互联网全部中断，电视关闭，一切报刊停止发行，那么，我们心目中的世界立即会变得极其狭小。

夸张一点说，诸多大众传媒就是我们的文化感官。电视机决定我们看得到什么。正如一个社会学家所言，电视机前的五十个人游行可以制造出五万人的效果。相反，没有进入大众传媒的世界根本就不存在。打开收音机，我们立即听说了千里之外的一场车祸；如果没有报社记者的介入，我们始终不知道同一个街区里的邻居正在吵架。大多数人可以清晰地指出自己寓所的坐标——某个街区、某条马路、某一幢大楼的某一层。然而，没有多少人意识到，我们同时生活在大众传媒提供的某一个知识架构内部。几张报纸、几个电视频道或者几个网站布置出一个大千世界的幻象。我们如同一只蜘蛛爬行在知识与消息的网络之中，蹲在一个小小的节点之上。可是，躺在卧室的床上看电视的时候，手握鼠标点击电脑屏幕的时候，我们总是自豪地感觉到占有了整个世界。

相当多的时候，我们对于大众传媒的信赖甚至超出了自己的感官。我们的眼睛哪儿比得上电视摄像机？我们的耳朵哪有互联网的覆盖面？ 2005 年 7 月 7 日，我与几个伙伴离开伦敦前往爱尔兰，丝毫不知道伦敦地铁大爆炸。汽车行驶在爱尔兰乡间幽静的小道，我的手机突然收到了家人询问安全与否的短信。直至汽车歇息在一幢原木搭盖起来的乡村酒吧，我们才从电视屏幕的滚动新闻之中察觉到紧张气氛。所以，重要的是一个人与电视机的距离，而不是一个人与事件现场的距离。另一个例子是 2008 年的汶川大地震。我曾经在地震之后的半小时电话询问重庆的友人。他的答复让人宽慰：震感很强，居民都跑到街上来了，但是没什么严重的伤亡。然而，大众传媒接踵而至的消息惨不忍睹。一个人只看得见小小的生活区域，大众传媒通常拥有一个俯视社会的制高点。

我们已经习惯了将大众传媒提供的知识和消息视为生活。电视里面那些明星进进出出，报纸的版面充斥一批稀奇古怪的逸闻，互联网正在关注某一个有争议的案件判决——生活的各个维度就是按照大众传媒提供的比例展现。只有在某些特殊时刻，这种生活会突然卡在什么地方，出现几条巨大的裂缝，如同一阵风吹翻了舞台上的布景——裂缝背后是另外一些出人意料的景象。这时我们突然觉得怪异：大众传媒展现的生活为什么如此单薄?

许多人对于这种结论感到了不安——仿佛我们的生活不是真的。什么是真的生活呢？大众传媒仅仅是一些幻觉，某些更有价值的生活因此沉没了吗？我们怎么能保证，大众传媒之外不是一种更没有价值的生活?

《黑客帝国》这部电影无疑将这种模糊的不安挑明了。一堆人蠕虫似的躺在营养液里昏睡，大脑植入的若干电极在他们的意识之中制造出声色犬马的幻象。一个大型的计算机系统操纵着这个虚拟的空间。如果一个人吃到了一块多汁的可口牛排——对不起，那不是真的，手里的刀叉、汤匙以及口腔咀嚼的所有感觉都是计算机虚拟出来的。现今的技术已经如此完善，计算机可以像配制早餐一样提供各种预定的快感：餐桌上的，床上的，安逸地在沙滩上晒太阳或者大把大把地购物，甚至还有拳击场上将对方揍得鼻青脸肿的乐趣——无非是刺激相应的那一部分神经从罢了。如何从这种虚拟的幻象之中突围？一个救世主式的英雄降临了。他的名字叫尼欧。戴墨镜的尼欧企图率领昏睡的人们冲向"真实的荒漠"。于是，出生入死的情节拉开了大幕。在这个世界上，了解真相从来不是一件天经地义的事情。相反，获悉真相常常要付出生命的代价。

当然存在另一种选择：无知是福。另一个名叫塞佛的人物愿意从真实的荒漠返回那个虚拟的空间，只要能够从中得到更多的享受。真实就那么重要吗？如果一个人即将命丧黄泉，真实不真实又有什么关系？"真"这个观念有什么理由如此重要，以至于它的意义甚至超过了生命?

当然，《黑客帝国》顺便还抛下一批问题为难我们：什么是真实？如何定义真相？如果真实或者真相来自我们感官的经验，那么，那个虚拟的空间不是已经征服了眼睛和耳朵吗？另一个更为致命的困惑是，我们怎么能证明，尼欧的结局不是从一个虚拟的空间逃到了另一个虚拟的空间？所谓"真实的荒漠"会不会是另一台大型计算机制造的幻象?

无论是沉溺于大众传媒还是挑战大众传媒，我们并没有很好地解决这些问题。思想史上的先哲曾经用各种寓言表明他们的困惑。"庄生梦蝶"的著名典故之中，庄子无法做出判断——是庄子梦见了蝴蝶还是蝴蝶梦见了庄子？柏拉图想象许多囚犯生来就囚禁于洞穴之中，他们将前面墙上的影子当成了世界，这些影子是由他们身后的篝火投射过来的。囚犯并不知道自己是囚犯，直至一个解放的囚犯走出了洞穴。解放的囚犯激动地返回洞穴，将阳光之下的各种景象告诉昔日的伙伴。然而，没有人相信他——他被当成了可笑的疯子。

如果这个囚犯的启蒙获得了响应，算不算做了一件好事？鲁迅在他的“铁屋子”寓言之中表示了深刻的怀疑。《呐喊》的序言记载了他的想法：有一间既无窗户又坚不可摧的铁屋子，里面许多熟睡的人不久就要闷死了。从昏睡之中死去并不痛苦。可是，如果用大喊大叫惊醒几个人，以至于他们不得不承受临终的恐惧，这不是更糟糕吗？

当时与鲁迅对话的人是一个乐观主义者。在他看来，既然惊醒了几个人，摧毁铁屋子就存在希望。然而，这个乐观主义者肯定没有估计到未来的问题如此复杂：现今众多的精英分子飞速地敲打键盘的时候，他们甚至不清楚自己是在摧毁铁屋子，还是在继续生产铁屋子。

笑一笑，十年少

“将计就计，听说过吧？一个资深的老贼从监狱里出来，洋洋得意地炫耀自己的遭遇：那些警察对我就是没办法呀！老虎凳，辣椒水——没用！老子坚贞不屈！于是，他们用上了美人计。老子将计就计，哈哈哈……然后表演了一番如何将计就计。旁边的一个小贼听了暗暗羡慕，于是自投罗网。老虎凳，辣椒水，这小子一声不吭。警察火了，一声大吼：拉出去毙了！这小贼急得大叫——喂，美人计还没用！”

可以预想的哄堂大笑。一个临时集体之中，擅长说笑话的人多半会自然地成为核心人物。机智和幽默正在成为一种新型的江湖习气。

时代的确不同了。20 世纪 80 年代，充当精神领袖的人物必须用诗与哲学武装到牙齿，搬弄起各种深奥的“主义”如数家珍。这些人显然不愿意装扮成楚楚动人的奶油小生——额上的皱纹表明了深刻的内心，络腮胡子象征了男子气概，如果脸颊上有一条无伤大雅的疤痕可以赢得更高的崇拜指数。可是，如今这种偶像已经过时。一本正经地思考世界肯定有些傻，过剩的理论只能造就一副苦大仇深的神情。要在一堆陌生人之中打开局面，笑话绝对比酸文假醋的格言有效。笑一笑，十年少，何必劳心费神地与诗或者哲学苦苦搏斗？令人惊异的是，如今居然冒出了那么多能说会道、滑稽俏皮的人物。古人云，三人行必有吾师；今人云，三人行必有幽默大师。从表情、腔调、节奏到耍贫嘴的遣词造句，他们的逗笑本领无可挑剔。即使周围笑得前仰后合，他们仍然可以不动声色，故作痴呆。我猜想，许多人的幽默才能多半是由无数机智诙谐的手机短信训练出来的，就像许多人的歌唱才能来自卡拉OK的开发——我愿意相信，多年之后历史学家必定会提出一个可爱的结论：手机与卡拉OK无疑是影响中国文化史的两种伟大机器。至于某些电视台那些妙语连珠、满脸坏笑的主持人，每一个表情和每一个动作都会让人喷饭。由于他们的“欢乐总动员”，我们时刻生活在喜剧气氛之中——这时我们才发现，以往那些诗、哲学或者什么“主义”让我们活得多么压抑！

据说英国式的幽默具有较高的智慧含量。笑声出口之前，我们的脑子已经转了一圈。英国式的幽默多半含蓄、温婉，即使讽刺也不过电光石火般的一蜇。然而，如今我们皮厚了许多，我们的神经由于各种风沙的摔打而逐渐迟钝。这时，只有大酸大辣的表演才能抓住周围的眼睛，令人粲然一笑。这终于酿成了另一种喜剧风格。一个埋没风尘的喜剧演员突然脱颖而出——他擅长的种种无理取闹的逗乐伎俩终于有了一个合法的名称：“无厘头”。周星驰、“无厘头”与《大话西游》出其不意地风靡一时，众多年轻的模仿者每天醒来的第一件事就是念念有词地背诵剧中人的对话。短暂的观望之后，正统的文化机构决定赶这个时髦。北京大学给予周星驰的隆重礼遇表明，他的风格得到了学院精英的首肯。周星驰不再是一个喜剧演员——而是一个文化偶像。粗糙？缺乏细腻的表情？用力过度？穷凶极恶地逼迫别人笑出声来？——这些指摘已经没有多少意义。那些学院精英可以调集一大批后现代理论术语证明：我们要的就是这个劲！

尽管考证不出“搞笑”这个术语是由哪一位高人首倡，但是，我深知“搞”这个动词的分量。笑声不再是水到渠成，而是搔胳肢窝似的“搞”出来的。当年，我们多么佩服王朔的喜剧天分——他的小说之中竟然堆积了那么多俏皮话。我们坚决地相信，葛优这种演员是王朔训练出来的。如果没有王朔提供的台词，葛优的冷幽默恐怕只能年复一年地封存在冰箱里面。现在，我们逐渐意识到一个可喜的事实：喜剧天才远比预料的多。那么多“戏说”的电视剧轻松地把血腥的历史调成了斗嘴的文字游戏，《家有儿女》逗得举国上下合不拢嘴，几个以“恶搞”为乐事的家伙竟然把著名导演折磨得捶胸顿足。文人相聚的一个饭局上，我亲眼看到一个含情脉脉的故事如何被改写为“无厘头”的笑料。一个流浪文人看上了杭州西湖边茶楼里的一个端茶的女孩儿，接下来的故事该怎么办？众多文人一拥而上，分工合作，群策群力。从爱情的表白、遭拒、痛苦不堪到计谋、转机、赢得芳心，每一个段落都得到了“无厘头”式的加工。加工者个个才华横溢，工艺纯熟，以至于最初提供这个故事的作家不得不将深情的眼神改换成玩世不恭的嬉笑。我们身边“无厘头”式的爆笑如此之多，相形之下，相声反而成为一个毫无想象力的乏味节目。

“无厘头”式的狂欢生机勃勃，百无禁忌，甚至大举入侵某些与喜剧无缘的传统领域——例如警察或者侦探的故事。成龙或许算得上始作俑者。警察与凶手的对抗通常以命相搏，惊险万状；然而，成龙竟然在间不容发的打斗之中插入各种小噱头，令人忍俊不禁。我们似乎厌烦了将英雄想象为钢筋铁骨的硬汉，威风凛凛，君临天下——此外，他们是不是也有各种狼狈相，也会给我们提供各种笑料？随后，武侠的故事闻风而动。《武林外传》的诞生表明，那些不可一世的大侠已经被“无厘头”缴械。传统意义上的武功盖世或者侠肝义胆沉没在嬉皮笑脸的油腔滑调之中。

在我看来，“无厘头”最为杰出的胜利是征服了爱情领域。相当长的一段时间，男子汉气概是打动芳心的重要筹码。从007、硬汉小说到沉默不语的高仓健，这些重量级的男人始终是爱情领域的风向标。许多知识女性对于弱不禁风的奶油男生相当鄙夷，公然提倡“寻找男子汉”。这个口号的效果是，一批自认为有望入选的男子汉急急忙忙地给自己贴上胸毛。然而，“无厘头”不屑地将所谓的男子汉撇到了一边。《鹿鼎记》之中韦小宝实践的似乎是另一条民间的真理：男人不坏，女人不爱。这个无赖的投机小人竟然在爱情领域频繁得手，一大串女人围绕在他的周围争风吃醋，这充分证明了爱情气氛的改变：这种瘪三式的形象走红的时候到了。“无厘头”如何成功地将传统的男子汉形象挤出爱情领域？韦小宝无疑是一个伟大的象征代码。

坦率地说，我对于“无厘头”没有多少好感——笑不出来。我有时会奇怪地询问几个学生：为什么周星驰的一个鬼脸就可以让你们开心地笑这么久？他们暧昧地相视一笑，没有回答——我知道他们想说的是，这个家伙已经老了。为了表示对于周星驰并不陌生，我多少违心地做一些妥协：我承认，《功夫》这部电影的上半部分还是有点意思。几个学生这回忍不住了：啊呀老师，我们不断地重看这部电影，就是等着看下半部分呢！

无论周星驰多么有号召力，我从未担心“无厘头”如同瘟疫似的蔓延。“无厘头”不可能侵入医学领域，谁会让一个医生疯疯癫癫地诊断病人？“无厘头”也不可能侵入金融业。如果一个装神弄鬼的会计扣下了一半工资，最虔诚的“无厘头”崇拜者也饶不了他。即使夫妻之间分派谁洗碗，谁打扫房间，“无厘头”也解决不了问题——几句三不着两的俏皮话改变不了固定的家庭分工。我想说的是，我对于“无厘头”的厌弃来自一个重大的怀疑：我们的生活值得享用这么多笑声吗？

一个电视记者曾经倒扛着摄像机在街上走了一天。整理街头随机拍摄的种种影像时，这个记者发现了一个令人震惊的事实：他所拍摄的全部面容竟然没有一张笑脸。某种程度上，这个事实可以从另一处找到诠释：一位教师在课堂上出示了一幅图画，画面上一对夫妇在午后的灿烂阳光里酣睡——教师出了个题目“突然”，让学生自由想象后续的情节。这位教师震惊的是，交上来的所有作业均是虚构各种灾难的突然降临，无论是财物被窃、几个流氓的突袭还是一场猝不及防的大雷雨。这么一种集体的悲剧感从何而来？如果这种悲剧感时刻蛰伏在内心的暗处，“无厘头”提供的哈哈大笑犹如没心没肺的傻乐——“梦里不知身是客”。一个年轻人在汶川大地震的救援行动结束后返回故乡，突然感到了微笑的可耻。如此惨痛的经验之后，笑成了一种令人恶心的行为——我相信这种感觉。

当然，不管是不是喜欢“无厘头”，我们都没有理由否认作者们的奇特想象——妈的，这真是一批聪明人啊。可是，我们的内心同时清楚，没有人会真正地将自己的生活托付给这些聪明人，尽管我们会被他们的喜剧天才逗得哈哈大笑。

盛大的游戏与象征

五环旗、熊熊的圣火和腾空的璀璨烟花，奥运会始终是全世界的狂欢节。伦敦当然也不会示弱。“奇迹之岛”的开幕式载歌载舞地展览了莎士比亚、007、憨豆、贝克汉姆和白金汉宫女王这些英伦的文化符号，众多赛事一幕又一幕地循序拉开。激烈的对抗和胜利的怒吼，金牌，国旗和国歌，不可遏制的狂喜，热泪长流，声嘶力竭的解说和例行的电视采访，这些意象反反复复地出现。强者崇拜是奥运赛场强悍的意识形态，所有的人都在追逐胜利的快感。这里的上宾只能是冠军，电视镜头、震耳欲聋的欢呼和成色十足的金牌都是为他们准备的。我们偶尔也能看到一些幕后的花絮，例如发令枪失灵，撑竿跳运动员的撑竿断成三截，乒乓球裁判刚愎自用，日本队甚至在开幕式上被莫名其妙地引导到了场外，还有某些奥运官员豪饮之后的天价账单……然而，这一切似乎无损于伦敦奥运会的壮观。相反，由于种种无伤大雅的差错，这个奥运会仿佛更真实了。

然而，守候在电视机跟前的时候，异样的感觉时常潜入我的意识——不真实。伦敦奥运会如同梦幻般的孤岛，这个人工舞台上的悲欢与外面尘土飞扬的日常生活没有多少联系。离开体育馆大门之后，放纵的激情与血脉贲张再也不可能维持下去。游戏已经留在身后。Gameisover.

游戏——用“game”形容奥运会赛事是否有失庄重？无论是体操、游泳还是十项全能，刚刚诞生的冠军站在领奖台上，他们的国旗在嘹亮的国歌声中冉冉升起，这是令人动容的一刻。赛场上的竞技仿佛象征了民族之间的较量，金牌成了民族荣誉的证明。一切似乎都天经地义。人们如此娴熟地以民族主义观念包装各种体育竞技，以至于没有多少人愿意指出，这仅仅是某一个特殊场合人为的临时规定。因为一项竞技失利，运动员的自责是“对不起国家”，利用体育赛事证明民族国家的强盛似乎已经约定俗成。

尽管如此，我仍然要强调，这仅仅是一种“象征”。远古的某些时期，个人躯体的力量与速度可以决定许多社会事务，魁梧的身材和无敌的臂力成为部族英雄和领袖人物的资本，体育即是政治与经济。然而，当航空母舰、超音速战机和精确制导导弹充当了这个时代的常规武器之后，个人躯体拥有的意义急剧衰减。如今再也没有人为了送信而训练长跑，或者继续把标枪投掷视为作战技能。这时的体育竞技更像是重温远古旧梦的代偿性游戏。至于乒乓球或者排球这些新型的体育竞技从来没有超出游戏的范畴，著名的弧圈球或者拦网技术无法在国计民生之中得到广泛的使用。许多运动员退役之后的再就业成了一个问题，他们的擅长与社会生活脱节了。所以，如果不是象征性地叙述体育竞技与民族荣誉的关系——如果夸大了体育馆里的图腾从而赋予了超额的观念，许多时候无法自圆其说。

这种观点至少有助于遏制金牌神话的过度膨胀。奥运会金牌无疑是某一个单项竞技的最高褒奖，这个荣誉标志了一个特殊领域——譬如，射击、足球或者短跑——的至高成就。还有哪些可以延伸的意义？我们没有理由限制体育记者的出色想象力。但是，当奥运会金牌与民族国家的强大联系起来之后，我们的论述最好保持必要的谨慎。我相信没有一个国际战略专家真的根据奥运会金牌榜评价每一个国家的实力；另一方面，没有必要过高地估计丢失金牌带来的损失。一个体育项目的失守与国家领土的失守不可同日而语。一些人乐于用“国运”的盛衰比附体育竞技，这是一种不负责任的理论冒险。如果乒乓球和羽毛球的盛大凯旋源于兴旺的“国运”，那么，足球与篮球的铩羽而归又算什么？

我赞同扩大奥运会体育竞技的“象征”意义——但是，我倾向于“象征”一个民族的文化性格，而不是简单地用竞赛名次冲击国家综合实力评价体系。“象征”一个民族的文化性格包含了许多内容，例如坚毅，刚强，敬业与责任心，团队协作，逆境之中的坚持，独立自主的精神与尊重异族文化的大度，还有如何对待失败。对于一个民族说来，健全的文化性格远比各种名次——无论是体育竞技还是经济总量——重要。当奥运会成为一个民族文化性格的镜子时，这个虚拟的游戏终于拥有了无比真实的意义。

有时我会好奇地想到一个问题：冠军在自己的国旗下接受金牌的时候，那些商人的脸上会有什么表情？他们也刚刚经历了一场激烈的厮杀。奥运会同时是一个巨大的生意场，商贾云集，购销两旺。从赛场的广告分布、形形色色的体育器材到电视转播权、门票订购，奥运会的每一个细节都遭受过商业的精心盘算。当然，奥运会开幕式举行的时候，商人之间的竞技已经大致就绪。胜者把自己的著名商标留在赛场，败者黯然打道回府。的确，他们没有必要在国旗下点钱，他们的领奖台设在公司的账本上。

钱总是一个敏感问题，最好隐藏在幕后。然而，当领奖台上的冠军激动地享受无限的荣耀时，金牌背后的投资与收益终于被带出来了。一系列意味深长的数据暴露在大众传媒上。国家投资的运动员训练费用，教练队伍和配套行政机构费用，还有各种奖牌背后名目繁多的高额奖金。如果得知一个国家的这方面费用高达数百亿元，那么，许多纳税人就有可能拿出计算器，算一算这一笔花销是否物有所值。

没有人可以否认，体育竞技的各种奖牌带来了“正能量”，譬如信心，自豪，勇气。尽管如此，我们仍然有权利考虑这个数额的投资是否恰当。民族主义观念的包装并没有造就拒绝审计的特权。投资贫困的乡村、投资某种疾病的研究或者投资生态污染的治理，国家同样可以获得另外一些“正能量”——尽管这些题材无法吸引势利的大众传媒大做文章。如果杰出的经济学家、物理学家、文学家或者中小学老师都无法赢得同等条件的经济资助，人们必然会更多地计较，体育竞技的特殊贡献究竟是什么？

奥运会金牌赢得的荣耀慷慨地分赠给整个民族共享，然而，这一笔投资的实际经济收益仅仅由一个小圈子受惠。运动员团队及其后勤人员的按劳取酬无可非议，运动员的高额奖金常常让人嘀咕。如果一块奥运会金牌带来的钱物超过了普通公务员的一辈子收入，我们的心情肯定有所改变。我们已经习惯了这种成功的故事：勤奋，意志，拼搏，或者再加上一些特殊的天分。他们仿佛在真空中训练，没有多少局外人意识到令人咋舌的训练费用。否则，我们对于冠军的敬重会略微打些折扣，因为他们在勤奋、意志、拼搏之外还享有某些特殊条件的照料。

通常，事后的一两声嘀咕无损于成功者的辉煌形象；但是，当某些成功者晋级为民族偶像的时候，这些嘀咕同时在飙升的崇拜背后潜在地积攒。刘翔的故事即是如此。“飞人”的美誉给他带来了巨额的收入，这个天之骄子短时间内身价暴涨。他被十多家著名企业聘为商业广告代言人，每年进账两千多万到六千多万不等；即使还没有跨过第一个栏就摔倒在跑道上，仍然有一大批名流第一时间出面慰问。如此优厚的待遇必然隐含了公众的同等期待。这种情况下，刘翔的失败遭到了高度的放大。失望的浪潮衍生出种种恶意的猜测，他单足跳过终点的悲壮景象甚至被演绎为事先安排的商业策划。如果刘翔背后不存在一个长长的利益链，他收获的景仰和同情肯定超过了现在。

世界范围内，体育竞技背后的铜臭味愈来愈重，奥运会也不会例外。令人垂涎的巨额收益甚至诱使一些运动员做出了有违体育初衷的事情，譬如贿赂裁判，或者使用兴奋剂。“更高、更快、更强”的最终总结是更多的钱财，这是精明还是耻辱的反讽？贿赂裁判或者使用兴奋剂遭到了舆论的一致谴责，这是公认的错误行为。然而，至少还有一些不良倾向正在得到悄悄的默认。

众多体育明星并没有带动大众体育。不少人察觉到大众体育的贫困。公共体育设施破旧不堪，大多数青少年运动量不足，体能指标全面下滑。众多奥运会奖牌得主如同神一般生活在电视机里，他们与周围的现实之间存在一条深深的裂谷。电视机之外，许多人参与体育的主要形式——或者说唯一形式——就是坐在沙发上目不转睛地观看。

不过，电视机里的运动员示范的又是什么？最近流传的一句俏皮话是：奥运会就是——一群最需要运动的人，看着一群最需要休息的人在那里运动。我们仿佛觉得，运动员所从事的体育就是争夺金牌。这是一句没有出口的反问：没有金牌的体育运动还有价值吗？电视采访中可以看到，大多数赢得了金牌的运动员无不痛哭流涕，他们嘴里最经常重复的关键词就是“伤痛”和“压力”。没有一个职业运动员不是伤痛缠身。从“更高、更快、更强”的体魄追求到不惜残害身体，体育竞技早就与“健身”背道而驰了。某种程度上可以说，所谓的“压力”即是精神上的“伤痛”。四年一度的奥运会周期，运动员的神经日复一日地越拧越紧，这时的体育丧失了乐趣而成为一种煎熬。无论我们读到的是奥运会不断刷新的纪录还是运动员的病历卡，这是一个不变的结论：这种体育已经远离我们的生活而成为一种虚幻的景观。

在我看来，奥运会金牌榜并不那么重要，谁打破了纪录或者谁遗憾地失利也不那么重要。那些情节的紧张性只能维持三分钟，内心的真正震动始终没有出现。相对而言，某些貌似无足轻重的片段反而萦绕不去，令人再三回味。我提到牙买加的博尔特并不是因为他又一次卫冕100米和200米短跑，而是因为他的快活。弯弓射大雕的姿势和做俯卧撑，漫不经心的起跑和冲刺表明他没有多少运动员常见的思想负担。我还想提到一个伊朗的女射箭手，她的比赛成绩肯定很差，但是，她的开心笑容无忧无虑。差距如此之大的人物以相似的表情踏入了同一个奥运会，这或许隐含了远比冠军梦更为生动的故事。

我们要向古人学习什么

不久之前的报纸披露，某些名流倡议部分恢复繁体汉字。人们可以从繁体的汉字之中读出古人造字的匠心，例如“愛”之中包含了“心”，“親人”必须相见，如此等等。繁体汉字的阅读和书写犹如拜谒博大精深的传统文化，我们有机会再次向祖先表示由衷的敬意。

当然，汉字的“繁简之争”由来已久。反驳的声音迅速传来。繁体汉字笔画繁杂，孩童的识字必须耗费巨大的精力，甚至有可能畏难不前。一些人举出了几个典型的例子——先生们，请默写“籲、齊、鸞、齡、靈、叢、釁”这么几个字，感觉如何？

如果允许插嘴凑趣，我愿意追加一个小小的要求：请使用篆书书写。篆书不仅更为接近古代的象形文字，形象直观；而且，篆书的历史更为久远。繁体汉字来自祖先的创造，篆书来自祖先的祖先。不能抱怨这种要求的刁蛮无理，根据相同的逻辑，篆书与繁体汉字无非是五十步与一百步之别罢了。

相信我——提出篆书书写的意图并非制造某种夸张的调侃，而是再现文字史的概貌。篆书构成了文字史的第一个鼎盛期。众所周知，繁体汉字的流通大约中止于20世纪50年代；事实上，文字史内部另一个更大的转折是篆书退出日常的书写领域——时间大约是汉魏之际。我想指出的是，从篆书开始，或明或暗的汉字简化运动几乎始终活跃于文字史之中。总之，篆书、隶书、楷书以及相继而来的行书和草书无不包含了简化的意图。

我不想纠缠每一个字的简化方案，也不想谈论隶书之后诸种字体性质各异的简化特征，我真正感兴趣的问题是：那些名流为什么未能察觉文字史内部如此明显的演变倾向——为什么未能察觉，恢复繁体汉字恰恰与古人的理念背道而驰？祖先留下的文化遗产究竟是什么？

祖先留下的文化遗产不胜枚举。从四大发明到长城或者大运河，从春秋战国的百家争鸣到绚烂的唐诗宋词，历史曾经将一笔又一笔享用不尽的财富转交给后人。这些财富的内容如此丰富，以至于许多人常常遗忘了最为重要的一笔——古人的创造精神。

偶尔能听到一种舆论：我们这个民族温柔敦厚，拘谨含蓄，很少显示出蓬勃旺盛的创新冲动。这种观点显然不对——一个没有创新冲动的民族怎么可能留下那么多的文化遗产？但是，多数人愿意承认另一个特征：我们这个民族崇尚古人，尊重传统，敢于自我作古、独树一帜的人并不太多。对于某些人说来，古人的辉煌业绩时常悄悄地转化为故步自封、墨守成规的牢笼。这时，一个问题愈来愈尖锐：我们要向古人学习什么？

我想更多地提到“古人的创造精神”。相对于依循古制，创新远为艰巨。创新不是单纯地依靠灵感、聪明和想象力，更为重要的是，创新还包含了历史条件的深刻洞察。创新意味着在最为合适的时间和地点实施新的举措。为什么篆书消亡于汉魏之际？历史条件的改变无疑是极为重要的诱因。公务文字交流数量的急剧增加，书写工具的改变，这一切无不迫切地召唤另一种更为便捷的新型字体。这时，文字创新及时地赢得了一个空间。20世纪50年代之后的汉字简化存在相近的理由：文字交流的规模前所未有，书写工具的日新月异，大众的识字如何更为容易，孩童如何启蒙教育——这时，汉字的简化成为一项疏通瓶颈的文化工程。必须承认，这个文化工程的开启需要胆魄和非凡的勇气。当然，这个文化工程已经为中国古籍的研习或者书法艺术保留了繁体汉字的特殊区域，但是，许多人仍然感到不适，似乎是某种熟悉的感觉遭到了破坏。我们稍作计算即可明现今每天文字交流的巨大数量，如果每一个字的平均耗时增加0.1秒，整个社会必须增添多少成本。尽管如此，对于许多人说来，一个小小的不适已经足够瓦解创新的冲动。

我们要向古人学习什么？至少可以从文字史的演变察觉，古人曾经与他们所处的时代积极互动。如果想到的仅仅是恢复繁体汉字而没有意识到这些汉字的来龙去脉，没有意识到隐藏于隶书、楷书、行书、草书背后不懈的创造精神，那么，这种做法业已迹近于买椟还珠了。

许多人已经熟悉了李鸿章的形容：现代社会的降临乃是“三千年未有之大变局”。从政治、经济到文化、科技，这个世界的变化速度超过了以往任何时候。各种剧烈的震荡纷至沓来。这时，古人的现成经验显然不够用了。期求数百年乃至上千年以前的古人完整地解答当前遭遇的问题，只能证明我们的平庸和懈怠。古人的业绩属于过去，古人给予我们的最大馈赠毋宁说是：如何创造自己的时代。无论是争辩汉字的繁简还是别的主题，“古人的创造精神”必须成为我们关注的首要内容。

历史与中国元素

是时候了——玩过了政治，玩过了哲学，后来又大规模地玩过了金融，现在轮到玩历史了。某些人的伟大才情即是魔术般地将历史改造成有趣的玩具。相当的一段时间，历史是一个令人苦恼的存在。维护历史的遗迹是一笔巨大的开销，以至于穷人必须掂量一下配不配拥有历史。现在好了，历史光荣地成为一个获利的行业。门可罗雀的历史系一时人声鼎沸。枯燥的历史典籍、乏味的考古材料以及尘封已久的野史笔记无不成为娱乐圈的淘宝仓库。

一些人肯定对于“玩历史”的贬义表述痛恨不已。他们的面孔铺上了一层严肃乃至悲壮的表情，口口声声都是子曰诗云。礼崩乐坏，人心不古，他们授予自己文化复兴者的称号。倡导五四新文化运动的陈独秀、胡适、鲁迅那一批人狂妄自大，胆敢践踏孔家店。数典忘祖，罪莫大焉——现在已经到了续写历史的时候了。克己复礼是一个神圣的使命。商业社会物欲横流，如果只有购物中心、银行、汽车或者电视、手机、互联网——如果没有孔孟之道，人类终将堕落在纸醉金迷之中，甚至万劫不复。于是，他们开始倡导读“经”，并且不失时机地动用了“国学”的名义。一国之学，威仪堂堂。当然，仅仅在教室里吟诵“君子和而不同”或者“己所不欲，勿施于人”声势有限，他们干脆儒冠儒服地来到孔庙焚香跪拜，信誓旦旦。

蛰居于学院里的那些白发苍髯的文化大师令人景仰，可是，他们的身后常常尾随了一批势利之徒。老先生可能怎么也想不到，他们的皓首穷经现在竟然与一句时髦的广告用语衔接起来了——商机无限。训诂字句这种烦琐的活计只能搁在后台，重要的是，义理的阐发必须与企业的战略或者工商管理衔接起来。当然，如果可以证明李白武功卓绝或者李清照曾经移情别恋，这些资料一定重金收购。总之，利用历史文化淘金的时候到了。否则，我们百般辛苦地和历史练什么？一些明星教授到了电视演播厅伶牙俐齿地宣讲《论语》或者别的什么经典，启蒙的工作似乎功德无量。然而，大多数真正的启蒙工作者——例如，幼儿园或者小学老师——挣得到他们的巨额出场费吗？我们还是不要自欺欺人吧——这显然是学术加盟娱乐圈的盛大表演。另一些胃口更好的人正在高瞻远瞩地盘算，如何把历史端到一个更大的柜台上出售。例如，构思一个中华文化标志城，开价300个亿，这一笔生意可以获利几许？在我心目中，令人惊奇的毋宁说是这一点：为什么这么多人蝗虫一般地聚集在儒家学说周围？难道我们真的看不出来，这一切与儒家大师教诲的“敏于事而慎于言”或者“安贫乐道”的距离有多远吗？

当然，聚集在儒家学说周围多少得读几本经典。不知四书五经为何物的人只能徘徊在历史之外。然而，近期的情况有了改观。一个时髦的概念拯救了许多人——中国元素。还有什么必要吃力地啃古籍呢？只要罗列诸如琴、棋、书、画或者竹、梅、松、菊这些中国传统文化反复呈现的意象，许多人就会欣慰地觉得，历史终于回来了。因此，张艺谋导演的奥运会开幕式调集了一些《论语》、传统戏曲、太极拳或者笔墨与国画的片段，那些苛刻的批评家立即如痴如醉，热泪盈眶：这小子不愧为龙的传人！这个时候，已经没有多少人愿意想一想，这个光、声、影的嘉年华会与中国传统艺术的简约神韵究竟还有多少联系。

既如同启示又如同讽刺——中国元素这个词的广泛流行源于美国好莱坞的一部影片《功夫熊猫》。对于熟悉中国武侠小说的人说来，这是一个乏善可陈的故事：一只笨拙的、同时又极其向往“功夫”的熊猫终于战胜了自我，练就一手绝世武功，并且成功地狙击了雪豹的暴动。许多人津津乐道的是影片中无所不在的中国元素。熊猫无疑是中国的宝贝；此外，我们还可以挑出一大堆来自中国传统文化的独门意象，例如卷轴，汉服，宫殿，龙头，鞭炮，面条，轿子，瓷器，庙宇，豆腐，牌坊，斗笠……当然最重要的中国元素即是“功夫”——由李小龙、成龙、李连杰这一批影星以及大量香港武侠影片介绍给世界的中国武功，包括螳螂拳，猴拳，蛇拳。据说，《功夫熊猫》的导演马克·奥斯波恩曾经以美国式的修辞公开表示了对于中国历史文化的神往——他说，《功夫熊猫》是“写给中国的一封情书”。

我们可以礼貌地向马克·奥斯波恩导演报以微笑，但是，我们必须心中有数——这是娱乐而不是历史。可以预料，还会有一些聪明的导演别出心裁地调动中国元素包装出风味十足的仿真版历史。然而，导演脸上故作深沉的表情无法迷惑我们。我们不会轻易把历史与传统的重量赋予这些零星的文化碎片。一堆积木搭盖的楼房与摩天大楼的距离有多远，中国元素和历史与传统的距离就会有多远。神奇的中国元素多半倾倒了西方，犹如教堂，城堡，风车，庄园，画廊，圣诞老人，钢箍长裙与高尔夫球组装出来的欧洲是一个招待东方观光客的形象。如果我们连自己也哄住了，那么，我们将辜负真正的历史与传统。

真正的历史与传统多出来的是什么？——千年不绝的血脉。西方可以品尝和赞叹中国元素的异域情调，然而察觉不到血脉的相承，察觉不到我们这个民族抛不开的奇特体验，包括我们的耻辱和不懈的期盼。《出版人》杂志提供了一个意味深长的例子。美国和加拿大网民曾经共同投票，挑选出二十个形象的符号充当中国元素——即西方心目中的Chineseelement：汉语，北京故宫，长城，苏州园林，孔子，道教，《孙子兵法》，兵马俑，莫高窟，唐帝国，丝绸，瓷器，京剧，少林寺，功夫，《西游记》，天坛，毛泽东，针灸，中国烹饪。许多人可能已经意识到，这些中国元素的认知很大一部分来自旅行社的宣传手册。这里找不到《红楼梦》，更找不到鲁迅。

对鲁迅的评价已经成为专业人士的一个分歧焦点。一些人一如既往地将鲁迅奉为伟大的旗手，另一些人对于鲁迅的文学成就以及性格为人啧有烦言。鲁迅被排除在中国元素之外，这没有什么可奇怪的。鲁迅的辛辣气味不小心就会呛着了西方友人；同时，他过多地热衷于“速朽”的杂文以至于没有多少可以向西方世界炫耀的鸿篇巨著。但是，鲁迅顽强地镶嵌在中国历史的脉络之中，如同一块撤换不下的拱石。他是我们自己的，他的愤世之言只有我们听得懂，并且痛彻心扉。讨人喜欢的苏州园林、京剧、兵马俑或者丝绸可以荣耀地列入中国元素的目录供全世界检索，鲁迅仅仅是我们的历史不可或缺的段落。这就是中国元素和历史与传统的深刻分歧。中国元素的文化渊源不可否认，然而，我愿意重复一个曾经表述过的观点：文史知识不等于历史感。

我已经听到了背后的嘀咕：有必要如此认真地折磨自己吗？往左或者往右，中国元素或者历史，无非游戏而已。的确，“戏说”即是他们对付历史的著名策略。从《戏说乾隆》、《还珠格格》到《铁齿铜牙纪晓岚》，历史提供了多少笑声！为什么要贮存那么多血腥的记忆烦恼自己呢？“游戏”历史的最高版本的确就是游戏。日本的光荣公司终于将中国的《三国演义》改造成一款新型的电子游戏《三国无双》。关羽、张飞、赵云、吕布均以动漫人物的面目出现。他们在键盘的操纵之下大砍大杀，最终完成计算机程序赋予的使命。任何一种历史学派的观点都在这里寿终正寝，只有软件工程师和游戏者的拇指决定这些历史人物的命运。这时，历史已经删除了全部意义，除了这些人物之间虚拟的武功较量。

可以与“戏说”相提并论的另一个策略是历史的“武侠化”。万象纷呈的社会被收缩为几个侠士的恩怨情仇,历史成了掌心一团可以任意捏弄的橡皮泥。抛开烦人的政治、经济问题，我们就不会被迫解释复杂的、声势浩大的历史运动。所以，张艺谋的《英雄》可以把历史叙述得那么轻巧：那个雄视四海的秦始皇仅仅因为一个“剑”字就悟出了天下的至理，那个含辛茹苦、处心积虑的杀手仅仅由于一声劝解就放弃了致命的一击，舍身就戮。当然，他们开心地摆弄历史的时候从来不会为这些问题犯愁:如果历史的怨恨可以处理得如此简单，那么，现今的世界为什么依然烽火连天？设计故事的第一推动力让他们必须构思一些小仇恨，小嫉妒，例如争夺武林至尊或者《葵花宝典》。清一色的铁血男儿多半过于枯燥，他们时常怂恿几个师兄暗恋师妹继而导致仇杀，以至于坊间有“防火防盗防师兄”之讥。总之，金庸小说训练出来的想象力被带入了历史，所有的事件都变得轻飘飘了。我们的企图就是在史料中发现各种有趣的噱头，例如，一场旷日持久的战事最好可以追溯至某个女人的情史，拯救天下苍生的是一些武功超群的大侠，一部武功秘籍、一张藏宝图或者一种点穴的绝技乃是江山社稷的终极担保。至于经济史、交通史、科学技术的水平以及社会制度的改革统统拒之门外——那些鬼东西一点也不好玩。

从电视台的《百家讲坛》、某些耗资巨大的电影大片到书店里的各种秘史和真伪莫辨的回忆录，我们遇到的历史前所未有的丰富。然而，某些时候，扰人的历史会突如其来地现身，顽强地充当生活中的累赘。某个城市的房地产开发商看上了一块地皮。拆迁过程中，一批民房内部突然发现了一段古城墙。根据有关规定，古城墙必须作为文物加以保护，规划局开始重新考虑在这里修建一座主题公园。那些房地产开发商沮丧地愁眉苦脸——这种麻烦犹如秘密情妇意外地怀孕又不肯打胎一样。这个时候，他们的强烈愿望是，历史以前所未有的速度消失。没有历史的日子里我们难道照顾不了自己吗？有趣的是，没有多少人谴责房地产开发商的实利主义态度。事实上，我们的教授和导演又会好多少呢？

魔 术 与 伪 奇 迹

我始终无法为舞台上的魔术表演而真正地激动，尽管我曾经努力过。魔术是一种没有悬念的游戏，最终的谜底已经事先通知人们：魔术并不会为世界增添什么，舞台上的奇迹无非是某种瞒过了人们视力识别的技术。魔术师是一些混迹于江湖的艺人，他们依赖这些技术取悦周围，赢得维持生计的银两。没有人天真地期待魔术师真的变出早餐的面包或者居住的宫殿。拥有这等功夫的人怎么可能还会在舞台上辛苦?

早期的魔术师多半依赖无与伦比的迅捷手法，手绢、扑克牌以及袖口、衣襟这些日常之物无不充当表演的道具。现今的魔术具有时髦的后现代风格。诡异的舞台灯光和精密的机械设备彻底改变了传统魔术的手工性质。当然，后现代魔术的主题不再是从怀里变出几支玫瑰、一缸金鱼和扑闪翅膀的鸽子，而是在众目睽睽之下藏匿一架飞机，或者将一个活生生的人体肢解成几段。然而，不论哪一个门派的魔术，所有的成功均是技术的视觉效果，尽管没有多少人可以在眼花缭乱之中清晰地破译每一个步骤的巧妙设计。我对于这种破译兴致索然，丝毫不想钻研那些慢镜头播放的揭秘视频。这不仅是对行业秘密的尊重，而且还由于始终如一的乏味结局——没有什么是变出来的，也没有什么消失了，区别仅仅是看到与否。不少人对于这些技术的不可思议发出尖叫，但是，单纯的惊奇是短暂的。魔术师的设计以及如何训练暴露之后，再也没有什么技术之外的主题可以谈论了。

这是对于艺术的轻慢吗？我一直没有产生愧疚之意——我一直没有决心

将魔术视为艺术。音乐，绘画，雕塑，电影，文学，艺术的标志之一是精神家园的诞生。艺术依靠各种技术体系力图再造一个灵魂的居所。魔术没有这种企图。魔术的技术设计不考虑灵魂的感受，而是集中挑战人们的视觉。魔术制造的离奇情节征服了无数明亮的眼睛：一个公开摊在眼前的过程突然蒸发了。然而，蒙骗了人们的视觉之后，魔术无法提供征服灵魂的后续故事。事实上，灵魂对于变出一缸金鱼或者藏匿一架飞机这种事情无动于衷。

所以，人们很少在魔术师的脸上发现艺术家的骄傲表情。艺术家自认为做的是类似上帝创世的工作，尽管他们仅仅是使用各种符号；相形之下，魔术不过是玩弄一些扰乱人们眼睛的小把戏。魔术师往往装出一副逗乐的模样，不少魔术师的服装与马戏团的小丑相似。他们明智地把自己界定为插科打诨的角色。

刘谦是不是有些不同？目前，这个来自台湾的魔术师如日中天。至少在华语圈子内部，没有人不认识刘谦那张俊俏的小脸。他一次又一次坚定而庄重地宣称：“现在是见证奇迹的时刻。”一片瞠目结舌的表情之中，奇迹的确如期而至，那张俊俏的小脸随即浮上一缕得意的神态。也许，刘谦不屑于充当艺术家。“奇迹”一词仿佛表明，操纵这一切的毋宁说是神。刘谦的某一次魔术表演之中，玻璃罩子里一张白纸上的墨迹自动地画成一个圆，冥冥之中的神秘力量的确令人毛骨悚然。这是神驾临现场的情景，魔术师像是一个通神者。他似乎可以与另一个世界对话。

但是，难言的悸动转瞬即逝，敬畏之心无法持续地维持。想一想吧，神怎么可能仅仅热衷于让一枚钱币自如地穿过玻璃，或者将一把钥匙塞入瓶口狭小的瓶子？人们对于神的期待至少是，阻止地震与海啸，驱逐各种病魔，让普天之下的穷人享有足够的食物和温暖。即使是蝙蝠侠这种伪超人，他赢得崇敬的原因仍然是行侠仗义、扶贫济困。魔术对于这些迫切的主题无能为力。所以，魔术只能是一种游戏；再奇妙的游戏也不能将魔术师塑造成一个神。

这么说来，“魔术”是一个有些夸张的称谓。神并未隐身于舞台的幕布背后。某种可能改变物理定律或者化学常识的神秘力量并不存在。不期而遇的那张扑克牌是事先藏好的，利刃斩断的身体是灯光制造的错觉。魔术师动作花哨的手法和真伪莫辨的快乐神情毋宁说是某种干扰，他们熟练地诱惑人们转移视线，从而在电光石火的一瞬成功地偷梁换柱。魔术师的得手惹恼了某些人，他们决心让魔术师陷入尴尬。这些人开始利用各种尖端的摄像器材专注地记录和分析魔术表演的技术体系，试图在魔术师出手的那一刻逮个正着。当然，更多的人仅仅对于魔术保存了些许的好奇。他们神闲气定地坐在舞台下面，如同一批没有投入剧情的观众。最终的谜底设定之后，魔术师的卖力表演如同一套多余的假动作。于是，那些职业化的高亢语调和娴熟的动作程序丧失了打动他们的魅力。这些人心平气和，没有惊呼和赞叹，也没有为难魔术师的念头。偶尔察觉魔术师露出的破绽，他们仅仅宽容地一笑。我想，我大约就是这种人。

“大妈”的崛起

大妈社区广场大战高音喇叭，大妈巴黎罗浮宫前展示舞姿，大妈火车车厢即兴起舞；高速公路堵车，大妈集体下车跳舞消遣；一年一度的高考来临，大妈开恩停止跳舞三天……广场舞强劲节拍的伴奏之下，一个彪悍的社会群体突然闯入人们的视野——大妈。

据说，海外友人对于大妈的欢快生活羡慕不已。不论是伦敦、纽约还是柏林、悉尼，许多人工作之余孤独而寂寞。入夜之后，这些城市的大部分街道灯光幽暗，偶尔一两个路人走过，行色匆匆，形同鬼魅。如果不愿意蜷缩于公寓的沙发上陪伴电视，只有昏暗的酒吧可供挥霍剩余精力。那些个人主义者的夜生活之中，酒吧是仅有的公共空间。

什么是东方的人情社会？这时，大妈的舞姿如同一个形象的标志。她们坦然地占据了社区大大小小的广场，打开音响设备，然后开始自信地扭动发胖的身躯。锻炼，减肥，消遣，表演，只要克服当众起舞的羞涩，一切OK。她们从未意识到，震耳欲聋的音响可能骚扰他人。这不是音乐吗？碍你们什么事？不想听可以不听嘛，允许你们关上窗户啊。大妈对于周边的批评声浪不屑一顾，她们的文化中尚未贮存尊重他人的传统。

大众传媒的口水战围剿基本失效，广场上的大妈我行我素。人们不得不开始搜索自己的记忆：这个社会群体究竟是什么时候炼成的？意外的是，没有人可以界定这个社会群体的年龄段。三十五岁能够进入大妈之列吗？这时，绕膝的子女可以交给电视机、游戏机或者家庭作业，她们终于有机会出门参加夜晚的公共生活了。三十五年的饮食已经造就一身赘肉，再不锻炼就要定型了。大妈的上限是几岁？不得而知。由于体力不支而退出舞蹈的队列，估计已经七十出头。这个庞大的社会群体，以前隐藏在哪里？

的确，这个社会群体以前是分散的，分散于烧饭洗衣的日常家务，分散于购物或者接送子女等烦琐功课，当然也分散于麻将或者韩剧。她们任劳任怨，默默无闻，日复一日地老去，甚至来不及伤春悲秋就到了耄耋之年。没有人料到，一曲广场舞响起，她们居然生龙活虎地集聚起来了。

旺盛的精力是这个社会群体一个令人吃惊的品格。黑压压的一片塞满了夜晚的广场，舞曲嘹亮，舞曲悠扬，无数手臂丛林般地举起，无数脚掌踩出一阵又一阵的尘土，这种景象每日不辍。事实证明，大妈身躯之中隐藏的活力长期被低估了。我突然想到了当年的“小脚侦缉队”。她们是当年的大妈。当年的大妈胳膊上套一枚红袖章，大义凛然地巡逻在街头巷尾，目光炯炯，声色俱厉，一样精力旺盛，同样也不怎么尊重他人。

然而，如今的大妈与“小脚侦缉队”之间存在一个重大的差别——表演欲。如今的大妈决不愿意到荒郊野岭抛洒她们的激情。她们需要广场，需要观众，众多好奇的目光让她们心旷神怡，尽管许多大妈舞姿僵硬，手脚笨拙。很大程度上，她们的活力是被周围的目光调动起来的。如同许多男人的帝王梦，许多女人都有一个舞台梦。可是，“表演欲”是当年“小脚侦缉队”最为痛恨的品质之一，她们更为经常使用的是另一个通俗的字眼：“骚”。不知道汉语字典如何解释“骚”，但是，几乎所有的人都明白这个字眼对于一个女人的杀伤力：“骚”往往意味着，这个女人的所有卖弄都是为了勾引异性。时过境迁，现在轮到大妈扮演“骚”的主角了。这种状况当然可以作为开放文化观念的例证，也可以启示精神分析学对于当年“小脚侦缉队”的考察：她们的愤怒对象多半也是自己竭力压抑的欲望；当社会允许这些欲望现身的时候，汹涌的洪流仿佛要把昔日的损失弥补回来。

老龄社会正在成为一个备受关注的话题，延迟退休年限正在成为一个广泛争论的话题。许多人觉得，撤出工作多年的办公室离岗退休，这无异于被抛向社会边缘，回到个体状态。然而，大妈的骤然活跃表明，办公室并非组织社会成员的唯一机构，广场上的舞曲也能扮演组织者。

作为一个社会群体，大妈突如其来地崛起。她们的文化观念，她们的消费特征，她们的隐秘欲望，她们的社会诉求……迄今为止，这些问题远未赢得足够的关注。这个地带怎么可能存在惊人的矿藏？多数人视而不见地转身而去，某些精明的商人就是在这个时刻悄悄地开始了他们的事业，例如广告商。当年那些冗长的电视连续剧即是广告商为美国大妈定制的消费品，拖沓的故事和缓慢的节奏恰如其分地投合了她们的心智。日用清洁剂厂家的肥皂广告穿插在跌宕起伏的剧情之间，“肥皂剧”成为电视连续剧的别称。这种设计的背后隐藏了一个广告商的重大发现：美国大妈通常掌控家庭的采购大权，她们是接受广告的理想观众。这个故事发生在遥远的异地，听起来如同一个远离现实的传奇。现在，大妈正在从社会的各个角落冒出来，欢乐，奔放，前呼后拥，家长里短；喧嚣之余，人们能不能启动思想，从红尘滚滚的背后发现点什么？

方程式的前提

从核能发电、生物工程到人造卫星或者器官移植，技术正在全面地重塑这个时代。传统的知识观念似乎到了重新洗牌的时候。如果3D打印机可以随心所欲地生产一个如意的世界，还有多少人愿意孜孜不倦地解读柏拉图的“理想国”？新一代芯片已经精确地控制无数系统的运行，人们又有什么必要为“道可道，非常道”这种玄学耗费心神?

然而，古人心目中的“道”并非某种言辞制造的幻影，这个概念通常指谓世界的本原。道是形而上的，主宰世界万物的兴衰存亡，包括决定各种技术体系的价值。技术乃是有助于抵达某种目标的技艺、策略以及劳动工具的操作方法。技术必须接受“道”的支配和制约。如果说，技术的意义是协助人们接近真理或者正当目的，那么，没有目标管控的技术可能南辕北辙，甚至助纣为虐。晚清的某些士大夫将西方的现代技术形容为“奇技淫巧”。在他们看来，那些离奇的“声光电化”与圣贤教诲的“道”没有多少联系。许多人甚至认为，“道”可以自动派生出技术体系。例如，欧阳修曾经借助文章的写作表明了这种观念:“大抵道胜者，文不难而自至也。”

现代社会降临之后，科学知识对于技术体系的巨大援助逐渐遮蔽了“道”的传统威望。如果说相当长的时间里，技术仅仅是工匠的手艺，那么，19世纪之后，科学知识终于使技术发展如愿地驶上了快车道。从爱迪生的电力照明到现今的互联网或者宇宙飞船，科学与技术形成的巩固联盟不仅促使这个世界的物质财富以几何级数增长，并且形成了技术体系的独立逻辑。机械制造、材料学或者生物工程相继与所谓的“道”完全脱钩，实验数据与精确的计算成为最终的裁决。这时，一种新型的文化应运而生，并且迅速占据统治位置——人们通常称之为科技文化。

科技文化如日中天的另一面是传统人文知识的衰退。技术含量——而不是“道”——成为经济、军事乃至体育竞赛中的关键因素。时至如今，那些佶屈聱牙的子曰诗云又能孵化出多少超音速战斗机或者煤炭和石油？一批性质相似的疑问最终导致了教育体系的普遍倾斜。许多学校一直有意无意地灌输这种观念：工科技术是正宗的谋生之道，华而不实的人文知识仅仅充当无足轻重的点缀。一流的才智如果无法投身于工科技术，那么，经济学、工商管理或者法学差强人意。人文知识大幅度贬值的一个表征是，文史哲这些传统学科门可罗雀。何谓“善”，何谓“正义”，这些辩论似乎是无关生活的智力游戏，审美能力的迟钝不再被视为刺眼的缺陷。

某些时候，强大的技术体系甚至带来了一个错觉——所谓的审美能力是不是可以由绚丽的技术效果覆盖了？显然，现今的技术前沿已经远远超出本雅明对于“机械复制时代”的估计。相对于精良的长焦摄像镜头，“两个黄鹂鸣翠柳，一行白鹭上青天”又有什么稀罕？当年瓦舍勾栏里的说书艺人怎么也想不到，如今可以优哉游哉地坐在沙发上，手持遥控器点播自己感兴趣的电视连续剧。然而，技术在大获全胜的同时开始酝酿迷信。与其崇拜艺术，不如崇拜技术，数码成像或者3D影片成为圈子内部最为时髦的话题。一些电影热衷于各种徒有其表的大制作，导演如同以“炫技”的方式掩饰内容的贫乏空洞。

技术晋升为世界主角的时候，科技文化不再恭敬地给“道”保留一个至尊的位置。科学知识的精确、严谨、客观形成了另一种传统：对于那些无法确证的形而上观念或者诸多见仁见智的问题保持距离。彼亦一是非，此亦一是非，人文知识的夸夸其谈犹如没有终点的漫游。因此，许多技术人员倾向于悬搁价值评判，价值中立时常成为遵奉的守则。他们不承认这是精神慵懒的症状，“技即是道”时常成为他们的辩解依据。

然而，“技即是道”这个命题并不完善。技术体系从来没有单独地解决价值问题。从破坏食品安全、利用计算机盗窃商业机密到滥造大规模杀伤性武器，技术始终扮演了关键的角色。大量事实表明，技术时常接受不正当利润或者阴谋诡计的服务委托。所谓的价值中立常常为各种价值的涌入敞开了大门。换言之，技术并非完全独立，相反，技术体系可以有机地组织于各种高尚或者邪恶的意图中，为之竭诚效命。

对于任何一个技术人员说来，技术效命于何种意图始终是一个不可忽略的问题。当然，相当多的技术人员仅仅依据常识或者良知给予简单的处理。但是，一些思想深邃的科学巨匠往往超出技术的范畴而不懈地反思这个问题。牛顿之所以相信上帝的存在，他的观点包含了对世界本原的严肃思考。爱因斯坦是另一个广为人知的例子，他对于原子弹研制的矛盾心情来自历史责任感。爱因斯坦自称因为方程式而放弃政治，放弃担任以色列总统，然而，他的政治主张肯定对于方程式的运用产生了重大影响。

现今，道家、儒家或者佛家对于“道”的古老表述逐渐成为历史。民族、国家、公共性、历史规律或者善、恶、本体、普遍真理等概念积极卷入“道”的描述。显然，这是异于方程式的另一套人文知识。无论技术人员是否承认，这一套人文知识始终活跃在历史现场。对于技术人员来说，人文知识的意义并非仅仅增添个人修养，例如领略音乐的魅力，享受摄影的乐趣，或者在物理学、数学的公式之中察觉和谐、对称之美。归根结底，人文知识解释的是，世界为什么需要技术，需要何种技术。这一切无疑是所有技术人员的工作前提。

可以删除文科吗？

“文科贻害社会”的舆论重现江湖，争议接踵而至。这是一个老问题了，许多人读过斯诺的名著《两种文化》。然而，《两种文化》出版迄今已半个多世纪，人们的共识似乎没有增加。晚清的一些士大夫曾经将理工科知识形容为“奇技淫巧”；现今许多人文知识分子更乐于仿制海德格尔的时髦观点：技术的统治正在成为存在的遮蔽。来自理工科的辩解与驳斥首先是雄辩的数据和事实：数百年来社会财富急剧增长，理工科知识做出了决定性的贡献。从汽车、空调、洗衣机到电话、电视、互联网，那些貌似迂呆的冬烘先生不是也离不开这些科学产品吗？喋喋不休地复述那些文科——尤其是文史哲——所罗列的经典，这种人多半敌视“科学”，而敌视“科学”的结局通常是遭到科学时代的抛弃。两种观念的交锋时起时伏，彼此之间的调侃、挖苦、嘲讽乃至谩骂时常充当了交锋的伴奏。

具有讽刺意味的是，“文科贻害社会”这种舆论即是一种文科知识。人们无法在标准的化学、生物学或者物理学教科书中查到这种观点，这种观点的支持证据亦非来自某一个实验室或者精确的计量。阐述某种知识的社会意义，阐述之中包含了若干思辨和价值评判的成分，不同的历史语境可能影响阐述的可信程度——这一切无不显示了文科知识的特征。哲学史表明，这方面的阐述通常称为“知识论”，属于哲学的一个分支。

事实的确有些难堪：如此厌恶文科的观点不得不借助文科设置的框架给予表述。这再度证明，世界无法甩开文科知识而自以为是地运行。如果仅仅把这个世界托付给理工科知识，人们会遇到哪些情景？时髦的等离子电视不会演播任何艺术节目，空荡荡的互联网上没有新闻或者小说；建筑美学的阙如产生无数火柴盒一般的楼房；伦理道德删除殆尽之后，所有的社会成员开始了尔虞我诈的竞赛……的确，化学正在演示物质结构的组成，生物学描述了各种生物的产生与繁殖，物理学负责解释物质如何在时空之中运动，一个真实的世界徐徐展开。然而，这个世界又有什么意义？没有名山大川的壮阔，没有花鸟鱼虫的情趣，也没有"即从巴峡穿巫峡，便下襄阳向洛阳"的欣喜或者"但愿人长久，千里共婵娟"的思念，一切无不简化为分子式与数学公式，这就是人们的企盼吗？这时，我相信许多人很快会想到《黑客帝国》的一句台词："欢迎来到真实的荒漠。"

显而易见，理工科知识力图完整地考察人类栖身的自然。可是，这种雄心无法阻挡一个明显的历史事实：大多数时候，人们生活在自然之外的另一个世界——人类组成的社会。古往今来，人类社会愈来愈庞大，社会组织愈来愈严密；同时，影响社会内部构造的多种因素愈来愈多地进入了人们的视域，例如政治、经济、语言、宗教、艺术、法律、风俗、道德伦理，等等。这时，理工科知识多半束手无策，接手处理这些因素的社会科学从属于文科。"文科贻害社会"的舆论是否陷入某种盲区？许多人似乎没有意识到社会的存在，没有意识到人与人的关系正在各个方面覆盖或者挤占人与自然的关系。

厨艺与地理知识孰优孰劣？一个天文学教授重要还是一个语法学家重要？诸如此类的抽象比较不可能产生可靠的答案。在我看来，各种门类的知识之间不存在固定的等级秩序。不论是屠龙之技还是鸡鸣狗盗，人们只能根据历史语境的期待评估某种知识的价值。鲁迅之所以弃医从文，如下判断产生了决定性的作用：在他所栖身的蒙昧氛围下，拯救国民的灵魂远比拯救身体重要。那么，如何评估现今文科知识的社会贡献率？我相信人们已经察觉，目前业已进入社会问题多发期。社会科学的薄弱至少是这种状况的原因之一。社会学、经济学或者法学未能及时地预测和协助清除这些社会问题。轻视文科的代价正在许多方面陆续显现，甚至某种程度地形成理工科持续发展的瓶颈。人们可以察觉，许多科学家聚会的重要话题无不涉及社会科学领域：科研成果的评价体系，科研机构与企业的联盟，科研经费的评审与分配，教育环境与创新型人才的关系，科研方向的决策与咨询，科研团队的相互协作，科学家享有的经济份额，如此等等。事实证明，科研机制与科研组织的各种障碍可能极大地窒息科学家的后续动力。

无论如何评估理工科或者文科知识，一些次要的表象并非褒贬的主要依据。某一个专业的就业率与工资收入能说明的问题相当有限，索卡尔的著名恶作剧亦非摧毁文科知识的有力证明。相同的理由，一个捏造实验数据的物理学家并不能证明物理学的荒谬，种种餐桌污染也不能归咎为化学的罪过。某一个社会可能需要五十万个工程师和二十个哲学家，这并不意味着后者不如前者重要。一个人拥有十多万根的头发而只有一个心脏，数量的多寡不一定能有效地论证价值的高下。

当然，人们的评估不可避免地与自己的专业联系起来。敬业的标志之一即是，热爱自己的专业与工作岗位。然而，当这种热爱的多余能量转换为诋毁另一些专业的激情时，某种危险的认识倾向开始酝酿。如果手中的权柄足够操纵更具社会影响的事务，这种危险就会充分暴露出来。例如，热爱自己的民族从而诋毁他人的民族，或者，热爱自己的宗教信仰从而诋毁他人的宗教信仰，类似的言行可能带来严重的后果。置身于多元社会，坚持独立的思想主张与宽容异见之间的张力如何把握始终是社会科学之中的一个难题。当“文科贻害社会”的舆论成为理工科霸权的工具时，我恰好看到了事实的背面：独断、排斥异己的文化性格与文科知识的匮乏存在千丝万缕的联系。

理工科知识的一个重要特征是，具有开发大自然的巨大力量。蒸汽机、电、核能、计算机，理工科知识的每一次突破都带来了世界的巨变。然而，大自然的巨大力量是否必然造福于人类？理工科知识并不自动提供价值判断。火药可以用于放焰火也可以用于制造炸弹，指南针可以用于航海也可以用于看风水，核电站与核弹头预示了核能的迥异用途，生化武器、生物医学或者植物培育的生物技术表明了生物学的各种不同愿景，互联网既可能是文化空间、娱乐空间，也可能是赌博空间乃至战争空间。每一种理工科知识的评价、掌控以及如何利用必须与人类社会的各种意愿联系起来，例如公平、正义、和平，安全的生态环境，善与美，如此等等。不言而喻，这已经进入文科知识擅长的领域。现在，可以简洁地陈述一个绝非危言耸听的结论：低估乃至取缔文科知识，理工科知识可能因为失控而产生莫大的威胁——足以摧毁人类和地球的威胁。

大学的骄傲

现今，大学显然是社会内部的一个特殊空间。真理，知识，专业，科学与学术，大学时常与这些词汇联系在一起。因此，许多人不仅热衷于把自己的适龄子女送入大学，同时还隐约地期待这个空间成为社会的精神风向标。然而，相当长一段时间以来，这种期待似乎遇到了不少疑问。若干耸动一时的事件和言论不断把大学推入舆论的漩涡，负面的声音愈来愈密集。从飙车撞人之后的权力炫耀到冷血地刺杀受害者，从官本位崇拜到“四十岁没有4000万别来见我”的警告，从大面积的考试作弊到科研成果的弄虚作假，大学正在出现的一些动向似乎叫人不怎么放心。最新一条舆论哗然的消息是：北京大学校长夸耀说，这一所大学在短短的十年期间诞生了79位亿万富豪。

舆论广泛质疑的是，79位亿万富豪是不是北京大学引以为荣的业绩？介绍学术巨匠或者诺贝尔科学奖得主的名单肯定更为吻合大学的传统精神。即使乏善可陈，夸富仍然不是一个合适的主题。大学“非谓有大楼之谓也，有大师之谓也”——听说过梅贻琦这一句名言的人，多半不会把财富作为大学的骄傲。尽管如此，我还是替北京大学校长感到些许委屈。根据消息报道，校长是在企业家俱乐部成立仪式上公布亿万富豪的数目，这如同在体检普查通报会上公布高血压患者的数目一样正常。

显然，舆论开始质疑的时候，北京大学校长的这一番言论已经被抛出了当时的具体语境。然而，我还想指出的是，舆论质疑之所以发生，因为存在另一个更大的语境。在许多人的心目中，大学不是一个趋炎附势的地方。教授们不仅在课堂上释疑解惑，同时还言传身教一种遵从真理、捍卫真理的勇气。世界各国林林总总的大学之中，许多大师的傲骨甚至比他们的学说更为闻名。教会或者宫廷的威权无法摧毁这种勇气，财富也无法收买这种勇气。然而，至少在目前，这种勇气出现了大幅度衰减的迹象。财富的魔力愈来愈大的时候，大学的腰杆一次比一次弯得更低。如此语境之中，一所著名高等学府的校长公开地表示对于亿万富豪的青睐，遭遇激烈的反弹恐怕是意料之中的事情。

在我看来，舆论的质疑不算苛刻。如果一个地区官员表彰当地的乡贤，或者，一个年迈的父亲盼望自己的子女出息，“亿万富豪”多半是一个令人满意的称号。然而，对于北京大学说来，这个目标太低了。这所大学曾经响起五四新文化运动的第一声号角——换言之，这是一所勇于承担使命的大学。因此，人们有理由提出要求：这一所大学必须意识到自己的历史重负。如同当年喊出了振聋发聩的“民主”与“科学”一样，北京大学有责任提供一个历史时期最需要的内容。尽管 79 位亿万富豪形成的方阵相当壮观，然而，这并没有改变我的一个想法：现今中国所缺乏的，肯定不是更多的亿万富豪。

说那些亿万富豪扮演了成功的人生偶像，全世界的大多数人恐怕都不至于产生什么异议。所以，如此通俗的观念似乎没有必要麻烦北京大学的高深论证。相反，许多人更为渴望的是，北京大学能否展示出另外一些类型的成功范本？例如，关于善，关于爱，关于正义，关于美学，关于孜孜不倦的探索精神和创新，也包括关于穷困的日子里什么叫作成功。实利主义气氛如此强大的时候，大学内部是否存在突围的能量？这时，北京大学的姿态必然是富于象征性的。

隐匿的盲区

一个崇尚技术的时代已经到来。从机械制造、电子设备、食品加工到金融领域，各种类型的技术专家赢得了空前的器重。技术专家负责细化设计方案，精确地实现目标，他们是这个时代造就奇迹的中坚力量。如果说，哲学家为首的人文知识分子因为曲高和寡而逐渐成为传说，那么，如今令人信赖的是实干型的技术专家。

工科学院是技术专家的摇篮。从就业岗位的占领到市场价格竞争，工科学院的屡屡胜出一次又一次地巩固了技术至上的观念。古语说，“家有钱财万贯，不如一技随身”。人生无常，世事难料，一技随身是衣食无虞的底线；“学好数理化，走遍天下也不怕”是这种观念的延伸版。相对于种种社会科学探索包含的政治风险，“数理化”为代表的技术体系性质稳定，操作简明。一所大学对于相当数量工科学生的普遍追求进行了调查。他们之间流行的几句话可以视为这种观念的最新表述：“学好英语，学好计算机，努力工作，好好挣钱。”如果说，英语和计算机是“走遍天下”所必备的公共语言，那么，现在的学生开始无畏地坦言“挣钱”。技术与市场对接的时机已经完全成熟。许多人心目中，市场价格是评价技术的唯一标准。

因此，前一段诸多社会事件引起舆论大哗的时候，并没有多少人将这些社会事件与技术专家联系起来。从瘦肉精饲料、三聚氰胺奶粉、毒胶囊的制作到利用电话、互联网精心设计的钱财欺诈，舆论同声谴责无良企业、利欲熏心的商家、心狠手辣的骗子以及失职的监管机构，技术专家的责任似乎被轻轻放过。

人们没有看到参与这些社会事件的技术专家出面道歉，这个环节成为盲点因而遭到遗忘。不少人觉得，技术必定是社会历史之中的“正能量”，技术与道德的关系远在人们的视野之外。大多数技术专家似乎未曾意识到公德对于专业工作的规约。

相当长一段时间，技术游离于这个社会的日常生活之外。可以解决卫星上天的难题而没有兴趣解决抽水马桶漏水，这种状况生动地表明了技术的远大志向。当大部分技术专家簇拥在核潜艇研制、国家电网设计或者石油勘探等各种国家重大项目周围的时候，道德已经提前做出了首肯。从电视机、电冰箱的更新换代到白木耳加工或者橙子保鲜，技术与各种民生问题的结缘是不久以前的事情。这是一个令人惊异的突破，技术与利润之间的联系立竿见影地显现；然而，技术与道德之间的思考并未及时跟上。

技术免遭道德问责的另一个原因是依傍于“科学”。作为跨入现代社会的一个历史地标，“赛先生”——即“科学”——一直拥有超常的威望。迄今为止，“科学”几乎都是作为褒义词出现。许多语境中，“技术”与“科学”相提并论，享有同等的尊荣——并且，“技术”常常由于显著的实效而远为引人瞩目。尽管如此，“技术”与“科学”仍然存在多方面的差异。“科学”更多地从理论意义上考察自然界规律，“技术”注重解决某一领域的具体目标。正是因此，“技术”必须比“科学”更多地考虑具体目标与公共利益的关系。许多时候，这即是“技术”道德自律的重要内容。人们没有理由忽视现代社会的另一个特征——罪恶的技术含量正在与日俱增。

在我看来，现在已经到了谈论技术与公共利益关系的时候了。公共利益通常指一个社会大多数人的共同利益。如果说，经济学、政治学或者法学无不包含了艰深的社会科学课题，那么，对公共利益的理解并不困难。重要的是，技术专家必须在专业工作中意识到公共利益的存在。他们不能因为某一个具体目标带来的利润而放肆地损害公共利益。如果个人或者某个利益共同体的局部收益可能以社会大多数人的损失为代价，这种项目必须毫不犹豫地否决。由于前景、适用范围以及后果尚未确定，某些技术项目对于公共利益的影响仍在争议阶段，例如生物技术克隆人类器官，转基因农产品充当人类的主要食物，对互联网等通信设施的监控是否违法，3D 打印机会不会成为不法分子生产各种武器的帮凶；相对地说，另一些技术项目带来的危害已经众所周知：用福尔马林浸泡肉类食品，将过量的抗生素掺入动物饲料，借助特殊的化工知识制造毒品，或者研制消费者无法识别的假鸡蛋、假大米、假古董、假钞票，如此等等。作为技术专家，他们当然深知后果的严重。可是，为什么他们的良知神情安详地默许了这一切？

不要将公共利益仅仅想象为一个遥不可及的抽象概念。公共利益事关每一个社会成员，包括那些技术专家。如果电器工程师吃到的是地沟油烹煮的食品，制作假药者买到了冒牌的山寨手机，他们的愤怒绝不亚于身边的大众。所有的人都应该明白，践踏公德的后果迟早也会落到自己头上——即使那些腰缠万贯的技术专家也不会例外。

技术主义的迷思

当今的艺术仿佛在兴致勃勃地享受一场技术的盛宴。京剧舞台上眼花缭乱的激光照射，4D电影院里上下左右晃动的座椅，魔术师利用各种光学仪器制造观众的视觉误差，摄影师借助计算机软件将一张平庸的面容修饰得貌若天仙……总之，从声光电化的全面介入到各种前所未闻的机械设备，技术的进步速度令人吃惊。电影的特技或者航拍曾经是老一代导演的制胜法宝，年青一代导演已经开始用数码成像实现自己的构思了。然而，当工程师的杰出表演赢得了持续喝彩时，多少艺术家开始正视一个问题：技术赋予艺术什么？关于世界，关于历史，关于神秘莫测的人心，关于艺术本身——技术增添了哪些发现，同时，技术主义的陷阱是否正在形成？

技术始终是文化生产的组成部分。从青铜铸鼎、笔墨纸砚到瓦舍勾栏的兴盛、印刷时代的降临，艺术符号的制作及其传播从来没有离开技术的支持。尽管如此，技术从未扮演艺术的主角。《庄子》，《杜工部集》，《东坡乐府》，《窦娥冤》，《红楼梦》，这些经典令人敬重的原因是深刻的思想和洞察力，而不是由于书写于竹简，上演于舞台，或者印刷在书本里。电影的诞生是技术介入艺术的里程碑事件。这不仅表明了工业社会对于文化生产的接管、改造和重新规划，而且，技术的意义开始占据前所未有的份额。

迄今为止，电影仍然是技术刷新艺术的示范区。许多导演津津乐道的是大场面拍摄，或者如何再造视觉奇观，缺乏技术含量的视觉内涵追求——例如，再现人物的一颦一笑，一条皱纹或者一个眼神——遭到了漠视。艺术对于技术的日新月异顶礼膜拜，以至于许多人没有察觉文化生产正在出现一个颠倒：相当多的时候，技术植入艺术的真正原因毋宁说是工业社会的技术消费，而不是艺术演变的内在冲动。换言之，这时的技术无形地晋升为领跑者，艺术更像是技术发明力图开拓的市场。如果说，中国文学史上词、曲以及白话长篇小说的兴盛无不源于文学扩大表现领域的渴求，那么，现今技术对于艺术的驰援时常带来“为文造情”的倾向——后者成为前者的副产品。难道不是因为微博的问世，140 个字形成的表述风格才得到广泛的首肯吗？难道不是卡拉 OK 的发明大面积地点燃了歌唱的渴望，流行歌曲开始了前所未有的风靡吗？难道不是计算机软件的成熟，电子游戏背后的欲望才被调集和开发出来了吗？

中国艺术的“简约”传统隐含了对于“炫技”的不屑。古代思想家认为，繁杂的技术具有炫目的迷惑性，目迷五色可能干扰人们对于“道”的持续注视。“修辞立其诚”是避免“炫技”的准则，他们众口一词地告诫“文胜质”可能导致的危险。这是古代思想家的人文情怀。当然，这并非号召艺术拒绝技术，而是敦促文化生产审慎地考虑技术的意义：如果不存在震撼人心的主题，繁杂的技术只能沦为徒有其表的形式体系。

技术主义往往制造出一种幻觉：光怪陆离的外观掩盖了内容的苍白——譬如众多的文艺晚会。大额资金慷慨地赞助，大牌演员频频现身，大众传媒无条件提供各种空间，形形色色的文艺晚会如此密集，以至于人们不得不产生某种怀疑：这个社会真的需要那么多莺歌燕舞吗？从节庆、赈灾、运动会开幕庆典到公司开张周年纪念或者旅游景点的夜生活点缀，除了晚会还是晚会。如此贫乏的文化想象通常预示了主题的贫乏——这种贫乏多半与技术制造的华丽风格形成了特殊的对比。摇曳多彩的灯光闪烁，美不胜收的舞台背景，豪华乐队，群芳伴舞，然而，歌词大意总是一成不变的思念或者失恋。这种主题又有什么必要获得如此豪华的技术装配？如果这些华丽风格被视为国泰民安的象征去取悦某些官员，或者在技术装配的耗资中夹带艺术掮客的抽成，那么，这时的技术业已游离了艺术的初衷。

工业技术促成电影问世已经是一百多年前的奇迹。现今的电子技术是否存在相似的雄心大志？至少在目前，众多的游戏、娱乐节目——而不是艺术——

充当了技术的受惠者。《开心词典》、《快乐大本营》、“超女”或者“好声音”的歌手选拔以及种种大同小异的相亲交友节目，“擂台式”的设计与技术的深度介入制造了空前的收视率。然而，如果说这一切即是技术眷顾文化生产的前沿，人们肯定会产生“暴殄天物”之感。无数电子技术专家的心血仅仅带来几阵哄笑，或者“虚拟性”地参与一场恋爱或者旁观一次演唱表演以及知识竞赛，这显然有些小题大做。

可是，更为宏伟的主题又在哪里？没有人持续开发这些技术，使之超越游戏或者娱乐范畴从而进入公共领域，譬如利用手机投票选择市政建设的方案，或者评价某一个公共服务机构。另一方面，艺术的深部不存在某种不可遏制的冲动或者朦胧未明的状态，急迫地渴望崭新的技术给予再现。相对于生气勃勃的技术领域，艺术领域似乎过于平静。对于文化生产来说，这种对比正透露出某些意味深长的信息。

假作真时真亦假

浏览过传媒上五花八门的新闻之后，我们不得不正视一个意外的结论：造假无疑是现今发展最快的领域之一。这个领域分支众多，各显神通。目前为止，形形色色的造假资源配备就绪。公共关系人员业已练就三寸不烂之舌，化腐朽为神奇是各个项目、各种产品介绍的基本功；科学研究人员提供了强大的技术支持，从假古董、假珠宝到假证书、假大米无不惟妙惟肖；某些行政办公楼内部形成了彼此掩护、共生共荣的连锁系统，虚假的统计数据、政绩考核、新闻报道、个人履历、公众舆论遥相策应。造假甚至波及一个最古老的行业——乞讨。如今，不少长跪街头的乞丐随心所欲地虚构父母双亡或者盘缠失窃之类的悲惨故事，然后在夜幕掩护下换上一套行头，将讨来的一大把零钱花费在酒店或者歌舞厅里。当然，这个领域的从业人员必须接受一个共同的训练：蒙蔽良知，坦然地跨越各种道德屏障，仅仅注视即将到手的利益。

对于一个长期拥有儒家文化传统的国度说来，这是一个尴尬而又奇怪的事实。儒家文化中，修身不仅是社会成员如何处世的基本课程，而且是一个社会架构的内在衔接形式。儒家子弟口颂道德仁义，逐渐从修身走向齐家治国平天下。“修其身”首先是“正其心”，仁义礼智信是时刻仰望的人生准则，“己所不欲，勿施于人”是日常生活必须遵循的底线。什么时候开始，这些传统已经荡然无存？的确，“国学”如今仍然是一批教授津津乐道的题目，儒家文化被尊为“国学”的核心。然而，再三重复那些并不深奥的命题又有多大的意思？在我看来，“国学”首先要解决的是，为什么如此之多的儒家文化命题相继搁浅？发达的全球经济网络依赖契约关系维持合作，农耕时代的社会理想走不了太远。农耕时代相对贫瘠，大机器生产和金融系统可以调配远为庞大的财富。这时，“软性”的道德能否锁住炽烈燃烧的贪欲？迄今为止，答案并不乐观。如果我们意识到，许多“国学”倡导者无非是为儒家文化核定一个优惠的价格，大众传媒上表情神圣的表演或者学院内部激烈的学科竞争无非想占有更大的市场份额，那么，著名的义利之辨就已经沦为虚伪的口头文章。

造假领域的持续扩大对于社会信任产生了深刻的腐蚀。如今，谁还敢相信一个陌生的电话？哪一个驾驶员还敢随便搭载一个素不相识的路人？因为街头的广告购买了伪劣商品，我们只能抱怨自己的轻信；听到几句豪言壮语就将对方捧为社会英雄，这已经迹近于幼稚。当一诺千金成为稀有品质之后，信任或者信赖因为屡屡扑空而逐渐演变为愚蠢。怀疑主义弥漫在日常生活之中，所有的人都对听到的消息打一个问号——哪怕是来自权威部门的声音。为了重新赢得对方的信任，许多发言者不得不加大自己的音量，端出一副更为虔诚的神情。这再度引起了新的怀疑：如此卖力的广告宣传隐藏了哪些企图？这就是恶性循环的开始。恶性循环不仅极大地增添了社会运行成本，而且开始瓦解现代社会架构。例如，由于食品安全存在的巨大隐患，许多人开始在阳台或者房前屋后自己种植没有污染的蔬菜，一些大型企业重新创办生产基地，力争为自己的职工提供可靠的瓜果、生猪和自然喂养的鸡鸭。这是令人不安的迹象。现代社会的特征是各个专业领域的分工，这不仅是质量的保证，而且，只有广泛合作才能形成高效的社会网络。广泛合作的必要条件是，各个专业领域彼此信任和共享衡量标准。如果这种信任开始瓦解——如果教育、医疗或者企业、商店相互猜疑，农业生产、信息通讯和科学技术部门尔虞我诈，那么，现代社会必将急速碎片化继而退回小生产阶段。这是我们的向往吗？

多数造假是为了牟利。然而，背信弃义的后果是牺牲长远的收益。一个人因为闯红灯而获利，无数人的群起模仿必然导致十字路口秩序的瘫痪。这时，恢复秩序的呼声才会重新响起。相似的理由，一个由于造假而赢得不义之财的亿万富翁不断地在五星级宾馆里吃到“瘦肉精”或者地沟油，他就会摇身一变，成为“食品安全”或者诚信体系的积极倡导者。这就是利益辩证法提交的预言。

当然，这个预言的实现往往需要漫长的时间。五年？十年？那将是一个混乱的、充满疑虑的过程，所有的经济、贸易、文化宣传或者社会管理无不因为信任危机而减缓了速度。无谓的摩擦不断地产生巨大的损耗。如果可以预见，这个过程的终点只能是社会的崩溃，那么，我们为什么不尽快重建相互信任的道德秩序呢？

辑三

輯弎

星空与植物

一

良久，中指和食指拈起一颗棋子，啪的一声打在木制的围棋盘上。最后一个单官。我燃起一根烟，静待终局的数子。其实胜负之数已经了然于心，赢了两目半。但我心里还是袭来一种熟悉的淡淡伤感。又是一局棋结束了——不，我想到的是另一个不祥的字眼：又一局棋死去了。

最初的棋盘上驰骋过多少奇妙的构思呢？局面如此开阔，任凭撒豆成兵，翻云覆雨。然而，落子慢慢密集起来，一个个局部逐渐定型，盘旋的剩余空间越来越小，种种可能和弹性不断地减少、消失——一局棋就这样不知不觉地衰老下来，如同一具开始僵硬的躯体。最后一个空隙填满之后，一切成为定局，纷纷扬扬的思绪骤然都折断了翅膀。这就是一局棋的尽头。

当然，可以将所有的棋子从棋盘上抹掉，重新开始。但是，原先的这一局棋已经不复再现。千古无同局。即使棋谱也无法保住每一局棋的全部生命。棋谱无法记载棋手投入这一局棋的所有心血，就像史书无法保留古人的所有心情一样。

围棋的棋盘由纵横十九道交叉的直线组成。棋盘的四条边线即是终极大限。大限不可跨越。无论棋手有多大本事，一局棋只能在边线规定的版图之内运行。耗尽了特定的空间，大幕就该落下来了。一个棋手力挽颓局，愈战愈勇，但最终仍然功亏一篑。他满脸憾意地说："如果棋盘再大一点，我就赢了。"可是，这样的"如果"永远不可能实现。对于许多人说来，这如同一个悲哀的隐喻：生也有涯，壮志难酬。

所以，一局围棋的生命长度体现为空间，而不是时间。

二

关于围棋的起源，人们有过种种猜测。仅有两种猜测让我感兴趣。在我看来，这两种猜测击中了遥远的两端，两端之间已经囊括了一切。我甚至不想再听到其他想法。

一种猜测认为，围棋来自天文工具的引申。仰望星空，测量星象导致了围棋的诞生。这使围棋寓有一种大气磅礴的风格，散落着棋子的棋盘对应着缀满星座的苍穹。"星罗棋布"是一个相当有趣的词，天文与围棋之间的关系通过这个词得到了证实。这样，围棋就如宇宙深处传来的某种神秘回声。

另一种猜测认为，围棋的最初摹本可能是植物之间的争斗。棋子一旦落到棋盘上就不再移动，这同大地上的植物相近。棋子的存活、成长、搏斗如同植物一样地蔓延、互相缠绕——围棋之中"搜根"这个术语明显地以植物为喻。这仿佛暗示了围棋与大地的关系。这样，围棋显示出了脚踏实地的另一面。植物生长的绵密和顽强化为一种气韵潜入行棋过程。

这两种猜测都无可稽考。但是，从闪烁的星空到匍匐于大地的茂密植物，两者的距离表明了围棋的内在振幅。

三

围棋是一个魔具。

围棋的规则极为简单。弄懂了两眼成活和围歼吃子的规定，就能够下棋了。人们可以将棋子落到棋盘上的任何一个交叉点上，不会遇到犯规的警告。规则的简单带来了自由无羁和开放民主的气氛——似乎人人都可以轻易地进入围棋。许久以后才会突然察觉，简单恰恰是一个诱人的圈套。

在这简单的规则后面，围棋寓含了多少种变化呢？计算机可以测算出一个吓人的天文数字。人的大脑不可能穷尽这些变化。于是，许多人发出了长长的感叹：无底的棋盘，深不可测。我常常看着棋盘上纵横十九道，心中一阵阵悚然。我知道，这个棋盘可以不动声色地掠走一个人的毕生心血。这使我警觉地与围棋保持一定距离，以免为纵横十九道编织出来的魔网密密麻麻地罩住。我还想做其他事情。

四

围棋没有一点儿外部观赏性。两位棋手凝固在棋盘面前，许久许久才“啪”地落下一子。局外人感到索然无味。这里没有眼花缭乱的灌球入网，没有扣人心弦的临门一脚，甚至也没有扑克游戏中种种花哨迷人的洗牌与分牌，一切都静静地摊在那里。

然而，这种安静背后隐藏着强烈的紧张。我常常从杂志上看到棋手对弈的相片：棋手们托腮凝思，专注地盯住棋盘——仿佛要把棋盘看穿。即使从相片上也可以体会到，棋手的凝固姿势与紧张的智力运筹形成一个巨大的张力。一些棋手的激烈内心甚至会呈现到躯体外部。聂卫平曾经回忆他首次与赵治勋下三番棋的情景：聂卫平踱入对局室的时候，赵治勋已昂然坐在棋台面前，他那挺直的躯体仿佛整整扩大了一轮——聂卫平竟然骇住了。许多时候，对局之中凝固不动的棋手正在以命相搏，围棋史上出现过不少吐血之局。

围棋是智力的激烈角逐。智力的相持、较劲、厮杀、扭打。外部动作如此简单——拈起一颗棋子打在棋盘上。然而，拈起这颗棋子之前，棋手的大脑里演示过种种参考图；实际上，这些参考图累积成这颗棋子的重量。当然，棋局一步步地展开，人们逐渐看清了棋盘上一块宏大的战役。这里有很多故事：奇袭，合围，格斗，妥协；短兵相接，围魏救赵，孤军突进，忍辱负重；人们可以看到寒光闪闪的猝然一击，也可以看到一块大棋如何中弹，呻吟，挣扎，痉挛，直至最后僵死倒毙。总之，棋盘上的搏杀酷烈异常，只不过缺少震耳欲聋的枪声与令人厌恶的鲜血而已。纯粹的对抗使围棋成为超功利的攻防艺术。

五

对于每个棋手就不一样了。他们可以从精彩的棋局中读出对弈者的智力个性。如果用我所熟悉的文学作为比喻，这些棋局如同批评家面前奥妙无穷的“文本”。打谱也就是阅读历史承传下来的经典名著。

智力的高速运行可以达到什么目标？看看坂田荣男的棋谱就知道。坂田荣男绰号“剃刀坂田”，格杀之间的招式锐利无比，让人联想到日本“忍者”的刀术。坂田常常下出一些匪夷所思的妙招。在我看来，这些妙招之精炼并不亚于“红杏枝头春意闹”的“闹”或者“春风又绿江南岸”的“绿”——对不起，仍然以文学为喻。坂田擅长近身扭杀，这时他将“手筋”迭出。坂田可以从一连串“手筋”中听到铿锵之声，看来，“手筋”如同拉枪栓一样令坂田感到了振奋。

观察一个棋手的智力如何运筹全局，这就必须谈到棋风——棋手的独特风格。这方面有许多话可说，如大竹英雄的唯美，加藤正夫的凶狠，武宫正树的豪放，林海峰的坚韧，藤泽秀行的华丽，马晓春的轻灵，钱宇平的“钝刀”；吴清源的棋风既开阔又细腻，而木谷实则如同坦克一样缓缓而又沉重地碾过，不可阻遏。

似乎是大竹英雄说过，不少中国的年轻棋手搏杀出色，遗憾的是还缺少一种大风格。可是风格的形成并不容易。棋风必须由胜率作为注释，屡战屡败的棋风并不成立。只有戴上了王冠的个性才有资格叫作个性——这与文学不同。当然，一些棋手只考虑胜负而不在乎坚持某种风格，例如小林光一。小林光一是一个无风格的棋手，他什么棋都能下。在聂卫平看来，这种棋手最为可怕，没有人琢磨得透，抓得住把柄。

但是我还是喜欢有风格的棋手，例如武宫正树——尽管武宫近来的调子远不如小林光一。武宫那种浪漫主义的“宇宙流”含有某种令人心仪的东西。棋即是人的性格。即使大赛前夕，武宫也会打台球或者唱卡拉OK至半夜；得了富士通杯冠军，就大言不惭地宣称自己是天下第一男子汉——没有丝毫的谦虚，也不为自己留个余地。这就是武宫。

不管怎么说，我时常有意无意地期望武宫在对弈中取胜。

六

围棋体现出一种宁静和沉着。围棋是强者的世界，但强者不是霸者。

棋诀云：不得贪胜。许多老练的棋手有意回避赶尽杀绝，他们更为推崇不战屈人的格言。围棋忌讳“过分棋”或者“无理棋”。——“过分”或者“无理”必遭反击，甚至使优势转瞬之间土崩瓦解。如果对弈的双方均遵循相当的分寸，棋局将显得自然流畅，进退适度。相宜的分寸并非谦恭礼让，而是双方实力最大限度的相持。因此，自然流畅无疑也是功力、计算、耐性和自信的全面抗衡。一旦实力稍逊的一方难以为继因而被迫用强，杀伐之声立起。于是，掷出的白手套挑起了一场决斗。一切从容都丧失了，局面混沌难解。通常挑战的一方更为吃力一些，因为这一方的局面已经开始失重。

围棋的战略令人想到了老庄哲学；想到了以柔克刚，后发制人，以静制动，欲速不达；想到了书法中的藏锋，武术中的太极拳。一局棋长达二三百手，不该指望三招两式或一记重拳就将对方打倒；对弈之际一人一手，机会均等，追求子效远比截杀大棋合理。蝇头小利或者匹夫之勇是围棋中两个致命的诱惑。所以，围棋强调厚实、积聚和厚势的潜力，强调在不疾不徐之中握住真谛。不少时候，隐忍自重至少和勇猛果敢一样重要。人们称韩国的李昌镐为天才少年，他的稳重几乎与他的年龄不成比例。当然，像刘小光或江铸久这种凶悍的棋手更乐于恃力决战，一赌胜负，但他们遭受回击的可能也增加了许多。聂卫平风趣地说，刘小光的重锤是致命的，可是一旦被对方闪开了，他自身暴露出的破绽也是致命的。

这也就是棋道了。棋道隐藏在无数名局背后，千头万绪，很难用手一把拎出来。但是有些棋手却将棋道说得十分简单，只有三个字：平常心。他们将这三个字写在对弈时抓在手中的折扇上面。

七

围棋还没有被电脑征服，也许永远不可能。至少在目前，初段棋手就可以将电脑打得落花流水。这个消息让我深为欣慰。这样一个技术主义泛滥的时代，围棋为人守住了一块小小的高地。

围棋体现了人类智慧的深邃。不言而喻，人的记忆和计算不可能超过电脑，但是人能够构思、奇想，制造种种意料不到的局面。这使人永远握有一份主动。许多科学幻想作品中，配有电脑的机器人已经无坚不摧，甚至制造电脑的人类也无法阻挡。人类的胳膊抗拒不了机器人的铁臂，人类的心智也将遭受电脑的奴役吗？在人类最后的尊严面前，黑白两色的围棋设置了一个电脑难以穿透的八卦阵。

电脑意味着清晰、逻辑、合理、一丝不苟，棋手出招时却常有一些难以言明的内涵。情绪？气势？外界的骚扰？隔夜残留的烦恼？背水一战的悲壮心情？对于“克星”的恐惧？所有的七情六欲都能暗地改变一个棋子的方向和位置。棋局之中不时有鬼使神差的一手——不可思议的妙招或者恶手。这可能是人的潜力，也可能是人的故障。

最难解释的也许是运气。二三百手下来，胜负可能仅仅是半目——四分之一子。毫厘之间，胜负立判。再也没有比四分之一子更小的胜负单位了。乒乓球、羽毛球或者排球至少要净胜两个球。也许，只有短跑才有类似的精确计量。胜半目或者负半目都有极大的偶然性。可是，如果负半目残酷地从偶然变成了必然，这就是命运的捉弄了。刘小光曾经在几次大赛中屡屡负半目，以至于有棋迷邮寄了一个棋子给他，让他再争取一个子。可是，苦笑之外，刘小光还有什么可说呢？

为负半目的棋复盘是一件痛心疾首的事情。复盘是历史的事后摹拟，然而当时只能有一次。复盘将这一切演示得格外清楚：任何一个轻微的改动都可能争回半目，争回历史，但无数的机会已牢牢嵌在逝去的时间方格之中，无法索回。剩下就是扼腕长叹的时刻了。

八

我记起《红楼梦》中一副对联："宝鼎茶闲烟尚绿，幽窗棋罢指犹凉"。这是贾宝玉为大观园中的潇湘馆所拟。窗外风吹竹叶，雨打芭蕉，室内茶香缭绕，棋声间歇——古人何等有情趣！

如今，通常的对弈已找不到这种幽静的环境和心情。城市里的楼房鳞次栉比，透得进清风明月的地盘未必会赐给围棋。更加为难的是，多数人付不起对弈所需的时间。街道上的人们行色匆匆，为了生计和利润节约一分一秒。一局围棋需要两三个小时，过于奢侈了吧。一些棋迷费尽心机从公务和家务中挣出半日的休闲，相聚起来便捉对厮杀。他们的对弈如同赶路一样仓促，噼啪之声不绝于耳。忽然觉得眼前局势已非，便一把抹去重新开始。暮色溶溶之际不得不歇了手，茫然之间记不住究竟下过了几局。这样的时候，围棋不过像临时杀一杀瘾头的劣质纸烟罢了。

当然，也许会有时间充裕的时候，譬如说锒铛入狱。仿佛哪一位作家说过，如果入狱只能带两样东西，那就是一套自己的小说集，一副围棋。这的确是一个明智的选择。所有的书都可读或可不读，那么，读别人的书不如读自己的书；所有的东西都可能玩腻，也许只有围棋是个例外。在大观园的潇湘馆里面打发闲情逸致，这是围棋的雅致；在铁窗的栅栏之下开拓出一片自由的空间，这才是围棋真正的不俗。我是这么想。

找个人一起老去

这句话有点儿意思，但忘了是从哪一本书上读到的。另一个人纠正我，这是一首歌，电话的那一头哼出了一段旋律片断，其中的一句是“我能想到最浪漫的事，就是和你一起慢慢变老”。

我是在马来西亚想起这句话的，那时正在从马六甲返回吉隆坡的途中。

马来西亚人十分乐于夸耀吉隆坡高耸的双子星塔，452 米的高度曾经在世界上首屈一指。必须承认，吉隆坡并不是因为这一对高楼而浪得虚名。这个城市拥有许多壮观的现代建筑，清真寺的金色圆顶闪耀着太阳的反光。吉隆坡的街道上可以见到形形色色的皮肤。黝黑的马来人，黄皮肤的华人，金黄色头发的白种人，还有许多戴着面纱的穆斯林妇女。吉隆坡已经靠近赤道，四季的气温都在三十度上下，空气温润潮湿，仿佛轻轻推一把就会触动一场倾盆大雨。这个城市的植物十分繁茂，绿荫如盖，藤蔓纷披。郁郁葱葱的树丛掩映之中，一幢一幢别墅若隐若现。打听了一下，价格比北京和上海都要便宜。

尽管吉隆坡有可口的咖喱饭和稀奇古怪的水果，我们还是急于抽出一天到马六甲去。这座古城是郑和下西洋的驿站，那里有古船，古井，香火缭绕的三保庙，三保山上的华人墓碑，市内一排一排的百年老屋，小街上挂着繁体汉字招牌的店铺，荷兰人修建的红墙教堂和葡萄牙人城堡的残骸。我们还见到了一位九十多岁的老先生，说起话来轻声慢语，他曾经因为积极推广汉语而三度被投入监狱。当然，我们也是冲着马六甲海峡去的。这条狭长的海峡夹在马来西亚和印度尼西亚之间，新加坡扼守在出口，目前是中东的油轮驶入太平洋的咽喉要道。据说不少海盗出没于马六甲海峡，武器精良，专门打劫过往的油轮。有人怀疑，这些海盗可能就是某一国的军队。脱下军装，面颊涂上油彩，枪支与炮舰都是现成的。由于马六甲海峡气氛诡异，石油安全得不到保障，开凿泰国克拉地峡运河成为一个热门话题。瘦瘦长长的泰国南部如同拦在印度洋与太平洋之间的一段堤坝，最窄之处仅 64 公里。如果挖开一条运河，油轮就可以避开马六甲海峡，径直从印度洋的安达曼海拐入太平洋的泰国湾。马六甲海峡的确让我们有些好奇——这一片海域究竟多么恐怖，以至于人们不得不将一个预算为 250 亿美元的工程提上议事日程?

前一天与一个司机谈妥了价钱，我们几个人合乘一辆出租车赶赴马六甲。司机是华人，五十岁出头，中等个子，卷发，单眼皮，脸上已经有不少皱纹，一身普通的 T 恤和牛仔裤，汉语说得不错。聊天中得知，多年以前他是长途卡车司机，一度做过布匹生意和手机生意，频繁出入于深圳、香港地区和泰国。曾经挣了一笔，后来又亏了，兜了一圈还是回来干老本行。看来这是一个颇自信的家伙。他女儿在吉隆坡读一个英国的函授学位，儿子在新加坡当飞机修理工。说起这一切的时候，他总是流露出一副得意的神态。而且，他还时不时地讥笑马来人，觉得他们不够聪明。

马六甲之行的最后一个节目是，到市区的老街看青云亭——据说庙里供的是观音菩萨。老街狭窄拥挤，均为单行道，而且时常堵车。出租车如果错过了拐弯的岔路口，就得绕市区一圈再走一遍。这个司机似乎忘了路，车子开得迷迷糊糊。眼看某一个路口又不太像了，只好重新开始绕圈子。绕了第三圈的时候，我们劝司机问一问路人。不知道这个家伙搭错了哪一根神经，他固执地认为自己一定可以找到。出租车在不足一平方公里的市区绕了七圈之后，太阳已经西斜。考虑到回程还要在高速公路上跑三个小时，我们决定放弃。我们打趣地说，观音娘娘肯定知道，我们的心意到了。

返回的路上有些沉闷，毕竟不太尽兴。是不是这个司机有些歉疚，试图找一个有趣的聊天话题呢? 总之，没有任何前兆，他突然谈起了自己的艳史——面对几个异国的陌生人。

“不明白为什么，女人就是喜欢我”，他是这样开始的，毫无忸怩之态。

这个司机告诉我们，年轻的时候，一个姑娘曾经不断地给他写信，声称得不到他就要跳楼。这件事麻烦了好长一阵子，幸亏这个姑娘离开了马来西亚远赴英国。后来的日子，他始终艳遇不断——“我又不漂亮，也没有多少钱，真不明白是为什么呢。”

艳史的最新情节是，他又被一个女人缠上了。这个女人曾经是香港一个电器公司老板的情妇，而且替他生了一个女儿。由于老板妻子的挑唆，她与老板大吵了一场。老板扔给她一笔款和一套房子，八年的恩情一朝挥断。这个女人灰心得想自杀的时候偶尔遇到了他。因为他的见多识广、语言诙谐还是大大咧咧的做派？总之，这个女人的生活突然明亮起来了，下一个目标就是移居马来西亚嫁给他。目前，法律上的障碍已不存在。马来西亚允许娶第二个太太，只要第一个太太不反对。“我太太和我同龄，已经不想做爱了。她同意我再找一个，吉隆坡的房子留给我——她愿意和儿子一起住在新加坡。”

这种魅力的自夸很容易在男人之间引起微妙妒忌。我们故意用世故的眼光评点这个故事：这个女人肯定有些特殊的目的，一下子就能想到的是移民，或者钱。譬如，她很快就会告诉你，女儿就要上小学了，学费还欠缺一部分，请你汇款；来到马来西亚之后，她肯定会提出要你买一辆车；过了一段时间，她还要做生意，开一间店铺，你必须投资……

这个司机的大度的确有些出人意料：“我可以给她一些钱，还可以把这辆车子送给她。我也愿意帮她办好移民手续，然后我们分手——可是她不肯，一定要缠住我！”这个司机主动承认，他仅跟这个女人上过一次床；何况她现在又有了新的男友，英俊，年轻，而且有钱。但她仍然口口声声叫这个司机“老公”。“今天是我的生日，她又打来了长途电话，问我在哪里，而且警告我不能跟别的女人往来。”的确，这个司机的手机时不时就会响起，一会儿是马来语，一会儿是汉语。不知道哪一个电话是那一声缠绵而又恼人的问候？我相信这不是他的虚构，因为没有必要。

这个司机坦率地谈到了性的问题。他说，到了他这个年龄，一个星期一次就够了。他宁愿找“小姐”解决问题。这在吉隆坡是一件简单的事情。我们的酒店附近就有一个街头酒吧，晚上九点之后有一些即兴的歌舞表演。酒吧的周围零星地散落一些皮条客，时时殷勤地向路人兜售妓女。他们大大方方地递上自己的名片和电话号码，声称手里什么货色都有。这个司机表示他会用安全套，传染上艾滋病可不是闹着玩的事。当然，我们听得出来，他真正想说的是这句话："完事之后我把钱付清，就什么烦恼也没有了。"

司机的故事就是这么多。虽然他的叙述有些啰唆和重复，我们还是很快弄清了来龙去脉。我们疑惑的是，为什么他不肯就势将这个女人的痴情收下？他含含糊糊地说，那就丧失了自由；随后又说，他快要老了，不需要了。这时，他似乎不再那么得意，而是变得有些烦躁："算命的说，我前两年走桃花运，为什么现在还没有结束呢？"

我们终于看明白了，这个走桃花运的家伙深恐坠入情网。情网是一个致命的生活圈套。一个女人真的渴望和他共度下半辈子的时候，他惊慌地选择了逃避。他宁可到妓女身上寻找一时之欢，而不愿意情深意长。激情是年轻人的事情，五十多岁的男人已经燃成了灰烬。五十多岁的男人仍然可以享受性，但不再动心。心已经开始衰老，不想负担激情的重量了。激情的冲撞会使胸口发痛。他所说的自由其实是轻松和洒脱，无拘无束。必须承认，他的明智和爽朗超出了我对一个司机的预料。但是，我就在这个时候想起了那句话。我差点就想问一问他——有否听说过"找个人一起老去？"

出租车终于回到了酒店，我们没有忘记在道别时祝他生日快乐。他笑了起来，单眼皮的眼睛眯得小小的。这个司机肯定是个快乐的人。他会及时地卸下各种累赘，结清人生的诸多账单，无拘无束地游历江湖。尽管如此，我仍然愿意这么猜想：如果他没听说过那句话，也许就不会成为一个最快乐的人。

分享学术

很荣幸今晚有机会在这里和各位分享一个有趣的题目：学术让我喜欢什么。

对于那些有志于进取的学者说来，创新、思想、学理皆是关键词。这三个词涉及我们对于学术的理解：何谓学术？何谓好的学术？某些时候，还有一个较为私人化的问题：何谓我喜欢的学术？通常意义上，我们会强调三者的平衡，它们缺一不可。但是，在我们的工作实践中，这是一个不易处理的问题。由于个人的不同学术风格，厚此薄彼是不可避免的事情。不同的时代也可能有不同的学术风格。例如，不少人认为，20 世纪的 80 年代是思想唱主角，90 年代已经变成了学术唱主角。

有必要说明的是，并非所有的知识都可以称之为学术。如何驱赶蚊子或者与上司和谐相处，这可能是生活之中的重要知识，但通常不属于学术范畴。大众传媒上某一个口号可能产生巨大的作用，这也不一定是学术。学术具有自己的层面、范围、逻辑和语言。尽管许多学术一时看起来不那么有用，但是，谈论学术是学者的天职。因此，许多学者可能一辈子都要面对创新、思想和学理这三个词。

回到具体的学术工作中。我们的工作流程时常经历两个阶段。一、遭遇问题；二、解决问题。换句话说，我们如何在这两个阶段中处理创新、思想和学理的关系？

首先可以提到问题的来源。许多时候，学术问题的出现源于学科内部逻辑的延伸。我们的工作中常常遇到这种情况：一个问题带出另一个问题，一批问题带出另一批问题。杜甫的研究自然而然地转向了李白，《红楼梦》的研究自然而然地转向了清史，如此等等。从更大的意义上说，一大批问题集合在某个范式内部。按照托马斯·库恩在《科学的革命》之中的著名解释，范式（paradigm）由某些基本的定律、理论以及观察手段形成，暗暗地规定了一个研究领域的合理问题和方法。这是常规科学赖以发展的模型。每个学者都在一定的范式内部工作。但是，眼光开阔的学者往往更容易意识到此问题和彼问题的连带关系，意识到范式的存在以及自己在众多问题之中所处的位置。这个阶段，学理常常体现为问题的承接。学者所提出的问题具有学科逻辑的依据，不是游谈无根。另一方面，学者的创新则体现为更善于提出新的问题。这些问题拥有充分的学理依据，但是它们更为隐蔽，潜伏在一大堆常规问题背后，需要犀利的目光才能察觉。提出这种问题，往往意味着将学科内部逻辑进一步转化为现实。

进入解决问题的阶段，论据的征用、论证方法和理论模式的选择无不遵循相应的学科规范。通常，我们不会依据一条不可靠的史料甚至无可稽考的传说证明一个举足轻重的论点，也不会启用物理学理论解释林黛玉或者贾宝玉的性格。范式仍然显示了强大的引导和约束功能。如果说，自然科学的创新时常包含了观察仪器的改造，那么，对于人文学科来说，创新的空间常常存在于理论模式的选择。不同的理论视野常常会刷新我们的眼光，从而让某些视而不见的因素显现。对于这些因素的概括、分析常常催生出新的思想。当今的人文学科正在体现出两个相互联系的特点。第一是材料的发掘和保存相对容易；第二是各种理论模式空前繁多。这种情况下，选择理论模式的意义进一步加大了。

根据以上这种描述可以发现，学术研究中始终存在两种倾向。第一，不断地拓展学术谱系，延续学科的脉络，甚至开辟新的分支；第二，仅仅是原封不动地复制和传授已有的知识，甚至叠床架屋，愈行愈窄，创新含量和思想含量日益稀薄。

这里，我还想指出的是：某些时候，学科与范式之外还有一些力量可能强有力地影响学术——影响学者提出问题和解决问题。这种力量来自社会和历史。这种力量有时足够强大，以至于完全冲垮了传统的学科边界和范式结构，强制性地提出一套全新的问题，设置一套迥然相异于传统的解决问题方式。一个最近的例子就是，SARS 的流行将医学界紧急动员起来，一批迫在眉睫的课题迅速发放到研究人员手中。另一个较远的例子在上个世纪。根据一些物理学家的看法，20 世纪物理学的突飞猛进与两次世界大战具有密切的关系。军事的需要不仅提出了一系列相关的课题，同时还以国家的名义最大限度地调集资金和科学家，这无疑有力地改变了整个学科的前沿所在。人文学科之中，还可以举出文学理论的转折加以说明。中国的古代文学理论拥有一套完整的概念系统，例如赋、比、兴、道、器、形、神、风骨、韵味、意境、格调、性灵，等等；然而，20 世纪初的二三十年，这一套概念一下子消失了，取而代之的是时代、国民性、意识形态、内容和形式、现实主义、浪漫主义、经济基础、上层建筑、人民性、党性，等等。显然，现代性的浪潮一下子冲决了中国古代文学理论背后的范式结构，包括中国古代延续了上千年的哲学思想和传统意识形态。这种时候往往出现一些非常规的局面。礼崩乐坏可能导致许多人茫然失措，也可能充满了创新的机遇——一些新思想挣破了传统的牢笼脱颖而出。当然，学科、范式的内在逻辑一般不会完全中断；许多时候，它们将与社会和历史的力量产生复杂的互动——或者相互抗衡，或者融会贯通，或者某种程度地互相改造。有时人们会还会看到，社会和历史并非中止学科逻辑，而是给学科逻辑提供一个与时代正面相遇的契机。众所周知，马克思曾经深入考察德国古典哲学内部的一系列概念和命题。但是，18 世纪西方的社会历史发生了巨大的变化，这种变化将哲学的思想能量解放了出来，以至于马克思有条件充分地实践哲学如何改造世界的使命——“哲学家们只是用不同的方式解释世界，而问题在于改造世界。”一般说来，非常规的局面不可能常常出现。如果没有出现巨大的转折，社会和历史的力量不可能任意地干预学科的正常运行。这时的学术将保持自律状态。尽管如此，一个富有创新意识的学者仍然会时刻对社会和历史的力量保持相当的敏感。如果再度借用库恩的表述，那么可以说，他们会在学科、范式和社会历史之间保持着“必要的张力”。

对于创新、思想和学理之间关系的认识，每一个学者都将根据自己的个性、风格有所侧重。从皓首穷经到奇思妙想，学术共同体的内部分工将互相补充，合作共事。当然，我也有自己的喜好——有我所钦佩的思想家，有我所乐意的工作方式。因此，以下这几点感想仅仅表明我的兴趣，而不是非议不同的观念：一、我对于为学术而学术的理念表示充分的尊重，同时也清楚地知道这种理念在抵抗外部干预方面所产生的重要作用。但是，我仍然愿意想象学术与外部世界之间的联系。福柯提出了知识就是权力这个命题，我至少必须对学术在什么位置上嵌入这个世界有所思考。另一方面，当我个人从事学术工作的时候，我也愿意在一个宽泛的意义上将这种工作想象成与世界对话——更大的范围内，这种对话同时还包括了我的文学写作。

二、如何判断学科与范式是否遇到深刻的挑战？一系列已知的前提是否到了废弃的时刻——一个新的时期开始了吗？如前所述，这些问题的答案对于人文学科至关重要。然而，已有的知识往往提供不了多少帮助。尼采曾经做出了震撼人心的断言：上帝已死。现今看来，许多比尼采渊博的人并不具备这种高瞻远瞩的能力。这种洞察力不是多读几本书就能拥有的。这种洞察力不仅来自书本，而且来自对社会和历史深刻而独到的体验。

三、我赞同这种观点：我们正面临巨大的历史转折。因此，我们可能遇到一大批前所未有的问题。这个时候，引经据典地背诵先哲语录的能力不再那么重要，重要的是，我们涉猎先哲著作时训练出来的分析问题和解决问题的能力。某些时候，这可能体现为强大的思想爆发力。与其没有节制地博览群书，不如重视这种能力。

四、我曾经在一本书的序言中谈到了学术研究的境界和“精神量级”。中规中矩但不痛不痒的研究缺乏激动人心的魅力。我们都要努力及格，但不是及格万岁。我希望在学术研究中看到智慧，思想深度，组合和穿透能力，视野，气魄，原创性，等等——即使有些缺陷也可以宽容。如果真的有天才性的想法，完全可以抛开已有的规矩，无所顾忌地自我作古。

五、有境界的学术研究可能摆脱职业性的疲惫而产生发自内心的快乐。对我来说，这是一个很小的但并非不重要的理由。

我想，以上这几点感想中同样包含了我对于创新、思想和学理的理解。我的发言到此为止。占用各位许多时间，谢谢。

默契的朋友

多年以前的某些炎热的下午，我住在一个大院落的后院。晌午之后的灼热阳光将整个世界烧烤得绵软松脆，无论是屋顶上的瓦片、墙头的狗尾草、街上的柏油路面还是人的身体，概莫能外。我慵懒地斜在一张躺椅上，眼睛盯着手里的书本，耳朵却悄悄地溜到了前院，期待着那一扇破旧的木门上响起敲击的声音。

我在等待我的朋友。

许多时光就在等待中无声无息地逝去——我的朋友并不是每一次都如我所愿地出现。这让我一阵阵地失望，可是，企盼之情并未稍减。那个时候，“朋友”这个字眼在我心目中拥有十足的分量。

朋友聚在一起干什么呢？说起来并没有什么正经的事。晃着膀子走过街头，坐在公园湖边的栏杆上胡扯，躲到一个小院落里练一阵子拳脚，挖出几枚零钱买两根香烟每人轮流着吸一口，如此而已。其实，真正吸引我的是朋友相聚这种形式。几个理了板刷头的大男孩凑在一起，团伙的势力让人感到神气活现。这就是那个时候对于“朋友”的全部感觉。

那个时候常常在朋友之前加两个字：“肝胆”——肝胆朋友。肝和胆在腹腔里面毗邻而居，这就是朋友的写照。那个时候对于“肝胆朋友”的形象解释是，如果你的朋友正在街上和另一个人吵嘴，那么，你要不由分说地冲上去，对准那个人的鼻梁就是一拳。

那个时候，没有朋友是一件很耻辱的事情。朋友仿佛标志着一个男孩子的成年仪式。放开嗓门呼朋引类，这是一种令人自豪的姿态——象征一个男孩子开始赢得了社会的器重。男孩子总是粗枝大叶；但许多男孩子都记得，春节期间曾经有几个朋友来到他家里串门。这并不是小节，而是相互炫耀的重要谈资。一个男人出了家门，行走在星罗棋布的朋友之间，这是社会威望的证明。一个男人曾经大咧咧地宣称，他可以身无分文地四处旅行两个月，这句话让我暗暗地羡慕了许久。

那个时候，一个男孩子的骄傲是朋友的簇拥，而不是敢于拨开所有无关的巴掌和眼光，特立独行。其实，渴求朋友的背后隐藏着一个深刻的恐惧——恐惧社会的冷漠，社会的拒绝。

如今，许多人的手里都攥着满满一大把朋友。这些朋友分散在厚厚的名片夹里，隐藏在一串串电话号码背后；这些朋友可以随时聚在一起互相传递烟卷，在觥筹交错之中喝得面红耳赤。于是，许多闹心的事就在朋友编织起来的网络中化险为夷。“在家靠父母，出门靠朋友”，谁都听说过这句俗话。

可是，你却偏偏在这时候考究了起来。你硬要说，分发名片的仅仅是熟人，算不上朋友；一些志同道合的人可以聚在一起办刊物，经营公司，可是工作关系代替不了友情，同事并不等于朋友；“酒肉穿肠过，友谊心中留”不过是句俏皮话，你从来没有见到酒肉之交能够长久；一些人确实帮了你个大忙，但是这不如说是债主与债务人的关系，“人情债”同样需要偿还——你引用了经济学家的话说：“天下没有白吃的午餐。”

这样的考究让人觉出了迂呆。我开始取笑你，可是你越发计较了起来。你指着正在台上宏论滔滔的那位先生说，此公远见卓识，风度不俗，你很乐意在台下听他演讲；可是你丝毫没有兴趣凑上前去和他交个朋友——你笑着说：“没有感觉。”

有些太苛刻了吧？——可是你不承认。你说你有你的宽容。你儿时的一个伙伴当了不小的官，终于在某一天巡视到了你的辖区里。他高视阔步，装作不认识你；可是在握手告别的时候，你察觉到他眼里的一个闪烁和手掌上的微微用力。你一下子就断定，这个人还是你的朋友。你谅解了他那种一本正经的伪饰。

什么是辨识朋友的依据呢？你说了一个让我略感陌生的字眼：默契。默契隐藏在眼神里，隐藏在手势和微笑里，难以言传。

你说得既神秘又明白。

古代的传奇故事记述了许多不同类型的男性情谊：高山流水，知音相对；桃园结拜，义薄云天；搜孤救孤，忍辱负重；逆耳忠言，赤诚相见；无私无畏，两肋插刀。可是，怎样算得上默契？

默契不是小说、戏剧的材料，默契是一种琐琐细细的呼应，说不出多少情节。这就像那一张坐得习惯的沙发，很难说出哪一处让人感到了舒服。默契体现在哪里呢？默契也许是一杯清茶，两颗香烟，纵谈屠龙之技；默契也许是心领神会，交流之中免除了一切多余的起承转合；默契也许是不约而同的习惯和称心如意的配合，所有的联手行动都显得天衣无缝；默契也许是共同的情怀和思想，身处两地而异口同声；当然，默契还可能就是心情放松地无言相对——只有声息相通的人才能够一同沉默而不陷于尴尬。很难将默契说得更为明白，默契犹如盐溶于水，品尝得到却打捞不出来。

相互默契的朋友又有多少呢？

我向你提到过那句话："有朋自远方来，不亦乐乎？"可以从孔夫子的语气之中发现他期待朋友的踊跃心情。

你提醒我重读"远方"两个字。你开玩笑地说，远方的朋友总是有趣的，就像远来的和尚会念经一样。

的确，远方的朋友仿佛天然地具有某种浪漫的魅力。他们往往挟带着一大批奇妙的传说，伴随着火车的汽笛悠然降临。在啤酒的助兴之下，我们听到了塞北冰天雪地里发生的种种故事，听到了西双版纳流行的风俗民情；他们的描绘让我们历历想象着海南岛苍莽的原始森林，想象着大西北扑面而来的漫漫黄沙。我们还未曾尽兴，他们已经坐上另一列火车飘然而去，让我们怀想不已。浪漫的故事不就是建立在来去匆匆之间吗？

然而，你却说，你不在乎这种动人的浪漫，你觉得朋友的可贵毋宁说是一份特别的心情。这不仅仅是"君子之交淡如水"的意思，你还有你自己的解释。你说现代社会已经不是一个传奇性的世界；现代人生活在理性之中，所有的行为均由自己负责，不必要壮烈地将身家性命托付给朋友，也没有什么理由要求把朋友的性命作为情谊的代价。服务机构是现代社会的特征，从出租汽车、行李搬运站到旅馆、快餐店，形形色色的服务机构包揽了人们出门之后的各种事务；人们无须去张罗一张庞大的朋友关系网照顾自己。现代社会已经制定了一套复杂而又精密的运行程序，拉帮结伙这种老式的江湖义气弊大于利，朋友关系不该莽撞地扰乱这套程序。总而言之，你尽量地洗刷朋友关系之中的利益成分。你说，朋友之间仅仅是一种心情的享受。

你所说的这种享受就是来自默契。

有人敲门。邻居来讨一片生姜，作为蒸鱼的佐料。邻居拿到了生姜之后又聊了一会儿天，随意得很。不过，随意并不是默契。一个人要善待邻居，但邻居不一定是朋友。

遇到了默契的朋友，这样的好事确实不多。不过，人到中年之后的一个发现即是，这是不必为之焦心的问题。命运什么时候送来一个默契的朋友，这全凭上帝的高兴；如果上帝还未想到，我们就应该心平气和地翻报纸、看电视、浇花或者喂鸟。人到中年，经过了许多风吹日晒，不仅额上有了皱纹，心里也有了皱纹。这时不见得比当年板刷头的大男孩聪明了多少，但这时有了一种中年的从容。这种从容至少让我们懂得了些许自然之道，更明白“缘分”这两个字的真实涵义。我们到底明白了过来：强扭的瓜不甜——真正的朋友不是找到的，不是等来的，而是无意之中碰上的。

可扔之物

扔东西真是一件“不亦快哉”的事情，隔一段就得做一做。扔抽屉里几本过时的证件，扔门后一个闲置已久的挎包，扔屋角一张破损的席子或者床下两双款式陈旧的鞋子，扔出去几件东西就会神清气爽好些日子。外婆生前勤于搜集各种针头线脑，精细地打成了几个包袱，仿佛时时打算给破朽的日子缀一块补丁。现在什么时候了？生活要简练。多出来的东西累赘，烦琐，拖泥带水，百无一用——只是扰人而已。谁都明白，开门的时候叮叮当当地掏出一串钥匙，要用的那一把总是最后才找到。

出门旅行，总会携带读物。我多半愿意带些有趣的报纸，厚厚的一大卷，平常有意不读而积存下来的。机场，飞机客舱里，火车的卧铺上，读一张扔一张，旅行包一天一天地瘪下去，日子一天一天地轻松起来，这仿佛是游山玩水之余另一份额外的快意。

居家的日子，可以扔可口可乐罐子，扔油污的厨具，扔旧自行车——另外就是扔衣服。特别是衬衫、T恤，不知不觉地买了一件又一件。多余的衣服堆在那里，不过洗了几水，但肯定不会再穿了。别别扭扭地收拾了几回，忽然想到，何不一扔了事。打开衣橱略一挑选，地上很快就拢了一堆。犹豫了一下又捞回两三件，终究还是扔了一批。

一介书生，家里多的只是书籍。书架上一层一层地摆满之后，源源而来的书籍理所当然地堆到了书架顶上。东一摞子西一摞子，参差不齐，危若累卵。某一天取书的时候不知触动了哪一本，几摞子书轰隆隆地劈头盖脸砸下来，磕破了鼻梁，险些打了眼镜。狼狈地愣了一阵，忽然有了一个念头：是不是该扔一些书了？

这个念头让我有些心虚。对于读书人说来，扔书似乎大逆不道。开卷有益，书到用时方恨少，小子你扔起书来了？然而，书多不等于用得称手。五色令人目盲，许多书开始和我玩起了捉迷藏。明明记得某一本参考书待在书架的一角，伸手去取却扑一个空——“人面不知何处去，桃花依旧笑春风。”书房有限，购书无穷，书房一定太小，书一定太多。守不住前门，就得打开后门。为了拯救书房，消除无政府主义混乱状态，必须痛下杀手——扔！

藏书家当然不爱听这些理由。然而，我是当不了藏书家的。才疏学浅，阮囊羞涩，而且性情毛糙。囫囵吞枣地读过几本书的人未必懂得藏书。书的收藏和品鉴还需要另一些功夫，例如版本知识，书肆的搜觅，如何存放和贮藏，如此等等。藏书家是一些渊博而且有耐心的人。而我对于任何收藏都兴味索然——甚至心怀恐惧。收藏物品时常使我丧失对于自己的信任。一件重要的物品——例如银行存折，或者户籍本——拿在手里，我就开始惊慌。我有信心将这些玩意儿严严实实地藏起来，麻烦的是，几天以后我就想不起来究竟藏到了哪里。我屡屡被寻找自己藏起来的东西折磨得筋疲力尽。人贵有自知之明。我从来不与另一些书生进行藏书竞赛，我仅仅是一个使用书籍的人。用一个充满铜臭的比喻加以形容，我不是银行家而是贷款者。

我给书房订下的规矩是：如果某些书这一辈子不可能再读，那就坚决地请出山门。令人奇怪的是，这个严厉的施政纲领并没有给书房制造多大的震动。第一回合清除了数十本之后，后续的成绩每况愈下。我常常像一只伸长鼻子的老狗详细地搜索书架，可是，猎物越来越稀少。读过的书多半不仅可以读一次，没有读过的书又如何舍得丢弃？一些模棱两可的书在手里摩挲了半晌又塞了回去。孟尝君尚且收容一批鸡鸣狗盗之徒，安知这些书日后不会成为某一个灵感的火种？朋友的赠书是不能扔的。这些书跋山涉水，千里迢迢地赶来助兴，读不读都是书架上的尊贵客人。贾平凹曾经在一则戏谑之作中写道，他在废品站发现自己赠给友人的一部著作，兴冲冲地将书购回，再一次题名寄赠——我可不想在一个厚厚的信封里收到朋友的讥笑。憋足一口气在书架前巡回，总是找不到可扔的对象，这就是郁闷了。

那些倒霉的杂志就在这个时刻撞到眼前。每一日都有各种杂志四面八方涌来，如同书房里的游民。杂志很少正经地登上书架报名注册，它们任意地盘踞于茶几、沙发、写字桌脚或者橱子边缘，居无定所。这些杂志大小不一，厚薄不均，我并不苛求它们遵循统一的纪律——杂志的性格不就是杂乱无章吗？我多半会习惯地翻一下新到杂志的目录，顺手将可读的摞成一叠。时日久了，这里一叠、那里一叠不断地壮大——阅读速度永远赶不上杂志的报到数目。偶尔想翻出某一本杂志查找一篇文章，堆垛如山的庞然大物总是让我倒吸一口凉气——还不如乘车上图书馆省事。

杀机在某一个星期日上午恶狠狠地涌上心头：无书可扔的时候，为什么不拿这些杂志出一口气？动不了正规军可以先打杂牌军。清理门户，大刀阔斧，果断地扔出一捆杂志的时候，我俨然体会到一种铁血宰相的威风。然而，片刻之后，一种不安慢慢地踱上心头——这一本杂志刚刚到，要不要放两天再说？那一本杂志的装帧如此豪华，一挥手扔了是不是暴殄天物？心肠一软，我又犹犹豫豫地坐下来，打算重新翻检一遍。我渐渐发现，许多杂志犹如多情的女郎，每一个告别仪式都必须缠绵再三，久拖不决。这一本瞄上几行，那一本浏览半篇，不知不觉地日薄西山，扔出去的杂志东一本西一本地又回来了大半。罢了罢了，我长叹一声，颓然掩门而去。

大量地占有，这是满足；放手扔弃，这是潇洒。最为难堪的是黏黏糊糊的那一部分玩意儿。剪不断，理还乱，食之无味，弃之可惜。反复的犹豫表明的是甩不下的尴尬。可叹的是，我们就在一次又一次的尴尬之间渐渐老去，直到那一天——被生活彻底地扔掉。

钱

一

俗人一个，免不了要说到钱。当然，我习惯于虚伪地使用“货币”这个词。“货币”是书面语，抽象一些，不会让人立即就想到一张张用于付账的皱巴巴钞票。其实，我们还设计出许多掩护性的词汇：经济，资本，资金，润笔，稿酬，孔方兄，如此等等。我们就是不想说那个粗俗的字眼——钱。

不知道源于什么传统，文人雅士必须羞于谈钱。这如同一个古老的陋习。现代社会怎么可能不说到钱呢？国家的财政大臣是一个伟大而又体面的职业，大腹便便的银行家四处接受人们的致敬，学院里面的金融专业人满为患。这些人士的所有职责就是理直气壮地谈钱。经过一些经济学术语的搅拌，“钱”这个字眼已经在他们的口吻之间周转得珠圆玉润。但是，文人雅士却没有理由计较钱。文人雅士不就是吟风弄月吗？清风明月不用一钱买，他们还有什么必要考虑钱？“千金散尽还复来”是李太白醉醺醺的狂言。然而，这句狂言却迫使那些瘦骨伶仃的诗人强作慷慨。钱不就是一些纸吗？他们勉强地戏谑着，抖抖索索地将口袋里的最后两张钞票交到了小酒馆的柜台上，然后气壮山河地坐到一伙快乐的食客中间，内心一阵阵发虚。

现在我们到底明白了过来，文人雅士说一说钱并非见不得人的事。“文人雅士”不过是一个虚名，并没有多少人拥有一间平静的书斋，拥有一张宽敞而又平坦的书桌。我们也有权利谈钱，谈这些钱怎么买面包，付房租，给孩子交学费，偶尔再省吃俭用地买两本心爱的书。文人雅士也可以斤斤计较，铢两悉称，甚至可以在谈钱的时候穿插一些粗话，例如说："妈的，老子没钱！"

二

的确，文学中存在一个嘲弄或者鄙视金钱的传统。莎士比亚鞭笞了夏洛克，莫里哀嘲笑过"悭吝人"，巴尔扎克唾弃了葛朗台，艾略特之后的一大批诗人对于纸醉金迷的现代世界深怀忧虑。文学似乎无视金融为近代历史所制造的奇迹，作家们甚至热衷于描写一些老派的传统性格，热衷于让血性、情谊、义气、勇敢、道义、正直、善良抗拒金钱的权威和诱惑。作家们喜欢的信条是，可以为少女失去爱情而歌唱，但不能为守财奴失去金钱而歌唱。

可是，这个传统并不表明作家可以免费生存。作家同样是两个肩膀扛着一张嘴，那一张嘴同样要吃五谷杂粮；作家的每一本书都要花钱印刷，哪一本书产生不了利润就会被书商毫不客气地拒之门外。文学史上，托尔斯泰或者普鲁斯特那样衣食无虞的作家并没有几个。相反，许多作家是在债主的压迫之下匆匆忙忙地写作。巴尔扎克和陀思妥耶夫斯基都曾经负债累累，他们时常焦心地计算着某一篇稿子能够偿还哪一笔债务。爱伦·坡似乎更悲惨一些，他衣不蔽体地躲在一个寒冷的地下室里援笔疾书，那些精彩的短篇大约仅能换取一些维持热量的食物。作家期望自己的作品卖出一个公道的价格，对于剽窃和盗版义愤填膺，这丝毫不奇怪。不少作家雇用了经纪人与出版机构讨价还价。这些书生终于弄懂了合同和版税的意义，于是，他们开始像推敲一个句子的结构一样计算钱的数目。没有一个作家不承认，钱是重要的。

那些文学反复地告诉人们，现实之中还存在着金钱无法计量的价值。这恰好证明，作家深知缺钱对于日常生存造成的压力。这样的压力可以轻而易举地击穿种种人生的守则。文学没有能力解除钱的包围，但文学在包围之中坚持一种主题：某些人生的守则不该因为金钱的数目而随意修改。有些人生的守则无价，那么，钱多或者钱少都是一回事。多数作家肯定愿意自己的钱更多一点，但是他们所从事的文学说出了一个又一个这样的故事：至少有一些东西多少钱都不该出卖。的确，文学就是用这种复杂的眼光看着钱。

三

似乎有一个大作家说过，深刻地思想，简朴地生活。这是什么日子呢？我想象出一幢小木屋，明亮的阳光从窗口落到了橙黄的地板之上。一个作家正在一张大书桌上面写作，一页又一页写就的稿纸参差地叠在桌子的右上角。稿子旁边的一杯清茶冒出了几缕热气。这样的简朴是迷人的。

但是我明白，维持简朴的生活仍然要依赖一定的基本费用。思想的风筝正在自由自在地放飞，风筝下面那一根细细的线不该遭到忽略。“基本费用”是一个很重要的概念，一个人不得不耗费一定的物质养活自己的躯体。基本费用的数目之内，每一文钱都像是一枚重大的筹码。某些难堪的时刻，多少好汉曾经因为一碗粥或者一块肉而魂不守舍。

陶渊明是文人之中的隐士。他不愿意为五斗米折腰，挂印弃官，飘然而去。如同《归去来兮辞》中所写的那样，陶渊明的志趣是“园日涉以成趣，门虽设而常关。策扶老以流憩，时矫首而遐观”。可是，如果陶渊明没有那么几间茅屋和几垄田地，“采菊东篱下，悠然见南山”的日子还能寄存在哪里？“穷得只剩下了钱”，这不过是新生阔佬的调侃之语。其实，只有傲视天下的人才可能真正从心里蔑视钱。一些人回忆说，毛泽东的双手不愿意触碰到钱，他对于钞票有一种强烈的厌恶。在他那里，钱的本质得到了无比清晰的表现——钱不过是用来换取种种物品的。如果一个人可以毫无困难地拥有他所向往的任何物品，钱还会有什么意义？我的想象中，只有毛泽东才有资格操着湖南口音的普通话轻描淡写地说：钱，不就是一些纸吗？

四

“基本费用”承担的是生存的起码需要。丹尼尔·贝尔在一本书里分辨了需要和欲望。

一个人拥有一辆汽车和一套住宅是需要，一个人拥有九十双皮鞋和三百套夏装却是一种欲望。需要是有限的，一个人只有一副躯体；欲望是无限的，人心不足，欲壑难填——占有的贪婪不是躯体的使用所能够解释的。钱多不咬手。有了一百万的财产就要争取二百万，有了二百万理所当然地瞄准了三百万，这又有什么不对呢？

需要时常不声不响地升级为欲望，仿佛自然而然。一个人想吃饭肯定是正常的，一个人想吃得稍微好一些也无可非议。到酒店吃一顿又有什么了不起呢？酒店的菜比较丰盛，为了让侍者单独服务而偿付一些小费合情合理。酒店是一个公众场合，购买一套礼服略事打扮是应该的。穿上一套崭新的服装再蹬一辆破旧的自行车有些可笑，出租汽车方便得很。当然，出租汽车再方便还是比不上拥有一辆自己的小轿车。既然想买小轿车，就要争取一步到位；桑塔纳太大众化了，为什么不憋一口气干脆买一辆奔驰呢？的确，只要温度得当，渺小的需要就会一下子孵化出巨大的欲望。人们总是以为自己的胃、性器官以及种种躯体的感官渴求会不断地增加。美味佳肴，声色犬马，纽约的豪华住宅，巴黎的最新时装，文艺复兴时期艺术大师的珍品，东方古国价值连城的古董——这一切都有理由说成是需要。一心一意地想吞下整个世界的时候，钱哪里会有个够？这时，只有一个顿悟才会让人从欲望返回需要：重新了解自己的躯体。五官，四肢，一百公斤以下的体重，仅此而已。这副躯体的真正需要绝不是一张无穷无尽的清单。托尔斯泰晚年急于将自己的财产遣散，一个简单的事实肯定触动了他——他的躯体仅仅要求一些粗粝的食物和粗布制作的衣裳。弱水三千，仅取一瓢饮，这才是需要。

五

某些时候，人们会有一个伟大的发现——钱是会自我繁殖的，只要有一定的环境。不要急于将钱交到某一个商店的柜台后面，拉回一些电器或者家具；也不要小心翼翼地将钱藏在枕头里面，每天晚上重新数一遍。可以将钱存放在银行里面，或者看准机会购买某种证券，从事某种投资。这如同精心地饲养一种特殊的动物。这样的饲养肯定会得到回报，这些钱终于生出了小钱。可爱的钱子和钱孙代代不绝，这是一个奇妙的炫惑。电器或者家具的购买十分有限，人们很快就会有餍足的时候；如果把钱当成繁殖另一笔钱的种子，谁还会觉得钱太多了呢?

这样，钱不再是商品交换的中介，钱有了自己的生命。钱的饲养成为一种神秘的行业。这个世界，多少人围绕着钱忙碌地奔走，费尽心机，并且诞生了诸如“国际货币基金组织”“财政部”“银行”“总裁”“董事长”“总经理”这些含金量很高的组织和头衔。是的，这时的商品已经退隐，人们似乎仅仅和钱相互周旋。

然而，令人惊奇的是，钱在这样的游戏之中并没有经常露面。钱已经抽象为一系列数字体现在账面上。股票，期货，贷款，融资，买空卖空，那些挺括的大面值钞票并没有到达现场。多数人对于两千万与两千五百万之间的差别没有具体的感觉，谁会冒险地用手提箱装着一大堆钞票走来走去呢? 人们只不过看到几个数字的组合之中少了一个“五”字。拾到一个金元宝的快乐或者剜心挖肉的痛苦并没有立即兑现，数字的替身冲淡了将要产生的重大后果。

这就是金融的时代。人们时时刻刻地感觉到钱的存在，可是，人们又不知道大笔大笔的钱究竟存在于哪一处。

六

钱曾经让萨特产生了一种矛盾的心情。他不在乎钱。萨特自由自在地花掉了许多不期而至的稿费，并且拒绝了诺贝尔文学奖。萨特经常为贫困的人们慷慨解囊，资助年轻人，在咖啡馆里付给侍者过量的小费。另一方面，萨特又不断地担心自己会缺钱。他从来不用支票簿，而是像农民一样将一大卷纸币装在口袋里。如果需要付一千法郎，他会一下子从口袋里掏出十万法郎来。萨特在晚年的时候承认，身上的大量现钱给他带来了安全感。

钱是换取商品的符号。许多时候，钱的购买功能没有必要立即实现。一大笔钱原封不动地放在那里，暂时不与任何一间商店发生联系，这一笔钱仍会产生丰富的涵义，就像不发射的核弹头同样具有威慑力一样。一大笔钱仅仅是一叠纸张绘上了特殊的图案，但它却是人们赖以存身的许诺。

伸出手来按一按自己的口袋，那几张救命的钞票还在，人们可以安心地喝茶或者会女朋友；如果那几张钞票变成了厚厚的一叠，这时就会渐渐地出现另一种心情——尊严。

的确，这个世界喜欢将钱的数目作为尊严有无的尺度。一只胃的暂时满足仅仅需要十元钱。如果一个人的口袋此刻拥有一千元，他就感到体内有一种昂然的气势——他可以高视阔步地走过街道，多余的九百九十元让他身上的每一块肌肉都感觉良好。钱是成功与否的通俗尺度。一个身家百万的人难免会自觉地将自己扮演为上层人士。钱无法立即转变为学识、品德或者良知，但钱就是产业、名声、荣誉和社会地位。这就够了。身高、口味、穿几码的鞋或者使用何种母语都不会像钱那样让一个人感到如此的自豪。油盐柴米的开支之外，钱的潜在意义就是鉴定一个人是否高贵。“势利”是一个富有概括力的复合词，“势”和“利”往往是联成一体的。人穷志短，家贫万事哀，没有钱的人怎么配享受尊严？鲁迅说过，倘若有谁从小康人家坠入困顿，那就可以看见世人的真面目。这是身临其境的惨痛之言。

七

电视剧已经将这句话传颂四方：钱不是万能的，但没有钱却万万不能。对于那些一分钱掰成两半使用的穷人来说，这的确是一个沉重的真理。不过，人们可能会惊奇地发现，许多悲剧是在富裕的时刻上演的。钱是一剂猛药，可以救人性命，也可以取人性命。唐人张说写了一篇《钱本草》，用一百八十七个字解释钱的性能：

> 钱，味甘，大热，有毒。偏能驻颜，采泽流润，善疗饥，解困厄之患立验。能利邦国，污贤达，畏清廉。贪者服之，以均平为良；

如不均平，则冷热相激，令人霍乱。其药，采无时，采之非理则伤神。此既流行，能召神灵，通鬼气。如积而不散，则有水火盗贼之灾生；如散而不积，则有饥寒困厄之患至。一积一散谓之道，不以为珍谓之德，取舍合宜谓之义，无求非分谓之礼，博施济众谓之仁，出不失期谓之信，入不妨己谓之智，以此七术精炼，方可久而服之，令人长寿。若服之非理，则弱志伤神，切须忌之。

无论怎么说，锱铢必较也好，慷慨豪爽也好，总之，钱已经成了一件事情。只要涉及钱，问题的性质就变化了。一伙人围着一盘象棋残局品头评足，抬杠争辩；可是，一旦哪一方说要赌点什么，人们立即就噤了口，表情严重了起来——钱可不是闹着玩的事。

也许问题就在于，人们的表情往往过分严重一些。钱的魔力已经十分神奇，人们没有必要一惊一乍地进一步夸大。那些以钱为事业的人有机会多挣一些，人们无须嫉妒；某些明星开出天文数字的身价似乎不尽合理，好在这样的人目前还不太多。在我看来，“平常心”或许是看待钱的一种明智态度。多挣一点钱肯定是让人愉快的事情，但是没有理由因为挣得更多而勉强做一些让人不愉快的事情。钱能够让人们为自己创造一些小小的奇迹，诸如跨国旅行或者按照自己的愿望建造一幢别墅，可是因为这些钱而骄矜傲慢就显得有些愚蠢。人们至少还要意识到，许多事情不是钱能够办成的——钱不能使一个人增加身高、改变年龄或者阻止太阳的升起。所以，一个人最好在钱的不同数目面前保持坦然和从容。钱多的时候可以过一过王子的日子，香车宝马，锦衣玉食；钱少的时候就像一个农夫，喂鸡养鸭，种稻割麦。钱是生活的一部分，而不是相反——生活是钱的一部分。俗人一个，说到钱是很正常的事情。引经据典也罢，夸夸其谈也罢，只要明白这个道理，日子就会过得安详自得。

纳 凉

纳凉，也称作乘凉；但我更喜爱“纳凉”这个字眼，或者说，更喜爱“纳”这个动词。

南方的夏日，明晃晃的阳光填满了白天。阳光似乎蜇人地叮在了皮肤之上，瞬息之间让人们汗流浃背。夜晚消散了一些暑气，晚饭之后就有了纳凉这样的节目。人们端出了小竹凳或者躺椅，置于庭院的天井里。月光清澈，疏影横斜，一家数口相聚而坐，稀稀落落地说了一些话，间歇有几声虫吟蛙鸣，这就是纳凉了。纳凉的时候手中也拿了扇子。这不是为了扇风。扇子啪的一声拍到了大腿上，这是驱赶那些悄悄潜来的花脚蚊子。

夜晚的风只是偶尔短暂地拂过。风歇了之后，燠热又重新从地面缓缓涌起。人们不能指望风，皮肤必须自己到空气中找寻凉意。凉意几丝一缕地在夜空浮游，仿佛会被太大的响动惊散。人们暗暗地坐着，似睡非睡，舌尖微微顶住上颚，这时或许就会觉察一片凉意悄悄地从皮肤旁边漫过。纳凉像是身体与自然之间某种隐秘的交换。夜渐渐地深了，身体在松弛之中睁开了另一双眼睛，皮肤就是在这个时候呼吸到了凉意。

纳凉也就是一种心情吧，心静自然凉这句老话真的不错。

电风扇终于结束了纳凉的历史。身体与自然之间的轻声絮语中止了。电风扇制造了一个人工的自然，制造了纯粹的风。伸出一个手指头揿一下按钮，呼呼的凉风应召而来。然而奇怪的是，人们时常无法在电风扇面前真正地凉快下来。一档，两档，三档，猛烈的风有时吹得皮肤开始发痛，身体仍然找不到凉意。后来当然就换上了空调机，一进门就奔到空调机的冷气出口下面，强行冷却自己。这似乎也没有很大的效果。只要离开那个位置，周身就会“呼”地一下烘热了起来，如同着了火。这是什么原因？身体的感觉反而被机械的节奏震荡得粗糙了吗？

似乎真的粗糙了——舌头也是如此。往日纳凉的时候，可以将凉开水喝出一种轻微的甘甜来。小口小口地啜吸，轻微的甘甜若有若无，从舌尖滑向了食管，清冽凉爽，回味再三。现在有了啤酒，有了形形色色的饮料，兑入一堆叮当作响的冰块，“咕咚”一大口，不过让舌头麻了一下，再也找不到那种微妙的体味了。

我渐渐明白了过来：和纳凉一同消失的就是微妙——微妙的感觉和体味。的确，现在似乎不太适合这样的考究了。人们日渐焦躁了起来。这像是热辣辣的现实制造出来的浮嚣心情。周围的世界正在剧变。夸张的广告言辞，生猛的电视剧情节，节奏强烈的音乐声响，惊世骇俗的宏论；疾言厉色，涕泗滂沱，惊心动魄，气势汹汹——这时微妙已经不复存在。人们似乎没有耐心咂摸品尝，只有大酸大辣才能够惊动日益迟钝的口味。人们逐渐习惯了狂热的口号，剧烈的劲舞，笑得前俯后仰的滑稽，一大口一大口的豪饮；人们已经很少出现微笑，沉吟，把玩，温婉的幽默，潜藏的机锋——不用说，这样的心情确实也很难遭遇浮游于夜空中的丝丝凉意了。

纳凉是农业时代的风味。这时，人的身体和草木一样，响应自然的节奏，听命于四季的寒暑节气。“纳凉”这样的字眼让人想到了在呼吸吐纳。人们在入夜的时候渐渐展开了身体，融入自然的气息。数一数星辰，看一看月亮；闲情逸致之中，身体就是自然的一个部分，身体与自然互相消磨。如今，工业时代改变了一切。工业时代组织了一个金属和化工产品的世界，从而将人们隔离出自然。工业时代的机械正在重塑人们的身体和情趣。渴求凉快的愿望被分解出来，得到肯定，并且通过技术予以单独解决。这样，凉快仅仅是发生在皮肤表层的事情，与人们的内心无关。这就是工业时代的效率和风格。我猜想，现在的许多孩童已经无从了解“纳凉”这个字眼的本来涵义了。

说闲适

闲适是人生大文章中的逗点，闲适是一局漫长对弈中偶尔的走神。闲适，也就是在午后捧上一杯热热的香茗，看着阳光将窗棂的影子从地面移上东墙。“偷得浮生半日闲”这是谁的句子?

古代一批文人曾经将闲适作为一个重要的生活范畴。“采菊东篱下，悠然见南山”，何等的自得与从容。从魏晋人物评点到明清小品文，闲适是文章内外长盛不歇的话题。闲得有趣而潇洒，这是古代文人的一个传统。当然，许多文人并不是因为富裕而成为有闲阶层。在他们那里，“闲”是与“隐”的观念联系在一起的。“闲适”意味着退出朝廷的价值体系，隐于江湖，自由地享受山林泉石。文人之中，这是与“兼济天下”相反的另一种性格原型。

闲适在农业社会并不稀罕。乡村即有长长的“冬闲”。这个季节，田野开始了冬眠，农夫三五成群倚坐于土墙根下，暖暖的太阳晒在身上，空气中隐隐飘拂着稻草发酵的味道，街道上几个孩子与一群黄狗黑狗嬉闹追逐。这就是农家的闲适了。

可是，现代社会似乎已将人们的生活撑得越来越满，闲适如同水分一样被拧干了。富裕要求双倍的工作时间，节日成了应酬的场合。现代通信器材能够将人们从任何一个角落里搜索出来，强迫他参与公共事务。现在甚至连轿车里都配了无线电话。我看见一些人带上手机去钓鱼或者野炊，心中总是感到不是滋味。“忙”，这是许多人日常生活的唯一感受。没有了闲适，其实也就没有了悠然看世界的心境。这样，还有谁能够看见“霜叶红于二月花”，或者发现

“云破月来花弄影”呢?

闲适会使人生的节奏有一些顿挫。人们可以利用闲适搓麻将，上舞厅，看电视，打围棋谱，为种在阳台上的花木松土，翻阅一堆过时的报纸杂志，如此等等。对我而言，闲适往往是品味生活的一个时机。一位老先生曾经指导后生如何读书。他说，先将文章细细阅读一遍，再回头轻快地将文章遛一遍——第二遍甚至比第一遍收获更大。我想，过日子亦是如此。闲适的时候，我喜欢独自枯坐窗下，任凭耳边几声间歇的蛙鸣或者鸟儿啁啾，心中慢慢地将一些经历过的事情重新默读一遍。这常常使心中清爽起来，许多感悟都是在这种时刻出现的。

孩童的时候并没有“闲适”这一概念。跳绳子，打弹子，看蚂蚁搬家，分成两拨人马捉迷藏，累得一头汗水一脸的土，晚上甚至还来不及洗漱就呼呼睡去。当然，偶尔也有空得发慌的时候，于是便去缠母亲。正在操劳的母亲往往不耐烦地说：没事干？那就拿一篓木炭把它洗白吧。

年轻的时候并不喜欢闲适。游手好闲并非一个褒义词。年轻人做事喜欢拉帮结伙，咋咋呼呼，闲下来就是凑不上手，被淘汰出局的意思。这样，闲适也就意味了一种寂寞，形孤影单。对于年轻人，还有什么比寂寞更令人沮丧呢?闲适将在人到中年之际成为一种最佳馈赠。所谓中年，也就是眼见了些许沧桑，有了一些历练，慢慢地熬出一官半职，必须做些决断，负些责任；另一方面，家中的双亲已经衰老，儿女尚且绕膝，搪塞不得也敷衍不得。人到中年，公务与家务如同传送带上的零件一样源源不断。这个时候，人们最难想到的也就是闲适。应允了孩子的节目一拖再拖，阅读了一半的书籍永远翻在那一页，几个旧友的相聚总是不断地策划而无法实现。手边的种种事务似乎还没有排遣开，眼见得双鬓便毫不留情地斑白了。什么时候，中年人也能有一个余裕歇一口气呢?

也许，中年人必须强制地在日程表上切出几块，规定为闲适的日子。事情不会有个尽头，工作已经排列到退休以后。只能痛下决心，割弃一些内容，有所不为。不为别的，就为闲适——就是为了几次郊游，几圈散步，几度玄想，几回漫无目的的聚谈。说不定，日后记忆的底片里，千篇一律的日子模糊一片，萦绕于心的反而是这几个淡而有味的日子。

没有多少中年人尚有余力，充任浪漫剧的主角，倾出一腔热血搏击天下，惊天动地地爱或者翻江倒海地恨。对于他们来说，幻梦已散，微微发胖的身躯渐渐填满了种种务实的打算。他们甚至没有心情从不尽的事务里面抬起头来，看一看白云或者星辰。这样的时刻，恰当的闲适有助于赎回些许真性情。

深夜不眠人

“转朱阁，低绮户，照无眠”，这是苏轼的句子。无眠的夜晚，看月光缓缓地爬过阁楼，移过窗口，多少人有这种雅趣呢？中年人渐渐有了失眠的“嗜好”，一夜一夜地睡不着。枕头太软，床铺太硬，被子太热，侧卧肩膀有些疼痛，总之，了无睡意。睡不着就会想些心事，有了心事就更睡不着。我的失眠是周期性的。一天，两天，三天，四天，五天，每天一个小时，两个小时，三个小时……逐渐攀升到顶点，然后突然滑落——疲惫不堪之后终于有了一次酣睡。平稳的睡眠大约维持半个月左右，另一个新的失眠周期重新开始酝酿。不妙的是，近时的失眠期似乎愈拉愈长了。数数，读黑格尔，背诵诗词，这些催眠手段都渐渐地失效。

失眠是一个顽症，死不了人，却会制造一种莫大的焦虑。人们如此依赖睡眠，没有睡觉的日子就像塌了天。一些监狱惩罚囚犯的手段就是用灯光或者喇叭干扰他们的睡眠。一个人可能腰缠万贯，也可能拥有一个智慧的大脑，某些大人物的手里甚至掌握了核按钮，可以随时威胁整个世界，但是，他们就是没有办法对付失眠。找不到自己身体上的按钮——一个任意支配睡与醒的开关。不睡可以多出许多时光，这犹如上帝的额外赏赐。可是，人们总是觉得，睡不着肯定是一件蹊跷的事情。为什么如此苦恼呢？因为颠倒了昼夜的秩序吗？深更半夜，店铺打烊了，车子停了，楼房里的大部分灯灭了，整个城市陷入起起伏伏的鼾声。失眠的人精神亢奋，目光炯炯，可是，一切都歇下来的时候，他又能干些什么呢？白天的工作时段，瞌睡突如其来，防不胜防。坐在第一排聆听上司的报告，眼皮不可遏制地耷拉下来，喝浓茶、抽烟、掐大腿都无济于事。待到被上司恼怒的眼神盯住时，怎么解释都晚了。

一个人痛恨自己嗜睡，充足的睡眠会像猪一样长膘。他伤感地抚摸日益扩大的腰围，无比向往失眠。可是，另一些人却被失眠剥夺了许多。呼呼大睡，这是人生的一种享乐。若是有黄粱一梦，当一任皇帝或者娶一个公主，也算快活过了。庄周梦蝶抑或蝶梦庄周，谁说那个皇帝一定是白当的呢？可恼的是，失眠总是想到一些难堪的事。紧张，心惊肉跳，各种恐怖的情节活跃在幽暗之中，所有的故事都没有阳光。深夜不眠，我会站在窗口看一看这座城市：还有多少人圆睁双眼躺在黑暗中，被自己的故事追得无处藏身？

问一问张三，问一问李四，失眠的原因多半是纷扰的世事。身体已经躺下，灵魂仍然被外部世界牢牢地攫住。诸多事情编成一张缠人的大网，须臾不敢撤出。不盯住这个世界仿佛立即就要出事似的。六根不净，尘缘难却，心里的事情多，睡眠被挤得无影无踪。谁是帮助升迁的关键人物？股票涨了多少？这是功名利禄。某个航班会不会出事？某一封情书能不能如期到达心爱者手中？这是牵挂。一个久悬未决的数学命题如何证明？一部卷帙浩繁的长篇小说如何结束？这是炽烈的思想和激情。账本上的一个漏洞如何堵上？一个神秘的证据会不会落到对方的手上？这是噬人的亏心事。总之，外部世界一波一波地涌来，扰得人心神不安。一个长长的哈欠之后，鼾声大作，这如同转身踅入私人的一隅。阖下眼皮就是谢绝世界，彻底地放松，返回一个不可知的黑暗，什么也不干，什么也不想。然而，强悍的外部世界总是不屈不挠地敲破梦乡，强行侵入私人空间。中年人不仅身体开始发胖，而且，精神负重与日俱增，睡不着啊——长长的哀叹背后有长长的心思。

失眠是一个不光彩的缺陷吗？因人而异。声称自己失眠多少有些“小资”，有些“知识分子”，有些弱不禁风的意味。一个情种或许愿意当众表白自己的失眠——为了某一个可爱的女人。多情反被无情恼，不失眠怎么能算一回事？政治家不太愿意暴露自己失眠。他们乐于显示坦荡磊落的风度，一切尽在掌握之中，大局已定。失眠是惊慌，是向对手示弱，是心怀鬼胎，总之，损害了标准形象。

那些想睡就睡的人多半定力非凡。无论多少烦心事，他们都能痛痛快快地睡一觉。回过神来，世界不是还在那儿嘛，没有什么了不起。大将风度，举重若轻。还有一些人根本就没把这世界放在心上，荣辱不惊，去留无意。居住在茅庐里的诸葛亮伸了伸懒腰，高声吟诵“草堂春睡足，窗外日迟迟”。闲云野鹤，管他冬夏与春秋。嵇康在拒绝做官的一封信中申明，他的每一日都要睡到实在憋不住尿的时候才愿意起床。如此舒坦的日子，还要做什么鸟官。如何睡眠的确是一个人精神姿态的象征。一个富翁反复表示的理想是，挣足了钱后躲到一个海岛上，每一日自然睡自然醒——凡事不再操心。可是，那几个衣衫褴褛的民工嘻嘻哈哈，打打闹闹，收工之后二两烧酒，然后躺在一张破席子上睡得口角流涎。他们的快乐指数是不是超过了富翁?

两个死囚关在一起。临刑的前一夜，一个鼾声如雷，另一个彻夜不眠。第一个死囚说，死不就是长睡不醒吗，有什么必要吓得睡不着了？第二个死囚回答说，死就是要让你睡个够了，现在又何必急着睡呢？人到中年远比死囚尴尬。因为还得在漫漫的人生中途反复煎熬，既睡不着，又不能不睡。无奈之下，只能求助于安眠药。一个出门旅行的中年白领即使忘了打领带也不会忘了带安眠药。安眠药利用麻醉神经入睡，犹如借助伟哥勃起——这都是一些不自然的事情。可是，中年不就是开始吃药的年龄吗?

《世说新语》记载了王徽之的“雪夜访戴”：一夜大雪初霁，月光清朗。王徽之一觉醒来，温酒独酌。酒兴正浓，忽然想到剡溪的名贤戴逵。王徽之即刻乘船，行走一夜抵达戴逵门前，突然掉头而返，说：“吾本乘兴而行，兴尽而返，何必见戴？”不眠之夜想起这个故事，心中生出了许多感慨。即使三更时分，街上的出租车仍然方便。可是，有谁可以让我星夜造访，哪怕只是在门前站一站呢?

四月一日扫墓记

凌晨五时半起床，驱车直奔高速公路。天刚蒙蒙亮，赤壁渐渐地抛在身后的黑暗中。东吴周郎赤壁。“乱石崩云，惊涛裂岸”——可是，江岸上只有一小堆乱石，石壁上的“赤壁”两个字也比预计的小得多。长江仅仅在这儿稍稍地拐了一下，然后无语东去。真的是古战场？斜阳之下，蓄起的一腔感慨似乎有些落空。想了想，终于明白了过来：历史淹没了许多故事，同时也放大了另一些故事的尺寸。

赤壁至武汉九十余公里。高速公路上的大卡车一辆又一辆，发出巨兽般的低吼。我担心这个时节常有的大雾影响航班，不料却下起倾盆大雨。大粒大粒的雨点啪啪地砸在车窗上，周围摇曳的树、电线杆和田里的草堆成了雨帘中薄薄的影子。我们的车子斜刺里插过大卡车留出的空隙，大卡车车轮扬起的水沫旋转着甩到了车门上。

抵达武汉机场，雨渐渐小了。航班居然准点，意外的惊喜。电话中得知，福州依然阳光灿烂。于是与家人相约下午上山扫墓。登机之前突然收到一个朋友的短信：“你的一个女友想念你，要不要将电话号码告诉她？”我回了短信，询问何许人也，对方没有回复。打了电话过去，始终占线。飞机开始滑向跑道，只得收线关了手机。莫名其妙，呸！然而，心里的一丝不安闪动不已。波音757浮游于波涛般的云层之上，无涯无际。喝了两杯咖啡，心不在焉地翻了几张报纸，仍旧无法释怀。下了飞机立即再打电话，对方笑嘻嘻地说今天愚人节。真他妈的。

出了机场，再度乘车上了高速公路。半小时之后由匝道拐下出口，缓缓驶入一个村子。村口的大榕树冠盖如云，两匹水泥塑出来的骏马奋蹄长嘶，底座和马腹上写满了一串串招揽生意的电话号码。阳光扎眼，勉强穿得住一件衬衫。清明时节很少热成这样，全球变暖的征兆吗？与家人会合之后，一位乡下的亲戚领着上山。从水泥路上拐入窄窄的田埂，土屋里的狗吠了起来。过去几步，红砖墙里面是一个养猪场。一大批猪的尖锐嚎叫如同利刃划开石棉瓦和塑料片铺设的屋顶，回旋在空中。田埂的两边是几亩菜地。竹架子和塑料薄膜下面是油菜花、茄子、包菜、西红柿，还有一些别的什么。阳光烘晒之下，菜地里粪便的酸腐气息四处弥漫。隐约之间，某种沉睡多年的经验被搅动了。嗅觉记忆。普鲁斯特说的是可口的小玛德兰点心，我的嗅觉储存的是粪便的气息。算了算，我的乡村生活是三十多年前的事情了。

山路的坡度不大，身上的汗水还是洇湿了衬衫。穿过山坡的时候，不断撩开划到脸上的树枝。几棵树上仿佛有些紫白色的花，喘息之间来不及细看。坟墓在半山腰上，周围零零落落的有一些矮矮的杂树。乡下的亲戚前几日已经把坟头的乱草除净。短短的草茬子发白，草根下一些黑褐色的大蚂蚁急促地爬来爬去。附近的其他坟墓上已经有人祭奠过，花圈上的锡纸被风吹得簌簌地响。

稍事休息之后，我们取出黄黄的箔纸，几张一叠地在坟头上搁了一圈，每一叠都用石块压住。燃几炷香拱手拜了拜，然后将香插在墓碑下方。香烟袅袅上升。烧箔纸的时间持续了很久。风把火焰吹得四面扑闪，烟熏出了每个人的眼泪。烧箔纸是寄托对先人的缅怀，我们只能在清明时节的暖风里想一想他们。蹦蹦跳跳的小侄儿迫不及待地从塑料袋里摸出几颗零散的鞭炮，用打火机点燃之后远远地扔出去，然后捂紧耳朵。我小的时候也是如此吗？差不多吧，狗都嫌的年龄。可是，以前并不上坟。二十来岁血气方刚，对于扫墓祭祖这些礼节真是不耐烦。天高地阔，男儿志在四方，根本没有耐心到坟头上坐一坐。现在到了知天命的年龄，心境渐渐平和，不知不觉添了一份对于先人的温情。功名利禄又能让人飞得多远？神说，来自泥土复归于泥土——任何人都免不了。拣一根树枝搅了搅箔纸的灰烬，看看烧透了没有，据说这是烧给先人用的纸钱。能多烧就多烧一些吧。几炷香燃得差不多了，放了一挂鞭炮。鞭炮短促地噼啪响了一阵，更显出了山的空旷。

坟墓的山脚下就是一条高速公路。越过高速公路是一个偌大的汽车制造厂，一排排厂房都刷成了乳白色。乡下的亲戚蹲在坟头晒太阳吸烟。聊天中谈起，这一带过去都是村里的土地，被高速公路和汽车厂先后征用。他们到手的只有几百元补偿，早就花得精光。高速公路上一串串锃亮的汽车飞驰往来，汽车厂的厂房隐隐地传出机器的轰鸣。然而，近在咫尺的现代生活与这个吸烟的乡下人丝毫无关。没有哪一辆汽车会载他上高速公路，呼呼地奔赴一个遥远的地方。他只能神色漠然地蹲在这里，看看而已。蹲似乎是一辈子的姿势。我说不出什么，只能塞给他一些烟钱。

下山之后，我们到村里走一走。整个村子的感觉就是乱，如同一个塞满了杂物的抽屉。每个角落都在盖房子。随时可以在窄窄的路面上遇到沙堆、砖块和脚手架。所有的人家都企图多占一些空间，三层楼、四层楼的房子疙疙瘩瘩地挤成一堆，仿佛一抬脚就可以跨得过去。有些人家资金跟不上，房子盖了一半就扔在那里，裸露的红砖墙没有抹水泥，没有窗框的窗户如同一张丢光了牙齿的嘴。这些房子横七竖八，无章可循，村子里逼仄的街道绕着房子弯曲蛇行，如同迷宫。偶尔可以遇到一个荒废的院子，木门已经离开了门框，院子里蒿草丛生，几只鸡脖子一伸一缩地啄食。一堵尚未倒塌的泥墙孤零零地戳在阳光里，像是历史古迹。

村里很热闹，到处都是聊天和打牌的人。肉铺子的肉案直接摆在路中央，旁边是一溜水果摊。日杂店里什么都有，从锅碗瓢盆到花花绿绿的时装。一个老婆婆在门口摆了几蒸笼的斋饼，不知是不是做生意。老婆婆身后的屋子昏昧模糊，只有饭桌上的电视屏幕亮晃晃地抢眼。电视屏幕正在上映一台奢华的歌舞晚会，仿佛另一个世界毫无来由地搁在几盘剩饭剩菜之间。街道两旁的墙壁上不时可以见到代办各种证件的电话号码，间或会有一张上海毛衣大甩卖之类的海报。令人奇怪的是，每隔三五步就会遇到一张诊治性病的小广告——一个小村子能有这么大的需求吗？街道的拐角出其不意地驶出一辆载客的三轮摩托，一溜烟扑扑扑地闪过一口水井不见了。一户人家在一小块空地上操办酒席，热气腾腾地杀鸡宰鸭，污水就从酒桌底下淌过。墙角的一只黄狗正在努力地拱开垃圾堆里的塑料袋找些吃的。水坑边上扔了一台报废的变压器，锈迹斑斑。同行的家人一声感叹：没想到村子破败成这样！我觉得不对：这是破败吗？乱糟糟也是一种活力呵。不管怎么说，“暧暧远人村，依依墟里烟”或者“开轩面场圃，把酒话桑麻”这些古老的田园诗已经成了扯淡。

信步到了村里的一座道观。门口是一座新立的石头牌坊，牌坊下卧了一只狗。读了读牌坊上的对联，转身就忘了。道观旁有一户算卦的人家，墙上挂了一幅土黄色的八卦图，底下一行小字标榜是“科学最新发现”。道观的大殿上摆了一张躺椅，一个小伙子跷起二郎腿呼呼大睡。站在牌坊下给道观拍一张相片，相片的正中是小伙子的一个大脚丫。道观庭院的角落里有一个石头的大乌龟驮一块大石碑，碑上的字迹已经模糊。传说是明朝留下来的，好几百年了，有些来历似的。石龟的脑袋、龟甲和石碑上被剜了许多酒盅大的坑。以前村里的人得了疑难杂症，郎中没有办法的时候就在石龟和石碑上刮一些石粉，用水冲服——据说十分灵验。现在石龟的周边围了一圈渔网，至少有了一个象征性的栅栏。

离开村子再上高速公路返城，天气骤然变了。乌云四合，天如锅底，阴风“嗖嗖”地从树上扯下一把一把的树叶。天色阴晦，街道上的路灯早早地亮了起来。到家片刻，一声炸雷之后，大雨劈头盖脸地浇下来了。

晚上就寝之前默默回想，这一天的强烈感觉是不真实。如同按快进键播放影碟，阳光、大鸟般的飞机、坟墓、生锈的变压器、石龟、高速公路、大雷雨成了一些跳跃的片断。现在，窗外细雨霏霏，附近几幢高楼上的灯光正一盏一盏地熄灭。这时，我所熟悉的世界才悄然返回地面。

辑四

当代文学、革命与日常生活

如今，还有多少人公开表露对于当代文学的景仰？舆论评价似乎相当不利。没有公认的大师，没有伟大的经典，没有震撼人心的思想，没有人类苦难的深刻展示，古典文学的优雅瑰丽不复再现，语言屏障阻断了西方文化的启示……一批资深的文学教授接二连三地抛出了这些观点。许多时候，矜持的学院传统总要摆出一副自命不凡的神气贬抑当代文学。只有文学经典才能赢得学院的垂青，又有什么必要急着给那些未经历史考验的新面孔授勋？当然，一段时间之后，这些舆论可能自行撤离。这并不是听从了某些文学批评家苦口婆心的辩解，而是出于一个明智的衡量：即使果断地删除所有的当代文学，这个世界也绝不会变得更好一些。所以，声色俱厉的抨击告一段落，一个结论迟早又会无声地返回——这个世界的文学意义远未饱和。

尽管如此，种种负面的声音仍然给当代文学制造了巨大的压力。如何挽回受损的形象？当代文学毅然卷入了历史。不再小心翼翼地回避粗俗的市声，或者蹑手蹑脚地绕开火花四溅的思想辩论，当代文学决定向舆论证明改造历史的巨大能量，而不是自甘寂寞地蜷缩于历史之外。从堂皇的政治理想到凡夫俗子的恩怨情仇，文学产生的意义和影响决不能亚于政治学、经济学或者科学。这是对于二十世纪八十年代一个流行观念的纠正。当时，许多人曾经在各个场合重申一个主张：让文学回归文学，高贵的审美不负责清理这个乱麻一般的世界。“纯文学”之称的风行表明，如果当代文学向政治暗送秋波，或者与意识形态纠缠不清，这些行为无异于可耻的失贞。这个观念并非空穴来风。康德的《判断力批判》或者戈蒂耶“为艺术而艺术”的宣言都曾经充当这种观念的理论渊源。当然，正如许多人阐述的那样，当代文学经历的巨大挫折为康德或者戈蒂耶的登陆制造出适宜的理论气候。若干文化区域分疆而治，拒绝各种功利目的骚扰美学，这种理论设计极大地投合了当时的政治恐惧症。相当长的时间里，当代文学被迫充当各种口号的传声筒，甚至成为权力之争的牺牲品，一切功绩与罪过都是以政治的名义颁布，沉重的枷锁几乎窒息了所有想象力。如何在政治火力网的突袭之下幸存？当代文学力图借助康德的论述修建一个坚固的美学掩体。现今看来，这种理论设计多少有些一厢情愿，支持设计的一批关键概念正在遭受愈来愈多的质疑：何谓文化？何谓艺术？何谓政治？何谓“功利”——审美的欢悦是不是另一种效用？人们很快察觉，文学话语始终盘根错节地存活于历史内部。由于反复的质疑，回避历史的文学观念显现出狭隘和保守的性质，并且逐渐退场。

首先必须解释的是，当代文学企图卷入的是何种历史？我曾经指出，相对于古典文学，现代文学的巨大跨越来自现代性的大力助推。唐诗宋词，浅吟低唱，传奇讲史，寄情遣兴，然而，五四新文化运动彻底终结了漫长的古典文学传统。现代性带来了一批崭新的人物、故事、场景、意象，而且形成了迥异于文言的白话文形式。相对来说，当代文学仅仅是一种缓和的渐变。相当长的时间里，当代文学围绕的是现代性主题的一个特殊分支：革命。压迫与反抗如何造就了革命？革命的动机、合法依据以及初期的展开形式曾经是现代文学的重要主题；当代文学关注的历史内容是，强大的激进主义如何使革命持续地膨胀，并且在达到某一个峰值之后急速滑落，继而开启了始于二十世纪八十年代的后革命时期。从农业合作化运动到知识青年的下乡插队，从阶级斗争哲学到市场经济的崛起，革命以及后续的无数震荡形成了大半个世纪颠簸不定的历史。在我看来，这个庞大的历史景观是当代文学独一无二的考察视域：“这些体验不可能出现于中国古典文学，也不可能由现代文学完整地展示。世界范围内，只有为数不多的作家获准进入革命历史内部，解读种种成败得失。所以，无论是激动人心的成功还是令人扼腕的代价，人们都没有理由辜负如此奇异的文化矿藏。”[1]革命烙在历史上的印记如此之深，无论是乡土叙事、家族的没落、知识分子的曲折命运还是传统文化与“寻根”、玩世不恭的嬉皮士精神或者声势浩大的大众文学，没有哪一个当代文学的主题可以完全摆脱这个内在坐标。

当然，历史从来不是存在于某种独白之中。革命始终是一个热门话题，多种话语体系曾经竞相介入这个历史事件的描述。无产阶级专政下的继续革命、反现代的现代性构成了一条左翼理论的线索，激进主义传统的批判、告别革命的宣言构成了另一条自由主义的线索。双方的激辩已经延续多时，当代文学还能贡献哪些特殊的结论？文学话语的意义并非提出哪些不同凡响的观点，而是显示了另一种分析单位。每一种话语体系的组织方式通常规定了关注的半径，我曾经指出：“历史话语的分析单位是整个社会，那么，文学话语的分析单位是每一个具体的人生。”[2]相对于长时段历史考察，文学话语的聚焦区域是日常生活，是悲欢离合的个人命运。我要强调的是，分析单位的缩小并不是同一个图案的局部细化，而是导致这个世界的另一些景象及时地浮现。这是当代文学的信心所在。

长时段历史考察通常集中于某些特殊范畴，例如社会制度，政权体系，人口数据和经济总量，如此等等。显然，民族国家是统一众多方面的核心概念。汇聚和平衡各种利益的时候，民族国家提供的空间是各种政治组织、经济共同体或者地方文化小传统所无法竞争的。尽管民族国家的名义可能拥有过多的权力，尽管民族国家提供的政治空间可能被某些野心勃勃的阴谋家盗用，但是，这个概念的威望无可比拟——尤其是在曾经遭受殖民统治的国度。援引民族国家及其统辖的种种范畴分解庞大而复杂的历史，这一套知识是现代性的产物——现代社会愈来愈多地证明了这些范畴的重要性；相对而言，家具款式的演变、建筑风格的形成或者雕刻手艺的进展不可能引起同等的重视。当民族国家作为空间的表征充当历史叙述的基本词汇时，这一套知识热衷于使用大尺度

[1] 南帆：《文学史的刻度与坐标》，第56页，北京，生活·读书·新知三联书店，2010年版。

[2] 南帆：《无名的能量》，第92—93页，北京，人民文学出版社，2012年版。

的时间标识，“十八世纪”“二十世纪”这些时间长度表明了问题的容量和抽象程度。当然，这一套知识构思相当多的情节只能放在理论的沙盘上推演，获取远见卓识的方式似乎即是剥落众多累赘的细节。时至如今，这一套知识广泛流行于学院，主宰许多知识分子信心十足地绘制世界的整体图像。他们当然可能涉及伦敦、马德里、波士顿，涉及新德里、东京、北京，但是，这些著名的城市如同民族国家的缩影。对于许多穿梭于国际学术会议的教授来说，民族国家内部的种种特殊故事往往缺乏普遍意义，只能存而不论；众多阶层性格各异的社会成员多半被处理成千人一面的平均数。名动一时的后殖民理论曾经质疑这种知识消费方式，但是收效甚微——后殖民理论很快也成为这一套知识的组成部分。

必须承认，对于多数思想贫乏、视域单纯狭窄的庸众说来，这一套知识带来了巨大的启迪。他们可以从鸡蛋价格或者下班时段令人心烦的堵车这些琐碎经验之中挣脱出来，仰望一些宏伟的历史景象。但是，当所有的历史解读仅仅被陈述为以民族国家为中心的演义时，问题的另一些部分就会隐没于模糊地带，甚至销声匿迹。譬如，这种状况至少有助于解释，为什么人们常常只读到半部解放的叙事——半途而废的解放抛下了民族国家内部的芸芸众生。现今的全球体系之中，弱小国家时常遭受发达国家的排挤、压迫和欺凌。并非所有的弱者都甘于低头就范。一些弱小国家的首领可能因为倔强甚至桀骜不驯而闻名于世，他们闯入国际舞台叱咤风云的反抗者形象具有非凡的魅力。然而，许多时候，这些反抗的剧情仅仅上演于海关之外。返回民族国家内部，后续的情节出现了颠覆性的转折。不少著名的反抗者摇身一变，魔术般成为另一个角色——他们开始扮演铁腕的威权主义者，专横地弹压一切异己的声音。这几乎成为规律：只有坚不可摧的国家权力才能抗拒强大的国际压力；而坚不可摧的国家权力时常隐含了异化为另一种压迫体系的危险倾向。当反抗者的强悍性格与谋求自强的国家冲动合二而一的时候，专制常常会被赋予正当的名义。一些人始终无法察觉这种专制，迟钝仅仅是次要的理由。重要的是，他们熟悉的知识谱系之中，个人的意义阙如。

这时，文学话语对于日常生活和个人命运的持久注视可能构成一种必要的平衡。文学话语的介入不是增添历史叙述的密度，或者提供一些形象组成的图解；文学话语缩小分析单位的意义是，显现了另一种价值衡量标准。由于另一种价值体系，日常生活和个人命运终于获得了文学的垂青。从英雄传奇转向了渺小的个人，这如同现代性给予文学的馈赠。文学史证明，琐碎的日常经验纳入文学视域与现代性以来的启蒙观念密不可分。尽管民族国家指定了绝大多数人的活动空间，有力地主宰了个人命运，但是，个人仍然有资格充当价值的证明。个人并不是无声无息地消融到民族国家及其统辖的种种范畴之中，而是与这一切展开了复杂的对话。个人可能与民族国家颁布的各种政治主张意气相投，一拍即合；也可能貌合神离，甚至置若罔闻。无论如何，个人必须作为对话主体占据历史的一席。不承认民族国家的重大意义无疑是愚蠢的；然而，不承认日常生活是一个独立的领域，不承认个人的坚硬存在，民族国家只能是一个无法着陆的观念构造。

我力图在这种价值体系的意义上阐述当代文学、历史与革命主题的联结。当革命纲领诉诸理论规划的时候，国家、社会、制度、政权充当了各个部分的骨架；当革命纲领诉诸日常生活方式时，个人命运以及喜怒哀乐的种种体验汇聚为另一种评价的依据——这是文学擅长的历史。某些时候，文学的历史描述拒绝附和另一些话语体系，例如“文化大革命”。考虑到对于全球资本主义体系的猛烈冲击，不少左翼思想家高度称赞二十世纪六十年代中国的“文化大革命”。这一场激进的政治运动与西方许多国家声势浩大的学潮遥相呼应，共同促使整个世界大幅度“左”倾。但是，多年之后，左翼思想家的称赞并没有得到当代文学的响应。二十世纪七十年代末期开始，一个以“伤痕”命名的文学浪潮骤然而至。“伤痕文学”集中展示了“文化大革命”制造的政治迫害和暴力虐待，无数家庭妻离子散，巨大的精神创伤至今尚未痊愈。当代文学提供的日常生活景象充分表明，“文化大革命”至少不像左翼思想家那些慷慨激昂的描绘许诺的那么成功。

是不是狭隘的本土主义在作祟，“伤痕文学”目光短浅，俗气地沉溺于血泪斑斑的政治恩怨，看不到“文化大革命”为世界左翼运动做出的独特贡献？然而，一些西方的作家似乎也看不到，譬如罗兰·巴特。罗兰·巴特与朱丽娅·克里斯蒂娃等人均为《泰凯尔》杂志成员，他们对于“文化大革命”深感兴趣。罗兰·巴特一行五人于一九七四年应邀到中国进行了二十多天的访问。这一次访问留下了完整的记录，罗兰·巴特回到法国之后整理出版了《中国行日记》。他的众多著作之中，《中国行日记》相对乏味。可以察觉，罗兰·巴特此行产生了严重的受挫感。千篇一律的政治教条说辞，枯燥的发型和服装，僵硬呆滞的宣传演出，导演指挥下的集体鼓掌，严格设计的旅游路线没有任何偶遇，总之，这个沉闷的社会找不到革命带来的勃勃生气，唯一可以提供的美学享受是龙飞凤舞的毛泽东手迹。这个“没有皱痕的国度”显然与西方的革命想象大相径庭。与其说这是西方的失望，不如说这是文学的失望。按照一个作家的文学趣味，罗兰·巴特的二十多天访问乏善可陈。文学意义上的失利至少证明，“文化大革命”的宏伟目标并未顺利地移植到日常生活领域。罗兰·巴特已经清楚地意识到压抑的社会气氛，只不过阐述压抑的真正原因已经超出了《中国行日记》的兴趣。

当代文学并未否认革命的合法依据，但是，当代文学没有理由像罗兰·巴特那样绕过这个沉重的问题：为什么“文化大革命”的预想无法奏效？二十世纪八十年代之后的当代文学无情地显示，各种堂皇的口号时常被理论沙盘之外的日常生活撞成碎片。革命言辞与革命实践之间存在巨大的可怕裂缝。现在，许多教授开始热衷于“细读”二十世纪五六十年代的红色经典和政治文献，试图以“知识考古”的方式挖掘各种富有潜力的理论线索。然而，人们很快就会意识到，相对于那一条巨大的可怕裂缝，这些理论线索的差异微不足道。赵树理和柳青的差异不足以解释濒临崩溃的乡村经济，革命领袖对于知识分子的器重、排斥或者厌恶不足以解释那些政治悲剧的残酷——例如王蒙的《布礼》，或者张贤亮的《绿化树》。大面积的贫穷、饥饿和莫名的政治恐惧之中，所有的漂亮言辞都是那么遥远和言不及义。

历史真的如此迅速地退出了记忆？拒绝正视革命实践遇到的挫折，勉强做出一些掩耳盗铃式的解释，这只能使许多人疑心重重。他们几乎不可避免地产生了一个疑虑——即使机会再度幸运地降临，历史会不会绊倒在同一个地方？

人们总会在某些时候退回一个认识原点，重新评估手中拥有的知识。我想指出这一套知识的一个隐蔽特征——许多人愈来愈不信任自己的直接经验。具体形象是可疑的，普遍观念是可靠的；林林总总的眼前之物并非认识的终点，只有理论命题才能称之为思想。这种知识特征源远流长。古希腊那些伟大的哲学家力图在山川河流和璀璨的星空背后发现更为深刻的奥秘，中国古代思想家对于统辖万物之“道”显示了非凡的兴趣——孔子声称“吾道一以贯之”，荀子要求“以一持万”，朱熹认为“宇宙之间，一理而已”，总之，先哲留下的知识传统是抛开目迷五色的现象，专注地考察隐身于万物背后形而上的宇宙本体。所以，个别知识的积累无足轻重，重要的是举一反三，见微知著，认定个别与整体的有机联系方式。某些时候，哲学曾经引起无限的崇拜。人们不是对于哲学的“爱智”特征感到了兴趣，而是天真地相信那些形而上学的玄妙表述是解决一切问题的宝典。如今，这种状况仍在持续。现代传播体系不断地传送无限扩大的全球图景，海量信息正在充塞人们的感官，所有的人无不期待一个处理这个世界的简洁公式。根据这种公式的演算，任何个别无不驯顺地担任某种定律的忠实例证，没有意外，没有突破结构控制的强大主体。通常认为，拥有这种公式无异于拥有指点江山的话语权，无数教授争先恐后地抛出形形色色的学说。必须承认，许多杰出的思想家、社会观察家或者历史预言家来自这一批饱学之士；但是，没有多少人意识到他们正在重复的知识传统：蔑视个别和具体。他们心目中，会心的微笑或者寒风中佝偻的背影没有多少共性意义，不屑的表情或者绝望的眼神可以表述的内容远远不及一个拗口的理论术语。许多时候，这种知识传统得到了学院围墙和研究经费的大力庇护，这一批饱学之士心安理得地栖身于生活之外。

相对于这种知识传统，文学犹如一个另类。肖像，言行，扣人心弦的曲折情节，栩栩如生的细节和气氛，幽微的内心以及无意识，文学从未放弃个别和形象。当然，文学愈来愈多地察觉这种知识传统的压力。众多著名的“主义”竞相演绎历史的时候，一个有趣的故事或者若干意象、象征又能说出什么？没有微言大义，无法与种种巨型观念无缝衔接，文学仿佛愧对历史。无奈之下，现代文学批评勉强承担了事后弥补的职责——利用各种学说的解读释放隐藏于文本内部的深刻内涵。例如，由于文学批评的刻意阐释，当代文学荣幸地充当了革命历史的图像版本。

当然，文学批评的解读并非言之无据。文学批评隐蔽地认可一个熟悉的前提：成功的形象必须完美地诠释某种普遍观念。“典型”这个术语的思想机制即是聚合个别与一般，现象与本质，普遍观念开拓的理论空间终于克服了形象与生俱来的短视。“美是理念的感性显现”——黑格尔式的命题不仅表明了二者的辩证关系，而且表明了二者的主从序列：后者是文学形象化蛹为蝶的追求目标。对于当代文学说来，二者的辩证转换必须遵循革命意识形态设置的标识进入固定轨道，这是避免转换失控的有效保证。一个“典型”的马车夫现身于当代文学，他的言行、嗜好、待人接物无不汇聚于遭受压迫的底层阶级而不能转移至某种性格类型或者童年的精神创伤；相同的理由，一个地主必须阴险、残忍、爱财如命，这一切来自他的阶级本能而不会由于教育程度或者慈悲之心而改弦易辙。换言之，当代文学崇尚的“典型”最终必须综合出一幅完整的历史图景——波澜壮阔的阶级搏斗成全了革命对于历史的书写。被压迫阶级击败压迫阶级夺取政权，所有故事殊途同归的终点即是民族国家的再生。所以，革命与民族国家的想象被视为当代文学不可推卸的叙述使命。某些时候，一部分的当代文学流露出逃离这种叙述使命的企图，文学批评负责监督、警告、惩罚，甚至无情地开枪射杀。二十世纪八十年代之前，遭受文学批评残酷打击的作家比比皆是。

如果当代文学的意义收缩为呼应预定的历史主题——如果作家仅仅热衷于证明一些众所周知的普遍观念，那么，这个世界的探索不再持续。源源不断地论证同一个现成的观点，当代文学写作很快就会陷入内在的重复。这是文学批评深感苦恼又无计可施的问题。文学批评崇尚“典型”遇到的另一个棘手问题是，如何解释各种个人细节？许多细节嵌入独一无二的个人境遇，几乎与阶级、革命、国家这些巨型观念没有联系。恋人的微妙眼神与政治制度无关，嗓门的沙哑或者富有磁性与信奉何种“主义”无关，是否喜欢骆驼牌香烟与如何制定国家的公共财政政策无关。几茎白发引起了感伤，病痛带来的折磨，春天的草地上爬过一只笨拙的甲虫，月光之下一阵令人心悸的秘密思念……事实上，众多日常生活的表象迅速地导致“典型”的思想机制瘫痪。断言几个巨型观念可以管辖洪流一般的细节，这种“决定论”带来的问题远远超过了解决的问题。文学批评以及令人景仰的“典型”没有理由抑制乃至阉割文学话语的表意潜能。利用个性与共性、个别与一般的理论装置压缩、删除当代文学可能涉及的多种主题，归根结底是蔑视或者恐惧历史的多义与丰富。现代性对于古典桎梏的一个重大突破即是，解放历史的多义与丰富。事实证明，个体的解放是历史的多义与丰富的重要原因。当个人被视为不可化约的社会单元，个人及其日常生活代表了一种价值，一种意义，一种合理的诉求，一种衡量是非的坐标。尽管自由主义思想传统将“个人”带入复杂的争论漩涡，尽管原子式的“个人”想象遭到了哲学、符号学以及心理学的异议，但是，“个人”并非一个无足轻重的概念。现实主义文学的崛起表明，帝王将相或者英雄传奇已经后撤，文学开始为个人及其日常生活腾出了活动空间。现实主义作家心目中，日常生活中的“个人”时常指向普通小人物，指向“被侮辱与被损害的”底层。

对于当代文学来说，“个人”再度进入前台是一个意味深长的动向。五四新文学初期，“我是我自己的”曾经是一个众所周知的宣言，然而，当“个人主义”作为小资产阶级知识分子的痼疾遭到反复清算之后，“个人”成为当代文学避之不及的难堪主题。很长时间里，当代文学从未处理好所谓的“个人”。至少在观念上，革命、民族国家与个人及其日常生活无法完整地衔接。二十世纪八十年代后，作家开始战战兢兢地接触这方面的内容：革命、民族国家如何作为庞然大物降落于日常生活与个人意识，并且制造出种种意想不到的情节。显赫的历史功绩背面存在哪些阴影？昂扬口号的周围即是大面积的饥馑和贫穷，无私的政治理想缝隙潜伏着种种阴谋和投机，献身革命的激情由于无情的当头棒喝变成了不可饶恕的罪过，普遍的不安和恐惧浮动在“人民”“群众”的崇高声望之下……如果个人及其日常生活始终封锁在厚厚的观念帷幕背后，那么，当代文学不可能容忍这些故事混入历史的描述。

个人或者日常生活是不是太零碎了？碎片无法显现整体轮廓。几个意象，若干抒情，三五个人物，一段小感觉，历史在哪里？相当长一段时间，诸如此类的顾虑几乎没有改变。然而，又有多少证据表明，历史只能寄存于寥寥几个巨型观念？知识分子高视阔步地谈论十八世纪如何，二十世纪如何，欧洲如何，亚洲如何，这可能是一种开阔的视野，也可能仅仅是一种没有体温的理论修辞。无论如何，人们没有理由以长时段的宏大历史覆盖传递于贩夫走卒手中的凡俗人生。贩夫走卒的微末身份不是他们遭受忽视的理由。“典型”力图指定一批人物代表民族国家或者阶级、制度包揽历史，并且自作主张地抛开大多数人的真实存在。然而，这种想法屡屡扑空。历史似乎不愿意为当代文学制造的“典型”提供特殊待遇。扑空即是一个征兆：历史的某些部分被错过了。完整的宇宙图景不仅包含气象恢弘的星球天体，同时还包含各种基本粒子，后者的意义绝不亚于前者。暴风骤雨般的革命猛烈地摇撼一切传统制度，呼啸而至的冲击波彻底改变了民族国家的命运——如果允许对于这种气势如虹的历史表述做出补充，那么，当代文学要说的是，呼啸而至的冲击波如何分解为种种独异的个人遭遇，分解为他们的欢呼、激动、踊跃地介入，或者分解为他们的惊恐、犹豫、胆怯地逃避。这一切决定每一个人如何重构自己心目中袖珍版的微型历史。文学的特殊性质形成的有趣事实是，诸多袖珍版微型历史的总和未必重合通常的历史表述。所有的人只能根据自己的遭遇和经验构思历史，包括大获全胜的革命者。许多时候，他们的悲欢与历史舞台上演的剧目并不合拍。如果哪一个人不幸被砌入宏大历史的某一个死角，他的历史想象不可能充满阳光；伤残、捐躯以及种种形式的牺牲，创痛从不因为周围的欢快锣鼓而真正消失。二十世纪八十年代之后的当代文学终于意识到，个人从未心甘情愿地成为同质的平均数，他们与历史舞台上演的剧目之间始终存在紧张。历史之所以是一个延续的、此起彼伏的活体，历史内部的多种紧张有效地遏制了同质化的凝固倾向。

相对来说，袖珍版的微型历史显然是一种弱势的个人小叙事。独特，多元，不追求普遍和一致。后现代主义和“文化研究”旋风一般地卷过之后，所谓的个人小叙事不再令人惊诧。相反，由于各种小叙事兴盛一时，一些思想家开始表示厌倦，例如特里·伊格尔顿。在他的《理论之后》看来，“文化研究”机智地穿梭于种种琐碎的主题已经够久了，现在又到了面对那些基本问题的时候。道德、幸福、政治、正义以及客观性难道不会比性欲或者牛仔裤款式重要吗？或许，伊格尔顿的结论主要来自西方国际学术会议的发言目录。我所熟悉的文化空间从不缺少耳提面命的巨型观念。然而，正如许多人所察觉的那样，当初策动革命的炽热言辞已经在持久的重复之中逐渐僵化，许多巨型观念的效果愈来愈可疑。这时，作为日常生活的一个特殊表征，当代文学内部个人小叙事仍然方兴未艾。这显然是一个耐人寻味的文化症候。如果当代文学秉持的个人小叙事形成某种压力，甚至动摇了某些巨型观念的自信，使之出现种种后退、倾斜、调整、修正，那么，人们可以从另一个方向重提这个问题：历史在哪里？当然，正视这种文化症候的前提是，毅然承认当代文学拥有领衔历史描述的能力，承认文学可能从多种话语体系的竞争之中胜出——哪怕仅仅在某些时候。显然，这种认识至少要短暂地放弃沿袭已久的知识传统：具体不再是普遍观念的附属证据，相反，具体是普遍观念有效与否的衡量；文学阐释的终点是形象的意义,而不是屈从于思想史的某个命题以及这种或者那种理论学说——总之，这意味着传统文学阐释模式的颠覆。

八十年代、话语场域与叙事的转换

一

对于当代文学来说，二十世纪八十年代意味着一个重新启动。打开思想的闸门，激情与启蒙，此起彼伏的文学运动，纷至沓来的名词术语，一个生机勃勃的文学段落迫不及待地跃出地平线。二十多年过去之后，这个文学段落业已成为一个奇特的遗迹载入文学史教科书。然而，这一段时间的许多迹象表明，八十年代文学正在再度返回。“重返八十年代”的号召似乎表示了某种理论动员，“八十年代”开始充当一个特殊的词汇卷入现今的话语场域。当然，这时的“八十年代”远非一个十进制的时间序号。作为一个文学史单位的指称，“八十年代”似乎预设这个时期存有某种同质的文化。相对于二十世纪五十至七十年代的文学，或者，相对于二十世纪九十年代迄今的文学，八十年代文学隐含了某种自足的一致性。时间距离模糊了各种具体而微的差异，慷慨地将“家族相似”赋予八十年代的诸多作家。这是“八十年代”拥有自己“语义”的必要条件。

如何概括“八十年代”的“语义”？迄今为止，改革、启蒙、主体的觉醒、文明与愚昧的冲突，各种命题莫衷一是。一些人对于八十年代的异常踊跃记忆犹新，另一些人认为八十年代浮躁肤浅，名不符实；当然，还有一些人根本不屑于谈论八十年代——一个乏善可陈的过渡阶段。总之，八十年代的文学事实陆续尘埃落定，但是，这些文学事实的历史意义仍然是一个聚讼不休的区域。

耐人寻味的是，退入文学史教科书并不意味着可以享有某种共同认可的定论。“文学史”这个概念的传统威望正在遭遇前所未有的挑战。许多人不再无条件承认历史叙述是单声部的，文学史即是文学评价的盖棺论定。八十年代的“重写文学史”事件形成了双重的效应：首先，建立一个以“审美”为轴心的评价体系，重新衡量一系列经典作品，调整它们的彼此位置；第二，“重写”并不是最后的审判，“重写”之后还可以产生新的“重写”。不同时期的意识形态有权一次又一次修订文学史写作。文学史写作受制于各种隐蔽的机制或者话语装置，绝对的“客观”“公正”“科学”无疑是一种幻觉，甚至是一种有意设置的迷惑。分析显示，阐述八十年代文学的时候，开放与保守、现代与传统、文学与非文学、世界与民族时常无形地扮演了主宰性的“元话语”。这一段落的文学史意义来自一套二元对立的隐蔽褒贬。换言之，某种唯一的“本真”并非文学史写作的首要动机，重要的是阐释。阐释之后的八十年代文学组织到一个庞大的对话网络之中——不仅记录文学事实，而且在记录的同时无言地证明什么，支持什么，或者拒绝什么。多种文学史写作之间的竞争远不限于史料的数量和翔实；更为重要的是，每一种文学史隐含的对话潜能。

“八十年代文学”的称谓很快标出了相对于自己的文学史单位。许多人愿意承认，二十世纪五十年代至六十年代中期的文学是一个独立段落；“文化大革命”开始至七十年代末期的文学是另一个段落；两个文学段落之间的连续和递进是一个令人尴尬同时又挥之不去的问题。八十年代之后，九十年代迄今的文学又构成了一个段落。尽管二十世纪初期的五四新文学运动并未纳入“当代文学”范畴，但是，五四新文学运动时常作为启蒙的典范而加入当代文学的多边对话——例如，五四新文学运动与八十年代文学之间的精神呼应。总之，八十年代文学的意义即是在这些文学段落的相互权衡之中表述出来。由于彼此之间的对照、比较和映衬，每一个文学段落的特征格外显眼。五十年代至六十年代的文学是革命话语的组成部分，“阶级”是文学总体主题之中的一个关键词。无论是成长小说还是青春期抒情，无论是描述乡村的农业合作化运动还是进入工地、码头、厂房，阶级搏斗是一切故事的原型。某些作家企图摆脱这个原型，他们的尝试遭到了严厉的处罚。如果处罚的罪名升级为阶级异己的文学对抗，作家立即丧失文学写作的资格，甚至丧失生存的权利。“文化大革命”期间，“阶级”主题对于文学的束缚达到了顶点。文学的各种想象空间被剥夺殆尽，“阶级”成为一副压得人们喘不过气的沉重枷锁。这个意义上，八十年代文学构成了一次大胆的解放。如果说，解放爆发出的巨大能量令人惊异，那么，这显然是对于禁锢和压抑的剧烈反弹。饶有趣味的是，八十年代文学隐含的激情很快耗竭。九十年代之后的文学显现出某些意想不到的转向。一些人对于文学投身世俗以及娱乐倾向赞许有加，他们认为，华而不实的八十年代已经到了收场的时候；另一些人觉得，八十年代的文学理想遭受重大挫折，历史不知在什么时候掉了链子。总之，不论认可还是非议，九十年代之后的文学开始脱离八十年代旧辙而拥有了自己的内涵。

现今看来，八十年代文学的粗糙与生机勃勃是两个共存的显著特征。不长的时间里，如此之多的文学派别粉墨登场，众声喧哗。伤痕文学，知青文学，意识流，寻根文学，先锋文学，新写实主义，种种新颖的称号眼花缭乱地驾临文学史长廊，各领风骚。从先秦的诸子百家到唐诗宋词，从古希腊哲学到后现代主义文化，八十年代文学内部同时隐含了三个不同的价值体系：前现代社会，现代社会，后现代社会。这一切不仅形成各种文化歧见；同时，仓促、草率与浅尝辄止证明了某种见异思迁的游击作风。如此纷杂的文学现场，如何想象一种同质的文化存在？

如果说，围绕“八十年代”的各种命题显示了不同的聚焦，那么，我试图启用另一个不至于产生多少异议的概括：八十年代文学毋宁称之为解放的叙事。人们无法在众多的文学派别与价值体系之间找到一个公约数，但是，各种话语无不集聚于解放的主题之下，形成一个整体，并且将锋芒共同指向了五十年代以来形成的文学规训。这显明了一个多义的八十年代，又显明了一个单质的八十年代。考察表明，八十年代文学内部，各种话语之间的对话、争辩以及新陈代谢并不显著。知青文学并不是伤痕文学的背叛，寻根文学亦非先锋文学的对手，黑格尔美学思想、人道主义、存在主义以及结构主义之间的分歧不再重要；解放的叙事驱使各种话语聚合成一个结构，协同抗拒传统观念的强大压力。“解放思想”的号召产生了全方位的效应，文学一马当先。解放的叙事不仅解释了八十年代的生机勃勃，而且解释了粗糙——由于解放的渴求如此迫切，摧枯拉朽的意愿远远超过了精雕细琢的耐心。

一种观点主张，将1992年视为八十年代的终结——市场经济的大规模兴起关闭了一个浪漫的时代。[1]我倾向于赞同这种划分的理由是，市场经济的大规模兴起意味着一个交接：解放的叙事开始转换为现代性叙事。解放的叙事开始衰微，并且导致结构的松弛、解体。这时，各种话语体系之间的内在矛盾逐渐显露，分裂为众多文化碎片，继而在现代性叙事中重新排列，接受另一些主题的整编、组织。“当启蒙不再面对传统的体制，而是一个复杂的市场社会时，其内部原来所拥有的世俗性和精神性两种不同的面向，即世俗功利主义传统和超越的人文精神传统就开始分道扬镳，……80年代那个精神与肉体完美统一的人开始解体。”[2]这时，八十年代的启蒙告一段落。

八十年代解放的叙事与九十年代的现代性叙事之间既隐含了深刻的断裂，又存在内在联系。九十年代超出了解放的叙事框架，八十年代终于成为一个认识和分析的对象。两种叙事之间的转换带来了什么，又丧失了什么？这即是“八十年代”在现今的话语场域之中所要讲述的内容。

二

从八十年代的阐释、重塑和表述之中，人们察觉到一个隐蔽的话语构造工程。“文化大革命”遭受的强烈否定是这个话语构造工程的开始。依附这种历史叙述，八十年代从“传统的社会主义主流意识形态”中一跃而出，继而开启了市场经济和全球化阶段。从民族国家内部自我改造式的“决裂”到民族国家外部的文化资源引入，一套文化知识热衷于将八十年代形容为又一个五四时代。

---

[1] 参见程光炜《文学讲稿：“八十年代”作为方法》，第77页，北京，北京大学出版社，2009年版。

[2] 许纪霖、罗岗等：《启蒙的自我瓦解》，第27页，长春，吉林出版集团有限责任公司，2007年版。

"文化大革命"与"八十年代"的对立框架繁衍出诸如"传统"与"现代"、"封建"与"启蒙"或者"中国"与"西方"等二元构造，八十年代的话语策略成功地赋予自身历史合法性。一个意识形态神话终于诞生。[1]不论如何评价这种描述，首先必须指出的一个事实是——这个话语构造工程乃是后续的解释，而不是始于八十年代之前。换言之，人们没有理由将八十年代想象为这一套话语的产物。八十年代之前，有限的大众传媒遭到极其严密的控制，种种异于统一舆论的观点没有任何机会公开发表。如果将八十年代的转折形容为这一套话语的蛊惑，显然陷入一种幻觉。一套概念术语的特殊装置即可带动历史驶入另一个方向，这种设想过分夸大了理论话语的能量。在我看来，"八十年代"的来临隐含了极其强大的历史内在冲动。这种冲动事先零散地分布于众多的日常经验之中，期待一次振聋发聩的理论总结。如果不存在呼之欲出的政治无意识，理论话语的生产只能提供某种观念性的空中楼阁。

批评家同时提出，打开八十年代转折背后的全球视野，引入另一些曾经遭受忽视的历史景象参与解释，例如，"文化大革命"与西方六十年代之间的呼应，社会主义、资本主义、第三世界的境况和各种地缘政治关系，弗·詹姆逊或者德里克等左翼理论家的论述，如此等等。如果考察的目光仅仅徘徊在民族国家的内部空间，人们无法及时地察觉全球资本主义体系的压榨，并且形成独立的地域文化主体。这种症候的一个重要表征即是——西方的现代性被奉为不二的楷模。[2]晚清、五四时期以及八十年代，"睁眼看世界"时常象征的是闯进西方文明的盗火者；然而，现在到了恢复另一个传统的时候了：坚持以批判西方文明的姿态跨入全球化时代。尽管如此，全球视野仍然没有理由覆盖民族国家的内部考察。"外部"目光通常以民族国家为单位，仿佛叙述一个同质的共同体。全球的地缘政治中，设定这个共同体存有统一的目标和意志，无数面目模糊的个体各司其职，竭力效命于金字塔顶端传来的指令。然而，至少对于八

[1] 参见贺桂梅《"新启蒙"知识档案》，第15—20页，北京，北京大学出版社，2010年版。

[2] 参见贺桂梅《"新启蒙"知识档案》，第21—25页。

十年代的转折，这种理论模型远未完善。七十年代中期，陈陈相因的标准语言日渐僵硬和空洞，政治神话的宏大叙事——包括全球政治的描述——退化为无效的陈词滥调；另一方面，社会成员愈来愈难以忍受“文化大革命”的沉重枷锁，人心思变。这时，“内部”冲动的巨大压力扰乱了民族国家制定的外部目标，后者与社会成员之间的经验严重脱节了。

相当长的时间里，人们不愿意正视二者之间可能存在的紧张——或者因为沟通机制的失效，或者因为权力体系盗用民族国家的名义发出了有损于社会成员的指令。人们可以不断地读到革命领袖号召“文化大革命”的各种崇高辞句，但是，革命理想和正当的动机在具体实践中奇怪地走向了反面。哪些原因导致实践的失败？这个迫在眉睫的问题时常被束之高阁。然而，如果所谓的全球视野仅仅考虑几种制度或者几种生产方式的兴衰，仅仅热衷于民族国家之间的力量对比和博弈，那么，这种历史图景只有概念、数据而缺乏带有体温的情节。这种状况可能产生的致命盲点是：当另一个压迫体系形成于民族国家内部的时候，人们常常熟视而无睹。无视具体的经验、感受、气氛、语境，无视一个个故事之中的血泪，这种概念规划走不了多远。七十年代中期，种种异端的地下文化群落陆续浮现，怀疑的气氛普遍弥漫；同时，民间的思想活力开始悄悄地复苏。不久之后，政治神话的宏大叙事与社会成员的经验之间出现了最后的对决。这个对决以前者的溃败而告终，八十年代终于应运而生。显然，这不是一个正常的历史承传。八十年代如此急于摆脱“文化大革命”，因此，清理战场的时候，围绕革命的许多合理命题遗憾地遭到了抛弃。玉石俱焚，这是失败的实践不得不偿付的历史代价。

为什么是文学——而不是经济学或者社会学——充当了八十年代的文化先锋？这绝非偶然。相对于种种数据或者理论分析，文学始于具体的经验：几句对白、一个表情或者若干家居场面。八十年代之所以委托文学领跑，一个重要的原因是：“文化大革命”带来的伤痛已经抵达社会末梢，危及每一个人的日常生活。广泛地积聚潜藏在具体经验内部的能量，无微不至地清理种种伤痛，这是文学的擅长。大面积的无政府主义混乱、血腥的暴力、不寒而栗的政治罪名以及毁灭个人尊严的惩罚体系，这一切不仅推翻了正常的秩序，而且制造了一个民族难以愈合的巨大心理创伤。粗暴，蛮横，不信任，惊悚，颓废，道德欺诈与彼此怀疑，窥私欲、监控与告密，对于政治的不屑与冷漠，抢夺权力的渴望——这个巨大心理创伤的各种并发症至今还在延续。崇高或者道义的声望之所以一落千丈，很大一部分可以追溯至政治神话的破产。如同宗教的瓦解对于西方文化的冲击，神圣的垮塌带来了亵渎与玩世不恭。理想的信奉演变为一个笑话之后，再也没有必要牺牲什么了。这时，犬儒或者拜金主义的自私轻而易举地跨越种种道德屏障而大行其道。革命言辞曾经用于编织自我保护的理论躯壳，继而成为泄愤的攻击工具，最终充当了牟利的堂皇修饰——以上三部曲之间存在深刻的递进关系。不言而喻，八十年代文学可以视为这种心理创伤表露出来的曲折的精神症状。如果说，经济的复苏或者制度重建可以制定有条不紊的规划，那么，心理创伤的诊疗远非如此简单。这有助于解释，为什么当时蒋子龙的《乔厂长上任记》或者张一弓的《黑娃照相》无法制造持久的乐观情绪——解放的叙事之中，为什么声名显赫的“伤痕文学”构成了序幕。“伤痕文学”企图在回忆与叙述中修复心理，犹如精神分析学利用自由联想引导遭受压抑的无意识。“伤痕文学”复述了许多苦难与悲剧，整个社会开始在一片唏嘘之中释放压抑已久的悲情。令人瞩目的是，许多小说、戏剧——例如，卢新华的《伤痕》、张贤亮的《灵与肉》或者宗福先的《于无声处》——均选择了家庭的瓦解作为戏剧冲突展开的空间。六十年代至七十年代，“文化大革命”划分出的政治阵营不仅全面干预既定的社会关系，而且强劲地袭击了传统的家族人伦。由于形形色色的政治分歧，家庭在社会的重压之下分崩离析，妻离子散或者亲人反目成为普遍的情节。“伤痕文学”选取家庭作为抚慰人心的第一个入口，继而向各个领域扩散。从启蒙、主体观念到内心的无意识；从现代主义的意识流、寻根文学的传统文化到先锋文学的形式探索——对于多向展开的八十年代文学来说，解除压抑是修复心理创伤的首要疗程。相对来说，每一种话语说出了什么远不如反抗了什么显眼。作为解放的叙事，文学既显示出压抑体系如此密集，又显示出遭受压抑的冲动如此活跃——如果全球视野视而不见地掠过民族国家内部的复杂内容，八十年代只能如同一个突兀的片断不合时宜地插在历史的褶皱之中。

三

对于八十年代文学来说，“主体”曾经扮演了一个举足轻重的角色。主体观念从哲学领域跨入文学，刘再复居功至伟。他的《人物性格二重组合原理》与《论文学的主体性》曾经在八十年代名重一时。刘再复试图以主体观念阐释作家、文学人物以及读者，并且构造一个以人作为衡量核心的理论体系。当然，各种激烈的批驳接踵而来，很快形成了争论漩涡。一种观点认为，主体观念与历史唯心主义近在咫尺，主体观念的扩张可能成为抽象人性主义的旗帜，诱使文学脱离广阔的社会生活；另一种观点认为，精神分析学、语言转向以及后现代主义文化均重新描述了主体与客体的关系，这时，奢谈古典哲学的主体观念已经没有多大的意义。二十五年之后的一次访谈之中，刘再复的回应表明了当时的历史判断。在他看来，八十年代刚刚开始摆脱“人道”的危机，没有理由以“高深的学术姿态”嘲讽人道主义的“过时”与“浅薄”；他不惮于承认，主体观念的“理论动机是想用‘主体论’的哲学基点来取代‘反映论’的哲学基点”。刘再复如此总结：“80年代最根本的文化意义是重新确立个体生命的价值，重新建构个体经验语言，重新谱写个人的声音。可以说，这又是一次凤凰涅槃，是中国作家、中国知识分子经过“文化大革命”的大灾难之后，共同赢得的一次历史性觉醒。”[1]考察八十年代解放的叙事，主体观念与启蒙气氛的相互激荡显然是生动的一幕。

估计当初没有多少人料到，主体观念在九十年代的现代性叙事之中分裂为多副面孔。这显然与现代性的多种模式遥相呼应。众多思想家曾经谈论过现代性的内在矛盾，例如启蒙现代性、资本主义现代性与审美现代性或者浪漫现代性，每一种现代性模式无不企图建构与之适应的主体观念。九十年代之后的文学清晰地展示出主体的分裂以及多种主体观念的复杂冲突。

[1] 刘再复、黄平：《回望八十年代——刘再复教授访谈录》，上海，《现代中文学刊》，2010年5期，第21页、19页、17页。

对于八十年代文学来说，知识分子的文学形象犹如主体观念的无意识认同。显然，八十年代知识分子的文学形象并非以理性、公正和犀利的批判锋芒著称。对于他们来说，气宇轩昂的五四知识分子恍如隔世，西绪福斯式的倔强或者尼采式的“超人”凤毛麟角。从谌容的《人到中年》，张贤亮的《绿化树》《男人的一半是女人》到王蒙的《布礼》《蝴蝶》，知识分子多半以受难者的形象出场。贬抑、讥讽、漫长的思想改造和无情的政治攻击蚀去了一切桀骜不驯的棱角。跨入八十年代，短暂的控诉和伤感之后，知识分子的普遍心愿是全力以赴，尽量弥补遭受荒废的事业。然而，这种无怨无悔的“孺子牛”形象并未维持太久。或许，这是一个未曾充分阐释的问题：九十年代后，哪些原因驱使知识分子的文学形象发生了彻底的改变？不论是格非的《欲望的旗帜》，李洱的《午后的诗学》还是阎连科的《风雅颂》中，知识分子都迅速地沦为名利的俘虏。追名逐利的日子里，满腹的诗书无非转换成别致的欲望修辞学。这种气氛甚至孕育出另一个九十年代的张贤亮。在他那里，八十年代的受难者如同阳光下的雪人融化在欲望与市场氛围里。张贤亮的《习惯死亡》中，受难者的全部历史成功地兑换为境外性冒险的资本；到了《青春期》，那个人们熟悉的章永璘已经成为一个成功的企业家，当年的马缨花、海喜喜这一帮底层人物扮演的是企图蚕食企业的周边刁民。知识分子的文学形象开始变质，这可以视为主体分裂的前期征兆。

如果说，知识分子的文学形象包含了想象的成分，那么，九十年代中期围绕“人文精神”的激烈争辩犹如真实的佐证。“人文精神”的涵义远远超出了文学范畴，但是，卷入争辩的多数是文学知识分子。或许可以说，文学知识分子匆匆地挑选“人文精神”这个概念表述他们意识到的某些异常。不论赋予“人文精神”什么涵义，这个概念首先是抗拒市侩哲学的一面旗帜。现代性叙事正式引入市场经济的洪流。这不仅意味着另一套价值观念体系，同时还制造出一种实利主义的世俗气氛。各种琐碎的小算盘回响在粗鄙的经济环境之中，诗意、深奥的哲学以及精神尊严急速瓦解。在拜金主义意识形态的合围下，知识分子很快边缘化。这时，“人文精神”毋宁说是他们维持精神重心而仓促挪用的一个概念。追溯西方文化史，“人文精神”宗旨之一是抵制宗教的压抑，肯定人的尘世生活；然而，这些文学知识分子的“人文精神”很大程度地成为鄙夷尘世的精神姿态。当年，这个文化误差曾经令王蒙迷惑不解：商品和市场不就是启蒙“祛魅”的必然后果吗？——“人文精神”为什么出尔反尔？[1]如今，我倾向的解释是，“人文精神”隐含的矛盾即来自主体观念的分裂与相互冲突。

八十年代的主体观念不仅化身为文学知识分子，同时还化身为文学女性形象。修辞学分析表明，八十年代那些倾心于女性主义主题的作家大量使用“我”作为叙述者，例如林白与陈染。她们一批作品中出现的“我”逐渐汇成了一个相近的女主人公形象：知识女性，孤独而清高，自闭而自傲，憧憬爱情而又无法迁就周围的庸常男性。这种女主人公锐利甚至尖刻的性格明显地表露出对于男性中心社会的挑战，“我”的内在精神与周围的环境格格不入。这是启蒙主体的另一种注释。然而，不久之后的一批女性作家出现了暧昧的变化。卫慧、棉棉或者九丹的“我”似乎更富于冲击力。她们的女主人公放浪形骸，颓废恍惚，吸毒，性开放，并且坦然地表示对于物质和商品的渴求。如同现代主义精神的某种响应，她们的作品大胆戏弄种种严谨、保守的生活观念；另一方面，人们又可以察觉她们对于市场的巧妙献媚：女性的身体暴露与其说向男性文化示威，不如说将挑逗窥私欲作为市场占有的手段。如今许多人已经深谙一种复杂的策略：抛出一个愤世嫉俗的形象迎合世俗。这时，八十年代的主体观念再度遭到破坏。

如同审美现代性对于理性、物化和世俗气氛的鄙夷，另一种主体观念仍然显现为高昂的浪漫主义和道德理想主义，例如张承志或者张炜。相对来说，张承志更为激烈、决绝。激进政治、宗教信仰、血统论、民粹主义精神与浪漫主义气质化合成某种公然的孤傲，张承志时常不惮于严词抨击周围的知识分子，宣称决不与这一帮庸人为伍。尽管反复表示对于额吉、阿訇、普通牧民与山民的崇敬，但是，张承志宣谕的“清洁”道德、英雄主义与刚烈血性出示的是一个另类精英的形象。与张承志的剑拔弩张不同，张炜显得温厚、沉稳，但是，

[1] 参见王蒙《人文精神问题偶感》，《人文精神寻思录》，王晓明编，上海，文汇出版社，1996年版。

他的愤怒和犀利毫不逊色。自然与大地是他心目中的保护神，唯利是图的商人性格令人憎恶，层出不穷的技术文明不断地腐蚀人们的道德信念。张炜拒绝与这个光怪陆离的世界合作，大地一般的质朴是他的向往。根据线性的历史想象，“人文精神”的召唤以及张承志、张炜的怨恨如同历史落伍者的焦虑，现代性的呼啸降临引发了前现代保守主义者忧心忡忡的埋怨。然而，在另一幅理论图景之中，现代性并非一个完整的固体。韦伯、齐尔美、弗洛伊德、马尔库塞、哈贝马斯等著名思想家曾经从各个方面阐述了现代性的内在紧张。作为启蒙现代性或者资本主义现代性的对抗，审美现代性或者浪漫现代性的文化激进姿态阻止了物化、世俗和拜金主义的世界过度膨胀。如果说，诗意、感性、崇高与数学、理性、日常生活共同依存于解放的叙事造就了八十年代的主体，那么，现代性叙事带来了主体的分裂。由于审美现代性的主体顽强地存在，启蒙才不至于在琳琅满目的商品之中如此短暂地结束自己的使命。

四

在八十年代发现乡土文学的传统并不困难。从王蒙、张贤亮、汪曾祺、高晓声到贾平凹、路遥、史铁生、阿城、莫言、韩少功、王安忆、铁凝、李锐、梁晓声，如此之多的作家涉及乡村，由衷地赞颂广袤的田野大地。或许可以说，五四新文学运动之后，乡村始终是文学的一个举足轻重的主角。鲁迅等一批作家的“乡土文学”是一个阶段；毛泽东的《在延安文艺座谈会上的讲话》发表之后，丁玲、周立波、赵树理、柳青等作家的“乡土文学”是另一个阶段。即使在八十年代，乡村的文学地位也从未下降。许多作家因为“思想改造”“政治惩戒”或者“上山下乡”而不得不落户乡村。然而，“若干年之后，开始回忆这一段乡村经历的时候，他们心中充满的是温情而不是怨恨。乡村不仅是庇护他们躲避政治迫害的处所，而且，较之他们重新返回的喧嚣城市，乡村犹如一块清新的净土。张贤亮的《绿化树》表明，马樱花这种完美的女性只能出现于乡村——城市女性已经失去那一份痴情与血性；王蒙的《蝴蝶》隐含了一个感喟：城市生活使主人公沉沦于一大批公文、人事纠葛、流行口号与首长的待遇之中；下放至乡村之后，他才可能重新发现自己的手、自己的腿和自己的真实感情。对于那些一度是‘知识青年’的作家来说，乡村经历已经成为他们弥足珍贵的一段历史。一旦不堪忍受城市的压迫与骚扰，他们则设法逃出这个巨大的现代化容器。这时，张承志隐入了草原、孔捷生返回了海南岛、梁晓声再度踏入了北大荒的冰天雪地，史铁生则躲到了遥远的清平湾。总而言之，乡村成了这些作家厌恶城市时所栖居的一块绿洲”。[1]八十年代的乡土文学中，亲近自然、体验自然、崇敬甚至膜拜自然的美学趣味具有漫长的历史。柄谷行人曾经指出，十九世纪末期的日本文学刚刚认识到自然风景的存在[2]；然而，八十年代乡土文学的自然情结可以远溯古典文学。刘勰的《文心雕龙·明诗》说过：“宋初文咏，体有因革，庄老告退，而山水方滋。”魏晋南北朝的山水文学引入了自然；唐诗宋词中，山川河流或者乡野田园成为骚人墨客独善其身的寄托。五四新文学运动之后，无论乡村是梦魂萦绕的故土、是革命的策源地还是异端人士的流放之所，文学都没有改变渴慕自然的深厚情意。八十年代的文学力图全面地回归自然。从王蒙的《海的梦》到张承志的《绿夜》《北方的河》，从古华《爬满青藤的小屋》到孔捷生的《大林莽》，从汪曾祺的《大淖纪事》《受戒》到阿城的《树王》《遍地风流》，众多主题各异的小说不约地表示了对于田野、草原、森林以及江河湖海等种种自然景象的强烈依恋。

尽管如此，仅仅将文学的乡村想象为恬静的田园风光是远远不够的。从另一个意义上说，恐怕再也没有什么比文学的乡村更富于历史感的了。文学史表明，文学的乡村始终象征了民族国家的历史转折。与“农村包围城市”的革命策略相互呼应，许多作家心目中的乡村毋宁说是每一个革命历史阶段的地标。梁斌的《红旗谱》之于二十年代的大革命，周立波的《暴风骤雨》与丁玲的《太阳照在桑干河上》之于土地革命，李准的《不能走那条路》、赵树理的《三里

[1] 南帆：《冲突的文学》，第30—31页，镇江，江苏大学出版社，2010年版。

[2] 参见柄谷行人《日本现代文学的起源》，赵京华译，北京，生活·读书·新知三联书店，2003年版，第12页。

湾》、柳青的《创业史》、浩然的《艳阳天》等一大批小说之于农业合作化运动，何士光的《乡场上》、张一弓的《黑娃照相》、贾平凹的《腊月·正月》与《浮躁》、张炜的《秋天的愤怒》与《古船》之于七十年代末期开始的农村经济体制改革——这一切无不表明，文学的乡村是建构宏大历史叙述的一个重要部件。

当八十年代的文学主题被表述为“文明与愚昧的冲突”时，鲁迅开创的“国民性”批判传统再度赢得了响应。如果说，王蒙、张贤亮与史铁生、阿城等知青作家更多地注视知识分子与农民之间的紧张，那么，高晓声塑造的“陈奂生”形象具有特殊意义。在一批以“陈奂生”为主人公的短篇小说中，一个纯朴的农民畏畏缩缩地登场了。他的身上交织了善良、懦弱与蒙昧、猥琐，小小的狡黠与自私以及患得患失的性格常常令人想到“哀其不幸，怒其不争”的名言。大半个世纪的时间里，乡村历史的革命性变化又是什么？在朱老忠、小二黑、李双双、梁生宝、萧长春这些农民形象联袂出演之后，高晓声再度大胆地说出了他的发现：“陈奂生”脸上的神情仍然与鲁迅的阿Q、闰土、华老栓、九斤老太、祥林嫂、爱姑等形象一脉相承。显然，这种发现隐含了一个尖锐的质问：如此尴尬的轮回怎么能证明数十年的历史跨度？

尖锐的质问显然从解放的叙事中获取了足够的能量。当小岗村土地承包的意义走出经济范畴而成为文化酵母之后，文学的乡村又一次点燃了八十年代。然而，这一次农民形象扮演的历史先锋并未维持多久。进入九十年代，乡土文学赢得的关注急剧衰减。现代性叙事开始之后，革命的乡村转换为一个难堪的经济累赘。脱贫致富是多数农民愈来愈迫切的愿望，但是，种种改善的措施收效甚微。大量的农民不得不背井离乡涌入城市务工，传统的农耕文化逐渐解体。乡村的种种坐标失效之后，文学陷入了茫然。贾平凹的《秦腔》犹如这种茫然的产物。如果说，贾平凹为人熟知的风格是简约传神，那么，《秦腔》被琐碎的细节洪流淹没了。无数的人物与故事片断重重叠叠，然而，作家无法清晰地再现整体的历史轮廓。对于那些远离土地的农民来说，未来的生活捉摸不定。

换言之，这时的乡土文学丧失了充当历史教科书的自信。

与此同时，现代性叙事终于大胆地将城市吸引到聚光灯之下。城市不仅拥有现代社会渴求的丰盛物质和强大的工业经济，同时，城市还是文化生产的轴心。尽管如此，相当长的时间里，城市文学乏善可陈。二十世纪五十年代以来，城市是一个备受压抑的文学对象。乡村的稻 花、麦穗和泥土气息弥漫在文学中的时候，灯红酒绿的城市俨然是腐朽的代名词。八十年代的城市揭下了“资产阶级”的封条，文学的美学趣味并未如期跟进。城市文学的初具规模已经到了九十年代，一座城市的景观开始大面积侵入文学——我指的是上海。从摩天大楼、外滩建筑、跑马场、舞厅到老房子的红砖门墙、精致的拱门和楼梯栏杆以及面包房里的咖啡、吐司和红茶，一座摩登城市终于从乡土中国中突围出来了。

如果说悠久的农业文明为乡土文学提供了一个庞大的意象系统，那么，围绕上海景观的城市文学极大地增添了物品的密度。从李欧梵的《上海摩登》、王安忆的《长恨歌》到陈丹燕、程乃珊、卫慧、郭敬明，物品修辞学时常充当了城市的自我表述。一些物品遗留了二十世纪三四十年代老上海的风韵，例如当当响的有轨电车，百乐门老唱片、《良友》画报和月份牌，厚实锃亮的打蜡地板和常春藤环绕的铸铁阳台，电影院、音乐厅、小画廊和咖啡馆，永安、先施百货……另一些物品是各种时尚的国际名牌商品，诸如轿车、服装、香水、化妆品，如此等等。对于各种物品的名声一无所知简直不配生活在如此奢华的城市，如今已经没有多少人敢于像沈从文那样自称“乡下人”。许多场合，物品的识读表明的是城市人的身份。不谙名牌手提包或者读不懂西餐菜单，即使精研四书五经仍然只能算一个博学的村夫。当然，物品的识读多半要引述西方文化背景，这个城市的崇洋倾向潜藏在日常生活经验之中。无论是时尚指数还是商品质量，西方有时意味的是现代，有时意味的是老牌传统。通常，这个摩登城市的普通居民仅仅愿意在物品的意义上轻描淡写地掠过民族国家的主题。离开化妆品柜台或者服装精品店之后，“西方”的意义大幅度下降，很少有人还耐心去考察法国与意大利的文化距离或者西班牙与英国的传统差异。他们因为物品而迷恋、麻醉，也因为物品而失落、愤慨。称心如意的城市生活即是悠然浮游在物品的缝隙之间，没有象征，没有深度，只有价格而没有什么固定的价值观念。这时，所谓的乡村经验已经遥不可及，乡土、根、故乡、历史、民族文化之间的想象性联系已然中断。

文学能否掀开堆积的物品，察觉城市内部的另一些空间？九十年代后，大众传媒重新组装了城市文化。从传统的印刷文化传媒到电视、互联网乃至手机短信息，另一个富有潜能的公共领域正在形成。奇怪的是，文学获益无多。大众传媒赋予文学的仅仅是，作家的收入排行榜取代了文学批评，嬉闹的娱乐精神覆盖了一本正经的甚至是痛苦的文学思索。至于有目共睹的美学收获，人们只能数得出“无厘头”喜剧。在夸张的调侃与癫狂之中叙述一个个故事，让历史消失在哄堂大笑之中——这是“无厘头”喜剧的主要功绩。如果说，现代性叙事必须与文学缔结新型的关系，“无厘头”喜剧能够填补乡土文学出让的席位吗？

五

“寻根文学”是八十年代一个引人瞩目的文学事件，如今已经赢得了文学史的承认和记载。如同文学史上的诸多命名，这个通俗名称的形成带有几分偶然——韩少功的一篇短文《文学的“根”》是这个名称产生的最初缘由。“文学之‘根’应深植于民族传统文化的土壤里”，韩少功的主张得到了广泛的响应，一批作家——例如阿城，贾平凹，李杭育，郑万隆，王安忆——开始对民族文化的渊源表现出前所未有的兴趣。阶级话语丧失了强大的能量之后，民族文化的复活犹如文学的一次漂亮转身。当然，“寻根文学”是一场没有正式纲领和组织松散的文学运动。每一个作家不仅意向分歧，风格相异，而且，他们对于民族文化的理解亦大相径庭。尽管如此，加入“寻根文学”的多数作家均意识到民族文学的荣誉。他们一致认为，亦步亦趋地追随西方的现代主义文学不可能赢得领衔主演的机会。八十年代初期，拉美文学的爆炸带来了一个重大启示——民族文化是打破西方文学垄断的强大资本。越是民族的就越是世界的，这个命题曾经被广泛传颂。这时，“寻根文学”意味的是追溯文学的民族本源，进而为世界舞台提供一个富于创造精神的民族文化主体。

民族文学与世界的关系是一个背景复杂的问题。从晚清至五四时期，“援西入中”始终是争论的焦点。如果说，二十世纪五十年代后，西方文化遭到了意识形态的强大屏蔽，那么，八十年代人们开始正视两个事实：首先，五四新文学的业绩与世界文化的相互交流密不可分，鲁迅等一批新文学主将无不受惠于西方文学；其次，迄今为止，无论是文学观念、文学形式还是文学理论，民族文化的烙印愈来愈稀薄，来自古典文学的范畴、术语几乎不再活跃在人们的视野之内。可以说，“寻根文学”即是在上述两个矛盾的事实之中受孕。当然，对于“寻根文学”来说，返回民族文化绝不是奉行复古主义。许多时候，文化的回溯意味的是另一种开放——作家始终站在世界的意义上考察和评估传统。“寻根文学”不是保守的退缩和封闭，而是力图向世界公布民族文化的价值。显然，这种雄心呼应了八十年代解放的叙事形成的踊跃气氛。

可以看到，“寻根文学”的写作实践并不是按部就班地图示传统文化的儒、道、佛思想。对于作家来说，这些思想仅仅是文学的某种间接的想象资源。文学注视的毋宁说是传统文化如何分布在日常生活之中，如何转换为种种不言而喻的经验。这时，许多作家更多地沉浸于地域性文化与形式各异的民风民俗，“韩少功追慕的是楚文化的绚丽狂放，贾平凹迷恋的是秦汉文化的朴实深重；阿城、李杭育都对老庄、佛、禅以及种种非规范的民间文化表示喜爱，而张炜则多少为儒家精神与人格理想所感动；张承志不顾一切地投入草原，投入一片回族的黄土高原，郑万隆则坚定地植根于他的‘那片赫赫山林’”[1]。无论“寻根文学”遗留多少成功之作，重要的是，八十年代终于再度将文学、民族文化与世界之间的关系纳入视野。

作为一个文学事件，“寻根文学”很快式微。但是，文学、民族文化与世界之间的关系远未定论。九十年代的现代性叙事之中，这个问题再三泛起，不断制造理论漩涡。首先可以察觉，全球化是反复重提这个问题的重要原因。现

[1] 南帆：《冲突的文学》，第107页。

代性的扩张始于经济领域，全球的市场体系在一次又一次的震荡之中逐渐完善，一个完整的网络如期而至。然而，当商品的全球流通轻而易举地跨越了地域之后，接踵而来的问题即是文化竞争。独一无二的民族文化——尤其是弱小民族的文化——是不是即将淹没在全球一体化的浪潮之中？如果说，众多民族文化的彼此相似绝不是人们的期待，那么，文学应该做些什么？谈论这个问题的另一个原因是后殖民理论的兴起。全球化并没有为各民族文化提供同等的表演机会。强势的民族文化吞噬弱小民族文化，这种征服犹如没有硝烟的文化殖民。这时，捍卫民族文学风格与其说是捍卫荣誉，毋宁说是反抗文化殖民的重大斗争。尽管坚船利炮的侵犯已经是一些遥远的故事，然而，来自市场与文化的压迫从来没有停止。对于现代性叙事来说，“寻根文学”的续篇似乎远比想象的复杂。

在如此纷乱的缠绕中，两种民族文化的观念差异逐渐显现出来。一种观念倾向于修复民族文化的原貌。这种原貌以“本质”的名义存在于某种想象之中，并且指定为民族的不变蓝图。儒冠儒服的帝国是一大批人的无意识憧憬。另一种观念仅仅将民族文化视为建构的产物。民族文化不会悬空地中止在某一时刻，而是持续地与全球文化网络互动。民族文化不存在某种始终如一的本质，认祖归宗毋宁说是一种保守性策略；民族文化的强盛活力在于介入历史活动，并且在不断的再解读和再阐释之中赢得持久延续的形式。只有介入历史才能合理地解释，为什么孔子属于我们的民族文化，横眉怒斥孔孟之道的鲁迅也属于我们的民族文化。作为“寻根文学”的一个回响，陈忠实的《白鹿原》奇特地隐含了两种观念的紧张。这部小说在白嘉轩或者朱先生这些儒家子弟身上倾注了大量崇敬之情。主人公的性格与气节凝聚了儒家文化的精髓：三纲五常，仁义道德；他们的所作所为再现了修身齐家治国平天下的社会治理理想。有趣的是，这种理想在小说的后半部分破产了。白、鹿两家的后人卷入了三民主义与共产主义的搏斗，他们之间的悲欢离合远远超出了儒家文化的理解范围。或许，这是一个作家始料不及的结论：五四新文化运动的确是一个历史的地标——不论遵从哪一种现代性模式，跟不上历史活动的民族文化都只能成为观念的遗迹。

从“寻根文学”到《白鹿原》，民族文化始终被视为一种思想坐标，一种历史的阐释，或者一种内心的修为。这似乎辜负了民族文化的某种潜能。九十年代之后，民族文化终于闯入市场证明了自己的商业价值。在大众传媒的怂恿之下，中央电视台科教频道上的“国学”、中国元素、清宫戏以及武侠小说坦然地承袭了民族文化的名义，并且与流行歌曲、好莱坞大片以及无厘头喜剧共襄盛举。考虑到儒家文化中著名的义利之辨，这种景象如同一种反讽。然而，这再一次证明了现代性叙事的强大：到目前为止，市场已经有能力成功地将一切转换为商品——包括抗拒市场与抵制商品的思想观念。

六

八十年代文学刚刚突破坚冰，种种实验性文学写作很快如火如荼地展开。首先，“朦胧诗”摆脱了地下文学的身份而荣登主流文学刊物，巨大的理论反响汹涌而至。尽管贬抑的评价从未消失，但是，许多人开始意识到形式探索的意义。现代主义文学带来了八十年代的第二次冲击，“写什么”与“怎么写”的差别成为炙手可热的理论命题。从“新批评”、形式主义到结构主义，这些批评学派共同认为，“怎么写”远比“写什么”重要——前者决定文学之为文学的特殊性质。这时，形式探索的前锋从“朦胧诗”转向小说与戏剧，例如，王蒙的一批小说由于使用了“意识流”叙述而带来了沸沸扬扬的争议。不论是认定王蒙误入歧途还是嘲讽王蒙不够彻底，人们都不会无视一个事实：围绕革命而派生的各种故事与现代主义之间开始出现某种衔接。这至少证明了文学形式的不同频道，预示了新型的文学可能。到了八十年代中后期，莫言、马原、苏童、余华、格非、孙甘露等热衷于先锋小说的作家不仅谙熟现代主义，同时，拉美的魔幻现实主义构成了另一个重要资源。这些实验性文学写作的水平有待于文学史详细鉴定，但是，人们至少可以说，形式赢得了前所未有的尊重。

形式、现代主义、先锋——尽管这些概念涵义各异，但是，编织在八十年代解放的叙事之中，它们的共同目标是撼动现实主义观念的权威。当然，八十年代的形式探索并没有粗暴地抛弃现实主义，探索的企图仅仅在于为非现实主义的文学形式争取某种空间。尽管如此，这些概念仍然遇到了强大的阻力。由于层层叠叠的阐释，现实主义已经远远超出了某种叙述成规而被形容为关注社会现实、关注大众的一种政治姿态。因此，放弃现实主义往往意味着脱离社会与大众。许多人觉得，崇尚现代主义无异于将个人主义、无意识这些颓废的资产阶级文化填入文学的胸腔，所谓的“先锋”更像知识分子精英意识的作祟。如果只能在形式探索的名义下记录一些古怪而琐碎的晦涩情绪，这种文学怎么可能拥有动员、教育、介入与批判的能量？

宽容气氛的来临显然是因为认识的改变。文学史事实表明，现代主义远非资产阶级游手好闲的文化产物，形式探索远非无聊的文字游戏。一些现代主义作家生活富裕，潜心写作；更多的现代主义作家穷困潦倒，举债度日，财富即是他们的憎恨对象。现代主义文学的倾向之一是，倡导极端的美学趣味亵渎虚伪的资产阶级文化正统，并且放肆地践踏中产阶级谨小慎微的行为准则。当然，资产阶级文化不仅包含了各种等级制度，同时，这一切业已组织成一个强大的符号秩序。从高耸的摩天大楼到优雅可人的芭蕾舞，从美术馆里的名画、雕塑到学院讲坛上的文学经典，资产阶级文化收编了西方文明的各种符号，并且赋予典范的高贵身份。形式探索的意义在于，扰乱乃至中断这个强大的符号秩序，从而为种种边缘的意识和经验争夺一席之地。那些边缘的意识和经验多半是资产阶级的文化异己，甚至是政治异己。无论采纳传统的政治经济学解释还是接受现代性分裂的描述，总之，现代主义所带来的形式探索无不包含了反抗与拒绝的意味。

八十年代文学中，“朦胧诗”与王蒙的“意识流”小说共同涉及了知识分子、个人、内心。由于三者长期赠给资产阶级，因此，如此印象仍在模糊地重复：形式探索来自资产阶级知识分子自我表述的美学诉求——人们无法察觉现代主义内部如此明显的反抗与拒绝。有趣的是，八十年代的实验性文学写作很快跨出了知识分子阶层而进入普通大众，例如残雪。从《苍老的浮云》《黄泥街》到诸多短篇小说，残雪在一批面目平庸的大众中挖掘到各种惊悚、多疑、猥琐乃至歹毒的内心。如果认为“内心”仅仅是知识分子的特殊赘物——如果认为普通大众仅仅存有一个迟钝、麻木的意识，那肯定是一个误判。当然，没有理由把形式探索收缩为“意识流”，多向的形式探索意味着显现世界的各种向度。这时，形式即思想，或者干脆引用莫言的话说，“结构就是政治”[1]。从八十年代的《红高粱家族》到九十年代之后的《酒国》《丰乳肥臀》《檀香刑》《四十一炮》《生死疲劳》《蛙》等等，莫言始终在实践这种形式观念。在他那里，形式所隐藏的活力终于得到了完整的解放。

九十年代后，形式探索不再产生大规模的理论争辩。不论倾心于哪一种“主义”，作家有权利坚持各种尝试。尽管如此，我还是要提到两部小说：韩少功的《马桥词典》与阎连科的《受活》。韩少功的《马桥词典》完全抛弃了传统小说的表意单位——诸如情节、故事和完整的人物性格。作家利用一个个词条再现“马桥”的人文地理，这种不拘一格的想象重新定义了小说。《马桥词典》的词条包含了种种考证、解释、征引、比较、小型叙事、场景、人物素描。编纂者的身份、文化构成与马桥居民之间的落差，编纂者个人经验与辞书编辑委员标准知识之间的落差，双重张力无不证明了马桥历史的不可化约。如果说韩少功的《马桥词典》保存了种种局部的精致，阎连科的《受活》则显示了粗线条的狂放。尽管阎连科受过良好的现实主义训练，但是，他再也无法忍受工笔式的细节刻画了——《受活》以一种夸张的怪诞重新描述了阎连科所熟悉的乡村。当资本、财富以及上流社会文化组成了一道铁幕时，只有这种夸张的怪诞才能淋漓尽致地揭示“劳苦大众”的“绝境”。我暂时不想评价《马桥词典》与《受活》成功与否，重要的是，两部小说共同显明了一个迹象：形式探索开始与普通大众的“草根”生活联系起来了。如果说，八十年代的现代主义隐含了西方文化的起源，那么，九十年代之后的形式探索开始开掘本土底层的独特经验。完成了解放的叙事赋予的使命之后，形式探索仍然在现代性叙事中执行反抗的功能。这既是续接八十年代的未竟工程，同时又超越了八十年代。

怀旧的气氛之中，八十年代是启蒙，是抒情与诗，是激动人心的号角与跳跃的思想灵感，种种文化青春的片断燃烧在记忆的彼岸。然而，回到历史脉络

---

[1] 莫言：《捍卫长篇小说的尊严》，《酒国》，第6页，上海，上海文艺出版社，2008年版。

内部，八十年代解放的叙事与九十年代之后的现代性叙事具有某种奇特的纠缠。八十年代是前驱，是先声，是开启的序曲，令人惊奇的是，九十年代的正剧并非预想的重复，许多情节出人意料。理想的文学并未如期而至——历史要求修改文学的理想。两个时段或者两种叙事之间，历史的辩证法导演了什么？这时，文学史终于在自身内部找到了完整的故事。

符号的角逐

一

新批评、俄国形式主义以及结构主义之后，文本分析成为一个众所周知的批评策略。大批理论家共同将语言形容为文学的主角，心理、哲学思想或者主题类型的意义退居次要。文本是语言编织物，因而隐藏了文学的首要秘密。肌理，张力，象征，叙事模式，还有无所不在的结构——一系列新型的理论概念进驻文本，条分缕析，剔精抉微。这些概念对于文本外部的历史语境置若罔闻；或者说，这些概念隐含的前提即是，文本的结构与外部的历史语境无关。对于文学说来，语言的秘密与社会历史的秘密不可通约。

然而，二十世纪的后半个世纪，这种狂热一时的理论倾向逐渐遭到遏制。文本与社会历史的关系再度浮出水面。不考虑书面文字与口头传播的差异，单纯的文本分析怎么能说明古典诗词的精粹和话本的缓慢松弛？解释电视肥皂剧拖沓的修辞风格，人们必须回到早期的历史——那时的观众定位为午后忙碌在厨房与客厅的家庭主妇，她们无法在操劳的间隙跟上一个紧张的故事；然而，赞助电视制作的广告商不得不竭力讨好她们，因为家庭主妇掌握了大部分的采购权。总之，文本生产不仅局限于语言作坊内部，社会历史可能对文本的每一个细部产生压力。这个意义上，意识形态对于文本成规以及叙事、修辞的隐蔽控制引起了理论的持续关注。如何叙事成为一个意味深长的问题。人们逐渐意识到，愈来愈多的文本占据了生活，并且主宰或者规约、支持种种生活的想象。很大一部分生活即是“叙事”的产物。换一句话说，文本既是社会历史的符号凝结，又织入社会历史的一个个角落，形成种种压力，这些压力循着不同的方向扩散至现行的社会历史结构。从这个意义上说，文本生产不可避免地与各种权力体系产生互动。文本以及符号被动员起来，有效地维持或者破坏某种等级制度，并且由于特定集团、阶层、群体的要求和使用形成独特的风格。新批评、俄国形式主义以及结构主义曾经把文本供奉为一个孤立封闭的神秘王国，孤立、封闭、不可再分解即是文本拜物教的依据。这仿佛证明，是独一无二的文学性而不是别的什么决定了文本的结构。然而，现今的理论发现，文本并没有甩下社会历史；文本的结构隐藏了强大的历史根源，而且，文本可能产生的社会功效远远超出通常的想象。

晚近兴盛的“文化研究”有力地支持了这种观念。文化研究的分析范围早已突破了文本的藩篱，建筑、舞蹈、海报、经济学著作的修辞特征、博物馆陈设、电视肥皂剧、侦探小说、电子游戏以及体育赛事无一不能装入文化研究的百宝箱。有趣的是，文化研究时常对上述领域做出符号学的解读。许多时候，文化研究毋宁说将世界当成了一个大型的文本——人们时常遭遇“社会文本”这个象征性的概念。世界的大型文本内部包含了无数次级文本。电视、报纸、广告、杂志、广播、互联网等大众传播媒介密集地包围了人们，后现代社会的特征即是将主体抛入形形色色的文本之间。置身于这个世界，人们的身份、社会地位通常是被“叙事”出来的。种族、性别、阶层、尊严、荣誉、何谓成功、何谓时尚、何谓可耻、何谓无能——诸如此类的知识精密地构成了一个主体的定位。反之，如果一个主体拒绝认同社会定位，那么，他首先可能拒绝既定的叙事。这时，一种复杂的争夺、冲突、压迫、反抗、解放将在符号领域展开。显然，这里所谈论的符号不仅是能指与所指的单纯合作，不仅显示出单纯的指示功能。符号愈来愈明显地成为一种可观的生活资源。符号可能是某种昂贵的商品，形成庞大的产业，也可能是极富杀伤力的政治工具。因此，如何制作符号、收集符号、占有符号，如何使用符号巧妙地叙事，这是事关重大的社会活动。许多时候，掌握符号也就是掌握权柄；深刻地解读符号可能揭破某种秘密的圈套，也可能掘出某种革命的资源。

沃卓斯基兄弟导演的《黑客帝国》肯定可以成为文化研究所钟爱的话题。这部科幻影片虚构了一个古怪的情节：未来的人们困在一个符号的世界而无法自知。这些人的日常见闻无非是一台巨大的计算机虚拟出来的世间万象。一切幻象都是程序的产物。影片中，英雄主角的动机就是冲出符号的炫惑，逃离数字化的统治。这显然是一个不无哲学意味的时髦主题。沃卓斯基兄弟是鲍德里亚的忠实信徒。有消息说，他们甚至邀请鲍德里亚出任影片中的一个角色。不难发现，《黑客帝国》是鲍德里亚某一方面思想的通俗版本。鲍德里亚激进地声称，后现代社会业已被技术和传媒严密控制，符号、影像和代码充斥整个社会，真实与非真实之间的明确界限消失了。人们习惯于透过种种特殊的传媒观察世界，熟悉世界，掌握世界，传媒所演示的符号结构理所当然地成了现实本身——甚至比真实还要真实。人们无限地依赖电视，依赖互联网或者报纸，挣脱或者抨击一种传媒之后无非是投入另一种传媒。只有借助传媒的拐杖，人们才可能想象社会，进而想象自己的位置，决定怎么说和怎么做。这些符号体系是否某种真实的指代已经不太重要——它们有时甚至与真实失去了任何联系；重要的是，这些符号自身成了主体，互相勾结，并且作为一种商品拥有了经济交换价值。这是能指的自主化，能指成为自己的指涉物，同时倾入经济流通领域。很大程度上，符号形式开始覆盖了商品形式。商品的物质属性愈来愈少，符号形式已经足以挑起人们的购买欲望。扛一袋米或者提一条猪腿的景象正在减少，许多时候，人们消费的是符号形式。“虚拟经济”一跃成为现今风头正健的概念。期货，股票，广告，转账，信用卡，诸多交易在符号领域出没——货币本身即是最为权威的符号作品。后现代社会的标志之一即是——无远弗届的符号覆盖。后现代转向可以视为符号运作的一个历史性后果。电子传媒正在制造“无地方特性”的图像地理和虚拟地理。传统的自然地理形成的种种坐标体系陆续失效，远和近、深和浅、旧和新等一系列空间感和时间感开始动摇——这种迷惘和恐慌即是后现代的典型经验。人们的周围莫非符号形式，真实与幻象、文化与自然的二元论终于瓦解。从这个意义上说，人们只能栖身于一个没有起源、没有指涉点的多维空间。[1]符号之外一无所有，这就是鲍德里亚提供的一个不无诡异的理论图像。

许多人觉得，鲍德里亚的理论图像多少有些危言耸听。相对地说，斯图尔特·霍尔对构成主义的阐述似乎更为中肯。霍尔不再纠缠于真实与幻象的二元论，他的理论焦点转向了“意义”。意义使现实成为可解的形态。无论真实与否，形形色色的“意义”是支配生活的核心：“它们组织和规范社会实践，影响我们的行为，从而产生真实的、实际的后果。”[2]索绪尔以来的一系列理论遗产证明，语言、符号的运作——霍尔的术语称之为“表征”（represent）——决定了意义的生产。这再度证明了符号在社会生活中的决定性作用。霍尔总结了人们解释“表征”（represent）的不同理论：“反映论的或模仿论的途径提出词（符号）和事物之间的一种直接和透明的模仿或反映关系。意向性的理论把表征限制在其作者或主体的各种意向中。”[3]霍尔主张的构成主义源于社会知识一个最为重要的转向——话语转向。在构成主义看来，意义不是先验地存在于某种事物之中，等待一个外部的“发现”或者垂顾，意义是在人们认识某种事物的同时被生产、被建构出来的。语言符号支持了这种生产或者建构的实践。语言符号的成规惯例设定了事物如何呈现，同时设定了意义解读的基本框架。这时的符号与事物之间远远超出了单纯的指代关系，符号自身所构成的表征系统内在地控制了人们的认识程序，组织人们的认识视野——包括认识一些抽象的甚至纯粹虚构的概念，例如幸福、友谊或者天使、恶魔、地狱，等等。霍尔解释说，所谓的“表征系统”“并不是由单独的各个概念所组成，而是由对各个概念的组织、集束、安排和分级，以及在它们之间建立复杂联系的各种方法所组成”[4]。换言之，事物的意义就是在这种“复杂联系”之中逐渐敞亮，

[1] 参见斯蒂芬·贝斯特、道格拉斯·科尔纳《后现代转向》第三章《从景观社会到类象王国：德博尔、鲍德里亚与后现代性》，陈刚等译，南京，南京大学出版社，2002年版。

[2] 斯图尔特·霍尔：《表征》，第3页，徐亮、陆兴华译，北京，商务印书馆，2003年版。

[3] 斯图尔特·霍尔：《表征》，第35页。

[4] 斯图尔特·霍尔：《表征》，第17页。

并且成为一个严密的、相互呼应的系统。霍尔即是在这个意义上为福柯辩护。福柯并未否认事物存在于话语之外，但福柯论证了“在话语以外，事物没有任何意义”[1]。

“意义有助于建立起使社会生活秩序化和得以控制的各种规则、标准和惯例”——所以，霍尔同时意识到：“意义也是那些想要控制和规范他人行为和观念的人试图建立和形成的东西。”[2]这也是人们将语言符号的运作纳入权力运作的理由。从历史的叙事到民族的想象共同体，从简赅的标语口号到烦琐的仪式，对于权力运作说来，语言符号的能量始终不亚于暴力武器。当然，并不是所有擅长使用符号的人都能意识到这一点。作家号称语言大师，但是，许多作家对于语言符号的历史使命并没有清晰的认识——他们似乎更乐于接受这种浪漫主义式的形容：一个人的语言才能是一种天生的感觉，这种天生的感觉驱动作家奋笔疾书。语言无非是一种称手的工具，负责滔滔不绝地演示作家的奇妙灵感。如同穿上了红舞鞋的舞蹈家，作家不会也不可能停止写作。目前，只有韩少功的《暗示》对于自己手里的语言——从更大范围内说，包括各种符号体系——产生了深刻的怀疑。韩少功的《暗示》流露了一种恐惧：他担心陷入语言以及种种符号体系如同陷入某种迷魂阵，人们徘徊在一系列语词和虚拟的影像之间，再也回不到土地、阳光、潺潺流水和风花雪月的真实世界。令人忧虑的是，符号的世界时常被有意设计为一个不平等的世界。再现什么，遮蔽什么，夸张什么，涂抹什么，《暗示》犀利地察觉到一系列符号运作隐藏的政治企图。我曾经借助《暗示》陈述过这种观点：

> 现今，情况也许更为复杂：语言符号的占有可能形成特定的文化资本，这将生产出另一种话语权力。无论是支配、榨取、统治、弹压，文化资本的运作正在制造各种崭新的形式。大众传播媒介如此发达、语言符号如此丰富的时代，一批人运用语言符号压迫另一批人的条件已经完全成熟。种种语言符号体系之中，某一个阶层或者某一个

[1] 斯图尔特·霍尔：《表征》，第45页。

[2] 斯图尔特·霍尔：《表征》，第4页。

族群的形象可能大幅度扩张，他们的声音回响于整个社会；相形之下，另一些阶层或者族群可能销声匿迹，既定的语言符号配置之中根本没有他们的位置。尽管他们人数众多，然而，语言符号的空间察觉不到他们的踪迹。可以说，这是继经济压迫、政治压迫之后的语言符号压迫。在我看来，这是《暗示》之中另一个更为重要的主题。

路易·阿尔都塞对于意识形态国家机器的论述已经广为人知。这是与强制性国家机器相对的另一个领域。强制性国家机器呈现为暴力压制形式，军队、警察、法庭、监狱、政府和行政部门均是暴力的执行机构。意识形态国家机器是一种软性的规约或者训诫，例如宗教的，教育的，家庭的，法律的，政治的，工会的，它们的指令往往呈现于报纸、电视、广播、文学和艺术、体育运动，等等。在阿尔都塞看来，意识形态负责质询、规训主体，告知个体如何扮演一个合格的主体。尽管阿尔都塞未曾进一步论述，意识形态国家机器的有效操作即是依赖各种符号体系，但是，人们完全可以想象符号的威力——这时，符号的功能可以与机枪、大炮、高压水龙头与铁丝网相提并论，甚至产生后者所无法企及的效用。

统治阶级的思想是占统治地位的思想，统治地位的思想有力地规训主体，维持既定的社会关系，这一切均要由庞大的符号体系运作给予保证。从宗教、哲学、法律到文学，这包含了一系列观念的确认，也包含了种种感觉的训练。我在《文学的维度》中指出了符号、社会与主体的互相缠绕："马克思曾经提出了著名的结论：人是一切社会关系的总和。在话语分析的意义上，人们有理由继续得出这样的结论：主体同时还是诸多话语关系的总和"[1]。这即是符号生产所隐藏的政治意义。相对于符号的生产，符号的消费通常集中于大众传媒，出版物、电视以及互联网均是出售文本的大型超级市场。所以，大众传媒可能大面积地参与了社会关系的组织、平衡、修复或者破坏。大众传媒一般掌握在拥有各种特权的人物手里。与权力共谋，维护稳定的现状，训练合格的主

[1] 南帆：《文学的维度》，第25页，上海，上海三联书店，1998年版。

体，大众传媒通常担当了一个得力的帮手。

当然，这并不能证明，大众传媒是一个波澜不惊的海域。力比多涌动不歇，主体规范不时遭遇挑战。压抑与反压抑的激烈角逐形成了符号与文本的激烈角逐，这一切都将在大众传媒领域刀光剑影地持续上演。种族，性别，阶级，阶层，各种族群或者文化共同体纷纷涌入大众传媒，征用、调动各种类型的符号，竭力发出自己的声音。悬殊的经济地位无疑是意识形态分歧的重要基础，但是，符号与文本的激烈角逐同时包括了大量文化因素——这甚至很大程度地削弱了经济决定论。符号与文本的角逐扩散到日常生活的诸多角落，一点一滴地改变人们的感觉。这种状况令人想到了福柯所说的微型政治。一个风格独异的先锋小说文本，一个实验性剧本，一个别出心裁的网站或者一段古怪的街舞，这些特殊的符号都可能象征某种叛逆，或者解构某种传统的意识形态观念——尽管它们对于现存经济基础的瓦解可能微不足道。对于许多知识分子来说，参与革命的激情与其说源于赤贫的经济状况，不如说源于某种符号体系的号召。这证明了符号体系的独立意义。另一个证明可以追溯至葛兰西的文化霸权理论。葛兰西察觉到一种可能性：现存经济基础未曾发生根本改变的情况之下，统治阶级可能在文化领域做出某种妥协，出让一定的符号空间，允许被统治阶级抛头露面。这或许是一种文化意义上的退让，或许是维护现存经济基础而设置的缓冲。无论如何，符号领域的压迫和反抗显示出比经济领域更为纷杂的局面。

二

《黑客帝国》中的英雄主角为什么急于从虚拟的图像之中突围？这里肯定隐含了一个对比：符号领域远比自然王国凶险。相对于自然万象，符号王国隐藏了种种狡诈、陷阱、劝诱和胁迫。自然不以人的意志为转移；无论是日月星辰还是河流山川，自然的形成不存在取悦某一些族群同时非难、压迫另一些族群的意图。走出神话时代之后，也就是人类分裂出自然王国之后，自然已经不可质疑。没有人因为天上只有一个太阳或者太平洋如此浩瀚而愤慨，也没有人猜测西伯利亚的寒流或者毁灭性的地震源于某种不可知的阴谋。然而，符号领域是一个人为的世界——来自某些人的设计、制作和生产，实现了某些人的意图，并且对某些人产生了或者明显或者隐蔽的效果。符号擅长变魔术。符号可能夸大某些形象的比例，遮蔽或者盗走另一批人的生活——符号的修饰和删改可能形成一种虚假的意义。那么，谁在操纵这个领域？谁有权力、有资格操纵这个领域？这个领域的设计以及产生的效果对哪些人有利，同时损害了哪些人？栖身于符号的世界，这成了一些不可避免的基本追问。

农业文明时代，自然在人类的生存中占据了很大的比重。土地无疑是自然的代表。自然不仅是人类的生存环境，也是美学的对象。古典诗词中，飞花、落木、青峰、皓月无一不是自然意象。现代社会来临的标志之一是，大规模剧增的符号淹没了自然。科学技术、经济、财富所制造的历史革命最终由一系列符号表述出来。符号成为生存必须进入的一张巨大网络，现代生活愈来愈多地演变为符号生活。文本、影像、斑斓的色彩和悦耳的音响，这些以表意为主的符号体系形成了一个庞大的文化空间，历史、艺术、形形色色的哲学观念、数学和物理学理论均是这个文化空间的美妙图像；另一方面，构成日常现实的物质世界——尤其是都市社会——通常展示为另一套符号。物质世界不仅拥有具体的用途，例如果腹、御寒或者遮风避雨，同时，它们还表示种种复杂的象征涵义。无论是服装、首饰、家居设计还是街道装潢、旅馆的异域风情、汽车的奇特造型，物质世界的确是另一种“社会文本”。卫慧的《上海宝贝》中，物质的符号炫耀是一个巨大的乐趣。叙述人喋喋不休地卖弄种种商品的品牌知识，从汽车、化妆品、饮料到外套与内衣。显而易见，这些品牌形成的符号体系无言地展示了某种卫慧们所认可的生活品质。在更大范围内，种种符号体系可能共同叙述特定阶段的历史文化特征。考察西方的现代性话语如何登陆上海的时候，李欧梵的《上海摩登》涉及多种符号体系。除了刊物、教科书、画报、广告、月份牌——除了对现代性建构产生了莫大作用的印刷文化，《上海摩登》还谈到了外滩众多带有各种殖民印记的建筑物，谈到了百货大楼、咖啡馆、舞厅、公园和跑马场以及石库门的“亭子间”。这些物质世界镌刻了种种特殊的生活观念，“现代性”浮动在这些观念的深处，相互呼应。解读这些交错的符号，也就是解读历史是由哪些人制造出来的。

运用符号制造历史，这是一个巨大的、意义深远的工程。人们必须从这个意义上解释文化领导权的重要性。这个不可让渡的权力是统治权力的组成部分，统治阶级掌控符号生产是持续统治的前提。在这个问题上，强制性国家机器必然与意识形态国家机器缔结成坚固的联盟。当然，摧毁现存的统治也是如此——异国军队的入侵从来没有忘记占领广播电台和电视台。许多时候，统治阶级对于符号的掌控深入到修辞、叙事以及文本结构，但是，这种掌控大部分是隐蔽的，并且尽量考虑到文类的既定特征。这是意识形态形成的基本条件——非强制性的甚至是富有魅力的解说和训诫。例如，对于现代社会，新闻和历史是至关重要的两个叙事文类——两个维度的叙事交汇恰如其分地划出了人们想象社会的逻辑。通常，统治阶级不会对新闻和历史的“真实”原则表示异议——“真实”即是新闻和历史的文类声誉。权力的影响毋宁说发生在另一个幽暗的层面：什么叫作“真实”？纷纭的表象歧义百出，误读和骗局层出不穷。这时，只有特定的目光和理念才可能识别显现了“本质”的“真实”。权力负责指定“真实”的涵义，并且运用一系列有效的修辞和叙事再现这种“真实”，这是权力与符号之间常见的合作方式。

当然，“文类的既定特征”并不是来自教科书的几条刻板的规定。这意味了各种符号的基本性质及其潜藏的丰富表现力。诗、音乐、绘画、电影——作家和艺术家对于各种符号体系的运用曾经产生震撼人心的强大效果。从这个意义上说，现今的一大批知识分子均是擅长符号操作的专业人员。无论维护还是破坏现存的意识形态，符号操作是他们常规的效力方式。电子传播媒介——例如，电影、电视、互联网——诞生之后，符号的制作、生产、传播带有更大的技术含量；从导演、摄像、演员、主持人、播音员到影像剪辑人员、软件编写人员、机械维修人员，符号生产者的队伍持续扩大。符号的完美生产是种种意识形态意图充分实现的最终环节。艺术自律、纯诗或者文学到语言为止，这些响亮的口号、命题企图将政治或者别的什么观念远远地抛出作家或者艺术家的视域之外。浪漫的文人试图把历史性的分工陈述为某种天命——只有富有异禀者或者天才方能承担如此玄奥的使命。然而，如同伊格尔顿在《美学意识形态》中所分析的那样，美学业已成为规训身体和感觉的意识形态之一。一些“纯粹”

的艺术符号熠熠发光地存在于超历史的文化真空，这本身就是一种意识形态的幻觉。如果人们意识到知识分子是意识形态生产的技术骨干，那么，不可替代的专业技术将为他们在文化领导权的构成中占据一席之地。这可能预示了知识分子与权力的新型关系。

资本成为介入文化领导权的一个重要因素，这是现代社会愈来愈普遍的情况。对于古人来说，吟诗弄赋、说书唱戏的成本十分低廉，刊刻文集的费用略高一些。相对来说，现代出版行业的资金或者维持电视台正常运转的开支几乎是天文数字。更为重要的是，现今的文学和艺术已经自觉地纳入经济领域，甚至形成报酬可观的文化产业。无论是作家、导演、演员还是投资商，各方无不期待从经济活动中分一杯羹。如果说真正的作家或者艺术家还有可能因为某种激情而义无反顾地焚烧自己，那么，赢利是投资商的唯一动机。精明的商人不会将资金注入一个注定没有市场的作品。资本的天命就是利润。对于电影或者电视剧这些成本高昂的作品来说，投资商手里的资金主宰着它们的命运。资金拥有的发言权越来越大，甚至君临一切。许多导演遇到类似的尴尬：由于投资商的威胁，他们不得不为迎合市场而放弃个人的独特风格。某些时候，资本直接现身符号领域——商业广告。再也没有哪一种符号形式比广告更为典型地体现资本的权力。

强制性国家机器、知识分子的专业技术、资本——这些因素不是孤立地对符号生产发生影响，它们之间形成了复杂的历史性互动。借用皮埃尔·布迪厄的术语表述，“场”可以成为人们考虑问题的基本概念。“场”是一个富有空间意味的概念，布迪厄运用这个概念描述多重力量的等级、位置以及形成的空间结构。在他看来，这个概念的覆盖有助于解除“内部研究”与“外部研究”的传统疆界。“场”所描述的空间之中，这些因素既相互合作又相互抗衡，最终的合力传送到符号生产领域，巩固或者改造了诗的结构、电视肥皂剧的情节设置或者酒吧的内部装修风格。布迪厄充分意识到符号生产者、统治者、物质利益、象征利益或者文化资本、经济资本之间的纷杂头绪，并且揭示了文学场的独立性吁求背后所包含的秘密回报。从某种意义上说，那些拒绝外在指令的作家与投资商殊途同归：

> 在一个极点上，纯艺术的反“经济”的经济建立在必然承认不计利害的价值、否定“经济”（“商业”）和（短期的）“经济”利益的基础上，赋予源于一种自主历史的生产和特定的需要以特权；这种生产从长远来看，除了自己产生的要求之外不承认别的要求，它朝积累象征资本的方向发展。象征资本开始不被承认，继而得到承认并且合法化，最后变成了真正的“经济”资本，从长远来看，它能够在某些条件下提供“经济”利益。[1]

这一切无不显示了符号生产与权力、资本以及种种利益集团的联系，显示了符号生产的意识形态根源。但是，意识形态的一个诡异之处就在于，竭力掩盖这种联系与根源。这种掩盖的策略是，将符号形容为现实世界的一个中性的、客观的再现。符号是透明的，纯洁的，分毫不爽地将世界和盘托出——符号就是世界本身。人们使用符号如同使用水、土地那般自然，符号本身不存在什么人为的秘密。当符号开始享受自然的待遇时，针对符号的戒意、挑剔、分析和批判随之消散。符号生产与意识形态的关系消失在人们的视域之外。罗兰·巴特的《写作的零度》曾经将这种掩盖视为资产阶级的诡计。在他看来，“现实主义”的写作策略“充满了书写制作术中最绚丽多姿的记号”——现实主义仍然是一套高超的修饰、剪辑、删改和涂抹技巧；但是，作家却声称这是一种如实的反映。这是伪装质朴、自然的表象——而非人为的加工——逃避批判的锋刃。现实主义试图形成一个印象：作家无非是记录社会的秘书，勇敢，铁面无私，超然独立于各个利益集团，他们的符号生产不可能受到各种个人意图的干扰。这个时候，符号领域成了一面公正不阿的镜子，文本结构成了世界本身的结构。人们理所当然地觉得，他们看到的是怎么样，而不是“谁”“如何使之成为这样”。总之，符号的刻意表现被毫无戒心地当成了客观再现时，这种表

[1] 皮埃尔·布迪厄：《艺术的法则——文学场的生成和结构》，第175页，刘晖译，北京，中央编译出版社，2001年版。

现所叙述的意义就会得到不知不觉的认可。这是符号领域迄今为止最大的成功。

三

一个略为夸张的观点是，掌握符号就是占领世界，占有符号就是占有生活资源。人们对于经济领域的不平等明察秋毫，然而，很少人意识到符号领域的刺眼问题。如同少量的富人占有全世界的绝大部分财富一样，符号领域的贫富悬殊毫不逊色。从符号的占用到符号的传播，只有少数人频频露面，高视阔步；沉默的大多数人仅仅作为一个抽象的背景渺小地存在。许多时候，电视屏幕——符号领域的一个重镇——上的世界仅仅是一些精英人物的世界。这个世界仿佛仅仅由名牌轿车、豪华别墅、酒吧、舞厅组成，种种手握重权的显要分子出入其间，慷慨发言或者举杯调情，轻松地决定多少个亿资金的流向；相对来说，绝大多数庸常之辈一生也不可能拥有半秒在屏幕上露面的机会。尖端技术制造的电子传媒正在急剧地改变传统的认同空间，民族、国界与海关的意义正在削减，但是，电子传媒并未有效地弥合这方面的距离。相反，许多新型的不平等正在被新型的机器源源不断地生产出来。显而易见，经济领域与符号领域的不谋而合并非偶然。

无论如何，马克思主义的政治经济学犀利地解剖了经济领域的剥削和压迫。剩余价值学说披露了资本主义机器轴心巧妙地隐藏的秘密。然而，符号政治经济学批判——鲍德里亚的杰出命题——远未得到足够的重视。如同资本的秘密运动产生出惊人的效果一样，符号领域的不平等也在多种表象的掩护之下悄悄地进行，例如堂皇的美学运动，令人钦佩的表演技巧或者普遍实行的明星制。浪漫的诗人和落拓不羁的艺术家往往倾心于某种超凡脱俗的气质，符号经济学时常隐没在他们的迷人风度背后。多数读者仅仅感兴趣一部名著的情节概要而对于印数和版税一无所知。符号生产的经济价值无意地成为一个忽略不计的问题。诗人或者艺术家只能偷偷地躲在某一个角落数钱——没有多少人意识到，他们生产的符号也可能是抢手的商品；诗人或者艺术家可以为这些商品讨价还价，他们如同企业家一样生财有道。引进资金，控制大众传媒，动用宣传机器豪华包装，端足了架势待价而沽——符号的生产和出售复制了资本运作、企业、市场之间的众多伎俩。印刷文化之中，报纸发行与广告的联盟造就了一种新的运行模式，广告商成为市场的重要代理。这种模式在电子传播媒介扩张为一个成功的流通网络。众多偶像明星将他们的形象制作为商品，这些商品通过电视发射台或者计算机互联网输送到每一台终端屏幕。与通常的市场销售相异的是，公众对于这些形象的消费将由广告商付账。为了让偶像明星的形象夹带商品广告，广告商支付的数额令人咋舌。广告商下在屏幕背后的赌注是，这些费用将由成功的商品销售回收。这个循环系统如此神秘，以至于没有人说得清一个偶像明星拍摄几秒钟的广告有没有理由收取如此之高的报酬。报道显示，耐克公司某个年度付给迈克尔·乔丹的广告费比两万两千名亚洲工人的总工资还要多。这时，人们还有勇气认为这是平等的吗？[1]

当然，更为常见的现象是，符号的大规模占用赢得的是布迪厄所说的象征资本。如何把象征资本转变为经济资本，现代社会提供了名与利的兑换率。一举成名天下闻，这始终是一块无比诱人的蛋糕。多数社会通行的法则是，社会名流高踞于默默无闻之辈的头上。如果符号的占用不仅限于数量，而且炼制出一种达官贵人所独享的文本结构，那么，符号本身就可能制造放大、抬高一批人或者压抑、流放另一批人的功能。这种符号可能自动删除那些下贱的身份，封锁异端分子，并且为权贵者预订充裕的空间。如同韦勒克和沃伦所说的那样，古典主义时期，史诗或者悲剧是国王和贵族活动的符号区域，市民或者资产阶级则屈居喜剧之中，至于平民百姓只能逗留在讽刺文学和闹剧的地界。[2]现今，各种文本结构与不同身份级别之间仍然存在不成文规定。通常，头条新闻的主人公不会进入相声遭受调侃，历史著作中的领袖人物也无缘跨入逗乐的小品出丑。韩少功的《暗示》发现，各种地图——一种表示空间结构的符号体系——隐含了迥异的价值观念：农业时代的地图周详地标明了河流和渠堰塘坝；工业时代的地图热衷于火车和汽车的交通线，星罗棋布的矿区和厂区以及沿海的贸

---

[1] 参见《全球化与技术联合的背后》一文，《参考消息》2000 年 9 月 7 日。

[2] 参见韦勒克、沃伦《文学理论》，第 267 页，陈圣生等译，北京，生活·读书·新知三联书店，1988 年版。

易港口；美洲和非洲许多国界是一条生硬的直线，这是西方殖民主义者的杰作，他们根本没有耐心考虑殖民地的农业、矿藏、河流、山区以及族群分布对于划界管理的意义；消费时代的旅游地图充斥高级消费场所，星级宾馆、珠宝店、首饰店、高尔夫球场、别墅、美食是这些地图的要点。高速公路和喷气式客机出现之后，一种新型的隐形地图浮现在一批人的心目中。在他们那里，地理上的远和近已经没有太大的意义，重要的是现代交通工具能否顺利抵达。在这个意义上说，从北京到洛杉矶可能比从北京到大兴安岭林区的某个乡镇还要快，近在咫尺的渔村或者需要爬进去的小煤矿开采面可能变得遥不可及。当然，这种隐形地图仅仅是为某一个收入阶层而绘制。高速公路或者喷气式客机对于一个一文不名的流浪汉没有任何意义。的确，这就是韩少功从符号体系背后发现的生活等级，或者说，这种生活等级是由经济、政治和符号体系联合产生的种种分割、封闭、确认边界而形成的——这是一种社会地位派生的符号学。如果近似的隐形地图进入传媒或者社会决策机构，那么，那些满脸皱纹的农夫或者表情忧虑的失业者就会从记者和官员的视野中彻底失踪。

符号的生产包含了如此巨大的利益以及深刻的政治意图，那么，符号的控制与垄断就会成为不可遏止的冲动。某一个群体在符号领域耀武扬威，先声夺人；另一些群体仅仅在符号领域占据一个不成比例的区域，甚至销声匿迹——这种局面的维持需要一系列强大的符号技术保证。从这个意义上说，国家机器对于符号生产的管辖与监控从来没有松懈。古老的封建社会，高下尊卑的首要形式即是严格的符号等级制度。从服饰、住宅格式到坟墓的规模，从婚葬仪式、历史著作的撰写到公文规范，众多符号制造的繁文缛节一丝不苟。这是既定秩序的基本体现，甚至可以说，符号即是秩序本身。现代社会从来没有废除符号的管理，差别仅仅在于重点的转移。例如，现今的权力部门已经将服饰设计或者家具的款式转交给工艺美学，它们更乐于管理的是电视或者广播信号的发射、政治性标语口号的拟定或者社会事业统计数据的颁布。

作为另一种控制与垄断的形式，经济的介入通常是软性的、隐蔽的。经济不是强硬地标榜什么，或者封杀什么，经济更多的是使某种符号体系升值，或者使另一种符号体系丧失市场。由于“文以载道”的不朽事业，诗仅仅是一种雕虫小技；相对于诗的正统，词又贬为“诗余”——总之，每一种符号体系均隐然地拥有既定的座次。然而，资本与市场的联手时常刷新历史的纪录，重新定位。迄今为止，利润的大小与符号体系座次成为两条相互映衬的曲线。诗的萧条、电视肥皂剧的兴盛或者随笔的骤然崛起无不可以追溯到经济。当然，经济的控制和垄断时常遭遇各种抵抗——这种抵抗出自文学场的判断准则。按照布迪厄对西方文学各种文类演变的考察，经济与文学场之间可能形成“双重结构”。十九世纪末，各种文类的市场排名一目了然：戏剧利润丰厚，诗穷困潦倒，小说处于中间地带——条件是将读者扩大到小资产阶级甚至部分有文化的工人。但是，回到文学场内部，这个名次必须加以修改：

> ……可以从大量迹象看到，在第二帝国统治时期，最高等级被诗歌占据了，诗歌尤其受到浪漫主义传统的尊崇，保持了它的全部威信……戏剧受到了资产阶级公众、它自身的价值和陈规的直接认可，提供了除钱以外的学士院和官方荣誉的固有尊崇。小说位于文学空间两极中间的中心位置，从象征地位的观点来看，它表现了最大的分散性：它已经得到了贵族的认可，至少在场的内部是这样，甚至超出了这个范围，这得益于斯丹达尔和巴尔扎克，特别是福楼拜的功绩；尽管如此，它仍旧摆脱不掉唯利是图的文学形象，这类文学通过连载小说与报纸联系起来……[1]

相对而言，另一种抵抗控制和垄断的能量未曾得到足够阐述：技术的突破。否认技术决定论并不等于否认一个重要的事实：现代技术不断地制造各种新的、更具活力的符号投入运行。从平装书、报纸、广播、电影、电视机到互联网，每一种新型符号的出现都力图拥有更大的传播范围，构建更为广阔的视听空间。在这个意义上，现代技术的逻辑时常与朴素的民主倾向同声相应。这不仅是信息的解禁和知情权的扩大，同时还催生了种种新的符号生产方式和生产人员，

---

[1] 皮埃尔·布迪厄：《艺术的法则——文学场的生成和结构》，第143—144页。

例如长篇叙事和长篇小说的作者，报纸专栏和专栏作家，播音和播音员，影像和导演、演员、摄像，多媒体符号和网站主持人，等等。传统的符号生产因为持续的禁锢而日益僵化的时候，新型的符号生产对于符号领域的不平等秩序给予猛烈的冲击。

当然，任何一种控制和垄断的冲动都不会对新型的符号袖手旁观。更大的传播范围不仅可以转换成更为理想的统治性能，同时包含了更为丰富的商业可能。因此，愈有活力的符号体系就愈会迅速地为国家机器和经济大亨接管。这时，符号中朴素的民主倾向很快枯竭，凝聚、集合、号令、动员、宣传等潜力逐渐显现，并且与庞大的行政系统或者巨额资金一拍即合，相得益彰。如果说许多新型符号曾经给大众提供了短暂的机会，那么，大众往往在继之而来的运作中不断后撤，直至成为无足轻重的配角。从平装书对于僧侣阶层的挑战到风靡一时的网络文学写作，人们都可能发现相似的演变轨迹。

四

掌握、占有、控制、垄断以及这一切引起的抵制和反抗，符号领域云谲波诡。符号与符号的角逐隐喻了种种现实角逐。我曾经在《文学的维度》中指出："人类生存于社会话语之中。现代社会，社会话语的光谱将由众多的话语系统组成。相对于不同的场合、主题、事件、社会阶层，人们必须分别使用政治话语、商业话语、公共关系话语、感情话语、学术话语、礼仪话语，如此等等。"[1]每一种话语系统的份额以及各种话语系统的关系亦即社会关系的回声。政治话语覆盖一切的时候，也就是经济领域、学术领域或者私人生活领域压缩到极限的时候。一个领域、一些族群、一种生活丧失了特定符号的代理，它们将退出社会的视野而成为无名的幽灵——这犹如一个无名无姓的人不可能拥有任何身份和社会权利。从这个意义上说，符号领域的关闭也就是社会的关闭，赢得自己的符号意味着赢得文化生存的空间。

[1] 南帆：《文学的维度》，第25页。

大众文化的话题就是在这个时刻再度浮出。谁是大众？芸芸众生，凡夫俗子，一批面目模糊的背景人物，卑微的群众甲或者群众乙。可以肯定，大众不是位高权重的人，他们居于从属地位，经常称之为劳苦大众或者底层民众。大众如何表述自己的愿望、个性、欢悦和愤怒？大众文化，一个毁誉参半的形容——这是大众称心如意的符号吗？如同“大众”一词所表明的那样，大众文化的确吸附了为数众多的接受者，但是，数量能不能证明，这就是大众迫切需要的？

现今，大众文化如此盛大，以至于理论再也不能摆出一副精英的姿态嗤之以鼻。法兰克福学派对于大众文化的严厉鞭笞已经众所周知。肤浅，粗制滥造，批量生产的“文化工业”，毫无个性，廉价的甜俗或者血腥的暴力，这些均是对大众文化符号的基本形容。大众文化的真实目标是投机市场，这里的大众不过充当了市场的傀儡。相对来说，伯明翰学派远为宽容。那些英国的理论家察觉到隐藏在大众文化深部的革命能量——这或许会打开所罗门的瓶子，召唤出大众摧毁资本主义生产关系的力比多。然而，对于我们这个国度的许多大众文化制造者说来，这种理论分歧奇怪地弥合了。首先，他们一如既往地肯定“大众”，而且表明了这种肯定的理论谱系——从“革命文学”、《在延安文艺座谈会上的讲话》到“为人民服务”的著名口号；其次，他们踊跃地肯定市场——市场的成功不是雄辩地证明了大众的意愿吗？他们所忽略的是，第一种理论谱系上的“大众”被定位为革命主力军，他们的历史任务是冲垮资本主义制度，包括抛弃自由市场。现今，组成市场的“大众”毋宁说是“消费者”。换一句话说，无法充当“消费者”的“大众”是得不到青睐的。冯小刚拍摄的一部贺岁片《手机》，据说票房创下一个相当可观的纪录。“大众”的信任是他们引以为傲的最大理由。虽然许多穷乡僻壤的观众茫然不解——他们对于手机以及电影圈的生活一无所知，但是，这丝毫不影响冯小刚的兴致。这是一批毫无价值的“大众”——他们根本没有能力为票房的上浮做出贡献。

作为消费者的大众进入了资本的结构，维持甚至扩大了这种结构。这就是大众文化的唯一功能吗？这时，人们不能不提到大众文化的另一个重要涵义：快感。接受的快感——哈哈一笑或者悬念丛生，火爆的煽情或者貌似深刻的哲理，这一切背后的快感无可替代。“快感”是约翰·费斯克持续关注的一个范畴。他将身体快感的反叛传统追溯至罗兰·巴特和巴赫金，而费斯克的焦点是“那些抵抗着霸权式快感的大众式的快感”。在他看来，这种快感进入大众的日常生活，并且成为微观政治——相对于宏大壮观的历史性大搏斗——的组成部分。“大众文化的政治是日常生活的政治。这意味着大众文化在微观政治层面，而非宏观政治层面，进行运作，而且它是循序渐进式的，而非激进式的。它关注的是发生在家庭、切身的工作环境、教室等结构当中，日复一日与不平等权力关系所进行的协商。”[1]然而，费斯克所进驻的日常生活是一个处女地吗？如果说，国家机器不可能搜索日常生活的所有角落——如果说，某些异端人物可能避开警察的监督而在某一个密室策划什么，那么，市场的触角可以伸到任何一个地方。现今，市场已经把资本结构的烙印遍布每一个家庭的客厅、厨房和卫生间——包括那些敌视市场的理论家演说时端在手里的饮料。的确，大众文化包含了杂烩式的节目单：一些不可控制的快感掠过日常生活，并且对于种种体制提出了多方位的挑战；但是，另一些快感已经被资本结构牢牢地攫住，恭顺地成为销售与消费之间的润滑剂。在通常意义上，后者的分量远远超出了前者。《还珠格格》、《戏说乾隆》、《雍正王朝》、《射雕英雄传》、卡拉OK里的流行歌曲、春节联欢晚会、《家庭》和《知音》杂志、《第一次亲密接触》、《大话西游》、《泰坦尼克》、《生死时速》、《侏罗纪公园》——不论这些驳杂的信息制造的是哪一种形式的快感，它们无不统一在资本结构之中，积极地完成资金、生产成本与利润之间的循环。这些信息与其说显示了多元的大众，不如说显示了资本结构丰富的多面性；与其说这些快感表述了大众，不如说这种快感证明了资本结构的坚固。

五四新文化运动以来，大众的表述始终是一个引人瞩目的主题。大众符号的匮乏带来了深刻的不安。革命文学、《在延安文艺座谈会上的讲话》、革命现实主义与革命浪漫主义、革命样板戏——这曾经是一条步步递进的理论线索。

[1]约翰·费斯克：《理解大众文化》，第60页、68页，王晓珏、宋伟杰译，北京，中央编译出版社，2001年版。

如今，这个方面的努力已经逐渐式微。二十世纪九十年代开始，大众文化如日中天，但是，大众仍然缺席。

令人惊奇的是，无论是白话文的倡导还是革命文学的主张，大众的表述始终是知识分子的强烈渴望——知识分子竭力制造某种接近大众的符号，甚至不惜以分裂式的自贬抬高和颂扬通俗风格。知识分子与革命、民粹主义、劳苦大众的关系以及知识分子对于资本主义文化的反感是一个令人困惑的话题，经济地位、压迫和剥削、阶级意识这一套概念无法穷尽这个话题内部的某些谜团。某种程度上，衣食无虞的知识分子时常是体制的受惠者——他们有什么理由忧虑地盯住寒风中打战的乞丐、人力车夫和贫病交加的矿工？许多人只能含混地提到“良知”或者“同情心”。这就是知识分子跨越阶级边界的动力吗？然而，不管这种解释完整与否，另一种迹象愈来愈明显：知识分子愈来愈倾向于用自己的话语方式抗议资本主义文化。他们不再附和大众的立场，殚精竭虑地设想大众的表述形式。知识分子意识到，自己拥有一个可以与庸俗和市侩之气较量的独立群落。正像马泰·卡林内斯库所言，知识分子以文学的现代性反抗历史的现代性。在这个意义上，现代主义文学和艺术犹如知识分子独有的符号。从尼采到萨特，从乔伊斯到卡夫卡，现代主义符号的核心是强烈的、不可化约的个人主义，而不是某些群体、阶级或者更为广泛的大众。

抛开革命文学或者大众文化的躯壳，大众找得到自己的符号吗？俚语，俗话，民歌，种种地域性传说，不同的民风、民俗和民间艺术，存活在各种方言中的地方戏，如此等等。必须承认，这一切不足以表述大众的困境、不幸和渴念。鲁迅曾经深刻地意识到大众陷入的无言境地，他的小说中出现了一些寓言式的片断：

> 他（闰土）站住了，脸上现出欢喜和凄凉的神情；动着嘴唇，却没有作声。他的态度终于恭敬起来了，分明的叫道：
>
> “老爷！……”
>
> ……
>
> 他只是摇头；脸上虽然刻着许多皱纹，却全然不动，仿佛石像

一般。他大约只是觉得苦，又形容不出，沉默了片时，便拿起烟管来默默的吸烟了。

——《故乡》

如果说，苦难压迫下的闰土张口结舌，以至于放弃了言辞，《祝福》中的祥林嫂则只能机械地重复失败的表达：

“我真傻，真的，”祥林嫂抬起她没有神采的眼睛来，接着说。“我单知道下雪的时候野兽在山坳里没有食吃，会到村里来；我不知道春天也会有……”

……

后来全镇的人们几乎都能背诵她的话，一听到就烦厌得头痛。

“我真傻，真的，”她开首说。

“是的，你是单知道雪天野兽在深山里没有食吃，才会到村里来的。”

他们立即打断她的话，走开去了。

她张着口怔怔的站着，直着眼睛看他们，接着也就走了，似乎自己也觉得没趣。……

——《祝福》

大众曾经制造出种种极富于表现的符号形式，例如童年鲁迅为之神往的“社戏”。迄今为止，草根一族的粗犷风格和泥土的气息仍然令人耳目一新。鲍尔吉·原野的《在西瓦窑看二人转》生动地描述了一个村庄里上演的二人转。性是二人转的主要题材。机智同时又妙趣横生的表演之中，民间的泼辣、放肆既开朗又粗俗呛人：

……发髻梳得宛如嫦娥的“妹妹”翘兰花指有板有眼地唱一段关于小姐在后花园盼望郎君的故事时，男演员在她身后像强盗似的模拟性动作，像偷一件东西，并喃喃自语。观众哄堂大笑，像原谅他的卑俗，同时饶有兴味地倾听那个浑然不觉的女演员用唱词对瑶台花草的文绉绉的描写。置身这样的情境里，你无法中立。假装斯文显得可耻。

……

这时你一边咳嗽一边睁大被烟熏小的眼睛，发现二人转这么容易征服西瓦窑人，真应该为他们高兴。他们拥有自己喜爱的艺术。性的内容使一些城里的观众感到了不安，也许是西瓦窑人在黄色剧情出现时的欢乐激怒了城里的人，如同一个饕餮者的响亮的咂嘴声惊扰了宴会的气氛，尽管大家都在埋头吃肉，吃被炒过酱过拌过蒸过熘过氽过的另一个物种——譬如牛——的肉。你们在性的话题前太兴奋了。这是城里人对西瓦窑观众的批评。这就叫粗俗。怎样让他们不粗俗呢？这些强壮的，抱着膀吸烟，动辄开怀大笑的不知羞耻的西瓦窑人，他们把各种税都交齐了，家里的牛马猫狗都安顿好了，把电线火种检查过了，到这里观看男女艺人表演半夜翻墙偷情以及被捉逃逸的故事……

然而，如今民间的创造力逐渐枯竭。电子传播媒介正在覆盖每一个区域，CCTV、足球赛事、好莱坞电影裹挟着巨大的声势凌空而降。电视节目正在成为主要的模仿楷模。活跃在大众之中的民间表演团体开始充当电视的傀儡。林白的《万物花开》中出现了一段草台班子深入乡村表演脱衣舞的情节，这些演员的想象力显然来自电视的训练：

她的上身只剩下了一副奶罩，胸前扑了一些闪光的金粉。灯光暗一阵亮一阵，暗的时候满场嘘声，灯一亮，掌声口哨尖叫声直震耳朵。小梅仰着脸，脸上一片傲岸，跟电视里的时装模特儿一样。她的头发束起来高高地竖在脑后，戴着一只用硬纸糊成的皇冠，上面贴了金纸，闪闪发光。她抬着下巴绕场一周，然后她的手往胸前一按，奶罩落到地上……

这种混杂拼凑的表演风格已经丧失了民间的根源。演出依据的脚本显然是电视上时装模特表演的粗劣派生物。然而，就是这种符号开始调节乡村观众的文化口味，企图将他们规训成为未来大众文化的合格消费者。所有的迹象无不显示，资本的结构业已进驻广袤的乡村，大量批发文化工业基地生产的符号结构。如果说，国家机器曾经收编了扭秧歌和民歌等，那么，现今资本结构的逻辑绝不逊色。大众从这种符号体系之中分配到一个什么角色？如同经济或者其他领域的分工一样，大众既不可能出任表演主角，占用大众传媒的黄金时段；也不可能运筹帷幄，收取符号运作产生的利润。他们的职责是符号的忠实消费者，协同制造利润。由于他们黑压压地坐在台下，符号运作所包含的美学系统、传播系统和经济循环系统终于圆满地完成了最后一个环节的理想闭合。现行的历史结构之中，大众没有对自己的角色表示强烈的不满。

作为劳动力或者消费者，"大多数"无非是一个数量的形容——形容充足的劳动力或者庞大的市场；然而，"大众"的内涵不仅表明了数量。从传统意义上说，大众相对于领袖阶层以及权力体系，相对于商人、董事长和知识分子。这同时显示，无论是贩夫走卒还是引车卖浆之流，"大众"是一个结构性的群体，拥有特殊的历史位置——例如，革命理论一度赋予这个群体的历史任务是革命主力军。现在，大众正在符号领域大步后撤，音容渐远。这迫使人们再度考虑问题的两个方面：首先，"大众"及其相对的既定范畴是否已经分化？例如，"大众"可能引入了某些人文知识分子或者中下层技术人员，同时，另一些手握专利或者掌控传媒的知识分子可能演变为经济领域或者权力阶层的佼佼者，这意味着不同群体的历史性流动；另一方面，高与低、贫与富、压迫与被压迫所形成的不平等结构并未消失，甚至更为坚固。符号领域肯定会记录到这一切，不论记录的意图是维护、反抗还是隐瞒这种结构，或者制造种种合理的解释。甚至可以说，无论多少人拥有清晰的历史视野，历史都将转入符号领域，潜入摄像机、画笔或者摊在作家面前的稿纸，改动镜头、图像结构、叙事和遣词造句。

理论的焦虑

大约三十年的时间，文学理论接纳了众多的术语、概念、命题。各个批评学派的知识谱系纷然杂陈。没有任何迹象表明，密集的理论生产可以告一段落，现在已经进入享用理论的时代。相反，理论的爆炸形成了另一个耐人寻味的重要现象。正如精神分析学派指出的那样，不竭的话语欲望恰恰意味了某种匮乏——如此繁忙的理论生产是否显示，何谓文学的共识始终阙如？人们甚至可以察觉，这种阙如导致的焦虑远远超出了文学领域。

二十世纪五十年代至七十年代，文学的政治规范与形式规范逐步完成。文学是革命的镜子、文学的工农兵方向或者革命现实主义与革命浪漫主义相结合以及民族风格与民族形式，纷至沓来的命题汇成了一个庞大的体系。这些命题的权威不仅来自革命领袖的经典论述，同时还由此起彼伏的政治批判运动给予巩固。必须指出，这些规范的相当一部分已经超出理论范畴从而演变为种种具体的文化体制。例如，“作家是人类灵魂的工程师”并非一个空泛的荣誉，作家协会组织以及职业作家的薪酬显然是维护这种荣誉的制度保证；五四新文学对于革命、民族、国家的功绩不仅铭记于文学史，大学课程表必须为之划拨相当的比例。因此，如果文学的功能、性质、特征、价值彻底重估，那么，争辩的范围不仅涉及诸种理论主张，同时将触动文化体制的全面修订。这时，等待这个答案的人遍布社会的各个层面——何谓文学？

二十世纪以来，至少有四次“何谓文学”的争辩为文学史所铭记。首先，五四新文学运动终结了古典文学传统。雕琢、阿谀、陈腐、铺张、迂晦、艰涩——陈独秀的《文学革命论》不惮于用众多的贬义词抨击古典文学。五四新文学运动主将把文学奉为“为人生的艺术”，“雕虫小技”开始被赋予历史重任。四十年代之后，毛泽东的《在延安文艺座谈会上的讲话》以革命的名义要求文学，“大众”和“工农兵”是文学必须围绕的关键词。二十世纪八十年代至今，又有两场火星四溅的争论形成了理论漩涡。八十年代初期，人们力图将文学从政治的劫持之中解救出来。文学不是口号与传声筒，文学不是阶级斗争的工具——文学就是文学本身。纯文学，文学自律，为艺术而艺术，不及物的文学，这些观念逐一登陆。人们试图强调文学的本质规定，从而抗拒政治以及别的什么对于文学的任意强奸。另一场争论发生于二十一世纪之初，声势浩大的“文化研究”是这一轮争论的知识背景。文学的边界在哪里、文学与日常生活的关系均是众说纷纭的焦点问题。与八十年代初期理论企图不同的是，许多人开始修复文学与意识形态的关系。他们认为，审美并非某种神秘的禀赋，审美来自历史与文化的长期训练。如果文学对历史置之不理，那么，报应不可避免——历史亦将对文学置之不理。

“文化研究”庞杂的知识背景似乎再度证明，某种公认的文学定义并未如期出现，文学性的密码仍然闪烁不定。从“为艺术而艺术”的高傲主张到众多形式主义学派的漫长努力，文学理论仍然无法有效地描述某种自律的文学结构。尽管文学的许多特征得到了广泛的谈论——例如心理学的，语言形式的，典型人物或者象征、隐喻，然而，令人沮丧的是，这些特征的普适化屡遭挫折。严格的理论批判表明，历史学、笑话、谜语、广告修辞以及众多的民间传说或者民谣均可能与文学共享上述特征。换言之，人们无法将文学从诸多话语类型之中单独提炼出来，确认某种不可重复的性质。另一方面，由于历史氛围的改变，上述文学特征可能淡隐，甚至僵死；同时，另一些特征逐渐增强，进而演变为新型的正统。总之，历史瓦解了所谓的恒久性，文学似乎不断地甩下各种人为的规定而变幻无穷。

那么，文学经典也没有资格充当文学性的标本吗？从《离骚》到《红楼梦》，从荷马史诗到莎士比亚戏剧，经典不就是永恒的表率吗？然而，人们很快就会发现，众多文学经典的成功理由并不相同。一部经典由于壮观的历史景象而得到垂青，另一部经典赢得巨大声望的理由恰恰是抛弃历史景观而转向了人物性格；然而，第三部经典又可能让人物性格隐没于物质细节的光泽。大部分文学经典分别由每一个历史时期具体地鉴定，而不是核对固定的文学教条。文学——艺术亦然——的一个奇异之处在于，经典拥有至高的地位，但经典决不提供模仿的公式。经典意味着独创。因此，一部经典往往是文学史上的一片禁区，后继者必须绕路而行——模仿无疑是独创的反义词。

在我看来，现在已经到了正视这个问题的时候了：首先，文学定义得出的遥遥无期是否隐含了另一种可能——这是一场徒劳的理论战役？文学理论预订了一个追逐的幻影，以至于各种不懈的争论犹如西绪福斯不断将滚下来的巨石推向山顶？另一个意味深长的情况是，定义不明从未减缓文学的生产速度。文学生产不必依赖事先设计的施工图，每一个历史时期均存有自己的文学生产机制。

何谓文学？——上述认识至少包含了一个启示：与其始终如一地搜索文学的固定特征，维护文学的固定特征，不如考察历史如何要求文学、期待文学以及限制文学——亦即考察每一个历史时期的文学生产机制。这是识别文学的另一种视域。或许，文学不是某种形而上学的规定，不存在固定的位置或者亘古不变的形式；文学是某一个文化网络内部积极平衡的产物。例如，文学的位置是在经济学、历史学、哲学、心理学乃至化学或者物理学等诸多文化门类的交错中形成的。传统的分类科目已经如此深入人心，以至许多人习惯于将各种分类图谱视为不可动摇的世界图像，任何一种类别均由固定的“本质”给予锁定。对于分类图谱的盲从摧毁了世界阐释的相对性，孤立与静止时常成为“本质”的附属形式。然而，视域的转换可能提供另一种认识形式。例如，利用容器的形状证明水的柔软性，或者，描述星球之间的距离形容天空的广阔。相对于费尽心机的本质概括，这种考察强调的是诸种参照物形成的网络定位。

现在，人们可以重新叙述“何谓文学”的四次争辩了。没有哪一次争辩总结出一个让人心悦诚服的普遍结论，但是，每一次争辩都成功地把文学送到了历史指定的位置上——真正意义上地回到了历史。五四新文学诞生的前夜，巨大的历史能量正在寻找合适的突破形式。各种文化门类还来不及激动起来，文学捷足先登。为人生而呐喊的主题找到了恰如其分的托付，文学和历史一拍即合。四十年代的“革命”“大众”“工农兵”均是历史的强音，文学因为特殊的动员能力而被委以重任。当时人们的心目中，还有哪一种文学比担当革命机器之中的齿轮和螺丝钉更为荣耀呢？八十年代的“纯文学”来自文化网络的一次重大调整。僵硬的政治教条覆盖了生活的全部领域，文学曾经擅长的美、个人经验、内心、独特的性格几乎被挤压殆尽。这时，尽管“纯文学”是一个内涵模糊的概念，但是，这一面旗帜有助于收复一个政治无法主宰的空间。这不仅是文学的转向，而且是生活的转向。如果说“纯文学”是向过度的政治索赔，那么，“文化研究”考察的是市场以及资本条件之下的文学生存策略。九十年代中期沸沸扬扬的“人文精神”激辩表明，一批文学知识分子对声势浩大的市场以及资本感到了不安。尽管如此，“文化研究”不再天真地依赖“纯文学”等各种脆弱的学说充当文学的庇荫。历史正在剧变。如果作家仍然不闻不问地居于一隅，文学必将迅速销声匿迹。“文化研究”揭示了文学与市场、资本以及意识形态的复杂联系，这即是历史分配给文学的席位。“文化研究”认为，文学拒绝历史的口号已经从激进转为保守。历史不是一个可以任意抛下的观念，历史无所不在地介入文学的主题、故事、语言形式和修辞风格。某些现代主义派别曾经摆出极端的形式对于历史表示了不屑，这毋宁说一种愤世嫉俗的姿态。事实上，现代主义的高傲与资产阶级实利主义文化之间的抗衡仍然得到了历史的解读——这一点已经由阿多诺或者马尔库塞等人指出过了。

当然，我并没有否认文学传统。可是，传统不是若干抽象的条款冷冻在文学史上；任何富有活力的传统均是通过了历史遴选的传统。这些传统如同投影织入当代生活，成为活跃的文化构成部分，主宰人们的言行取舍。对于现今的文学，感性经验、具象、情绪、内心世界以及无意识不仅是由来已久的传统，而且得到了历史的持续肯定。哲学思辨充当理性主义时代的标志，政治学、社会学或者法学尽量构思一个合理的社会模型。个人、感性经验或者具象被视为一片无足轻重的精神沼泽地。然而，历史从未抛弃这个领域。美学力图赋予这个领域秩序。众多文学杰作记录了这个领域的种种发现。文学对于各种性格的描绘和记录不亚于生物学对于物种的描绘和记录。远在精神分析学派盛行之前，文学即已察觉无意识的存在。文学的理论阐释代表了理性主义对这个领域的宠幸，例如典型性格的提出。所谓的“典型”企图将文学记录的世间百态纳入理性主义的阐释体系，将个别引向一般和普遍。然而，理性主义无法完全覆盖感性领域，无法拥有具象的生动和细腻。尤其是遭遇种种混沌、无名的经验，理性主义常常陷于词汇贫乏乃至彻底失语。显然，这即是文学的地段了。二者的差异甚至导致意识形态的分歧。民族、国家的故事或者英雄传奇通常赢得了广泛的响应——种种历史大叙事的意义得到了理性主义语言的阐发。当政治、经济、法律的词汇成为主宰社会事务的语言时，纳入这种语言体系亦即纳入社会的视野。相对来说，种种无告的悲苦仅仅由文学保存。所以，真正的文学往往包含了某些理性主义语言无法企及的经验，尽管这些经验终将扩大理性主义的视域，继而成为种种重大话题的策源地。从这个意义上说，文学对于理性主义的抵制，同时隐藏了意识形态的反抗。

至少在目前，历史必须保存反抗的基因——否则历史辩证法将彻底丧失动力。这即是文学不死的依据。尽管政治、经济、法律正在学科的掩护下日益演变为体制化的知识，但是，文学仍然顽强地保存了体制外的自由、草根风格和先锋性。何谓文学？——殚精竭虑地设计一个文学定义，这有助于规范文学知识，并且完成体系，划出清晰的学科边界。然而，我宁可如此阐释文学理论的持久震荡：如果一批又一批的概念术语仅仅提供未完成的描述，那么，这充分证明了文学的活跃。在我的心目中，这才是一个令人欣慰的结论。

文学的意义生产与接受：六个问题

这几年来，我在文学研究和文化研究之中持续地察觉某些问题。这些问题彼此呼应，并且与二十世纪以来人文学科的知识转型密切相关。我相信，这些问题的深入考虑有助于提供新的视角，摆脱一些由来已久的认识困难。借助这个机会，我愿意向各位报告我的思考，并且希望得到各位的回应。

一、物质生产与意义生产

截至目前，人类的知识体系可以有各种分类方式。如果承认学院分类方式的权威性，那么，我们大致上可以分为理科、工科、社会科学、人文科学——有人认为更应当称之为“人文学科”。现在，福柯关于知识与权力的观点已经众所周知。根据这些知识类别的声望以及可能赢得的回报，大致可以做出如下排序：工科，社会科学，纯粹的理科和人文科学相差无几。我曾经听到一位数学系主任说，他倒愿意加入文学院与文学、历史学、哲学为伍；夹在财大气粗的工科之中，数学常常自惭形秽。工科知识为什么如此热门？我想，这是一个极其重要的原因——多数工科知识可以直接用于物质生产。

相对于工科的物质生产，文学以及许多人文科学的作用是什么呢？——意义生产。物质生产提供了各种生活用品，服装，挎包，汽车，房子，等等。显然，这些物质不是光秃秃地摆在生活之中，而是被赋予了各种意义。通常，西装领带表示场合庄重，LV 挎包表示不凡的身份，保时捷轿车是富贵的象征，而单独一幢别墅与比公寓楼房气派得多。“雨中黄叶树，灯下白头人”，几个无言的意象隐含了丰富的意义。认真考虑一下即会明白，我们不仅生活在物质空间，同时还生活在意义空间。许多时候，后者甚至比前者更为重要。如果说“这件事没有意义”，通常意味着这件事可以从生活中删除。所以，我们的周围，石头不仅仅是石头，花不仅仅是花；石头还会让人意识到沉重、坚固、稳定，花还象征了美好、春天、青春年华。这即是物质的意义附加值。某些物质可能由于特殊的原因而拥有超值的意义，例如金子，例如印刷成货币的纸张。我们的生活如果不存在这些意义空间，周围就只剩下一大堆乏味枯燥的物质。意义生产显然是文学的重要功能。虚构的文学从来不提供面包和钢铁，也不向这个世界真正地输送人口。文学之中出现了一条街道，一间店铺，几个人物，这一切并非如实记录——文学表明的是这一切具有什么意义。“举头望明月，低头思故乡”也罢，“姑苏城外寒山寺，夜半钟声到客船”也罢，莎士比亚的《李尔王》也罢，鲁迅的《狂人日记》也罢，文学不仅仅是一些所见所闻，认识几张陌生的脸，而是进一步告知这一切现象背后隐藏了何种意义。

正如物质生产需要工具一样，意义生产诉诸符号。人类业已制造出形形色色的符号：文字，绘画，雕塑，音乐，影像，等等。符号拥有自己的物质材料，例如线条、颜料、青铜、音响，但是，由于艺术家的精心组织，这些物质材料消融在艺术表现的意义之中。相对来说，另一些性质的符号同时保留了物质的实用功能和表述意义的功能。例如，一件服装既可以御寒，又彰显主人的身份；一幢建筑既可以遮风避雨，又可以是某一个时代的经典造型。在现代的大众传媒社会中，符号的制造和运用都达到了前所未有的地步。各种符号的高度发达，无疑表明了现代社会意义生产的繁荣和丰富。许多以往平凡无奇的物质，在现代社会都被赋予了各种意义。

物质生产领域时常出现各种争夺，拥有更多的物质财富显然是历史悠久的冲动。可能没有太多的人意识到，类似的争夺同样出现在意义生产领域。常见的争夺形式有两种。一种是符号占有量的争夺。如同财富的占有一样，大量的符号占有同样象征了权力、威望和社会位置。显赫的人物长时间地占据大众传媒，充当各种符号表达的对象。从政治、文化、经济到体育或者娱乐，他们是各个行业的明星人物。相反，底层人物的特征之一即是默默无闻，所谓“沉默的大多数”。不言而喻，那些明星人物主宰了世界的意义生产。无论是时装潮流、娱乐动向还是生活时尚、审美情趣，明星所崇尚的意义往往使整个社会趋之若鹜。许多明星的发迹证明，符号的占有很容易转换成物质财富的占有。商业广告的特殊策略是，以巨额的广告费聘请明星代言。这即是许多人不遗余力地占有符号的原因。通俗地说，这就是“注意力”经济。

意义生产领域的另一种常见的争夺围绕解释权展开。如何解读各种物质的意义？某种服装领子的设计或者裤管的尺寸意味着什么？某种发型或者首饰又意味着什么？种种解释见仁见智。一辆落满灰尘的奔驰轿车可以解释为资产阶级少爷的阔绰作风，也可以解释为对于物质财富的漠视；一番慷慨激昂的发言可以解释为装腔作势，也可以解释为激情如火；一场人生的灾难可以解释为命运多舛，也可以解释为上帝的考验。那么，谁的手里握有权威的解释权？这显然是意义生产领域的制高点。从权贵、专家、目击者到当事人，这些身份均可能增添控制解释权的资本。领袖人物一言九鼎，他们通常是争夺解释权的胜利者。文学批评乃至文化研究就是在文学领域进行的意义争夺战。孔子说：诗三百，一言以蔽之，曰思无邪。这就是一种意义的权威认定。即使《诗经》之中存有一些不恭之辞，然而，圣人的结论封锁了这些意义的浮现。相对地说，《红楼梦》的意义争夺远未一锤定音。贾宝玉是一个花花公子，一个缠绵的情种，还是一个封建社会的伟大叛逆者？各种意义仍在那里激烈地交锋。通常的文学批评就是阐发文本的各种意义，批评家之间的争辩即是意义争夺的常见形式。文化研究的分析范围常常超出了文本，或者用另一种说法——世界被当成了一个巨大的文本加以分析。文化研究的一个重要功能就是，深刻地介入意义生产与争夺。这一种故事情节的设置是否隐含了性别歧视或者种族歧视的信息？那一幅商业广告用什么诱惑消费者？一个展览馆以何种布展设计讲述民族的过去？一组流行歌曲利用哪些元素撩动人们的情思？文化研究负责众多文化现象的意义解释。当然，这些解释同时包含了与另一些观点的角逐。文化研究的批判性格常常表现为，推翻传统的解释而挖掘出隐藏的另一些意义。后现代思潮盛行加剧了意义的争夺。去中心、去权威带来了意义解释的开放，许多传统的定论重新遭到挑战。意义的多种解释以及再解释不断地给社会带来新的意义空间。后现代社会眼花缭乱的感觉不仅因为过量的物质生产，同时因为超负荷的意义生产。

意义生产领域的争夺，符号的争夺，许多时候也就是人们所说的话语政治。我并不认为话语政治可以完全替代物质生产。马克思的一个观点至今还非常重要：批判的武器当然不能代替武器的批判，物质力量只能用物质力量来摧毁。我想指出的是另一个问题：现代社会，大众传媒如此发达的情况下，意义生产领域的各种争夺正在与物质生产领域紧密结合在一起，出现了许多新的特点。换一句话说，意义生产的分量正在日益加大。我们知道，计算机在互联网上制造出一个虚拟空间。虚拟空间的组成仅仅是信息而没有实在的物质。尽管如此，许多人——特别是年青一代——人机相对的时间越来越长。这个迹象生动地表明了意义生产对于我们生活的重要性。文学批评或者文化研究常常是一些非常具体的分析，但是，需要意识到的是，我们的活动区域是意义生产领域。

二、历史与人生

历史与人生，可以是两个范畴。

历史通常指过去发生的各种事实。史，事也。许慎的《说文解字》说：史，记事者也。但是，所谓的“记事”肯定不是任意的堆砌，而是力图表现出一个完整的发展进程，表现出过去各种事实之间的前因后果。

所以，历史自然而然就注视那些宏大的巨型景观。政治宣言，外交形势，社会制度，世界大战，国家独立，民族解放，诸如此类的重大事件通常是历史的注视焦点。中国古代的历史著作之中，帝王将相是基本的主人公。历史学家看来，围绕着帝王将相的事件往往是可以撼动历史的大事件。相反，那些芸芸众生只能是摇旗呐喊的喽啰罢了。另一方面，历史记录的时间单位至少是一个时段，年鉴学派甚至提出了长时段研究。一天两天的时间很难看出历史的轨迹。当然，所谓的长时段并非单纯的时间长度，通常指的是关注一个完整的事件或者过程，而不是各种琐屑的细节。

最初我们可能觉得，人生不是已经包含在历史里面了吗？可是认真地想一想，二者的“分辨率”远不相同。人生只有短短的几十年，个人的经历和视野仅仅是各种重大事件的一个小小局部。推翻某一个王朝，建立某一种社会制度，历史就像一列火车奔向自己的大目标，每一个人只能在这种重大事件之中贡献极其微薄的力量。另一方面，个人生命中还有许多经验无法完全组织在这种重大事件中，而是具有自身独立的意义。所以，如果将个人的生命长度、经历、视野组成另一个框架，许多在历史巨型景观中显示不出意义的个人经验放大了比例。一个暧昧的眼神，漾过心头的五分钟妒忌，午餐的一道菜肴烧得特别好吃，在马路的拐角被一声尖厉的汽车喇叭吓了一跳——这些细节绝大多数对于历史毫无影响，但是，这些细节是人生的基本组成单位。这就是我特别重视日常生活这个范畴的理由。如果没有这些日常生活的琐碎经验，空空荡荡的人生丝毫不真实。我曾经在另一个场合说过，一个普通人的生活质量与这些细节密切相关，例如情人的眼神，上司的声调，一双合脚的鞋子和体面的衬衫，旅行时火车硬座车厢里的气味，寓所卫生间内部的装潢——总之，他们的生活感觉和评价常常取决于一丈之内发生的事情。那些历史大目标如果始终无法和一丈之内的生活联系起来，往往只能是一个脱节的抽象口号。

文学是从关注“人生”开始。日常生活经验，各种细节，这是文学的独特内容。经济学不研究一个人的表情，哲学不研究寒风刺骨的感觉，法学不研究失恋之后的哭泣——总之，这一切都交给文学了。当然，文学并不是一堆破碎的表象。这些日常生活经验或者各种细节必须形成一个完整的结构，例如一个故事，一段起伏的情感，等等。但是，这种完整是相对于人生而言。换一句话说，在理解某种人生的意义上，这种故事或者情感已经完整。福斯特说过，小说的结尾要么是结婚的庆贺，要么在乒乒乓乓地钉棺材，婚姻或者死亡都可以使人生告一个段落。“前不见古人，后不见来者，念天地之悠悠，独怆然而涕下。”这首诗是一种悲凉的人生况味。即使对于陈子昂当时的境遇一无所知，我们也可以感同身受地体会这种滋味。“此中有真意，欲辨已忘言”，“柴门闻犬吠，风雪夜归人”，仅仅一句诗就可以触动人生的某种感慨。相对于历史的大目标，一个故事或者一种起伏的情感仅仅是九牛之一毛。即使是《红楼梦》

《追忆似水年华》这种巨著，我们也只能从中看到历史的某一个小小的片断。所以，文学是人生的完整而不是历史的完整。

当然，现实主义之前的文学不怎么注意日常生活经验和细节。英雄时代的文学通常以英雄为主人公，例如神话或者史诗。那时的作家视野之中，英雄似乎没有遇到日常生活的种种琐事。古代英雄多半是帝王将相，他们专注于文治武功，至于日常生活的种种琐事已经有人打点。阿喀琉斯不必考虑烧饭的柴火从哪里来，关云长也不必考虑战袍脏了用哪一件换洗。日常生活与他们的英雄业绩相互分离。拒绝日常生活的传统一直保留到武侠小说之中。那些武功盖世的大侠既不会中暑或者感冒，也不要半夜起来给孩子喂奶；行走于江湖，大碗酒、大块肉或者留宿客栈，银两是不用发愁的。这种日子很容易豪气干云，快意恩仇。我曾经引用过一个观点：如果没有这些日常琐事，我们也会像大侠一样豪爽；因为纠缠这些日常琐事，大侠也会像我们一样庸俗。帝王将相这些英雄不必耗费精力处理维持生存的诸多细节，他们就更容易与历史融为一体。吃喝拉撒这些烦人的事情消除之后，他们的所作所为都贡献给了历史。几十年的人生情节无一不可以进入历史的记录。然而，大多数人根本没有这种条件。他们处理的许多日常事务是为了维持生命，这些事务在历史的账本上是没有任何地位的。这些事情似乎只有人生价值而没有历史价值。但是，某一天文学终于还是觉悟了过来：人生价值是否也是一种价值？另外，有没有完全脱离人生价值的历史价值？

历史与人生的分离迫使文学解决一个问题：个别与整体的关系。作家写出了一个感人的故事或者一种真挚的情感，这与别人又有什么关系？为什么这么多读者愿意阅读陌生人的事迹？很长时间以来的流行解释是，个别的人物身上隐藏了许多人共有的内容。一个人的故事具有普遍性，个性与共性的结合即是批评家所说的“典型”人物。典型人物表明，一个人的遭遇也就是千百个人的共同命运。典型曾经是一种静态的概括，例如一个莽撞的人物代表了千百莽撞的性格，一个吝啬鬼代表了众多的吝啬鬼，如此等等。然而，另一些理论家后来认为，要把典型的价值放在历史运动中考察，例如某些人物代表了历史的方向，另一些人物代表了落后力量。代表了历史前进方向的人物即使极为罕见，他们仍然可以享有“典型”的荣誉。作家要捕捉的就是这种人物。

这种典型的观点拥有一个隐蔽的前提：作家事先知道历史的蓝图。因此，作家同时知道谁是历史之中的主要人物，谁又是无足轻重的配角。但是，作家到哪儿调阅历史的蓝图？历史有蓝图吗？历史难道不是无数具体的人生建构起来的吗？如果不是进入每一个具体的人生，怎么会有一个先验的历史框架等在前进的途中呢？

历史与人生是两个有差异的范畴。我想是不是可以形成几点认识？第一，没有一个悬空的历史，无论是以“绝对精神”的名义还是以历史规律的名义。历史就是由无数具体的人生积累而成的，尽管历史绝不等同于一个个具体的人生。第二，每一个人生与历史之间始终存在互动——每一个人生既被历史所约束，同时也影响历史，哪怕是极其微末的影响。尽管如此，我们还是要意识到，文学关注的是人生的完整，包括关注人生如何被历史改写。放弃人生的故事而追逐宏观的历史，这不是文学的价值所在。第三，如果仅仅就表现历史而言，另一些话语类型做得更出色，例如历史著作，甚至经济学，社会学。

现在，我们可以进一步认识文学了。

三、关系与结构

近几年来，我一直考虑以“关系主义”的观点考察文学，发表过几篇论文。简单地说，“关系主义”就是在各种话语系统的关系网络之中，通过相互比较和衡量逐渐确认文学话语的位置。在我看来，我们周围存在一个共时的社会“话语光谱”。历史学、哲学、经济学、社会学、政治学——这些话语系统组成了一个开阔的话语平台。每一个话语系统彼此抗衡，最终表现出相对稳定的特征。文学话语进入这个平台，在这些话语系统的抗衡之中定位。文学异于历史学、哲学、经济学、社会学、政治学……因而文学即是文学。这是一种考虑问题的方法。

这种考虑问题的方法显然包含了一个目的：避免“本质主义”。必须承认，“本质主义”是另一种考虑问题的方法，而且历史悠久。本质主义试图找到文学的本质，一举证明文学是什么。稍稍回想一下就记得，一些概念或者命题都曾经被设定为文学的“本质”，诸如“文以载道”，“文以气为主”，美，人性，文学是现实的一面镜子，典型，等等。最近几十年，文学是一种特殊的形式或者语言这种观点占据了上风。总之，许多人因为什么是文学的“本质”争论不休。相对地说，没有多少人考虑另一个问题：如此之多的答案都有这种或者那种不足，是否根本不存在所谓的“本质”？现在陷入了一个多少有些矛盾的境地：没有人知道文学的“本质”是什么，但是，众人共同坚信“本质”一定存在。“关系主义”试图在历史提供的一系列关系网络之中说明文学。文学的特征不是来自自身内部的一个神秘的内核，而是由于邻近话语系统的相互比较而得以显现。这同时表明，“文学”是一个历史性的概念。时过境迁，如果相互比较的邻近话语发生了改变，文学的特征可能改变乃至消失。前面曾经说过，文学关注日常生活，关注个人经验和细节。但是，并非历来如此。神话就不是这样。那些大型的史诗也不是如此。那个时期，个人与集体、感性与理性、私人空间与公共空间、文学与历史学或者哲学均未正式区分，神话或者史诗同时承担了这些功能。近现代社会到来之后，由于个人主义的觉醒，日常生活以及个人经验才得到了文学的重视，成为现代文学的一个特点。“关系主义”异于“本质主义”的一个重要观念是，不再设想有一个超历史的“本质”管辖千秋万代的文学。没有一个普适的文学定义，而是进入具体的历史场景，在具体的文化网络之中考察什么是文学。

关系主义时常引起一种惊慌——放弃了所谓的“本质”犹如放弃了任何确定性，那么，如何确定文学与非文学？如何判断好文学与不好的文学？一切关系都存在双边的互动。关系是可变的，一切皆流。如果不是将“本质”锁定为终极坐标，据此设立一系列尺度，一切文学方位都将丧失。然而，这种观点忽视的是，并非所有的确定性只能来自“本质”的规定。否认“本质主义”仅仅是否认存在一种不受历史干扰的永恒的规定。但是，这并不能证明，关系每一秒钟都在变化。相反，许多关系十分稳定，甚至一代又一代地延续。绝大多数关系不可能一夜之间土崩瓦解。许多时候，历史本身就提供巩固、保存现有关系的机制。这时，我们可以提到一个概念：“结构”。

通常，结构是自洽的，是一个整体，同时能够自我调节。无论是文化、经济还是星系布局、地质构造，无论是一个身体、一座庭院还是一张椅子、一个文本，我们都可能从中发现结构。结构具有强大的内聚力，往往固定地维护一批关系，使之保持既定的功能。例如，由于身体的结构，我们的五官或者胳膊与大腿之间的关系始终如此稳定。我们不会慌乱地用鼻子吃饭，或者用胳膊行走。相近的理由，一个社会各种“话语光谱”之间的结构没有产生根本的变化，文学的位置及其意义也不会出现根本的变化。这种结构不仅决定了文学、哲学、历史学、经济学、社会学等等各司其职，同时还决定了文学内部的诗、小说、戏剧、散文以及各个次级文类的分布情况。生活的大多数时候，我们都能明显地感受到结构的存在。我们不能一转身跳上五楼，也不能随时自由地移居另一个国家，物理结构和社会结构限制了我们的行动。某些结构主义者认为，结构是固定不变的，恒久的，深层的，无数的结构形成了巨大的金字塔。由于多数结构如此坚固、稳定，以至于我们时常产生超历史的感觉。为什么结构能够穿越无数历史表象的侵蚀？许多人仍然借助“本质”加以解释。本质如此，无可改变。的确，结构时常制造“本质”的幻觉。但是，只能拥有足够的历史跨度，我们还是可以觉察，结构同样来自历史的规定。历史提供某些结构形成的条件，也产生某些结构瓦解的理由。一旦某些历史时期的“话语光谱”出现剧烈的调整乃至完全颠覆，文学的位置、职能以及文体都会出现相应的变化。例如，五四新文化运动时期，整个社会话语平台的重大改变终于带动了新诗或者现代小说的诞生。

我之所以倾向于关系主义而不愿意接受本质主义，与一个认识存在密切关系——我认为文化不存在本质。众所周知，文化有过许许多多的定义——这恰恰表明没有一个令人满意的完善定义。我觉得，没有必要对于文化进行神秘化的解释。根据“文”“纹”“符号”的引申，文化的最初意义即是以符号改造人。改造人的什么？主要是把人身上的动物性改造为善于利用符号相互交往的能力。这是人类摆脱自然而形成社会的前提。这种改造分布在所有的方面，所以说文化即是日常生活方式的总和。从食文化、茶文化到厕所文化，所有的方面都存在摆脱自然动物性的问题。当然，久而久之，人与人之间关系的重要程度超过了人与自然的关系，不同地域的群体分别拥有了自己的生活模式并且形成自己的文化圈，各种文化圈之间出现了竞争关系，这时，文化摆脱自然的本义日益模糊。事实上，我们现在交叉地根据两套密码行动。一套是来自动物的生理密码，饮食男女，生理本能；但是，一旦行动开始，文化密码立即开始接管——怎么饮，怎么食，如何男女，这即是文化。这里隐藏了一个很有意思的问题：文化对于人身上的动物性改造要抵达哪一个境界？有一个预设的目标吗？文化最高的标准形态是什么？——财富总量要达到多少？科学技术水平如何？审美和艺术又是如何？如果有一个公认的目标或者标准形态，我们可以视之为“本质”的规定，并且尽量努力向这个目标靠拢。然而，正如雷蒙·威廉斯所言，文化是平常的，就是人类的生活方式。文化不是追逐某种预设的目标。从改造人的自然动物性开始，文化的意义就是让人更好地与周围的环境相互适应。换言之，有助于人与自然、人与人和睦相处的文化即是最好的文化。这种文化不太可能来自事先的设计，不是背诵教科书里的规定，而是根据一定的历史场景与多方参与的因素因势利导。一定的时期内，我们可以提出文化规划远景，设立文化目标，并且为之努力，然而，正如放弃了历史目的论一样，我们也无法为文化找到一个黑格尔式的“绝对精神”，视之为文化终将实现的“本质”。这种状况决定了文化的几个特点：一，文化通常是本土主义的，本土的历史环境和地域条件才能证明什么叫人与周围环境的相互适应；二，与第一点相联系的是，世界上的文化必然是多元的，不存在一个大一统的固定目标；三，文化是充满活力的，历史不断赋予文化再创造的空间。文化不会停留在“本质”规定的某一个位置上。回到文学上，我们也可以发现类似的特点。作为一个文化门类，文学同样不存在一个事先设计的目标和标准形态，而是投入社会的各种“话语光谱”之中，继而在各种比较、权衡、竞争之中，找到自己的历史位置并且产生无可代替的作用。

四、词与物

这个标题当然是借用福柯的名著《词与物》，谈一谈语言与世界的关系。

其实，需要讨论的是主体、语言与世界三者的关系。我们的认识领域是由这三者共同构成的。古代的思想家感兴趣的是：世界是什么？他们力图认识世界的本体，水、火、土、数、道、气等等都曾经充当过世界的本体。后来，另一批思想家转向了主体。世界是由主体认识的。主体的构造是什么？主体与客体的关系怎样？唯物主义与唯心主义问题，都是由这两个范畴派生出来的。最近，思想家的讨论很大程度上集中到了语言上。强调主体的时候，语言被视为主体表述的一个工具。然而，现在许多思想家把语言视为一个独立的空间，一个庞大的结构，主体只能在这个空间或者结构中活动，并且接受它们的限制。总之，语言成了第一号主人公。

古代的时候，语言的魔力曾经令人惊骇。神话中记载：昔者仓颉作书，而天雨粟，鬼夜哭。古人很早就意识到，语言是一个不凡的魔具。上帝发话说，要有什么，世间就有了什么——仿佛是语言魔术变出了世界。一些古老的语言品种表明，许多人认为，某些特殊的语言很容易直接转化为现实，例如誓言，咒语，祈祷，谶言。誓言是一种语言承诺，违背者必遭报应；谶言是提早预告某种事件的来临，所谓一语成谶；祈祷和咒语都假设，某种意愿可以通过反复的言说而成为现实。理性主义时代，这些观念已经基本消失。语言就是语言，表情达意，或者用于命名世界，一种工具，仅此而已。但是，在某些小问题上，我们还可以看到语言的残存魔力，例如给孩子取名。许多人对于孩子的名字刻意推敲，似乎一直叫某种吉祥的名字真的会召来一个如意的命运。此外，有时我们还会发现谐音引起的迷信，数字的禁忌，等等。

语言是主体使用的工具，表情达意或者命名世界通常称之为“表现论”或者“再现论”。这种语言观念与我们的经验相互吻合。但是，所谓的“语言转向”出现之后，这种经验被打破了。从分析哲学到新批评、俄国形式主义、结构主义、解构主义，语言在各个层面得到反复的讨论。在这些讨论中，语言的几种性质得到了前所未有的关注。

第一，语言对于主体的建构。一个人滔滔不绝地发表演说，好像是主体在使用语言。但是，主体是如何形成的？主体不是一夜之间从天上掉下来的，而是在社会文化之中建构起来的。然而，社会文化对于一个人的训练无不依赖于语言。如果不存在语言，主体内部还有什么？我们的精神世界就是由语言组织起来的。语言提供多大的空间，我们就能走多远。这并不是说，主体没有创造性，然而，主体的创造性通常遭到了语言的隐蔽制约。语言就如同思想的各种预制零件。我曾多次使用盖房子的比喻。房子不是一粒一粒沙子盖起来的，而是有各种预制零件，例如梁，柱，瓦片，砖头，窗框，门板，如此等等。我们似乎可以用这些预制零件盖各种房子。但是，如果我们想盖一幢球形的房子，这些预制零件的制约性就显现出来了——它们只能盖方形的房子。语言也是如此。我们似乎可以自如地用语言表达各种思想。然而，如果不存在某些词汇，某些词组或者固定的表达，不存在某些话语类型，一些思想根本不可能让人意识到。我们可以发现，近三十年中国人的思想丰富了许多，一个最重要的证据就是三十年来词汇量增加了许多。将五六十年代的报纸与近三十年的报纸输入计算机进行一个比较，我们立即可以发现这一点。

第二，我们认识到的客观世界已经由语言编码。世界存在于我们的意识之外，客观而冷漠。但是，只有编码之后的世界才能进入我们的意识，得到理解。遇到一个全新的事物，我们首先做的就是纳入语言体系加以定位。这种定位远比单纯的命名复杂得多。我们不仅用“轿车”命名一辆小车，同时，我们还要理解一系列相邻的“火车”“公共汽车”“卡车”“面包车”乃至“马车”“人力车”“手推车”“自行车”……这样我们才能真正了解何谓“轿车”。这无异于表明，一种事物在语言体系之内安身立命之后，我们才可能真正明白它的意义。某些时候我们甚至会遇到这种情况：某些概念的所指并不明确，或者有争议，但是，由于这些概念与周围另一些概念的关系已经建立起来，它们仍然可以形成特定的表达。二十世纪九十年代“人文精神”的争论即是如此。虽然当时“人文精神”的内涵比较模糊，但是，种种辩论仍然持续地展开。因为“人文精神”已经在当时的众多概念之间找到了一个相对固定的位置。所谓“文化”“现代性”“后现代主义”等均有这种现象。相对于另一些概念，我们大致理解这个词——这种相对发生于语言本身提供的秩序之内。所以，许多时候可以说，语言体系内在地控制了我们理解世界的方式。

第三，语言是可以自我繁殖的。最初，语言的一个重要作用是命名世界，

“树”“石头”“人”“老虎”分别与某种实物相互对应。但是，当语言逐渐成为一个严密的组织之后，它出现了一种脱离世界的自我延伸。例如，一个房间的物理空间是有限的，但是，描述这个房间的语言可以是无限的。另一方面，一种语言还可以以另一种语言为对象，譬如用一套语言评论另一套语言。尽管实物并没有出现，语言却持续增加。语言的自我繁殖时常被视为语言自律的一个证据。这三种性质至少可以让我们意识到，语言本身构成了一个强大的符号秩序。这个符号秩序先于主体而存在，决定主体如何认识世界，而且也是主体无法轻易地脱离或者改动的。所有的文化传统、社会记忆以及意识形态无不贮存在符号秩序里，塑造和控制主体。以往的文化史证明，符号秩序之中显然隐含了各种无法摆脱的压迫和歧视的信息。因此，我们可以在许多西方的文学作品之中发现，逃离既有的符号秩序是一个强大的冲动——尽管不可能长时间真正地逃离。

在这种强大的符号秩序中，文学形式是一个特别活跃的组成部分。由于日常生活和感性经验不断地提供新的事物，文学形式特别热衷于各种话语实验，各种前所未有的表述方式将对已有的强大符号秩序进行持续的挑战，当然，这也就是摆脱压迫、歧视，开拓另一种意义空间的努力。俄国形式主义学派以来，一些理论家坚持文学形式的独立性，拒绝与历史发生关系。然而，在我看来，从话语的冲击到新的意义空间恰恰是文学形式介入历史的独特途径。

五、共时与历时

读过了索绪尔的著作之后，我们对于“共时”与“历时”的区别都很了解了。这是两种相互区别的阐释模式。我要强调的是，我个人对于共时的研究更有兴趣——这绝不是否认别人历时研究的成果。

写作《冲突的文学》一书时，我开始自觉地强调共时的研究。我选择了当代文学中二十个文化冲突加以考察，这些冲突同时存在于二十世纪八十年代之后的当代文学中，例如社会与自然，城市与乡村，男性与女性，父与子，英雄主义与反英雄主义，科学主义与人本主义，主体与符号，社会与形式，等等。

在我看来，这些冲突之间的复杂纠缠源于一个重要的原因：当代文化中共时地存在三个“价值源”：前现代价值系统，现代性价值系统，后现代价值系统。在西方文化中，这是一个历时性的演变。然而，二十世纪八十年代之后，封闭已久的中国文化急速开放，这些历时性的思想一拥而入，熙熙攘攘地摊在一个共时的空间。多种文化意向的共时存在形成了复杂的冲突。尤其有趣的是一种状况——历时之轴上的螺旋式上升，到了共时的空间平面上可能被绕成了一个重复的圆圈。前现代有时会出其不意地在后现代文化中借尸还魂。这时，辨别二者成为一项精细的工作。必须承认，多数人更为习惯的是历时的研究，例如许多人愿意考察当代文学如何与现代文学一脉相承，特别是从启蒙到新启蒙。但是，如果仅仅局限于历时的线索，我们可能无法清晰地认识到当代文学内部的文化意向如此复杂，如此纠缠。

《文学的维度》一书主要围绕文学话语展开分析。但是，这本书强调将文学话语置于一个共时的社会话语光谱之中予以考察。之所以用“光谱”一词而不使用流行的“谱系”，因为“光谱”是一种横向的空间展开。如前所述，我认为文学话语的特征不是来自某种神秘的本质，而是在众多话语系统的相互权衡与比较中显示出来。从方法论上说，这是在一个时代的话语结构中分析文学话语占有的位置及其特殊功能。当然，这不否认文学话语的强大传统。文学话语是带着唐诗宋词的传统，带着《三国演义》《红楼梦》的传统进入这个时代的话语结构的。但是，文学传统并不说明一个先决的、不可更改的“本质”，而是作为一种因素与话语结构中的其他诸多因素相互衡量、相互作用。传统说明了来龙去脉。但是，如果仅仅关注来龙去脉，我们很容易忽视共时的空间包含的丰富内容。许多时候，我们可能由于过分推崇历时的研究而不够重视文学与一个时代的横向关系，例如对于文学经典的认识。文学史罗列了一大批经典之作。我们似乎觉得，这些经典始终是秉承某种文学传统的不变标本。这可能是一种错误的想象。在我看来，每一种文学经典的成因并不相同，甚至大异其趣。《三国演义》因为波澜壮阔的历史场景、众多英雄人物的群像成为经典，《红楼梦》恰恰相反——因为家族内部的杯水微澜与儿女情长而成为经典。简单地说，一部经典的形成主要不是吻合纵向的文学传统，而是横向地得到了一个时代的青睐。历时的脉络也会制造盲点。如果仅仅注意纵向的演变历程，往往会忽视共时空间隐含的全部复杂性。共时地展开与历时地展开不同，共时地展开的是一个网络，历时地展开是线性的。在我的心目中，文学话语与同一时代各种因素的横向关系比纵向的历史线索重要。前者是主动的，后者是被动的，尽管传统某些时候非常强大。

出于相同的考虑，我曾经撰写论文《当代文学史写作：共时的结构》提出考察当代文学史内部的共时结构。文学史通常总是被理解为历时性的文学史料收集。仅仅按照时间坐标列举文学资料，往往忽视了某一个时期的文学史料背后可能隐藏一个结构。事实上，只有分析这种结构的共时框架，我们才能清晰地看到一个时期文学独一无二的特点。例如，在当代文学之中，文学生产体制即是结构之中一个极其重要的因素。从作家协会组织、出版机构、稿酬制度到文学批评、文学教学，完全忽略这些因素几乎无法完整地理解中国当代文学。这涉及一个时代的意识形态国家机器，涉及无产阶级文化领导权——只有将这些因素与当代文学作品一起考虑，文学史的结构才相对清晰。仅仅按照时序罗列作品，看不到这些因素的相互作用。描述一段文学史的结构，往往可以发现多种甚至数十种因素彼此互动，相互呼应同时又相互对抗。因此，文学史结构的描述通常是立体的，而不是用某一个单极的概念作为唯一的主题词。我在这篇论文中指出："所以，谈论文学现代性，很大程度上即是谈论现代性在与古典文学传统的较量中如何逐渐占据了上风；谈论二十世纪中国文学'悲凉'的美感，必须同时论述明亮欢快的美学风格如何破产。处于结构内部，二者是共存的。一切特征只能在相对之中显现，而不是删除任何其他因素而仅仅剩下某种孤立的'本质'——当代文学史之中'审美'或者'政治'的关系亦是如此。也许，种种貌似精辟的结构概括并不重要。理解一种结构的内涵，恰恰意味着理解结构内部的一批关系。"

为什么关注共时性研究的人比历时性的人要少？共时的结构描述不易于理解恐怕是一个很大的原因。这里的一个重要问题是，如何把历时发生的事实转换到共时的视野之中。一个纵向的事实如何进入一个横向的共时空间？这犹如一幢楼房投射在地面的影子——一个纵向的坐标转换成一个横向坐标。一个事实作为历史存在，这是一个方面；同时，解除这个事实的原始时序，观察这个事实的哪一部分进入当下现实，产生何种影响，这是另一个方面。《红楼梦》带来了文学史的何种转折，譬如鲁迅说“传统写法都打破了”指的是什么，这是一个问题；《红楼梦》在当代文化结构之中具有什么作用，得到哪些人的阅读，在哪些文学类型之中得到延伸、扩展或者改造，为什么——这是另一个问题，尽管第二个问题显然与第一个问题有关。所以，暂且冻结时间坐标，注视共时的结构内部各种因素的互动和横向的衡量，这种阐释模式具有巨大的潜力。

六、绝对与相对

讨论接受美学的时候，我们常常会提到西方文学理论发展的一个转移轨迹：作者—文本—读者。我有时会提出一个小小的疑问：作者、文本、读者是围绕文学的三个主要因素，始终存在于我们的视野之中。这个转移半小时就能完成，为什么西方文学理论竟然转了几百年呢？当然，没有什么人愿意认真回答我。接受美学把解读的权力交给了读者，不同的读者可以就同一个文本解读出多种意义。回到意义生产这个话题上，这是一种解放。意义生产的解放，这个问题来自两个脉络。一个是解构主义。解构主义认为“作者已死”，作家的意图不再成为意义的限制；他们认为一个词的终极意义是不确定的，是“延异”，是能指的游戏，意义的狂欢是解构主义构思的理想局面。另一个脉络是接受美学。现代阐释学承认，每一个读者都拥有自己的文化背景，他们不可能摆脱自己的文化背景理解世界，理解文本。不同的读者解读出自己的意义，这是十分正常的事情。

但是，我们迟早会产生一个疑问：读者的权力会不会太大了？如果一个读者说，莎士比亚是英国最糟糕的作家，鲁迅的小说远不如琼瑶，那又怎么办？当然，还有一些问题争议起来可能更复杂一些，例如曹雪芹伟大还是金庸伟大？《阿Q正传》有价值还是《大话西游》有价值？如果完全把这些问题交给读者，我们是不是放心了？

“过度诠释”就是在这种背景下提出来的。无论如何，解读还是要有一个限度。单一的意义解读是一种独裁，一种专制，但是，并非意义愈多愈好。一个文本有一万种解读，肯定带来一片混乱。学校大门口贴出一个公告说，七月十五日开始放假——如果这个公告引起了一万种不同的解读，那该怎么办？所以，解读、阐释的限度很重要，不能“过度诠释”。《诠释与过度诠释》这本书收集了一些思想家的相关讨论。然而，即使在这本书中已经可以看出，这个“度”的设立非常困难。我们凭借什么指定一个“度”？谁来指定？“度”标准是什么？所有的分歧立即源源而来。我们无法凭借自己的印象或者感觉解决这种问题。例如，最初的时候，许多人肯定很难接受弗洛伊德的精神分析学——谁愿意把《俄狄浦斯》《哈姆雷特》想象为所谓的“恋母情结”呢？许多时候，精神分析学提供的结论让人觉得匪夷所思。然而，至少在今天，精神分析学的声望提高了许多。很多稀奇古怪的结论慢慢成了常识。这种现象表明，所谓的“度”是不固定的，而是逐渐产生了变化。

无限的解读，无限的意义，没有任何确定性，这个社会的交流模式将立即崩溃。文本或者符号有意义，而且，我们的解读就是为了尽可能达成共识，这是交流以及社会形成的根本前提。解构主义或者接受美学反抗意义生产的专制主义，并不是企图完全摧毁确定性与共识——这样问题倒简单了，而是企图在开放解释权的前提下谋求相对的确定性和共识。这当然很容易通向相对主义。西方文化对于相对主义相当恐惧。这与形而上学传统以及分析的哲学密切相关。但是，至少在今天，“本质”这个概念已经很难成为确定性的有力支持。上帝已死，形而上学日益衰微，后现代主义的去中心、无深度盛行一时，交往理性产生的作用尚属一种理论预期，这时，什么是达成共识的前提呢？

很大程度上，我们仍然求助于“历史”。首先考虑到的是“期待视野”。面对一个陌生文本的时候，我们预先存在什么期待？对于文体，对于故事模式，对于主题，我们解读出什么意义与我们曾经有哪些期待息息相关。多数时候，我们总是看到所欲看到的内容。有趣的是，同属于一个文化圈的社会成员拥有十分接近的期待视野。即使教授、文学批评家与工人、学生之间的期待视野有所差异，但是，他们之间至少存在沟通的渠道。为什么存在相近的期待视野？“人同此心，心同此理”的解释似乎简单地将共识归结为内心的某一个地方存在一个共同的神秘结构。借助历史的解释，我们宁可认为，共同的文化传统、共同的价值体系、共同的意识形态与共同的文化训练无疑是主要原因。如果要说有一个共同的结构，那么，相同的“期待视野”是一种共同的文化结构。共同的文化结构不是由于某种生理特征，而是来自传统、记忆、各种类型的知识、意识形态的严密建构。另一方面，这也能更好地解释，即使同一个时代，人们的期待视野仍然参差不齐。

另一个与“历史”有关的概念是“语境”。置身于一个相同的历史环境里，我们往往会持相近的观点。当然，这仅仅是大而言之。面对福楼拜的《包法利夫人》，我们之间可能产生种种分歧，但是，如果征求唐朝读者的意见，我相信我们之间的共识还是远远超过我们与唐朝读者。这就是“语境”制造的普遍性。超出这个“语境”之外，这种普遍性会大打折扣。

显然，“语境”具有自己的结构，自己的范围和边界。问题的复杂性在于，不能单纯地凭借时间的远近作为“语境”的界定。许多人可能会有这种体验：二十世纪五六十年代的许多诗歌现在已经格格不入，但是，我们仍然与唐诗宋词产生强烈的共鸣。这就是说，维持一个“语境”的结构有许多复杂的因素需要考虑。

不同的“语境”之间可能脱节，甚至断裂。“语境”的彻底转换往往意味着一个新的历史阶段来临。这是一种理论的描述。置身于特定的历史环境中，这一点是很难判断的。历史仍在原有的轨道上运行，或者，历史即将出现天翻地覆的转变？如果这种判断与个人的人生选择结合起来，那就更难了。意识到一种“语境”即将终结，观念的革命或者话语的革命即将到来，这种文化先锋的敏感来自高瞻远瞩的思想、气度、胸襟，而不是仅仅靠博学或者多读几本书。什么时候充当传统的拥戴者，维持一种“语境”的稳定；什么时候果断地放弃陈旧的观念，破旧立新，倾心投入另一个新的“语境”？毫无疑问，这种问题不存在统一的公式。对于一个不甘平庸的理论家来说，这将是一个重大的考验。

后　记

这本集子里面的文章分为四辑。一辑与四辑的文章略长，二辑与三辑的文章稍短。

稍短一些的文章，多半来自日常生活的触动。无论是技术、魔术、体育竞技还是交友、理财或者在闲暇时光下一盘围棋，日常生活的某些细节可能突然灼亮地闪烁起来，并且酿就了若干感想或者思绪。略长一些的文章，往往是拉开距离之后的反思。数字、面容、服装、泥土对于我们生活的意义，这些话题只能在退出具体事务之后渐渐浮现。

第四辑的几篇研究论文是对于文学的学术思考。因为涉及理论辨析，还因为理论辨析不可避免的引经据典，这些论文相对晦涩一些。如果没有这方面的兴趣，不必为之耗费时间和精力。

南帆

2015 年 8 月 3 日